ro
ro
ro

Seit Wochen hat Viola das Gefühl, verfolgt zu werden. Es ist, als klebte ein Schatten an ihr – und immer, wenn sie sich umdreht, ist er verschwunden. Viola bleibt jetzt abends lieber zu Hause. Zum Glück gibt es ja Netflix und den Lieferdienst. Doch die Pizza, die er bringt, wird für immer unangetastet bleiben ...

Eine bleiche, verstörte und vollkommen unterernährte Frau wurde in den Harburger Bergen aufgegriffen. Als der Hamburger Polizeikommissar Jens Kerner sie verhören will, stirbt sie. Gemeinsam mit seiner Kollegin Rebecca kommt er einem Täter auf die Spur, der so perfide ist, dass es alle Vorstellungen übersteigt. Als die beiden begreifen, mit wem sie es da zu tun haben, ist es schon fast zu spät ...

Andreas Winkelmann, geboren 1968 in Niedersachsen, ist verheiratet und hat eine Tochter. Er lebt mit seiner Familie in einem einsamen Haus am Waldrand nahe Bremen. Wenn er nicht gerade in menschliche Abgründe abtaucht, überquert er zu Fuß die Alpen, steigt dort auf die höchsten Berge oder fischt und jagt mit Pfeil und Bogen in der Wildnis Kanadas.

«Andreas Winkelmann treibt die Handlung mit einer Konsequenz voran, die man sonst nur von angelsächsischen Thrillern gewohnt ist.» *Die Welt*

«Der Thriller nimmt so rasant Fahrt auf, dass man das Buch kaum noch aus den Händen legen mag.»
Hannoversche Allgemeine zu «Das Haus der Mädchen»

«Spannend, aber nichts für zarte Gemüter.»
Ruhr Nachrichten zu «Das Haus der Mädchen»

ANDREAS
WINKELMANN

DIE LIEFERUNG

THRILLER

ROWOHLT
TASCHENBUCH
VERLAG

Originalausgabe
Veröffentlicht im Rowohlt Taschenbuch Verlag,
Hamburg, Juli 2019

Redaktion Katharina Naumann
Umschlaggestaltung Hafen Werbeagentur, Hamburg
Umschlagabbildung Akirastock / iStockphoto;
Sathira Sudara / EyeEm / Getty Images
Satz aus der Kepler bei Dörlemann Satz, Lemförde
Druck und Bindung CPI books GmbH, Leck, Germany
ISBN 978 3 499 27517 3

PROLOG

Die Tür ihrer Nachbarin war nicht verschlossen, nur angelehnt, und als sie sie aufdrückte, spürte sie es sofort.

Hier war etwas Schreckliches geschehen.

Sie hörte das Summen der Fliegen und roch den Gestank. Die Wärme der letzten Tage hatte sich in der Wohnung festgesetzt, die Luft erschien ihr wie eine dickflüssige Masse, die sie unmöglich einatmen konnte.

Geh nicht hinein, warnte eine Stimme in ihrem Inneren.

«Beatrix?», fragte sie leise.

Als Antwort schwoll das Summen an. Irgendwo in der Wohnung war ein Schwarm Schmeißfliegen aufgestoben. Einige davon fanden den Weg in den Flur. Trunken von dem, was sie gefressen hatten, taumelten sie brummend an ihr vorbei in den Hausflur. Sie wich ihnen aus. Auf keinen Fall wollte sie, dass sich eine auf ihre Haut setzte.

Ein besonders fettes schwarzes Exemplar drehte direkt vor ihrer Nase ein paar Runden und flog dann zurück in die Wohnung, als wollte es sie auffordern, ihr zu folgen.

Komm mit, ich zeig dir etwas, du wirst begeistert sein.

Sie trat ein. Sie war hergekommen, um nach ihrer Nachbarin Beatrix zu schauen, die sie so lange nicht mehr im Hausflur gesehen hatte, und sie würde nicht kneifen, nur weil es in der Wohnung so stank. Dafür konnte es viele Gründe geben, nicht nur den einen.

Die Fliege taumelte durch den Flur, stieß gegen die

Wände, die Lampe, den Spiegel. Fand nach mehreren Versuchen den Weg ins Wohnzimmer, wohin sie ihr folgte.

Sie legte die Hand über Mund und Nase und atmete flach. Die zähe Luft, der widerliche Gestank – ihr wurde schwindelig. Sie riss die Augen weit auf, und ihr Blick fiel auf den niedrigen Wohnzimmertisch mit Glasplatte, der neben der Ledercouch stand.

Darauf lag ein weißer Pizzakarton.

Der Deckel war bis auf einen schmalen Spalt geschlossen. Und aus diesem Spalt krochen sie hinein und hinaus, die fetten Fliegen. Emsig, nachdrücklich, gierig, wie Bienen an einem Bienenstock.

Sie rief noch einmal nach ihrer Nachbarin, bekam aber wieder keine Antwort, und dann ging sie, obwohl sich alles in ihr dagegen sperrte, auf diesen Pizzakarton zu. Er war weiß, auf dem Deckel stand in großen roten Lettern Pizza, über die Schrift beugte sich ein Pizzabäcker und kredenzte eine Pizza, von der warmer Duft aufstieg.

Was waren das für Flecken daneben?

Die gehörten nicht dahin.

War das Blut? Oder nur Fliegendreck?

Sie nahm das Messer, das auf dem Tisch lag, schob die Klinge vorsichtig unter den Rand des Deckels und klappte ihn mit Schwung hoch.

Eine schwarze Wolke erhob sich, und sie schrie auf.

KAPITEL 1

1

Da!

Schon wieder!

Regina Hesse hatte sich nicht getäuscht.

Sie war keine ängstliche Frau, sonst wäre sie nicht in der Dämmerung allein im Wald, aber jetzt lief ihr doch ein Schauer den Rücken hinab.

Mit einer geübten Bewegung drückte sie sich den Gewehrkolben in die Schulter, legte den Schaft auf der Holzbalustrade ab und visierte durch das Zielfernrohr die Stelle an, an der sie die Bewegung wahrgenommen hatte.

Regina wusste: Dort vorn, in fünfzig Meter Entfernung, führte ein schmaler, gewundener, dicht bewachsener Trampelpfad an der Lichtung vorbei, die sie beobachtete. Es war beschwerlich, diesem Weg durch die Schwarzen Berge nahe Hamburg in der Dunkelheit zu folgen. Man musste sich schon sehr gut auskennen, um das zu wagen.

Wer also war da um diese Zeit unterwegs?

Sie ließ den kreisrunden Ausschnitt der Zieleinrichtung ihres Jagdgewehrs von rechts nach links übers Dickicht wandern und wieder zurück, doch er blieb leer. Regina war sich aber sicher, jemanden oder etwas gesehen zu haben.

Konnte das ein Mensch gewesen sein?

Die Waldlichtung lag im silbrig bleichen Schein des zunehmenden Mondes. In diesem Licht sah alles anders aus als am Tage.

Und dennoch ...

Die Gestalt hatte ausgesehen wie die Weiße Frau, jene mystische Geistererscheinung, die immer mal wieder durch die Medien spukte. Im 17. Jahrhundert war der Glaube an die weiße Frau weit verbreitet gewesen, aber natürlich war das alles totaler Unfug. Niemand glaubte heute noch an Geister.

Als bodenständiger, vernunftbegabter Mensch, dessen Leben strukturiert und ...

«Shit!»

Regina zuckte vom Zielfernrohr zurück.

Die Erscheinung war ihr direkt vors Visier gelaufen! Sie hatte das Gesicht deutlich erkennen können, wenn auch nur für den Bruchteil einer Sekunde, bevor der Schreck ihre unprofessionelle Reaktion hervorrief. Eine erfahrene Jägerin wie sie gab beim Ansitzen keine Geräusche von sich! Ganz gleich, was ihr vor die Flinte lief.

Zögernd presste Regina ihr rechtes Auge erneut ans Visier und bereitete sich innerlich auf einen schockierenden Anblick vor.

Die Weiße Frau stand noch an derselben Stelle zwischen den beiden jungen Fichten. Ihr Gesicht war eine grauenerregende, verzerrte Fratze, wie Regina noch keine zuvor gesehen hatte. Ihr Puls raste, und sie musste gegen den Drang ankämpfen, sich auf dem Hochsitz zusammen zu kauern, um sich zu verstecken.

Denn jetzt kam die Gestalt über die langgestreckte, mit hohem trockenem Gras und Fichten bestandene Lichtung auf sie zu. Taumelte hin und her, strauchelte, ging zu Boden, richtete sich wieder auf. Dabei zuckte ihr Kopf hin und her wie der eines Raubvogels, und sie fuchtelte mit den Armen in der Luft herum, als versuchte sie, irgendwo Halt zu finden.

Regina senkte das Gewehr, griff nach ihrem Handy und schoss ein Foto von der Erscheinung, auf dem wegen der Entfernung und des schlechten Lichts jedoch nicht allzu viel zu erkennen war, schickte es per SMS an ihren Freund und rief ihn gleichzeitig an.

Georg war sofort dran. Er blieb immer wach, wenn sie Jagen ging, egal, wie lang es dauerte. Wirklich einverstanden war er nicht mit ihrem Hobby. Aber gegen die alte Familientradition kam er nicht an – sie selbst auch nicht.

«Hey, ich bin's», flüsterte sie ins Telefon. Das blaue Licht des Displays blendete sie. «Ich hab dir was geschickt ... hier läuft eine Frau durch den Wald ... ich glaube, die braucht Hilfe.»

«Was? Moment ... ich kann nicht viel erkennen, nur etwas Bleiches ...»

«Das ist sie.»

«Sieht aus wie ein Geist.»

«Ich weiß.»

«Okay, wo bist du?

«Auf dem Hochsitz zweihundert Meter östlich des Hasselbrack.»

«Bleib da oben, hörst du! Geh auf keinen Fall runter! Ich komme zu dir.»

«Du brauchst mindestens eine Dreiviertelstunde, bis dahin ist sie verschwunden. Ruf die Polizei und bring sie hierher. Ich versuche, der Frau zu helfen.»

«Nein, warte ... bring dich bitte nicht in Gefahr!»

Georg mit seiner Fürsorge – einer der Wesenszüge, die sie an ihm liebte.

«Ich bin ein großes Mädchen und bewaffnet!»

«Wenn du nur einmal auf mich hören würdest ...»

«Mach dir keine Sorgen, ich hab das im Griff. Bring die Polizei her, ja? Hab dich lieb!»

Regina legte auf und steckte das Handy weg. Georg hatte natürlich recht, sicherer war es auf dem Hochsitz. Die Klappe im Holzfußboden war stabil und ließ sich verriegeln, und tatsächlich dachte Regina darüber nach, sich hier zu verschanzen und auf Georg zu warten. Doch sie konnte die bleiche Frau da unten nicht sich selbst überlassen. Und was sollte schon passieren? Sie hatte ja ein Gewehr.

Regina hob die Klappe an, lehnte sie gegen die Balustrade, nahm ihre Waffe und stieg die einfache Holztreppe aus Fichtenstämmen hinunter. Im tiefen Schatten unter dem Hochsitz verharrte sie. Über das hohe Gras hinweg sah sie nur noch den bleichen, fast schon bläulich leuchtenden Schädel der Frau ragen, ihr Körper blieb verborgen. Der Eindruck, ein Geist schwebe auf sie zu, verstärkte sich dadurch noch.

Regina spürte ihr Handy vibrieren, wurde unsicher, schaute zur offenstehenden Klappe, wünschte sich dort wieder hinauf oder am besten gleich nach Hause, aber dann nahm sie ihren Mut zusammen und trat drei Schritte auf die Lichtung hinaus.

In diesem Moment beschattete keine Wolke den Mond, die Sicht war gut, die Luft erfüllt von silbrig blauem Licht.

Zwanzig Meter vor ihr teilte sich trocken raschelnd das Grasmeer. Regina packte ihr Gewehr, hielt die Mündung aber zu Boden.

«Hallo ... kann ich Ihnen helfen?»

Ihr Ruf ließ die Frau abrupt stehen bleiben, so als wäre sie gegen eine Wand gelaufen. Wieder zuckte ihr Kopf raubtierartig hin und her. Beinahe wirkte es, als müsste sie anhand der Geräusche herausfinden, woher der Ruf gekommen war. War die Frau blind?

Regina trat noch einen Schritt vor und stellte sich auf einen kleinen Erdwall, der entstanden war, als ihr Vater damals die Fundamente für die Füße des Hochsitzes ausgehoben hatte. Er schenkte ihr zusätzliche zehn Zentimeter Körpergröße.

Sie wollte sich noch einmal bemerkbar machen, doch die Worte blieben ihr im Hals stecken, als sie aus dieser Entfernung und Position Details des Gesichts erkannte.

Auf der linken Seite des Schädels fielen kurze, fransige Haare herab, die rechte Seite war kahl rasiert. Die Haut schien straff über den Schädel gespannt zu sein, Wangenknochen und Nase stießen beinahe hindurch, die Ohren standen weit ab. Zudem war die Haut bleich, fast schon durchscheinend, wie bei einem Albino.

Die Frau sagte etwas, das Regina auf die Entfernung nicht verstand, dabei taumelte sie weiter auf sie zu. Zum Ende der Lichtung hin stand das Gras im Schatten des Waldes flacher, der nackte Körper der Frau ragte daraus empor. Er war bleich, wächsern und ausgemergelt, die Rippen standen deutlich hervor, ebenso Hüftknochen und Schultergelenke.

Hau ab!, rief eine Stimme in Regina. Lauf weg, solange du noch kannst!

Sie konnte es nicht, denn die Frau tat ihr leid.

«Kommen Sie, ich helfe Ihnen.»

Kaum hatte Regina die Worte ausgesprochen, wurde

die bleiche Frau schneller, stürzte auf sie zu, die Arme ausgestreckt, die Hände zu Klauen geformt, und mit einem grotesk aufgerissenen Mund formte sie immer wieder die gleichen Worte, die Regina nicht verstand.

Dann war sie heran. Aber sie wurde nicht langsamer, sie rannte einfach weiter.

Regina riss das Gewehr hoch, doch es war zu spät.

2

Viola May fürchtete sich – wieder einmal.

Den ganzen Tag über war die Angst weg gewesen, aber jetzt, am späten Abend, hockte sie wieder wie ein gefräßiges Tier tief in Bauch und Kopf und spielte ihr Dinge vor, die vielleicht gar nicht passieren würden.

Vielleicht aber auch doch!

Draußen lastete die schwüle Hitze des Tages auf den Häusern Hamburgs, kein Wind regte sich, und in ihrer Sechzig-Quadratmeter-Dachgeschosswohnung war es stickig und warm, kaum auszuhalten. Trotzdem blieben die Fenster gekippt statt weit geöffnet und die Vorhänge zugezogen. Niemand konnte im dritten Obergeschoss durchs Fenster einsteigen, Viola wusste das, aber Fakten verloren schnell den Kampf gegen die Angst, wenn man allein war.

Viola war nicht gern allein, und in diesem Moment sehnte sie sich nach ihrer besten Freundin.

Sie griff zum Handy und rief Sabine an. Die nahm auch sofort ab, trotz der späten Stunde.

«Hey, Süße! Wie geht's?»

«Ich wollte nur kurz fragen, ob es bei morgen bleibt.»

Die Verabredung zum Shoppen hatten sie erst gestern ausgemacht, natürlich würde es dabei bleiben, und Sabine wunderte sich wahrscheinlich über die Frage. Viola hatte ihr noch nichts von ihrer Angst erzählt.

Zum einen, weil sie diffus und nicht greifbar war und möglicherweise aus nur eingebildeten Schritten, Schatten und Geräuschen bestand. Zum anderen aber auch, weil Sabine sofort Marius verdächtigen und in ihrer impulsiven Art auf ihn losgehen würde. Das wollte Viola nicht, es würde alte Wunden aufreißen, deren Schmerz nach einem Jahr gerade eben abgeklungen war.

«Na klar bleibt es dabei!», antwortete Sabine auf ihre gewohnt fröhliche Art.

Sie war der Typ Mensch, den man nachts um drei wecken konnte, weil man sich aus der Wohnung ausgesperrt oder eine riesige Spinne an der Decke über dem Bett entdeckt hatte. Ganz egal was war, Bine war sofort für einen da. Die Welt brauchte Menschen wie sie, die bewiesen, dass es keine Probleme gab, die durch Lachen nicht leichter, unbedeutender, lösbarer wurden. Viola liebte ihre beste Freundin, sie war die große Schwester, die sie nie gehabt hatte.

«Es sei denn, du hast keine Lust mehr», fuhr Sabine fort. «Stimmt was nicht? Du klingst so komisch.»

«Ja ... nein, es ist nichts, nur ... ach, ich erzähl dir morgen davon, ist nichts fürs Telefon.»

«Na super! Jetzt macht sie einen auf geheimnisvoll, und ich finde die ganze Nacht keinen Schlaf, weil ich grüble, was sie mir wohl erzählen wird.» Bine lachte. Laut und herzlich. Sie lachte oft, dabei war ihr Leben hart und ernst, voller Krankheit und Verfall, und sie schulterte ganz allein eine Bürde, die ein Mensch kaum tragen konnte. Viola war froh, ihr hin und wieder ein wenig davon abnehmen zu können.

Sie redeten noch eine Weile über Gott und die Welt, dann beendeten sie das Gespräch, und als Viola ihr Handy ablegte, fühlte sie sich besser. Doch dann schaute sie sich in ihrer leeren Wohnung um, nahm die Stille wahr, und sofort war die Angst wieder da.

«Scheiße, jetzt reicht es aber!», sagte sie laut zu sich selbst.

Viola war ein Einzelkind. Früher, wenn ihre Eltern zur Arbeit mussten und sie allein in der Wohnung war, hatte sie oft mit ihrer eigenen Stimme gegen all die Geister und Dämonen angekämpft, die sich so gern an kleinen Kindern schadlos hielten.

Heute, als Erwachsene, waren die Dämonen andere. Weit gefährlichere!

Aber weil Viola sich nicht unterkriegen lassen wollte, nahm sie ihren Mut zusammen, trat ans Fenster, zog den Vorhang beiseite und öffnete es weit. Zwar war die Luft, die hineinströmte, nicht kühl, aber es war immerhin Luft, und der Eindruck, in einem Gefängnis zu leben, ließ ein wenig nach.

Um den Luftwechsel zu erleichtern, öffnete sie auch noch die Fenster in Küche und Bad und sorgte so für Durchzug. Da sie nun schon einmal im Bad war, schnappte sie sich die Zahnbürste und putzte im ersten Akt der Zu-Bett-geh-Routine ihre Zähne. Dabei wanderte sie in der Wohnung hin und her. Das tat sie immer.

Als sie am großen Wohnzimmerfenster entlangkam, stoppte sie.

Draußen auf der Straße war jemand!

Die Laternen standen in dieser Wohnstraße zwar dicht beieinander, aber zwischen den voll belaubten Büschen und Bäumen gab es dennoch genügend Bereiche, in denen die Schatten tief und lang waren.

Genau in so einem Bereich stand er.

Oder sie? Das konnte Viola nicht erkennen, dafür war die Person zu weit entfernt und das Licht zu schlecht. Wer auch immer das war, stand einfach nur da, reglos, die Hände in den Taschen, so viel verriet die Körperhaltung, und der helle Fleck des Gesichts war in ihre Richtung gewandt.

Viola trat vom Fenster weg.

Die Zahnbürste in ihrem Mund stand still, sie spürte Flüssigkeit an ihrem Kinn hinabrinnen, wischte sie abwesend fort, sah sich aber außerstande, ins Bad zu gehen. Ein feiger Teil ihres Wesens riet ihr, still zu verharren und darauf zu hoffen, dass die Gefahr einfach so verschwand. Erst als die weiße, schaumige Flüssigkeit sich nicht mehr mit dem Handrücken wegwischen ließ, ging Viola ins Bad, spuckte aus und spülte sich den Mund. Dann eilte sie ins Wohnzimmer und nahm ihr Handy vom Tisch. Sie wollte ein Foto von der Gestalt schießen, um beweisen zu können – jetzt sich selbst, und morgen Sabine –, dass ihre Angst nicht grundlos war. Doch noch bevor sie dazu kam, hörte sie ein Geräusch im Treppenhaus.

Die Tür ist verriegelt, dir kann nichts passieren, du bist hier sicher, sagte sich Viola.

Ihr Blick fiel auf die Gegensprechanlage mit dem Türöffner und der Klingel. Sie erwartete, sie klingeln zu hören, und als das nicht geschah, schlich sie mit dem Handy in der Hand auf die Tür zu, setzte ihre nackten Füße vorsichtig und mit Bedacht, um ja kein Geräusch zu erzeugen. Das kleine Rund des Türspions zog sie geradezu magisch an. Sie stützte sich mit beiden Händen gegen das Türblatt, beugte sich vor und presste das rechte Auge auf den Spion.

Das Vergrößerungsglas des Spions verzerrte das Treppenhaus, Wände und Türen schienen sich zu wölben. Auf dem billigen Linoleum spiegelte sich hart das Licht. Auf den ersten Blick war niemand zu sehen, aber dann glaubte Viola, einen Schatten unter der Treppe zu erkennen, die in die vierte Etage hinaufführte.

Sie zuckte vom Türspion zurück.

Taumelte rückwärts vom Flur ins Wohnzimmer, bis sie nicht noch mehr Entfernung zwischen sich und die Tür bringen konnte.

Sie wollte Sabine anrufen, doch kaum erweckte sie das Display zum Leben, entdeckte sie einen Anruf in Abwesenheit. Sie hatte ihn nicht hören können, da ihr Telefon stumm gestellt war.

Die unbekannte Nummer endete auf 456.

Eine Nachricht wartete auf der Mailbox.

Viola rief sie auf.

Rauschen ... Knistern ... und dann ein Geräusch.

3

«Ich hab sie aus den Augen verloren!»

Jens Kerner stand mit dem Handy am Ohr da und drehte sich im Kreis. Um ihn herum war nur dunkler Wald. Kiefern, Fichten, hin und wieder Buchen, Ahorn und Eichen. Selbst jetzt, mitten in der Nacht, roch es nach Zunder, denn seit Wochen fehlte der Regen, und die ungewöhnlich große Hitze dieses Jahrhundertsommers trocknete die Böden aus.

Jens presste sie auch noch die letzte Feuchtigkeit aus den Poren. Er war verschwitzt und klebrig nach seinem eiligen Marsch durch den dichten Wald der Harburger Berge. Die Forstwege und Trampelpfade bildeten hier ein verschlungenes Netz, dem sein Orientierungssinn in der Dunkelheit nicht gewachsen war. Man konnte nicht sagen, er habe sich verlaufen, immerhin wusste er noch, in welcher Richtung es zurück zu seinem Wagen ging, aber dennoch war die letzte halbe Stunde mehr ein Umherirren als eine strukturierte Suche gewesen.

Shirt und Jeans klebten an seinem Körper, Nadeln in seinem Haar, das Handy an seiner Wange, damit er den Kontakt zu Regina Hesse nicht verlor.

Mittlerweile waren zwölf Polizisten unterwegs in den Harburger Bergen auf der Suche nach dieser ominösen Weißen Frau, aber Regina Hesse war immer noch die Einzige, die sie gesehen hatte und an ihr dran war – bis eben. Und jetzt hatte sie sie auch aus den Augen verloren.

Diese Jägerin war cool, fand Jens. Klare, knappe Sätze, keine Panik, dabei lief sie allein durch den Wald. Jens hatte bisher nur ein verschwommenes Foto von der geisterhaften Frau gesehen, das die Jägerin ihm auf sein Handy gesendet hatte.

Gruselig sah das aus. Ohne diesen Schnappschuss hätte Jens angenommen, Regina Hesse hätte einen an der Waffel und führte die Polizei mit ihrer angeblichen Geistersichtung an der Nase herum.

Aber es war eindeutig eine Frau und kein Geist, die durch das hohe Gras auf die Jägerin zugekommen war. So bleich und ausgezehrt wie eine perfekt geschminkte Figur aus einem Hollywood-Horrorstreifen. Dazu noch nackt und beinahe kahlköpfig. Die Jägerin hatte ihm den Zusammenprall zwar ruhig und sachlich geschildert, doch Jens konnte sich vorstellen, wie viel Angst sie gehabt haben musste. Es stand nicht fest, ob die Frau gefährlich war, immerhin hatte sie die Jägerin nicht wirklich angegriffen, sondern nur aus dem Weg geschubst – Vorsicht war dennoch geboten.

«Können Sie etwas hören?», fragte Jens nach.

«Nein, nichts. Sie muss aber weiterhin in Ihre Richtung unterwegs sein. Leider hält sie sich nicht an die Wege und läuft immer wieder durchs Unterholz.»

«Okay, ich warte hier. Rufen Sie bitte wieder an, wenn Sie die Frau sehen. Und kein Risiko eingehen!»

«Ist gut.»

Umgehend rief Jens seinen Kollegen Rolf Hagenah an, der ebenfalls an der Suche beteiligt war. Er streifte nördlich von Jens durch den Wald. Hagenah hatte mit vier Beamten so etwas wie eine Kette gebildet, eine weitere grenzte den Bereich nach Süden ein, rechts und links von Jens hielten sich die restlichen vier Kollegen und Kolleginnen bereit, um den Wald nach Osten hin abzuschotten. Jens konnte keinen von ihnen sehen oder hören.

Hagenah ging sofort ans Telefon.

«Rolf, pass auf, die Jägerin hat sie aus den Augen verloren, glaubt aber, sie läuft immer noch nach Osten. Kommt doch bitte in meine Richtung, dann ziehen wir den Ring enger zusammen.»

«Geht klar. Aber das ist große Kacke hier im Dunkeln. Ich sehe ja die Hand vor Augen nicht. Wie wäre es mit einem Heli?»

Natürlich hatte auch Jens schon an den Einsatz eines Hubschraubers mit Suchscheinwerfern gedacht, und wenn sie die Frau nicht in einer halben Stunde eingefangen hatten, würde er den auch anfordern, bevor sie irgendwo auf eine Straße lief, vielleicht sogar den Weg an ihnen vorbei bis zur A7 fand und sich und andere in Gefahr brachte. Aber ein Hubschrauber war teuer und sein Erfolg für den Einsatz hier draußen in den Harburger Bergen nicht garantiert. Es war Anfang Juli, das Blätterdach entsprechend dicht, da nützten die stärksten Suchscheinwerfer nichts.

«Nur wenn es gar nicht anders geht», antwortete Jens, beendete das Gespräch, rief seine Kollegin Carina Reinicke an, die für die Kette zuständig war, zu der Jens gehörte, und sagte ihr, sie und ihre Kollegen sollten sich still verhalten und auf Geräusche achten.

Dann steckte er das Handy weg.

Ohne das Licht des Displays war es plötzlich stockdunkel um ihn herum. Erst als seine Augen sich daran gewöhnt hatten, erkannte er Details: Stämme, Äste, Wurzeln, die aus dem Boden ragten – ein schwieriges Terrain.

Seine Ohren wurden spürbar empfindlicher und nahmen noch die kleinsten Geräusche wahr.

Immer wieder fiel etwas aus den Bäumen, Kiefernzapfen vielleicht, die ein leises, aber deutlich vernehmbares Plumpsen erzeugten. Dazu ein Scharren und Kriechen im Unterholz, flink, hastig, mal hier, mal dort. Mäuse oder Füchse, irgendwas Kleines jedenfalls. Jens fürchtete die Wildschweine, die es hier gab. Einer Mutter mit ihren Kleinen wollte er nicht ins Nachtlager stolpern, und er hoffte, dass es den Kollegen auch nicht passierte.

Da Jens zu unruhig war, um stillstehen zu können, ging er den schmalen, halb eingewachsenen Weg nach rechts hinunter. Den Drang, nach seinen Kollegen zu rufen, die nicht weit entfernt sein konnten, musste er mühsam unterdrücken. Nachts im Wald zu sein, war auch für ihn ungewöhnlich, und es fühlte sich alles andere als gut an. Obwohl er wusste, dass bestimmte Bezirke in Hamburg nachts viel gefährlicher waren, war er lieber dort unterwegs als hier.

Ein Geräusch näherte sich von irgendwoher. Schwierig, die Richtung in diesem dichten Wirrwarr aus Stämmen, Ästen und Blättern genau auszumachen.

Jens blieb stehen, verhielt sich still und fragte sich, was er tun sollte, falls diese bleiche Frau aus dem Dickicht auf ihn zustürzte. Sie würde sich wohl nicht einfach so aufhalten lassen, und Verrückte – es konnte sich ja nur um eine Verrückte handeln – waren in der Lage, enorme Kräfte zu mobilisieren. Handschellen hatte Jens keine dabei, nur seine Waffe, doch deren Einsatz wäre in diesem Fall unverhältnismäßig.

Das Geräusch wurde lauter und eindeutiger. Da brach

jemand in hoher Geschwindigkeit durchs Unterholz. Noch war die Person ein Stück entfernt, und nur der absoluten Stille hier draußen war es zu verdanken, dass Jens sie überhaupt hörte. Wenn er es hören konnte, konnten seine Kollegen und Kolleginnen es auch und mussten in diesem Moment ebenso alarmiert sein wie er.

Er unterließ es, sie anzurufen. Selbst wenn alle Handys stumm gestellt waren, barg das plötzlich aufflammende Licht der Displays ein Risiko, zudem lenkte es ab und störte die Konzentration.

Was war das nur, das der nächtliche Wald mit dem Menschen machte?

Ein Schrei!

Kurz und grell – und eindeutig weiblich.

Nicht weit entfernt, vielleicht dreißig Meter.

Jens machte sich bereit, stellte sich breitbeinig auf den Weg und ließ den Blick von rechts nach links wandern, um es auf keinen Fall zu verpassen, wenn die Frau aus dem Unterholz brach.

Sein Herz raste, er schwitzte noch stärker. Die gleichen Symptome zeigte er, sobald er seine Dienstwaffe zog, deshalb ließ er sie immer öfter im Holster, auch in Situationen, in denen es sinnvoll wäre, sie zu ziehen. Vor dieser Dirty-Harry-Scheiße hatte er das nicht gehabt …

«Hey … Halt!»

Das kam von rechts. Einer seiner Männer, ziemlich nah dran.

Sofort darauf krachte es laut im Unterholz, beinahe so, als breche ein Braunbär hindurch. Jens hatte während eines Angelurlaubs in Kanada mal erlebt, wie so etwas klang: Beängstigend.

«Nein … nicht …»

Ein weiterer Schrei, diesmal panisch. Gleich darauf ein Stöhnen und Grunzen und Poltern.

Jens' Hand glitt zur Waffe, schwebte über der Lasche, die sie an Ort und Stelle hielt. Den Riemen zu lösen war, als ließe er den bösen Geist aus der Flasche. Er wollte das nicht, aber wenn man ihn zwang, war es so einfach wie Atmen.

Plötzlich eine Bewegung, rechts von ihm.

Jemand rannte den schmalen Weg hinunter.

Hell hob sich die bleiche Frau von der Umgebung ab. Sie hielt direkt auf ihn zu.

Und sie war schnell! Scheiße, war die schnell!

Die Arme vorgestreckt, die Hände zu Klauen geformt, überwand sie mühelos die Distanz zu ihm. Er sah Blut an ihrem nackten, bleichen Körper, überall Blut. An den Händen, den Armen, den Brüsten, im Gesicht, aus unzähligen kleinen Wunden rann es an dem ausgemergelten Körper hinab. Eine Dokumentation der Tortur, die ihr Weg durch den Wald bis hierher gewesen sein musste.

Jens machte sich ganz breit und streckte die Arme aus.

«Halt!», rief er laut.

Die bleiche Frau reagierte nicht, hielt einfach weiter auf ihn zu.

Ein Schritt zur Seite brachte Jens aus ihrer Bahn, aber er ließ seinen Fuß stehen, über den sie prompt stolperte und fiel. Sie aus vollem Lauf fliegen und aufprallen zu sehen tat Jens weh, und er verzog das Gesicht, als litte er selbst Schmerzen.

Ungelenk und steif prallte sie auf Brust und Gesicht und rutschte zwei Meter über den trockenen Waldboden.

Jens sprang ihr hinterher, wollte sie festhalten, bis einer der Kollegen mit Handschellen kam. Doch unversehens bekam er ihren Fuß in den Bauch, die Luft wurde ihm aus dem Körper gepresst, er taumelte zurück und landete so hart auf dem Hintern, dass seine Kiefer aufeinanderprallten und er sich auf die Zunge biss.

Sofort füllte warmes und metallisches Blut seinen Mund.

Der Schmerz war heftig, aber Jens schrie nicht, sondern schluckte sein Blut hinunter.

Gleichzeitig mit der Frau rappelte er sich auf, ging diesmal auf Nummer sicher und warf sich einfach auf sie – mit seinem gesamten Gewicht von etwas über hundert Kilo und der ganzen ungebremsten Wucht, die in dieser von Schmerz und Wut befeuerten Bewegung steckte. Sein Körper begrub den der bedauernswerten Verrückten unter sich. Er hörte mindestens eine Rippe brechen.

Blut lief ihm zwischen den Lippen hindurch das Kinn hinunter und tropfte auf den nackten bleichen Rücken der Frau.

Jens blickte direkt auf ihren Hinterkopf. Kahl geschoren, aber nicht glatt, sondern eher wie abgehackt. Als wäre jemand mit einer Machete zu Werke gegangen.

Sie riss ihren Kopf zurück, doch er hatte die Bewegung erwartet und wich dem gewölbten Schädelknochen aus. Ihr erschreckend dünner, knochiger Körper wand sich unter ihm wie der einer Schlange, verschaffte sich ein wenig Freiraum, doch entkommen konnte er ihr nicht.

«Hören Sie auf, ich will Ihnen doch nur helfen!», stieß Jens aus. Blut spritzte dabei aus seinem Mund.

War das ein Stück seiner Zunge, was er da gerade hinuntergeschluckt hatte?

Die Frau begann zu schreien. Zuerst war es ein Quieken, doch dann formte sie Worte.

Immer wieder dieselben Worte.

«Darling, Licht meines Lebens ... Darling, Licht meines Lebens ...»

4

Vor einiger Zeit

Ihr qualvolles Gewürge nervte ihn, und er war froh, als es mit dem Zuschlagen der Autotür verstummte.

Wie wunderschön dagegen das Rauschen des Windes in den Fichten klang. Verharrte er lange genug, veränderte es sich, und manchmal gelang es ihm, Stimmen herauszufiltern, die für die meisten Menschen nicht zu hören waren.

Wegen der Wälder war er hierhergekommen. Sie gaben ihm all das, was er in der Stadt nicht fand. Ohne die Wälder wäre er längst zugrunde gegangen. So konnte er regelmäßig in sein eigentliches Zuhause fliehen, und er war dankbar dafür, dass die Menschen es verlernt hatten, diesen Ort für ihre Heilung zu nutzen. So hatte er ihn für sich allein.

Er ließ den Wagen vorn am Weg stehen und ging die letzten hundert Meter zu Fuß. Er wollte die Atmosphäre langsam in sich aufnehmen, und das ging nicht in einem Wagen – schon gar nicht, wenn hinten im Laderaum jemand in einem fort würgte und jammerte.

Jeden Schritt nahm er bewusst wahr und sog alle Eindrücke in sich auf. Das Federn des Waldbodens unter seinen Füßen, die kühle Waldluft, den harzigen Geruch der

Fichtenstämme und den lebendigen Duft der Pilze, die sich durch das Moos schoben. Im Mondlicht glänzten ihre Hüte wie kleine Kathedralen.

Die dunklen Gebäude tauchten erst im allerletzten Moment vor ihm auf.

Er blieb stehen, lächelte versonnen.

Dass es ihm überhaupt einmal möglich sein würde, bei diesem Anblick zu lächeln, hätte er nicht gedacht. Damals hatte er nur Angst, Panik und den Gedanken an Flucht gehabt. Und Wut natürlich, immer wieder Wut. Aber damit hatte er abgeschlossen. Diesem Ort sein wahres Selbst zurückzugeben half dabei, vergessen zu machen, wofür die Menschen ihn jahrelang missbraucht hatten.

Er freute sich auf die vor ihm liegende, spannende Zeit, aber weil er ein strukturierter Mensch war, gab er sich dieser Freude nicht kopflos hin. Leidenschaft und Verlangen waren noch jedem zum Verhängnis geworden. Wer nicht verstand, dass er beides fesseln musste, sollte besser nicht antreten im Spiel um Leben und Tod.

Er ging einmal um die Gebäude herum und überprüfte sie sorgfältig. Obwohl es hier reichlich Stolperfallen gab, benötigte er dafür kein Licht. Er kannte die Stellen, an denen noch Bauschutt herumlag, Löcher und Gräben mit Brettern abgedeckt waren oder der Boden so abschüssig verlief, dass man leicht den kompletten Hang hinabrutschen konnte.

Nach dem Rundgang war er beruhigt. Alle Fenster und Türen waren intakt. In den vergangenen zwei Jahren hatte es hier keinen Vandalismus mehr gegeben, aber die Idioten konnten jederzeit zurückkehren, auch deshalb war es notwendig, sich davon zu überzeugen, dass er allein war.

Hangaufwärts stapfte er zurück zum Wagen, und sein Herz klopfte schneller. Irgendwo rief ein Käuzchen. Im Unterholz krabbelte etwas Großes umher, ein Marder vielleicht oder ein Waschbär. Vertreter beider Gattungen lebten bei ihm zu Gast auf dem Dachboden, und es gab nicht wenige Nächte, da hörte er sie im ganzen Haus.

Am Wagen angelangt, klopfte er gegen die Seitenwand aus Blech.

Sofort regte sich drinnen etwas, und er stellte sich vor, wie sie zusammenzuckte und von der Wand fortkroch, gegen die er geklopft hatte.

«Hier beginnt dein neues Leben», sagte er laut genug, damit sie es drinnen hören konnte.

Dann stieg er ein, startete den Motor und fuhr zum Haus hinunter. Die Scheinwerfer schnitten Lichttunnel in den Wald und erfassten schließlich die eindrucksvolle Wand aus braun gestrichenen Fichtenbrettern mit den darin eingelassenen weißen Fenstern. Die Scheiben reflektierten das Licht. Für einen Moment wirkte es, als blendete ihn aus dem Inneren heraus jemand mit einer Taschenlampe.

Er fuhr an der rechten Seite des Hauptgebäudes vorbei und die Rampe hinunter, die zum ehemaligen Lieferanteneingang führte. An der Rückseite ragte das in den Hang gebaute Untergeschoss aus dem Boden, das von vorn nicht zu sehen war. Ein zweiflügliges weiß gestrichenes Tor diente als Zugang. Es war gerade hoch genug, um mit dem Lieferwagen hineinfahren zu können. Er stieg aus, öffnete das massive Vorhängeschloss und parkte den Wagen rückwärts ein. Dann schloss er die Tore, verriegelte sie von innen und machte Licht. Da es sich um einen zweckdienlichen Raum handelte, der nicht schön sein musste, wurde er von praktischen LED-Röhren erhellt, die kaltes, hartes Licht abgaben.

Er trat vor die seitliche Schiebetür des Wagens und atmete so lange tief ein und aus, bis er ganz und gar im Jetzt angekommen war. Dann öffnete er die Tür.

«Wir sind da!»

Sie krümmte sich in der hintersten Ecke der Ladefläche zusammen. Da er zuletzt Zementsäcke transportiert hatte und ihm beim Entladen einer von ihnen zerrissen war, war sie mit dem grauen, ätzenden Staub überpudert. Auch eine Art von Schminke, dachte er. Nur nicht die, für die sie sich so begeisterte. Schreien oder gar wehren konnte sie sich nicht; sie trug einen Knebel im Mund und Fesseln an den Hand- und Fußgelenken.

Er betrachtete sie.

Die Schönheit. Schwarm aller Jungs.

«Komm her zu mir, Darling. Ab heute wird alles gut. Ich verspreche es dir.»

Natürlich kam sie nicht zu ihm, sondern drückte sich an die Blechwand des Wagens. Hatte er sich eine andere Reaktion erhofft? Ein bisschen schon, ja, aber er wusste, er musste geduldig sein mit ihr. Gutes geschieht nur den Geduldigen, das hatte er mal irgendwo in den sozialen Netzwerken gelesen, wo die Menschen pausenlos Sinnsprüche posteten, nach denen sie sich selbst nicht richteten.

«Muss ich wirklich zu dir kommen?»

Er wusste, sie war nicht dumm und verstand die Warnung, und er behielt recht. Endlich bewegte sie sich. Zögerlich und ungelenk robbte sie über den staubigen Ladeboden zu ihm heran. Er nahm sich die Zeit und wartete, bis sie die Distanz auf weniger als einen halben Meter verringert hatte. Aus ihren großen, eindrucksvollen Augen starrte sie ihn angstvoll an. Er konnte erkennen, dass sie während der Fahrt geweint hatte.

Er streckte die Hand aus, und sie zuckte zurück.

«Du musst keine Angst mehr haben. Lass mich dich von deinen Fesseln befreien.»

Sie ließ es zu, also drehte er sie herum und löste den Knoten des Knebels in ihrem Nacken. Sobald das derbe Tuch aus ihrem Mund heraus war, atmete sie gierig ein, so als sei sie kurz davor gewesen zu ersticken. Dabei streckte sie den Rücken durch und reckte das Kinn zum Wagendach. Sie schien sehr unter ihren Fesseln gelitten zu haben. Den physischen wie den psychischen.

Er löste den Strick von ihren Hand- und Fußgelenken und trat einen Schritt zurück.

Schwer zu sagen, wie sie beim ersten Kontakt reagierte. Steckte noch genug Kraft in ihr, um sich zu wehren? War noch genug von der alten Arroganz in ihr?

Sie blieb im Wagen hocken und schaffte es, ihn anzuschauen.

«Warum?»

Nur ein Wort, durch Tränen gemurmelt. Ein Wort, das seine Vorfreude und Erwartung dämpfte. Sie hatte nichts verstanden.

Er streckte abermals die Hand aus.

Gib sie nicht auf, sagte er sich. Denn dann bist du wie alle anderen.

«Du wirst es noch verstehen», sagte er gnädig und unterdrückte seinen Ärger.

Nichts war je so einfach, wie man es sich vorstellte oder

wünschte, und die wirklich süßen Früchte wuchsen ganz oben in der Krone, nur für die Mutigen, Furchtlosen erreichbar.

«Komm, lass uns hineingehen.»

«Ich will nach Hause.»

«Aber du bist zu Hause. Ab heute gibt es kein anderes Zuhause mehr für dich.»

Plötzlich schnappte sie zu. Wie ein Hund. Nicht so fest, dass es ihm die Knochen durchtrennt hätte, aber für das Fleisch an den Kuppen von Zeige- und Mittelfinger reichte es. Nur weil er seine Hand nicht zurückzog, sondern nachgab, riss sie ihm die Kuppen nicht ab. Der Schmerz war irrsinnig, und er schrie laut auf, gleichzeitig schlug er ihr mit der Faust in den Bauch, so hart er nur konnte.

Ihre Kiefer öffnete sich, aber anstatt jetzt aufzuhören, sprang sie nach vorn, aus dem Wagen heraus, und riss ihn dabei von den Füßen. Dabei schrie sie wie eine Furie und schlug um sich. Sie traf ihn an Kopf, Hals und Oberkörper, und er war derart überrascht von dem Angriff und ihrer Wut, die schier übermenschliche Kräfte in ihr freisetzte, dass er sich zusammenkrümmte und mit den Armen schützte.

Schließlich ließ sie von ihm ab.

Während er am Boden lag und mühsam zu sich fand, hörte er sie in der Tiefgarage rumoren. Sie rüttelte am Tor, das er zuvor mit einem Riegel verschlossen hatte, aber eben nicht mit einem Schlüssel.

«Nein ... warte!», rief er.

Doch sie wartete nicht. Er hörte den Riegel zurückschnappen, und dieses Geräusch half ihm dabei, auf die Beine zu kommen. Wenn sie entkam, würde er sie da draußen in den dunklen Wäldern nicht wiederfinden. Dann müsste er all das hier aufgeben.

Das durfte einfach nicht passieren!

Er sah sie in die Dunkelheit hinausstolpern, nach links torkeln. Dort prallte sie gegen einen Baum, ging zu Boden, rappelte sich auf und lief weiter. Große Anstrengung würde es ihn nicht kosten, sie einzuholen, es sei denn …

Kaum stellte der Gedanke sich ein, wurde er auch schon Realität. Sie war zu schnell, sah den Hang nicht, verlor die Kontrolle und stürzte hinunter. Sie rollte und kullerte, sie schlug gegen die Baumstümpfe, die nach dem Fällen der kranken Fichten stehengeblieben waren. Nach dem zweiten heftigen Aufprall hörte er keine Schreie mehr. Nur wenige Sekunden danach verklangen die Geräusche völlig.

Heiß fuhr ihm die Angst in die Glieder, sie könnte sich den Hals gebrochen haben. Dann wäre all die Arbeit der letzten Wochen umsonst gewesen.

Vorsichtig stieg er ihr hinterher.

Sie lag verkrümmt an einer Birke, die ihren Fall gestoppt hatte. Das ehemals schöne lange Haar klebte wild um ihren Kopf, Nadeln und Dreck klebten darin. Und Blut.

Er ging hangabwärts neben ihr auf die Knie und drehte sie vorsichtig herum. Ihr Gesicht war verschrammt und blutig, die Augen geschlossen, doch an ihrem Hals spürte er deutlich den Puls.

Sie lebte!

Vielleicht hatte sie sich etwas gebrochen, das konnte er jetzt nicht feststellen, und es war auch nicht so wichtig.

Aber wie sollte er es schaffen, ihren bewusstlosen Körper den Hang wieder hinaufzubekommen? Das überstieg seine Kräfte.

Er musste nicht lange nachdenken, bis ihm die Lösung einfiel. Weit vorgebeugt, auf allen vieren, krabbelte er den Hang hinauf, öffnete die Garagentore und fuhr den Wagen rückwärts bis an die Kante des Hanges. Dann holte er aus dem Geräteraum ein kräftiges Kunststoffseil, befestigte die eine Seite mit einer Schlaufe an der Anhängerkupplung des Wagens und stieg mit der anderen zu ihr hinunter.

Sie war noch immer bewusstlos. Hoffentlich nur bewusstlos! Wenn sie sich den Kopf so stark angeschlagen hatte, dass sie ins Koma gefallen war, war sie wertlos für ihn. Sie sollte schließlich jede Sekunde der kommenden Jahre genießen können.

Er band das Seil um ihre Fußgelenke und überprüfte noch einmal ihren Puls. Der war gleichmäßig und kräftig.

Beim Hinaufsteigen inspizierte er bei jedem Schritt den Hang, entfernte spitze Äste und aus dem Boden ragende Steine. Dennoch würde die Bergungsaktion weh tun, keine Frage, aber diese Wunden hatte sie sich selbst zuzuschreiben. Niemand hatte sie gezwungen wegzulaufen.

Oben angekommen setzte er sich in den Wagen, legte den ersten Gang ein, spielte gefühlvoll mit Kupplung und Gas und fuhr die sechs, sieben Meter zurück in die Garage. Dabei behielt er den Seitenspiegel im Blick, konnte aufgrund der Dunkelheit aber nicht erkennen, ob der Körper schon oben angekommen war.

Als er nicht mehr weiterfahren konnte, stellte er den Motor ab, stieg aus und ging zum Hang hinüber.

Ihre Beine lagen auf ebenem Boden, ihr Oberkörper hing hangabwärts. Ein schmutziges Bündel, mehr Erde als Mensch.

5

Jens Kerner hatte die Schnauze voll, im wahrsten Sinne des Wortes.

Die Wunde an seiner Zunge blutete seit einer halben Stunde. Kinn, Hals und Shirt sahen aus, als hätte ihm jemand den Hals aufgeschnitten, aber die Sanitäterin hatte nichts weiter getan, als ihm ein halb gefrorenes Kühlpad auf die Wunde zu legen, und ihm befohlen, es mit dem Finger an Ort und Stelle zu halten.

«Halb so wild, wird schon wieder. Schmerzmittel braucht ein Kerl wie Sie doch nicht, oder?»

Ihr Lächeln war Essig mit Zuckerguss, und Jens hatte sich gefragt, wo und wann er ihr eigentlich auf die Füße getreten war. Natürlich hatte er kein Schmerzmittel gewollt. Jetzt bereute er es aber schon.

Mit Kühlpack und der Hand im geöffneten Mund stand er noch am Rettungswagen, als Rolf Hagenah eintraf.

Sein Kollege bemühte sich erst gar nicht, sein Grinsen zu verkneifen. Zu allem Überfluss zog er auch noch sein Handy hervor und schoss ein Foto. Das Blitzlicht blendete Jens.

«Schick ich dir für deine Annalen! Gegen dich sieht die bleiche Frau noch gut aus», sagte er und ließ seine Pranke auf Jens' Schulter fallen. Dass eine solche Berührung auch im Mund weh tun konnte, hätte Jens nie gedacht.

«Muss der Lappen nicht genäht werden?», fragte Hagenah.

Die Sanitäterin hatte Jens geraten, das Eispack nicht länger als eine Minute auf der Wunde zu belassen und dann eine Pause einzulegen, daran hatte er sich nicht gehalten, weil die Kälte so guttat und den Schmerz linderte, aber um Hagenah zu parieren, nahm er es jetzt weg, und es fühlte sich an, als ob ein weiteres Stück Zunge daran hängen geblieben wäre.

«Heilt auch so», antwortete Jens mit gefrorener, angeschwollener Zunge, die sich wie vorzeitig verstorben angefühlt hätte, wäre da nicht der pochende Schmerz gewesen. «Was ist mit der Frau?»

«Auf dem Weg in die Klinik. Sie haben sie auf die Trage fesseln müssen, die war einfach nicht zu bändigen. Und … Scheiße …»

Rolf Hagenah, dieses Urgestein eines Hamburger Straßenpolizisten, stockte kurz. Jens hatte ihn noch nie stocken hören. «… so etwas habe ich noch nie gesehen. Was ist mit dieser Frau bloß passiert? Die sieht aus wie von einem anderen Planeten.»

«Hat sie was gesagt?»

«Nee, immer nur diesen einen Satz. Darling, Licht meines Lebens, Darling, Licht meines Lebens … was soll das?»

Hagenahs rundes Gesicht mit der dicken Knollennase darin war ein einziges Fragezeichen. Jens verstand genauso wenig wie er, was es mit dieser Frau auf sich hatte. Er antwortete nicht auf die Frage, stopfte sich stattdessen das Kühlpack wieder in den Mund und sah sich vorsorglich nach der Sanitäterin um. Vielleicht waren Schmerztabletten doch nicht so schlecht.

«Die hat nicht ein Gramm subkutanes Fett am Körper, total abgemagert, ich sage dir, die war irgendwo …»

Jens brachte Hagenah mit einer Handbewegung zum

Schweigen, denn aus dem Dunkel des Waldweges kam eine Frau auf ihn zu. Drahtig, hochgewachsen, streng gescheiteltes blondes Haar, grüne Baumwollhose, Lederstiefel, Jacke in Tarnoptik. Eine Langwaffe über der Schulter.

Das konnte nur die Jägerin sein.

An ihrer Seite ging Jens' junge Kollegin Carina Reinicke, die an der Suche beteiligt gewesen war. Sie zeigte auf Jens, und die Jägerin kam auf ihn zu. Ihr Gesicht verzog sich, als litte sie Schmerzen.

«Sieht ja scheußlich aus», sagte sie. «Sie sind Kommissar Kerner?»

Jens nickte, bekam aber Hand und Kühlpack nicht schnell genug aus dem Mund für eine vernünftige Antwort.

Hagenah übernahm.

«Ist er. Hat sich ein Stück von der Zunge abgebissen, wahrscheinlich ist die Diät doch zu hart, die er gerade durchzieht.»

«Ich geb Ihnen lieber nicht die Hand», nuschelte Jens. «Sie sind Regina Hesse?»

«Ja, bin ich.»

«Das haben Sie großartig gemacht», sagte Jens, bemüht, den Schmerz zu ignorieren und halbwegs normal zu klingen. «Nicht jeder wäre so ruhig geblieben.»

Sie zuckte mit den Schultern.

«War eigentlich genauso wie bei einer Treibjagd.»

Jens konnte sich ein Lächeln nicht verkneifen. Die Frau war wirklich so cool, wie sie am Telefon geklungen hatte.

«Allerdings hatte ich ganz schön Angst», schob sie nach. «Das Mädchen war vollkommen außer sich. Die ist doch vor irgendjemandem geflohen, oder?»

Jens sah Rolf Hagenah an und erkannte, dass sein Kollege daran auch noch nicht gedacht hatte – genauso wenig wie er selbst.

«Ich muss jetzt dringend nach Haus, noch ein paar Stunden schlafen», sagte Regina Hesse. «Oder brauchen Sie mich noch?»

«Nein, heute nicht mehr. Ich rufe Sie in den nächsten Tagen wegen einer Aussage an. Vielen Dank noch mal!»

Sie verabschiedete sich mit einem Lächeln und verschwand.

«Scheiße», sagte Hagenah, kaum, dass sie außer Hörweite war. «Sie könnte recht haben! Was, wenn da noch jemand im Wald unterwegs war, vor dem sie abgehauen ist?»

«Dann ist es jetzt zu spät.»

Jens' Blick ging zum Waldrand der Schwarzen Berge, jenes ausgedehnten Areals vor den Toren der Stadt mit mehreren Erhebungen über hundert Meter, das zum größten Teil in Niedersachsen lag. Auf ihrer wilden Flucht war die Frau sicher mehrmals ins benachbarte Bundesland gelaufen, und Jens war sich nicht einmal sicher, ob die Festnahme auf Hamburger Gebiet stattgefunden hatte. Um solche Dinge kümmerte er sich nur ungern, und schon gar nicht, wenn Not am Mann war.

Und ganz egal, ob hüben oder drüben, die Sache interessierte ihn, auch wenn sie womöglich nicht in sein Ressort fiel.

6

«Das ist ja widerlich!»

Sabine Scholz sah Viola aus ihren grünen Augen an, die mitunter, bei einem bestimmten Lichteinfall, auch braungrün schimmerten, sie runzelte die Stirn und bekam diesen typischen verärgerten Gesichtsausdruck.

«Was soll das sein?»

Viola zuckte mit den Schultern.

«Klingt wie ein tropfender Wasserhahn oder so», mutmaßte sie.

Sie hatte ihrer Freundin soeben von dem Anruf gestern Abend erzählt, und die hatte natürlich sofort dieses Geräusch hören wollen. Jetzt nahm sie das Handy vom Ohr und schaute auf das Display.

«Soll ich mal bei der Nummer anrufen?»

Sabines Frage war rein rhetorisch gewesen, und sie wartete auch keine Antwort ab, sondern drückte, noch während sie sprach, die Wähltaste, stellte auf laut und sah Viola mit hochgezogenen Augenbrauen aus listig blitzenden Augen an.

Viola hatte sich bisher nicht getraut, die Nummer zu wählen, aber Sabine kannte bei so etwas keine Scheu. Sie war schon immer die Mutigere von ihnen gewesen.

Sabine ließ es lange klingeln, doch es ging niemand ran, und eine Mailbox meldete sich auch nicht. Schließlich vermeldete eine Bandstimme, der Teilnehmer sei zurzeit nicht erreichbar.

«War ja klar. Ein armseliger Feigling mit mickrigem Pimmel.»

Sabine hatte laut gesprochen und zog die Blicke der anderen Gäste des Cafés auf sich. Bine zog ohnehin immer alle Blicke auf sich. Sie war klein, nicht mal eins sechzig, wog weniger als fünfzig Kilo, trug Kleidungsgröße XS, strahlte aber eine unbändige Energie aus, die für mindestens drei wesentlich größere Menschen gereicht hätte. Ihr kurzes Haar reichte nur bis zu den Ohren, der Nacken war rasiert, sodass ein kleines Tattoo in Form eines Seesterns sichtbar war. Vorn fielen ihr die blonden Strähnen ins Gesicht.

«Und wegen dieses Anrufs bist du schlecht drauf?», fragte Sabine und reichte das Handy über den Tisch zurück.

Viola schluckte den ersten Impuls hinunter, ihrer Freundin zu widersprechen.

Sie hatte ja recht!

Sie war schlecht drauf, schon seit sie heute morgen aufgestanden war. Dieses eklige Geräusch hatte Viola in den Schlaf begleitet und für wüste Träume gesorgt. Jemand war hinter ihr hergelaufen und hatte immer wieder mit einem nassen grauen Feudel nach ihr geschlagen. Der schwere Stoff war ihr ins Gesicht geklatscht, rechts und links, immer wieder, bis ihr Haar nass war. Und so war sie dann auch aus dem Schlaf geschreckt: mit nassem, verschwitztem Haar. Sie hatte heiß geduscht, war sich aber noch nicht sicher gewesen, ob sie Sabine von dem Anruf erzählen sollte, aber kaum hatten sie sich im Café getroffen, platzte es aus ihr heraus. Sie musste einfach mit jemandem darüber sprechen.

«Nicht nur wegen des Anrufs ...», erklärte sie. «Seit ungefähr zwei Wochen habe ich das Gefühl, beobachtet zu werden.»

«Was meinst du damit?»

«Ich höre Schritte hinter mir, aber wenn ich mich umdrehe, ist da niemand. Ich sehe Schatten, die plötzlich verschwinden, und gestern Abend war ich mir sicher, dass jemand von der Straße aus mein Fenster beobachtet. In der U-Bahn hat mich jemand fast umgestoßen, aber als ich mich umdrehte, stand da nur eine alte Dame. Vor ein paar Tagen, ich kam vom Pilates, da folgte mir jemand. Ich war mir ganz sicher. Aber gesehen habe ich niemanden.»

Violas Stimme zitterte. Sie wäre gern mutiger gewesen, so wie Sabine, spürte aber ständig diese tief in ihr verwurzelte Angst. Ihre Mutter war genauso, sie sah überall Gefahren. Tu dies nicht, tu das nicht, sei vorsichtig, halt dich von diesem und jenem fern – wer mit solchen Warnungen aufwuchs, konnte kein selbstsicherer Mensch werden.

«Warum hast du mir denn nicht längst davon erzählt?»

«Ich dachte, ich bilde mir das nur ein … aber nach diesem Anruf …»

Sabine runzelte abermals die Stirn. «Jede Wette, Marius steckt dahinter», sagte sie.

Genau das hatte Viola befürchtet. «Bine, bitte … das glaube ich nicht. Und ich möchte keinen Ärger mehr mit ihm.»

Viola konnte sich noch allzu gut daran erinnern, wie ihre Freundin ihr gegen Marius beigestanden und die ein oder andere Schlacht für sie geschlagen hatte. Sabine trainierte seit ihrem zwölften Lebensjahr Kickboxen und konnte austeilen, wenn sie es musste. Marius hatte das zu spüren bekommen.

«Ärger bekommt er auf jeden Fall mit mir, wenn er es wirklich ist, der dir auf die Mailbox sabbert. Oder wir gehen gleich zur Polizei!»

Viola schüttelte den Kopf.

«Nein, das möchte ich nicht. Wahrscheinlich hört es von allein wieder auf. Komm, lass uns shoppen gehen, ich will an was anderes denken.»

Viola ignorierte den missbilligenden Blick ihrer Freundin, sprang auf und ging zum Tresen vor, wo sie für sie beide die Rechnung bezahlte. Sabine war zurzeit arbeitslos und hatte nicht viel Geld. Viola verdiente als examinierte Altenpflegerin nicht schlecht, es war also kein Problem, und sie tat es gern.

«Danke», sagte Sabine draußen auf der Straße mit gepresster Stimme. Viola wusste, wie sehr sie es hasste, auf jeden Cent schauen zu müssen. Was sie sogar noch mehr hasste, auch wenn sie es nicht zugab, war ein «Kein Problem» oder «Mach ich doch gern». Auch wenn darin keine Herablassung lag, konnte es bei Sabine an einem schlechten Tag so ankommen. Kommunikationsprobleme gab es auch unter besten Freundinnen.

Sie schlenderten Richtung Innenstadt. Zunächst war die Stimmung etwas angespannt und gedrückt, aber Sabine war eine Meisterin der guten Laune gegen alle Widerstände. Sie fand immer etwas, worüber zu lachen sich lohnte, und sei es nur, wie in diesem Fall, einen gutsituierten Herrn in den besten Jahren, der die hilfreich ausgestreckte Hand seines jugendlichen Freundes benötigte, um aus dem sauteuren und extrem tiefen Sportwagen aufzustehen.

«Ich liebe diese Typen. Sie können sogar sich selbst gegenüber ignorant sein», sagte Sabine lachend und so laut, dass die beiden Männer es hören mussten.

Ein Stück weiter schnauzte sie einen hippen jungen

Typen an, der vor den Augen eines Obdachlosen eine Pfandflasche in den Tiefen eines Mülleimers verschwinden ließ, statt sie dem Mann in die Hand zu drücken. Der Typ wagte es nicht, etwas zu erwidern, sah lieber zu, dass er Land gewann.

Viola hatte den Eindruck, der Humor ihrer Freundin wäre heute im besten Fall grimmiger Natur.

«Wir kaufen Unterwäsche für dich», befahl Sabine.

«Meine Schubladen quellen ohnehin schon über», entgegnete Viola.

«Ja, aber Unterwäsche ist gut fürs Gemüt. Bei mir funktioniert das immer, wenn ich down bin.»

«Bist du down heute?»

Ein schneller Seitenblick. «Wie kommst du darauf?»

Viola zuckte mit den Schultern. «Nur so ein Gefühl ...»

Dieses «Beste-Freundinnen-Ding» funktionierte nicht nur in eine Richtung. Natürlich wusste Viola immer, wie es Bine ging. Okay, vielleicht nicht immer, aber doch meistens.

Ohne den Schritt zu verlangsamen, sagte Bine:

«Meine Mutter macht mich fertig.»

Kein Spott oder Hohn in der Stimme, nur tiefe Verzweiflung.

Sabines Mutter war schwerkrank. Ihre Niere war kaputt, sie musste dreimal die Woche zur Dialyse, hinzu kamen Folgeerkrankungen, aufgrund deren sie sich den Fuß hatte amputieren lassen müssen. Sie war deswegen unausstehlich, streitsüchtig und gemein, aber Sabine musste bei ihr wohnen, weil sie sich keine eigene Wohnung leisten konnte, und natürlich half sie ihr, wo sie konnte. Immerhin war sie ihre Mutter.

«Wenn du mal ein paar Nächte bei mir schlafen willst ...», bot Viola ihr an.

«Ist lieb gemeint, wirklich, aber es geht schon. Wenn nur nicht diese ständigen Vorwürfe wären. Als ob ich etwas dafür könnte, dass es ihr schlecht geht.»

«Kannst du nicht, und das weiß sie auch. Sie ist sauer auf die ganze Welt, nicht auf dich. Ich bin mir sicher, sie liebt dich ... irgendwie.»

An einer roten Fußgängerampel blieben sie stehen. Sabine schaute Viola an.

«Das ‹irgendwie› trifft es wohl», sagte sie. «Liebe zeigt sich ja in den überraschendsten Ausprägungen.»

Einen Moment lang standen sie schweigend da und warteten auf grünes Licht. Viola ließ ihren Blick über die Leute um sie herum schweifen und fragte sich, ob sich der Typ, der sie beobachtete und anrief, wohl auch hier herumtrieb. Im Moment hatte sie keine Angst, denn Bine war ja in ihrer Nähe, aber die Gedanken ließen sich nicht einfach so abstellen.

Violas Handy vibrierte. Sie zog es aus der Hosentasche.

«Der Sabberheini mit mickrigem Pimmel?», fragte Sabine.

«Nein, Kathrin von der Arbeit. Entwarnung», antwortete Viola und nahm das Gespräch entgegen.

Mit einem Finger im Ohr, den Blick zu Boden gewandt, sprach sie mit Kathrin. Sabine überquerte die schmale Straße, um auf der anderen Seite das Schaufenster eines Schuhgeschäftes zu begutachten.

Kathrin hatte in dem Pflegeheim, in dem Viola arbeitete, heute die Tagschicht, Viola musste um achtzehn Uhr die Nachtschicht antreten. Dass Kathrin überhaupt anrief, war für Viola ein Alarmsignal, denn es bedeutete, dass es Frau Sonnenberg schlechter ging.

«Nicht heute und wahrscheinlich auch nicht in der Nacht, aber wenn du mich fragst, dann morgen», sagte Kathrin. «Ist vielleicht besser, wenn du deine Schicht tauschst.»

«Kannst du das für mich regeln?», fragte Viola.

«Hab ich schon. Heute Abend springt Max für dich ein. Du kommst dann morgen früh, danach kommt ja eh die Wochenendschicht, und dann passt es wieder.»

«Ich danke dir, du bist ein Schatz!»

«Ich hoffe nur, ich liege nicht falsch.»

«Tust du doch nie.»

Kathrin war erschreckend gut darin, den Todeszeitpunkt von Patienten vorherzusagen, wenn sie erst einmal in dem Stadium angelangt waren, das das Ende einläutete. Bei Frau Sonnenberg war das seit einer Woche der Fall.

Viola verabschiedete sich von ihrer Kollegin, blieb noch einen Moment mit dem Handy in der Hand stehen und sortierte ihre Gedanken. Plötzlich war ihr überhaupt nicht mehr nach shoppen. Sie wusste, sie durfte ihren Job nicht so sehr ihr Privatleben bestimmen lassen, aber das war nicht so einfach. Ohne Sabine wäre Viola jetzt nach Hause zurückgekehrt, deshalb war sie doppelt froh, ihre Freundin dabeizuhaben.

Sie folgte ihr auf die andere Straßenseite, und Sabine erwartete sie mit einem merkwürdigen Ausdruck im Gesicht, einer Mischung aus Erstaunen, Argwohn und Zweifel.

«Was ist?»

«Hast du den Typen nicht bemerkt?»

«Welchen Typen?».

«Den mit dieser merkwürdigen blauen Tasche.»

Viola drehte sich um und suchte nach einem Mann mit einer blauen Tasche, sah aber niemanden.

«Das war ... eigenartig», sagte Sabine für ihre Verhältnisse ungewohnt leise und vorsichtig.

«Ich hab durch das Schaufenster dieses Paar violette Panama Jacks fotografiert, weil ich schauen will, ob's die im Web günstiger gibt, und da war er mit auf dem Bild ... wie ein Geist. Ganz nah bei dir, schau mal.»

Sabine hielt Viola ihr Handy hin, sodass sie aufs Display schauen konnte.

Im Schaufenster spiegelte sich die Straße, dahinter erkannte man die Schuhauslage. Viola sah sich selbst, den Finger im einen Ohr, das Handy am anderen, und dicht bei ihr stand ein Mann, ein Schemen, unscharf und irgendwie geisterhaft, wäre da nicht diese blaue Tasche gewesen, die ihn realer erscheinen ließ.

«Als ich mich umdrehte, hat er sich gerade zu dir gebeugt, mit geschlossenen Augen, und es sah fast so aus, als würde er ... na ja ... als würde er dich einatmen wollen.»

Bei diesen Worten lief es Viola eiskalt den Rücken hinunter. Ihr Bauch zog sich schmerzhaft zu einem harten Klumpen zusammen.

Wieso hatte sie diesen Mann nicht bemerkt, wenn er ihr doch so nahe gekommen war?

«Wie sah er aus?», fragte sie.

«Unscheinbar. Mittelgroß, dichtes blondes Haar, Pottschnitt, blonder Schnurrbart. So ein verhuschtes Muttersöhnchen. Als er bemerkte, dass ich herüberschaute, ist er rasch weitergegangen.»

«Scheiße ... jetzt habe ich doch wieder Angst», stieß Viola aus.

«Musst du nicht, ich bin ja bei dir.»

Sie legte Viola einen Arm um die Taille und zog sie weiter.

«Außerdem war das nur ein harmloser Spinner, der keine Frau abbekommt ... aber diese Tasche, die er dabeihatte, die war echt krank. So was trägt doch kein erwachsener Mann!»

7

«Kann man da noch was machen?»

Rebecca Oswald glaubte, ihren Ohren nicht trauen zu können. Diese Frage hatte sie hier nicht erwartet. Überall sonst – und beinahe überall sonst war sie ihr auch schon gestellt worden –, aber nicht hier in der Kurklinik, in der sie ihre halbjährlich wiederkehrende einwöchige Therapie absolvierte.

«Bei mir vielleicht, bei dir ganz sicher nicht. Dummheit ist nicht heilbar.»

Rebecca schenkte dem Frager ein warmes Lächeln und rollte davon. Sie hatte es ein wenig eilig, denn in einer Viertelstunde begann ihr Massagetermin bei Oleg, zu dem sie auf gar keinen Fall zu spät kommen durfte. Oleg war ein kahlköpfiger, durchtrainierter Russe, der das R auf eine Art und Weise rollte, die die Entspannung, die seine kräftigen Hände schufen, nur noch verstärkte.

Der beinamputierte Typ, der während des Mittagessens im Speisesaal immer wieder zu Rebecca herüber gestarrt hatte, blieb mit verständnislosem Gesichtsausdruck zurück. Seine Blicke zwischen Kartoffelbrei und Spinat waren unangemessen gewesen, richtig aufdringlich, allein dafür hatte er sich Rebeccas unfreundliche Abfuhr verdient. Wäre es nur sein dummer Spruch gewesen, hätte sie ihm ehrlich mit einem «Leider nein» geantwortet. Auch wenn solche Fragen sie nach fast zwanzig Jahren im Rollstuhl nur noch nervten, versuchte sie sonst, nachsichtig zu sein. So einfach war es schließlich nicht, mit Behinderten in Kontakt zu kommen in einer Welt, die Behinderte gern unsichtbar sein ließ.

Sie hatte den Mann beinahe schon vergessen, als sie in den Massagebereich rollte. Darin duftete es wunderbar nach Mandelöl, aus einem kleinen Lautsprecher in der Ecke drangen Natur-Entspannungsgeräusche wie Wasserplätschern und Vogelgesänge, und pastellfarbene Wände und Plastikbambus rundeten den billigen Kitsch formvollendet ab. Dies war eine Kurklinik ihrer gesetzlichen Krankenkasse, da konnte sie keinen Luxus erwarten. Hauptsache, Oleg legte seine Zauberhände an sie, dann war alles gut.

Dieses Mal hatte Rebecca ihren einwöchigen Aufenthalt nur widerwillig angetreten. Sie musste dafür auf ein Kajakwettrennen auf der Elbe verzichten, an dem sie in den vergangenen Jahren immer teilgenommen hatte. Es störte sie nicht, dass sie nie über den zehnten Platz hinauskam, viel wichtiger war es ihr, sich mit Menschen messen zu können, die von ihrer Behinderung nichts wussten und ihr nicht einen Millimeter Vorsprung schenkten.

Aber leider bestimmte die Krankenkasse den Kurtermin, und sie musste gehorchen, wenn sie weiterhin davon profitieren wollte. Morgen ging es schon wieder nach Hause. Fünf Tage waren wie im Flug vergangen, und mehr noch, als Rebecca sich auf Oleg und sein gerolltes R freute, freute sie sich auf Jens Kerner. Weil ihr eigener Wagen den Geist aufgegeben hatte, hatte Jens sie in seiner Red Lady hergefahren, einem amerikanischen Pick-up Baujahr 65, und versprochen, sie auch wieder abzuholen. Jens hielt immer, was er versprach. Mit ihm konnte sie auch zwei Stunden schweigend im Auto verbringen und sich trotzdem wohlfühlen.

Rebeccas Enttäuschung war groß, als nach wenigen Minuten eine Frau in weißem Klinikkittel den Wartebereich betrat. Sie war mittelgroß und trug ihr hellblondes Haar in einem Pagenschnitt. Auf dem Namensschild an ihrer Brust stand Bianca Deuter.

«Oleg ist leider erkrankt. Wenn Sie nichts dagegen haben, übernehme ich seine Massage.»

Rebecca hatte etwas dagegen, und nur ihr höfliches Naturell hielt sie davon ab, die Flucht zu ergreifen. Bianca Deuter konnte das R nicht rollen, hatte keine kräftigen Hände, geschweige denn Oberarme, und überhaupt wollte Rebecca, wenn es denn schon sein musste, von einem Mannsbild massiert und gedehnt werden.

Und es musste sein. Die regelmäßigen Aufenthalte in dieser langweiligen Kurklinik waren notwendig, um dem Muskelschwund entgegenzuwirken und die Organe auf Trab zu halten. Auch Beine, die nicht mehr funktionierten, mussten bewegt werden. Gerade die!

Also folgte Rebecca der Masseurin in den Behandlungsraum und ergab sich in ihr Schicksal. Oleg konnte endlos über das Wetter philosophieren, man musste dann gar nicht zuhören oder sich konzentrieren, man konnte ganz und gar dem weichen R hinterherlauschen.

Rebecca wechselte aus dem Rollstuhl auf den Massagetisch, zog Jogginghose und Oberteil aus und streckte sich rücklings aus.

Die Masseurin fuhr den elektrisch verstellbaren Tisch hoch.

«Ihr letzter Tag heute bei uns, nicht wahr?», fragte sie.

«Ja, letzter Tag, die Pflicht ruft.»

«Sie sind bei der Polizei, hat Oleg erzählt.»

«Schon, aber nur als zivile Mitarbeiterin.»

«Sie ermitteln also nicht in Mordfällen und so?»

Rebecca hörte eine gewisse Enttäuschung heraus, und weil sie gern auch ein bisschen angab mit ihrem Beruf – seit sie maßgeblich daran beteiligt gewesen war, ein Serienmörderpärchen dingfest zu machen, sogar noch lieber –, entschied sie sich, die Konversation ein wenig spannender zu gestalten. Sie konnte ja schlecht eine halbe Stunde stumm wie ein Fisch herumliegen. Das ging nur bei Oleg.

«Doch, manchmal ist mein Chef schon auf meine Hilfe angewiesen. Eine zweite Meinung ist bei wichtigen Ermittlungen immer gut.»

«Klingt ja super interessant!»

Bianca widmete sich Rebeccas Waden und ließ die kaum noch vorhandene Muskulatur über die Knochen gleiten. Wenn sie dort Schmerzen hätte empfinden können, hätte sie aufgeschrien.

Den letzten Satz hatte die Masseurin in einem merkwürdigen Tonfall gesagt. Hatte sie ihn sich für dieses Gespräch zurechtgelegt? Langsam beschlich Rebecca der Verdacht, nicht wegen einer zufälligen Erkrankung Olegs bei Bianca Deuter auf dem Tisch gelandet zu sein. Wollte die Frau noch etwas anderes von ihr wissen?

«Darf ich Sie etwas Berufliches fragen?»

Aha, dachte Rebecca, da kommt es ja schon. Hoffentlich machte sich die Masseurin nicht Hoffnungen, sie könnte dafür sorgen, dass sich ihre Strafzettel für falsches Parken oder zu schnelles Fahren in Luft auflösten.

«Fragen dürfen Sie gern, ich weiß nur nicht, ob ich antworten darf. Manches unterliegt der Geheimhaltung.»

Bianca Deuter ging nicht darauf ein, stattdessen platzte der nächste Satz aus ihr heraus wie Wasserdampf aus einem überhitzten Kessel.

«Was würden Sie tun, wenn jemand spurlos verschwindet, und die Polizei tut nichts?»

«Das gibt es nicht, dass die Polizei einem Vermisstenfall nicht nachgeht», sagte Rebecca spontan, wohl wissend, dass es das durchaus gab. Nur weil jemand vermisst wurde, war er oder sie nicht zwangsläufig auch einem Verbrechen zum Opfer gefallen. Es gab Leute, die wollten einfach verschwinden, und das war ihr gutes Recht. Jeder Erwachsene durfte sich aufhalten, wo er wollte, und musste niemandem deswegen Rechenschaft ablegen.

«Die Polizei ist ihm ja auch nachgegangen. Meiner Meinung nach haben sie aber viel zu schnell aufgegeben», sagte Bianca. Sie legte sich Rebeccas rechtes Bein auf die Schulter und hob es durchgestreckt so weit an, wie es die leider ständig verkürzten Bänder und Sehnen zuließen.

«Vielleicht waren sämtliche Spuren ausermittelt», gab Rebecca zu bedenken.

«Nennt man das so? Ausermittelt?»

«Ja.»

«Toller Beamtenbegriff, vielleicht ein bisschen zynisch. Immerhin leben die Angehörigen in Sorge.»

Bei den letzten Worten veränderte sich die Stimme der Masseurin. Sie zitterte leicht und bekam einen verzweifelten Klang. Bianca legte Rebeccas Bein ab und begann, den Oberschenkel zu lockern.

«Um wen geht es denn?», fragte Rebecca.

Biancas Hände erstarrten jetzt, und weil Rebecca auf dem Rücken lag, sah sie, wie der Masseurin langsam die Gesichtszüge entglitten. Zuerst zitterte nur die Unterlippe, dann das ganze Kinn. Die Lider begannen zu flattern, und die Augen wurden feucht.

«Entschuldigung ...»

Bianca ließ von Rebecca ab, drehte sich weg und trat ans Fenster. Sie weinte.

«Ich wollte nicht ...», begann sie, doch ihre Stimme brach, und ihre Schultern zuckten.

«Es tut mir leid ... es geht gleich weiter ...»

Rebecca stemmte sich hoch und stützte sich auf den Ellenbogen ab. In der Fensterscheibe spiegelte sich das Gesicht der Masseurin, geisterhaft und farblos. Es war voller Verzweiflung.

«Um Sandra, meine Tochter ...», flüsterte sie schließlich.

Rebecca klopfte neben sich auf die Liege.

«Na kommen Sie, erzählen Sie mir davon.»

Bianca schüttelte den Kopf.

«Ich hätte gar nicht davon anfangen dürfen. Sie sind schließlich als Patientin hier.»

«Ist doch egal. Vielleicht kann ich ja helfen, wer weiß.»

Jetzt drehte Bianca sich um und wischte sich mit einem Papiertaschentuch die Augen trocken.

«Wirklich?»

«Ich kann nichts versprechen, aber ich will es versuchen.»

Bianca kam zur Massageliege zurück, setzte sich auf die Kante und schnäuzte sich die Nase.

«Meine Tochter ... Sandra ... sie ist vor zwei Jahren verschwunden. Da war sie zwanzig.»

«Aber die Polizei wird doch nach ihr gesucht haben.»

«Schon, ja, aber ... Sandra war damals verzweifelt, und der ermittelnde Kommissar meinte, es könnte Suizid gewesen sein.»

«Aber das glauben Sie nicht.»

Bianca schüttelte den Kopf.

«Auf gar keinen Fall. So ein Mensch ist Sandra nicht. Sie ist eine Kämpferin, wissen Sie. Niemals hätte sie einfach aufgegeben. Es gab doch auch gar keinen Grund für sie, so etwas zu tun.»

Rebecca verabschiedete sich innerlich von ihrer Massage und stemmte sich in eine sitzende Position hoch.

«Vielleicht sollten wir uns irgendwo in Ruhe unterhalten», schlug sie vor.

8

Vor einiger Zeit

Ihr Körper war voller Wunden, überall war Schmerz, vor allem aber im und am Kopf, der zu platzen drohte, sobald sie ihn bewegte. Sie wusste nicht, was passiert war, konnte sich nur noch daran erinnern, wie sich vor ihr ein Abgrund auftat, in den sie stürzte, und dann ... Schwärze.

«Wirst du dich jetzt benehmen?»

Er war noch da, ganz in der Nähe, und jetzt riss er ihr die fest sitzende Augenbinde vom Kopf. Der grobe Stoff hatte schmerzhaft auf ihre Augäpfel gedrückt, sie konnte nicht sofort wieder sehen. Blinzelnd versuchte sie, etwas zu erkennen, aber da waren nur Licht und Schatten und eine Bewegung dazwischen. Sie war sich nicht sicher, ob es wirklich nur an dem plötzlichen Lichteinfall lag oder an ihrem dröhnenden, pochenden Schädel, der sich anfühlte, als hätte sie einen furchtbaren Schlag erlitten.

Sie war an einen Stuhl gefesselt, so viel stand fest. Die Luft im Raum war warm, roch abgestanden und nach altem Staub. Die Nähe ihres Entführers lähmte ihr Denken, füllte sie mit entsetzlicher Angst, und sie begriff, dass dies kein sich irgendwann in wohligem Schauer auflösender Albtraum war, sondern die Realität, grausam und unfassbar.

Sie versuchte, sich auf ihn zu konzentrieren. Ein schwieriges Unterfangen, wenn man kaum einen klaren Gedanken fassen konnte, zudem schien er sich unablässig im Raum hin und her zu bewegen, war mal hier, mal dort, aber nie besonders nah bei ihr.

Bevor sie auf seine Frage reagieren konnte, schob er sich vor die starke Lichtquelle, die sie blendete. Der Hitze nach zu urteilen, musste es ein kräftiger Scheinwerfer sein.

«Ich ... ich kann nichts sehen ...»

«Nun, das war doch schon immer so, nicht wahr? Ab jetzt werde ich dir die Augen öffnen.»

Sie hörte seine Worte, verstand sie aber nicht und wollte sich auch gar nicht darauf einlassen. Es war ihr egal, was der Mann sagte. So träge ihre Gedanken auch waren, sie kreisten immer schneller um diese eine furchterregende Frage:

Was wird er mir antun?

«Welche Augenfarbe habe ich?»

Die Frage kam von rechts, weit genug entfernt, sodass sie nicht auch noch seinen Atem spüren musste.

«Ich ... ich kann doch nichts sehen!»

«Du hast mich ständig gesehen vor diesem Tag. Ich war so oft in deiner Nähe, aber du kannst dich nicht einmal an meine Augenfarbe erinnern? Das ist wirklich sehr enttäuschend.»

Während er sprach, wechselte er seine Position im Raum, sodass seine Stimme aus verschiedenen Richtungen zu kommen schien.

Sie drehte den Kopf hin und her, forderte Schwindel und Übelkeit heraus.

«Beschreib mein Haar», verlangte er.

Irgendwo hinter ihr.

«Beschreib meine Figur.»

Von links.

«Wie groß bin ich?»

Wieder schob er sich vor die Lichtquelle, und alles, was sie sah, war ein Umriss, groß und schwarz. Beine, Arme, der Kopf, aber keine Details. Sie strengte sich an, fokussierte ihren Blick, doch ihre Augen und ihr Hirn spielten nicht mit.

«Bitte ... lassen Sie mich doch gehen», bettelte sie und brach in Tränen aus.

«Du willst gehen?»

Er lachte trocken und freudlos.

«Oh ja, du wirst gehen. Für eine lange Zeit wirst du nichts anderes mehr tun. Aber zuvor ...»

Er unterbrach sich und trat nach rechts aus dem Licht. Da sie nun nicht mehr geblendet wurde, sah sie besser und wünschte sich augenblicklich, dem wäre nicht so.

Er hielt eine große Schere in seiner Hand. Die Klingen warfen scharfe Lichtreflexe in den Raum.

«... müssen wir das hier erledigen.»

«Ich möchte nach Hause ... bitte!», schrie sie ihre Angst hinaus und brach abermals in Tränen aus.

Die Schere war lang und spitz und glänzte neu, und ihr Bauch zog sich bei ihrem Anblick zusammen, weil sie ahnte, dass er sie in ihren Körper stoßen würde.

«Wenn du schön stillhältst, wird es auch nicht weh tun. Ich verspreche es dir.»

Schon befand er sich wieder hinter ihr, und durch ihr eigenes Geheul hindurch hörte sie, wie sich die Klingen der Schere mit einem ratschenden Geräusch schlossen. In der Erwartung großen Schmerzes, des Eindringens kalten Stahls in ihren Rücken, registrierte sie mit Verzögerung, dass er sie nicht stach, sondern ihr das Haar abschnitt.

«Nein ... nicht!»

Instinktiv schüttelte sie den Kopf.

Seine Hand krallte sich über der Stirn in ihr langes Haar und riss ihren Kopf schmerzhaft zurück.

«Halt still!», zischte er. «Oder ich schwöre dir ...»

Er hielt die Schere in ihr Sichtfeld.

«Schnipp, schnapp, Ohren ab.»

Sie heulte weiter, hielt aber still, während um sie herum die Strähnen zu Boden fielen. Ihr schönes Haar, lang und glatt und seidig, landete im Staub, und sie starb in diesem

Moment tausend Tode, so als tötete er mit jedem abgeschnittenen Haar einen Teil von ihr. Sobald er mit der kalten Klinge ihren immer kahleren Kopf berührte, zuckte sie zusammen.

Halt still, halt still, sagte sie sich. *Er lässt dich am Leben, wenn du nur stillhältst.*

Der Horror dauerte nur wenige Minuten.

Aus nassen Augen sah sie ihn verschwommen erneut ins Licht treten, wieder war er nicht mehr als ein Schemen ohne Konturen und Details.

«Du hast viel zu lange viel zu viel Zeit auf dein Haar verwendet. Hier brauchst du es nicht mehr.»

Plötzlich ein leises Brummen. Sie erkannte das Geräusch sofort. Ein elektrischer Rasierapparat!

Er trat hinter sie und legte mit einer zarten Bewegung seine Finger an ihren Kopf.

«Ein wenig Stillhalten noch, dann haben wir es geschafft.»

Der Rasierer arbeitete sich durch das restliche Haar und trennte es vom Schädel. Konzentriert und langsam schor er sie kahl, legte ihren Kopf dabei von einer Seite zur anderen oder bog ihn nach vorn. Seine Berührungen waren sanft, geradezu liebevoll, und wenn sie zuckte, beschwichtigte er sie, wie man ein kleines Kind beschwichtigen würde.

«Gleich sind wir fertig», sagte er immer wieder.

Irgendwann war er dann wirklich fertig, und ihr Haar bedeckte den Boden rings um sie herum. Ihr Kopf fühlte sich merkwürdig leicht und viel zu kalt an.

«Und? Du bist doch sicher schon ganz gespannt, wie du aussiehst, nicht wahr?»

Er huschte durchs Licht und trat einen Moment später

mit einem Handspiegel vor sie hin. Sie hatte keine Wahl, musste sich anschauen.

Ihr Anblick versetzte ihr einen Schock.

Die Person da im Spiegel, das war doch nicht sie?

Das konnte nicht sein!

Dieser kahle, dünne, leicht schorfig wirkende Schädel, von dem hier und da noch Borsten ihres Haars abstanden. Dazu übergroße Ohren und ein entsetzlich entstelltes Gesicht, voller Wunden und Abschürfungen und Schmutz.

Sie wollte das nicht sehen und schloss die Augen.

«Sieh, was ich aus dir gemacht habe.»

Sie schüttelte den Kopf und presste krampfhaft die Lider zusammen. Dabei nützte das gar nichts. Ihr Anblick hatte sich doch längst auf ihrer Netzhaut eingebrannt.

«Ich will, dass du hinsiehst.»

Seine Stimme klang unnachgiebig, und sie wusste, um zu überleben, musste sie tun, was er sagte. Also öffnete sie die Augen. Der Spiegel war noch da, die Fratze darin sprang sie geradezu an.

«Und? Was sagst du?»

Wortlos starrte sie sich im Spiegel an. Der Schock lähmte sie.

«Also, ich bin ganz zufrieden. Aber eines fehlt noch. Die Farbe muss weg. Komm mit, Darling, Licht meines Lebens, ich zeige dir einen Ort, der alles gleichmacht, an dem niemand hübscher ist als ein anderer.»

9

Die Sonne glühte erbarmungslos auf die Stadt nieder. Im Asphalt, im Pflaster, in den Wänden, überall steckte die seit Wochen anhaltende Hitze, sodass es Viola vorkam, als wäre die Stadt ein übergroßer Toaster, dessen Glühfäden sie nach und nach rösteten, und über alldem brannte hoch oben der grelle Sonnenball von einem milchig blauen Himmel.

Die Menschen waren alle so spärlich wie möglich bekleidet. Jeder suchte ein schattiges Plätzchen zwischen den Häusern, vor den Eisdielen bildeten sich Schlangen, in Seitengassen und Hinterhöfen liefen die Klimaanlagen auf Hochtouren und trieben ihrerseits die Erderwärmung voran.

Viola war froh, endlich die klimatisierten Räume des Karstadt-Kaufhauses zu betreten. Das blaue Top klebte ihr am Rücken, sie spürte Schweißtropfen auf der Kopfhaut und konnte sich schon selbst riechen. Dies war kein Wetter, um Klamotten anzuprobieren, in denen schon Dutzende andere verschwitzte Menschen gesteckt hatten, aber Sabine zog ihren grimmigen Feldzug gegen Angst und Wut mit eiserner Disziplin durch.

«Erst die Unterwäsche, und dann besorgen wir für meine Mutter diese Serie, in der sich Vorstadtfrauen gegenseitig an die Gurgel gehen, da steht sie drauf.»

Die Damenabteilung befand sich in der ersten Etage, also fuhren sie mit der Rolltreppe hinauf. Trotz des Wetters war das Kaufhaus gut besucht.

In Violas Augenwinkeln blitzte etwas Blaues auf. Blaue

Tasche!, schoss es ihr durch den Kopf. Doch als sie hinsah, war es nur eine Schaufensterpuppe mit einem blauen Badeanzug, die am Eingang zur Bademodenabteilung Wache hielt.

Sabine hatte ihr diese Tasche in allen Einzelheiten beschrieben, weit genauer als den Mann, der sie trug.

«Eine Schultasche von Scout, aber keine moderne, wie es sie heute zu kaufen gibt ... größer, eckiger, eher breit als hoch. Aber mit dem typischen gelben Schriftzug vorn in der Mitte. Hellblau ... ein schmuddeliges, verwaschenes Hellblau, die Ecken ausgefranst und dreckig. So, als wäre ein Kind seit Jahren damit jeden Tag in die Schule gegangen.»

Sabine hatte die ersten beiden Unterwäschekombinationen schon in der Hand, bevor Viola sich überhaupt auf die Auslage der Dessousabteilung konzentrieren konnte.

«Ich könnte auch was gebrauchen», sagte sie mit diesem verschmitzten kleinen Lächeln in den Augen- und Mundwinkeln. «Der Carsten aus dem Gym ... ich glaube, der steht auf mich.»

Sie hielt sich einen Spitzen-BH vor die Brust. «Rot ist meine Farbe!»

«Rot wurde praktisch für dich erfunden!», bestätigte Viola und nahm ein auffällig violettes Höschen vom Ständer. «Aber das finde ich sogar noch besser!»

Es sollte ein Scherz sein, doch Sabine schnappte sich das Teil und begutachtete es.

«Stimmt ... nicht schlecht ... Violett ist auch meine Farbe ... boah, achtzig Euro, ist das teuer!»

Enttäuscht legte sie das Designerstück zurück.

Dann wanderten sie von der Unterwäscheabteilung über die Bikinis bis hin zu den Shirts. Dort suchte sich Viola zwei schulterfreie Tops aus und nahm sie mit in den Umkleidebereich. Sie fand eine freie Kabine am Ende des Ganges und schlüpfte hinein, während Sabine noch irgendwo herumlief und sich nicht entscheiden konnte.

Sie zog den Vorhang zu und ließ sich auf die schmale Bank vor dem Spiegel sinken. Stundenlang auf den Beinen zu sein machte ihr wenig aus, das kannte sie von der Arbeit, aber heute fühlte sie sich kraftlos und abgekämpft. Sie wusste, es war nicht nur die Hitze, sondern auch die Angst, die ihr die Energie raubte.

Draußen spielte leise Musik, sie hörte Menschen miteinander sprechen, wusste ihre beste Freundin in der Nähe und fühlte sich doch allein und verletzlich. Ihre Gedanken wanderten zu Frau Sonnenberg und zum morgigen Tag, der hart werden würde, ganz egal, wie sehr sie sich wappnete.

Plötzlich hörte Viola etwas an der Rückwand der Kabine, an der der Spiegel befestigt war. Ein Schaben und Kratzen wie von Fingernägeln. Sie wusste, dort befanden sich weitere Kabinen. Wahrscheinlich zog sich darin jemand um, aber das Geräusch trieb sie trotzdem von der Bank hoch.

Viola streifte ihr Oberteil über den Kopf, um eines der Shirts anzuprobieren. Durch das Geraschel an ihren Ohren glaubte sie, ihren Namen zu hören.

«Viola ...»

Geflüstert, von einer rauen Stimme irgendwo hinter ihr.

Viola hielt inne, runzelte die Stirn, lauschte.

«Viola ...»

Entsetzt prallte sie von der Kabinenrückwand zurück, denn genau dort hatte jemand gesprochen. Auf der anderen Seite der Wand.

Schon kratzten wieder Nägel über Holz. Das Geräusch ließ Viola erstarren. Mit Wucht kehrte die Angst zurück, legte sich lähmend über sie, blockierte ihre Atmung. Sie konnte nur noch dastehen und die Wand anstarren.

«Viola?»

Es war Sabines Stimme, die sie aus der Lethargie riss. Endlich war Viola fähig, den Vorhang beiseitezureißen. Nur im BH stolperte sie auf den schmalen Gang vor den Kabinen ihrer Freundin in die Arme.

«Da bist du ja! Ich ... was ist los? Hast du einen Geist gesehen?»

«Er ist da», flüsterte Viola mit kratziger Stimme. «Auf der anderen Seite.»

Sabine brauchte keine Erklärung, sie fragte nicht weiter nach. Sie erfasste die Situation sofort, ließ den Berg Kleidung, den sie auf dem Arm trug, einfach fallen und lief los, um die Reihe der Kabinen herum zur anderen Seite. Viola rannte halbnackt hinterher. Bis ans Ende, wo Sabine den geschlossenen Vorhang beiseiteriss.

Die Kabine war leer.

Auf der schmalen Bank lag das violette Höschen zu achtzig Euro.

10

Rebecca Oswald betrachtete das Foto lange.

Die junge Frau darauf war eine Schönheit. Sie hatte langes dunkelblondes Haar, eindrucksvolle Augen mit tollen Wimpern, ein Gesicht, in dem alle Proportionen stimmten.

Ihr Lächeln war offen und herzlich, die Zähne weiß und gerade.

«Ihr größter Traum ist es, Sängerin zu werden», sagte Bianca Deuter. «Sie hat keine Folge von DSDS verpasst. Ich hab es gehasst, dass sie sich diesen Mist anschaut, und wir sind oft darüber in Streit geraten. Weißt du ... ich ertrug es nicht, dass sie immer dünner und dünner wurde, nur um einem angeblichen Ideal zu entsprechen. Egal, was ich gekocht habe, sie hat gegessen wie ein Spatz ...»

Bianca schüttelte den Kopf, ein Lächeln auf den blassen Lippen.

«Wenn meine Kleine sich einmal etwas in den Kopf setzt, kann sie ungeheuer diszipliniert sein. Sie ist eine Kämpferin mit Löwenmut. Deshalb glaube ich auch einfach nicht daran, dass sie sich etwas angetan hat.»

Rebecca war mit der Masseurin der Kurklinik aus dem Therapiebereich in die Cafeteria gewechselt, um sich die Geschichte von ihrer verschwundenen Tochter anzuhören. Bei einer Tasse Kaffee hatte sie ihr das Du angeboten, um die Gesprächsatmosphäre aufzulockern. Sie konnte der verzweifelten Frau ansehen, wie gut es ihr tat, über all das sprechen zu können.

Rebecca war sich sicher, dass Oleg nicht wirklich krank war, sondern die beiden das geplant hatten. Immerhin wusste Oleg, dass Rebecca als Sachbearbeiterin bei der Mordkommission arbeitete und manchmal ihren Chef unterstützte, wenn er sich an einem Fall festgebissen hatte und nicht weiterkam. Als zivile Mitarbeiterin war sie eigentlich nur für Verwaltungsaufgaben zuständig, aber Rebecca war gut im Lösen von Rätseln, gleich welcher Art. Irgendwie ging ihr Gehirn anders an solche Probleme heran als das anderer Leute, deshalb war sie damals auch als Einzige auf den Standort des Horrorhauses gekommen, aus dem reihenweise Mädchen verschwanden, die übers Internet ein Zimmer gebucht hatten.

«Könnten eure Streitereien etwas mit Sandras Verschwinden zu tun gehabt haben?», fragte Rebecca.

«Das meinte die Polizei damals auch. Glaub bitte nicht, ich hätte mich das seitdem nicht auch jede Nacht gefragt. Ich kann aber einfach nicht glauben, dass meine Kleine mir das antun würde. Sie hätte sich doch längst gemeldet, wenn sie aus einer Trotzreaktion heraus abgehauen wäre. So heftig waren unsere Streitereien nun wirklich nicht.»

Vielleicht hat Sandra das anders gesehen, dachte Rebecca. Auf den ersten Blick wirkte das Mädchen anmutig, fast schon schüchtern, aber wenn man genauer hinsah, entdeckte man auch Stärke und Stolz in ihrem Blick. Jugendliche konnten radikal sein, wenn es um ihre großen Träume ging. Rebecca erinnerte sich, wie sehr sie selbst ihren Eltern auf die Nerven gegangen war mit ihrem Leistungssport, und wenn sie versucht hatten, sie zu bremsen, war sie oft aus der Haut gefahren. Ihr Trotz war der Grund für viele Streitereien gewesen. Letztlich hatte er sie in den Rollstuhl und damit direkt hierhergebracht.

«Sandra war damals zu einem Casting für diese Show eingeladen.»

«Tatsächlich?»

«Ja, aber das waren viele, und es hat auch nicht geklappt. Sie wollte trotzdem weiter daran festhalten. Ich hab darauf gedrängt, dass sie eine vernünftige Ausbildung macht, und sie hat auch auf mich gehört und eine Lehre als Fotografin begonnen.»

«Unter welchen Umständen ist Sandra denn verschwunden?»

Bianca lachte bitter auf. «Ich weiß, es klingt merkwürdig, wenn eine Mutter das sagt, aber ... ich weiß es nicht ... nicht wirklich. Sandra hatte ja diese kleine Wohnung, und zu der Zeit waren wir an einem Tiefpunkt angelangt, sprachen nicht mehr miteinander ...»

Die Masseurin schluckte trocken, presste die Lippen aufeinander, abermals füllten sich ihre Augen mit Tränen. Rebecca überlegte, ob sie sie umarmen sollte, oder ob das unangemessen war, schließlich kannten sie sich nicht, aber noch während sie darüber nachdachte, hatte Bianca sich schon wieder gefangen. Nach zwei Jahren hatte sie wohl Übung darin, ihre Emotionen wegzusperren oder wieder einzufangen, wenn sie ausbrachen.

«Wer hat denn bemerkt, dass Sandra verschwunden ist? Du?»

Mit der Frage legte sie den Finger in eine offene Wunde, das war deutlich zu sehen.

Bianca schloss kurz die Augen und schüttelte den Kopf.

«Ihr Arbeitgeber ... der sagte später, sie sei schon seit einer Woche nicht mehr bei der Arbeit gewesen. Er war wütend, weil sie nicht wenigstens angerufen hatte. Schließlich hat er sich dann doch Sorgen gemacht und mich angerufen. Wir ... wir wissen einfach nicht, wann genau sie verschwunden ist. Nicht einmal die Polizei hat später mehr herausgefunden.»

«Hatte sie einen Freund?»

«Nicht dass ich wüsste. Damals hätte ich das nicht mehr erfahren, aber davor, als sie noch zu Hause war, hat sie gesagt, Jungs würden sie nur von ihrer Karriere abbringen.»

«Erstaunlich.»

Bianca lächelte.

«Meine Kleine ist etwas ganz Besonderes.»

«Ja, das glaube ich gern.»

Rebecca wollte ihr das Foto zurückgeben, doch Bianca schüttelte den Kopf.

«Behalt es bitte, ich habe genug davon. In der ersten Zeit habe ich Dutzende verteilen können, aber seit etwa einem Jahr will keiner mehr meine Geschichte hören, geschweige denn mir helfen. Ich belästige die Leute damit, wirft man mir vor. Du glaubst gar nicht, was für eine Überwindung es mich gekostet hat, dich anzusprechen, und wenn mein Chef davon erfährt, gibt es eine Abmahnung ... aber ... ich muss es doch versuchen. Ich kann doch meine Tochter nicht vergessen, nur weil zwei Jahre vergangen sind ...»

Ihre Stimme stockte wieder, aber diesmal füllten sich die Augen der Masseurin nicht mit Tränen.

«Von mir erfährt dein Chef nichts», versicherte Rebecca. «Aber ich weiß ehrlich gesagt nicht, wie ich dir helfen kann. Deine Tochter lebte hier in Hessen, als sie verschwand, meine Dienststelle liegt in Hamburg. Selbst wenn ich einen befreundeten Beamten davon überzeugen könnte, sich um den Fall zu kümmern, geht das aufgrund der Zuständigkeiten nicht.»

«Ach so», sagte Bianca enttäuscht. «Ich wusste nicht, dass du aus Hamburg bist.»

Sie ließ den Kopf sinken und spielte mit dem Zipfel der rosafarbenen Tischdecke, die über einer weißen lag.

«Ich sag dir was», begann Rebecca, die den Schmerz und die Enttäuschung dieser eigentlich fremden Frau kaum ertrug. «Wenn ich zurück in meiner Dienststelle bin, überprüfe ich, ob es im Bundesgebiet ähnlich gelagerte Fälle gibt. Vielleicht kommt so ja Schwung in die Sache.»

«Wirklich!?»

Die Hoffnung kehrte in Biancas Blick zurück.

«Ich werd's versuchen, kann aber nichts versprechen.»

«Nein ... ist klar, musst du auch nicht, aber ich nehme jede Hilfe, die ich kriegen kann.»

«Ich habe aber eine Bedingung», stellte Rebecca klar.

«Ja?»

«Die Massage von Oleg, die mir zusteht ... Er ist doch gar nicht krank, oder?»

Bianca musste lachen.

«Nein, ist er nicht. Komm, ich bringe dich zu ihm.»

11

«Ich sitze hier den ganzen Tag allein, und du treibst dich in der Gegend herum!»

«Aber die Pflegerin war doch gerade da!», entgegnete Sabine.

«Eine russische Gewitterziege, die mich nicht ausstehen kann und ich sie nicht. Meine eigene Tochter sollte sich um mich kümmern, nicht irgendeine Wildfremde.»

«Mama, ich kann nicht den ganzen Tag zu Hause bleiben.»

«Wieso nicht? Hast doch sowieso keine Arbeit.»

Wie sehr die letzten Worte ihre beste Freundin trafen, konnte Viola nur allzu gut erkennen. Sabine presste die

Lippen zusammen und schluckte hinunter, was sich dahinter aufgestaut hatte.

«Wie läuft es denn mit der Dialyse?», fragte Viola, um die Spannung herauszunehmen.

Sie waren vor ein paar Minuten bei der Mutter von Sabine angekommen, bei der Sabine derzeit wohnte. Viola war erschöpft von der langen Shoppingtour durch die Hamburger City, und zusätzlich steckte ihr noch der Schreck in den Knochen. Sabine hatte versucht, sie zu beruhigen, richtig gelungen war es ihr nicht. Sie wussten nicht, wer das violette Höschen in die Kabine gelegt hatte und ob wirklich jemand ihren Namen geflüstert oder sie sich getäuscht hatte, dennoch hatte diese Begebenheit gereicht, um Viola den Spaß an der Shoppingtour vollends zu verleiden.

«Das Blut läuft raus und wieder rein. Wie soll's sonst laufen?», erwiderte Sabines Mutter gehässig. «Und ihr? Habt schon wieder Geld für Klamotten und Schminke ausgegeben? Geld, das ihr nicht habt?»

«Brauchst du irgendwas?», überging Sabine den neuerlichen Angriff.

«Ja, eine neue Niere. Und eine Tochter, die sich kümmert.»

Sabine schüttelte den Kopf, schloss die Augen, und als sie sie wieder öffnete, erkannte Viola die Veränderung darin. «Weißt du was, Mama, mir reicht's. Ich halt das nicht mehr aus ...»

Sie schnappte sich die beiden Tüten, die sie gerade erst abgestellt hatte. In einer befand sich die neueste Staffel der Lieblingsserie ihrer Mutter, die Sabine in der Stadt gekauft hatte, obwohl sie dreißig Euro kostete und sie das Geld eigentlich nicht hatte.

«Komm, Viola, wir gehen zu dir.»

Ohne auf sie zu warten, verließ Sabine die Wohnung.

Viola stand noch einen Moment unschlüssig herum und fing den Blick von Sabines Mutter auf. Bittere Härte lag im Blick der Sechzigjährigen.

«Keine Angst, ich bringe sie Ihnen wohlbehalten zurück!», sagte Viola leise.

Agnes Scholz verlor kein Wort, und Violas Lächeln verunglückte. Sie kannte die Frau nicht besonders gut, eigentlich nur vom Hallo- und Tschüss-Sagen, konnte sich aber nicht vorstellen, dass sie wirklich so dachte, wie sie sprach. Jede Mutter liebte doch ihr Kind und wollte, dass es glücklich war!

Verunsichert und von dem harten Blick der Frau eingeschüchtert, folgte sie Sabine in den Hausflur. Ihre Freundin stieg wortlos und zügig die Treppen hinunter. Erst unten auf der Straße hielt sie inne, atmete tief ein und aus und schluckte die Tränen herunter.

«Steht dein Angebot noch?», fragte sie. «Kann ich bei dir schlafen?»

«Solange du willst.»

«Zwei, drei Nächte, um ihr zu zeigen, dass ich auch anders kann.»

«Jederzeit, das weißt du.»

Sabine umarmte sie. Für einen kurzen Moment standen sie einfach nur da, hielten sich aneinander fest, waren beste Freundinnen, die Freud und Leid miteinander teilten, und Viola spürte, dass Sabine zitterte. Die kleine starke Bine, die alles schaffte und nie aufgab, zitterte. Es zerriss Viola beinahe das Herz.

«Okay», sagte Sabine schließlich schniefend und löste

sich von ihr. «Lass uns gehen. Ich will jetzt irgendeinen Horrorfilm anschauen.»

Violas Wohnung war nicht weit entfernt, sie mussten nicht einmal den Bus oder die U-Bahn nutzen. Sabine schritt grimmig voran, das Kinn nach vorn gereckt, die Schultern gestrafft, und Viola musste an die gemeinsame Zeit auf dem Gymnasium denken. Dort hatten sie sich kennengelernt und von Beginn an gemocht. Sabines direkte Art hatte Viola, die eher zurückhaltend war, beeindruckt, aber sie hatte auch die verletzliche Seite dahinter erkannt. Sabine brauchte nicht oft Hilfe, aber wenn, dann öffnete sie sich ganz und gar und legte ihre Seele bloß. Dann flossen Tränen, und Viola wusste, heute Abend würde es wieder so weit sein. Noch hielt Sabine die Deckung aufrecht, aber nicht mehr lange. Der Angriff ihrer Mutter war zu hart gewesen.

Im Hausflur öffnete Viola ihren Postkasten, weil oben schon die Werbung herausquoll. Darunter lagen drei Briefe, grau, mit Fenster, offiziell wirkend, wahrscheinlich Rechnungen oder Post vom Finanzamt.

Sie drückte Sabine den bunten, großformatigen Flyer eines Lieferdienstes in die Hand. «Food2You ... toll ... ich bin so hungrig, lass uns da was bestellen!»

12

Die Abende in der Kurklinik waren an Langeweile nicht zu überbieten. Rebecca hasste Langeweile und hatte eine natürliche Obergrenze für Fernsehkonsum. Sicher, sie hätte sich mit dem einbeinigen Casanova verabreden und eine heiße Sohle im benachbarten Tanzlokal aufs Parkett legen können, aber wahrscheinlich tanzte er nicht gut und hatte keine Erfahrung darin, eine Lady im Rollstuhl zu führen.

Ihr Blick fiel auf Ivar.

So nannte sie ihren Rolli, frei nach einem Ikea-Stuhl aus Kiefernholz, von dem sie mehrere Exemplare in ihrer Wohnung in Hamburg stehen hatte. Zum Sitzen waren die Dinger eigentlich zu klapprig, aber als Blumenhocker und Kleiderständer unschlagbar.

Wenn er leer war, wirkte Ivar immer traurig auf sie. Sie waren so sehr miteinander verwachsen, wie es zwischen Mensch und Gerät nur möglich sein konnte. Eine Hassliebe. Eine Abhängigkeit. Ein notwendiges Übel.

Nicht, sagte Rebecca sich. *Fang gar nicht erst damit an.*

Um sich abzulenken von Gedanken, die zu denken sie sich verboten hatte, schnappte sich Rebecca ihr Handy und schrieb eine SMS an Jens. Er hatte kein WhatsApp und würde es wohl nie haben, deshalb blieb ihr nur diese vorsintflutliche Methode.

Die Uhr rückte zwar schon auf Mitternacht vor, aber sie wusste ja, wie wenig Jens schlief. Wahrscheinlich war er noch wach.

«Kannst du nicht jetzt schon kommen und mich holen? Ich leide hier Höllenqualen», schrieb sie.

Weil sie wusste, dass eine Antwort von Jens immer eine Weile auf sich warten ließ, ging sie online und gab bei Facebook den Namen Sandra Deuter ein. Check immer erst die sozialen Netzwerke, das war einer ihrer Grundsätze. Jens hielt nichts davon, dabei war das so wichtig.

Sandras Account war gelöscht worden.

Bei Google fand Rebecca aber einige Einträge.

Die Überschrift «Junges Nachwuchstalent verschwindet spurlos» klickte sie an und las den zugehörigen Zeitungsartikel. Ihr Handy meldete den Eingang einer SMS.

Jens schickte ein Foto. Das war ja mal ganz ungewöhnlich.

«Versehrt», schrieb er dazu. Rebecca erschrak.

Auf dem wohl etwas eilig und daher verwackelt geschossenen Foto blickte Jens gequält in die Kamera. Er hatte die Hand im Mund, Kinn und Hals waren blutverschmiert, das Shirt ebenfalls.

«Oh Gott, was ist passiert?», hämmerte Rebecca eilig in die Tasten.

Die Antwort ließ ein wenig auf sich warten. Jens' Langsamkeit am Handy strapazierte Rebeccas Nerven.

«Hab die legendäre Weiße Frau festgenommen. Ein Geist weniger auf der Welt.»

Und wieder schickte er ein Foto. Zwei innerhalb weniger Minuten, das war für ihn ja geradezu überbordend. Es war ja nicht so, dass Jens Computer hasste, im Gegenteil, er konnte gut damit umgehen, aber er hasste die ständige Erreichbarkeit per Handy und den damit einhergehenden Anspruch Fremder auf seine Lebenszeit.

Auf dem zweiten Foto war nicht viel zu erkennen: ein dunkler Wald im Hintergrund, mittendrin eine Person, verschwommen, weiß, fast schon bläulich leuchtend, ein verzerrtes Gesicht. Wahrhaftig eine geisterhafte Erscheinung.

«Was ist mit dir? Bist du schlimm verletzt?», schrieb Rebecca.

Jens war ein Draufgänger, immer schon gewesen. Einer dieser Männer, die handeln mussten, um denken zu können. Damit brachte er sich immer wieder in gefährliche Situationen.

«Hab mir ein Stück aus der Zunge gebissen. Geht schon wieder. Sitze im Wagen und bin auf dem Weg zu dir.»

Hastig tippte Rebecca die nächste Nachricht, denn bei Jens konnte man nie wissen. Er war bisweilen unberechenbar.

«Stopp! Das war zwar ernst gemeint, aber bis morgen halte ich es noch aus.»

Diesmal kam seine Antwort sofort.

«So ein Glück! Die Red Lady schläft nämlich schon.»

«Blödmann!»

«Danke! Wie geht's dir?»

«Ich muss hier raus, sonst randaliere ich. Sei bloß pünktlich! 16 Uhr!»

«Meine Lady und ich werden für dich alles geben. Strafzettel zahlst aber du!»

«Kein Problem, ich kenne einen Bullen, der regelt das für mich.»

«Ist das so?»

«Ja, das ist so. Ich freu mich auf morgen!»

Eigentlich hatte Rebecca schreiben wollen: «Ich freu mich auf dich», traute sich aber nicht. Sie wusste immer noch nicht, wie Jens zu ihr stand. Sie hatten sich nur ein einziges Mal geküsst. Unmittelbar danach hatten sich die Ereignisse im Eilenau-Fall überschlagen.

Ein Ausrutscher? Mehr nicht? Rebecca wusste es nicht.

Sie hatte sich nicht getraut, ihn später darauf anzusprechen.

«Ich bin pünktlich. Versprochen!», schrieb Jens zurück.

Konnte er nicht wenigstens ein einziges Mal schreiben, dass er sich auch freute?

Nein, so etwas tat er nicht. Jens war dreiundfünfzig und damit nicht mehr formbar, das wusste Rebecca, dafür war er aber immer authentisch, man wusste sofort, woran man war und was man bekam. Jens war keine Mogelpackung, sondern ein gerader Typ, der nicht gewillt war, auf alles und jeden Rücksicht zu nehmen, aber sehr zartfühlend sein konnte, wenn es ihm richtig erschien. Männer wie ihn erkannte man an ihren Taten. Und Jens tat viel für sie.

«Kannst du überhaupt fahren?», schrieb sie und schaute sich noch einmal das Foto an, das wirklich entsetzlich aussah. Wie konnte er so etwas verschicken!

«Ich lenke dann eben mal nicht mit der Zunge.»

«Blödmann.»

«Zum Zweiten! Einmal noch, dann sitzt du den ganzen Weg auf der Ladefläche.»

Rebecca lächelte.

«Aber richte dich ein bisschen her. So kannst du hier nicht aufkreuzen», schrieb sie.

«Einen schönen Mann kann nichts entstellen ... bis morgen, Teuerste!»

Rebecca überlegte einen Moment, ihm noch etwas zu schreiben, ließ es aber sein. Eine Weile saß sie einfach nur da, starrte ihr Handy an und ließ ihre Gedanken schweifen.

Dann widmete sie sich erneut dem Zeitungsbericht bei Google.

Darin erfuhr sie, dass die zwanzigjährige Sandra Deuter am 23.6.2016 unter ungeklärten Umständen verschwunden war, kurz nachdem dieselbe Zeitung zuvor über ihre

Einladung zu der Musik-Castingshow berichtet hatte. Sandras Agent wurde zitiert, ein Mann namens Oliver Kurowski. Er lobte das Mädchen in den höchsten Tönen, sprach von einem neuen Superstar und gab sich untröstlich und schockiert. Ein etwas grobkörniges Foto war beigefügt, es zeigte Sandra auf der Bühne im Scheinwerferlicht. Eine schlanke, schöne junge Frau mit langem Haar, in hautengen Jeans und Lederstiefeln, der Bauchnabel lag frei, weil sie im Moment der Aufnahme die Arme nach oben gestreckt hatte.

War ihr dieses Foto zum Verhängnis geworden? Hatte jemand sie beobachtet und Mordgedanken geschmiedet? Vielleicht wimmelte es da draußen in der freien Wildbahn nicht gerade vor Psychopathen, Vergewaltigern und Mördern, aber ganz sicher gab es mehr als genug von ihnen, und mitunter genügte ein kleiner Moment, ein Blickkontakt, eine bestimmte Geste, ein Wort, um eines dieser Monster auf sich aufmerksam zu machen.

War Sandra längst tot? Irgendwo verscharrt?

Bei dem Gedanken verkrampfte sich Rebeccas Magen, und sie legte das Handy beiseite. Für heute hatte sie genug von vermissten Menschen.

Warum nur war sie nicht Blumenhändlerin geworden? Oder Buchhalterin? Irgendetwas, wobei einem nicht ständig vor Augen geführt wurde, wie gefährlich diese Welt für Frauen immer noch war.

Ihr fielen die Augen zu, und in den ersten Augenblicken des Schlafs wurde sie von einem einbeinigen Irren verfolgt. Immer wieder rief er nach ihr, rollte dabei das R in ihrem Namen, lachte hässlich, und zwischen seinen Zähnen klebten Spinatreste.

13

Vor einiger Zeit

Seine Hand pochte schmerzhaft, immer wieder zuckten heiße Stiche in seinen Arm hinauf. Er hatte die Wunde mit Antibiotika behandelt und einen Verband angelegt. Einige Tage würde sie ihn sicher bei der Arbeit behindern, aber bleibende Schäden erwartete er nicht, dafür war ihr Biss nicht fest genug gewesen.

Dieses kleine Biest! So viel Mumm hatte er ihr gar nicht zugetraut.

In den Wochen, in denen er ihr gefolgt war und sie studiert hatte, war ihre Abhängigkeit deutlich zutage getreten, und auch als er sie in endlich isoliert und auf sich selbst zurückgeworfen hatte, waren keine Anzeichen von besonderem Mut erkennbar gewesen.

Sie hatte ihn überrascht, das gab er gern zu, aber letztendlich machte es keinen Unterschied. Jetzt war sie dort, wo sie hingehörte, und bekam ihre gerechte Strafe. Es schauderte ihn, wenn er an das Nichts dachte, durch das sie von nun an gehen würde. Er wusste ja am besten, was das Nichts mit einem Menschen machte.

Um sich von diesen Gedanken abzulenken, hatte er beschlossen, den Abend mit Arbeit ausklingen zu lassen. Einige Bohrlöcher waren noch zu setzen. Das bekam er auch mit der verletzten Hand hin.

Er öffnete die Tür und machte Licht.

Sofort sprang es ihn von allen Seiten an, und als er bis in die Mitte des Raumes trat, war er überwältigt, dabei war er noch gar nicht fertig mit der Arbeit. Ein Prachtstück würde das werden, die Herzkammer des Hauses, hier schlug das Herz seines Ichs im ganz eigenen Puls, hier konnte er die Filme seines Lebens abspielen, er selbst würde Projektor, Leinwand und Film sein, niemand anderer spielte eine ebenso wichtige Rolle.

Er nahm die Bohrmaschine vom Tisch.

Der Steinbohrer steckte noch im Futter. Es war der vierte, drei hatte er verschlissen bei den Hunderten von Löchern, die er in den harten Backstein gebohrt hatte.

Sechs Halterungen und damit sechs Löcher pro Spiegel.

Eine Wandseite fehlte noch.

In spätestens einer Woche würde er fertig sein.

KAPITEL 2

1

Viola zog die Wohnungstür leise hinter sich zu, um Sabine nicht zu wecken. Sie schlief auf der Couch im Wohnzimmer und damit nahe an der Tür, aber sie hatte zum Glück einen tiefen Schlaf. In der Nacht hatte sie sogar laut geschnarcht.

Viola wäre auch gern liegen geblieben. Sie war noch hundemüde. Erst weit nach Mitternacht hatten sie endlich ins Bett gefunden, angeheitert von zwei Flaschen Rotwein und pappsatt von dem leckeren Essen, das sie bei Food2-You bestellt hatten. Sabine hatte sogar mit dem Lieferanten herumgeschäkert, den Viola irgendwie merkwürdig fand, weil er ganz in Schwarz gekleidet war, aber zu dem Zeitpunkt hatte Sabine bereits zwei Gläser Wein intus gehabt, und ihr war alles egal gewesen. Da war Sabines Wut auf ihre Mutter längst in Traurigkeit umgeschlagen, die wiederum ihren Sarkasmus geweckt hatte.

Es war bereits wieder ungewöhnlich warm, als sie mit dem Schlüsselbund in der Hand aus dem Haus trat. In der Nacht war die Temperatur nicht unter 20 Grad gesunken. Laut Wetterapp würde der heutige Tag abermals einen Hitzerekord aufstellen. Viola hatte Bauchweh bei dem Gedanken an die Arbeit und an die sterbende Frau Sonnenberg – sie ahnte, dass ihr ein harter Tag bevorstand.

Als sie auf ihren Wagen zuging, der wie immer vor dem Haus am Bordstein parkte, traute sie ihren Augen nicht.

Sie war schon einige Male eingeparkt worden, aber noch nie so unverschämt. Ihr kleiner mintfarbener Fiat 500, den sie erst vor vier Monaten mit einem Kredit angeschafft hatte und den sie wirklich liebte, konnte keinen Millimeter vor noch zurück. Hinter ihr parkte ein weißer Ford-Transit-Lieferwagen in schäbiger Handwerkeroptik, vor ihr ein aufgemotzter alter BMW, das 3er Modell, mit getönten Scheiben und Spoilern rundherum. Ein Auto für kleine Jungs, deren Führerschein noch nach Druckfarbe roch. Jede Wette, dass der Fahrer des BMW ihre Mintkugel eingeklemmt hatte.

Es würde viel zu lange dauern, die Polizei zu rufen und auf den Abschleppdienst zu warten, außerdem mochte Viola die Aufmerksamkeit nicht, die so etwas mit sich brachte. Also mal wieder U-Bahn. Bis zur nächsten Station waren es nur fünf Minuten.

Viola lief los.

Unbewusst schaute sie sich dabei nach einem Mann mit einer blauen Tasche um.

2

«Können Sie mir sagen, wie Sie heißen?», fragte Jens Kerner.

«Darling ... Licht meines Lebens ...

... Darling, Licht meines Lebens ...»

Die bleiche Frau starrte blicklos vor sich hin, während sie diese Sätze sprach. Sie sah weder die Wände des Krankenhauses Maria Hilf in Hamburg-Harburg, noch die bunten Landschaftsbilder daran oder den Ausblick auf den kleinen Park, in dem all die alten Bäume in vollem Laub standen. Jens Kerner aber sah das alles, und im Zentrum dieser farbenfrohen Schönheit lag die blasse, geisterhafte Frau, aus der jede Farbe gewichen war und die wohl den Verstand verloren hatte.

Ihr Verhalten war anders nicht zu erklären.

Sie war nach wie vor ans Bett gefesselt, weil sie immer wieder versuchte zu fliehen, trotz der Beruhigungsmittel, die man ihr gab. Sie stemmte die dürren Arme gegen die festen Bänder, mit denen man sie fixiert hatte, bis die Adern so deutlich durch die bleiche Haut traten, dass Jens fürchtete, sie würden reißen oder die pergamentartige Haut durchtrennen. Dabei riss die Frau immer wieder den Mund weit auf und entblößte Zahnlücken. Unten und oben fehlte je ein Schneidezahn, wie es tiefer im Mund aussah, wollte Jens gar nicht so genau wissen. Verdammte Scheiße, war das furchtbar!

Pro forma hatte Jens gleich zu Dienstbeginn die psychiatrischen Abteilungen der Krankenhäuser gecheckt, aber da wurde niemand vermisst. Das war ihm eigentlich klar gewesen, denn selbst in den Abteilungen für die komplett Verrückten gab es niemanden in einem derart schlechten körperlichen Zustand, das hätte das Pflegepersonal niemals zugelassen. Aber sicher war sicher, er wollte sich später nichts vorwerfen müssen.

Die Ärzte der Klinik Maria Hilf, in die man die bleiche Frau noch in der Nacht gebracht hatte, waren sich einig: Sie musste über einen sehr langen Zeitraum ohne Tageslicht gelebt haben. Anders waren ihre bleiche Haut, der Zahnausfall und die schlechten Augen nicht zu erklären. Denn ein genetischer Albino war sie nicht, so viel stand fest.

Die bleiche Frau war zirka zweiundzwanzig bis achtundzwanzig Jahre alt und eins achtundsiebzig groß. Sie war ungewöhnlich dürr, das Unterhaut-Fettgewebe war vollständig aufgebraucht, zudem litt sie unter einem solchen Vitaminmangel, dass sie die alte Seefahrerkrankheit Skorbut entwickelt hatte. Besondere körperliche Merkmale gab es nicht, außer einem kleinen Tattoo an der Hüfte. Es zeigte Dornenranken, die zwei Buchstaben umschlangen: B. S. Mehr aber auch nicht, keinerlei Hinweise auf ihre Identität. Aber Jens brauchte einen Namen, sonst kam er nicht weiter.

Bevor er zum Krankenhaus aufgebrochen war, hatte er auf der Suche nach einer vermissten Person die Hamburger Datenbanken durchforstet, war aber aufgrund seiner dürftigen Informationen nicht fündig geworden. Jetzt, nach dem Gespräch mit dem behandelnden Arzt, hatte er zumindest die genaue Körpergröße, das ungefähre Alter und eben dieses aus zwei Buchstaben bestehende Tattoo, aber das reichte auch nicht aus.

Dr. Liebknecht, Stationsleiter und Oberarzt im Maria Hilf, gestattete es Jens, die bleiche Frau in seinem Beisein zu befragen, doch kaum hatte Jens zusammen mit dem Arzt das Krankenzimmer betreten, wurde ihm klar, dass es keine Befragung geben würde.

«Darling ... Licht meines Lebens ...»

Immer wieder dieser eine Satz, den Jens schon gestern Nacht gehört hatte, als er aus dem Mund blutend auf die Frau gefallen war. Jens ging jede Wette ein, dass die beiden Kollegen, die ihn so gefunden hatten, die Szene im Präsidium genüsslich verbreiteten.

«Darling ... Licht meines Lebens», wiederholte die bleiche Frau.

Doktor Liebknecht atmete tief durch und schüttelte den Kopf.

«Mit Fragen nach ihrem Namen kommen wir nicht weiter, das hatten wir doch alles schon», sagte er und klang vorwurfsvoll.

«Wenn Sie eine Idee haben, was ich stattdessen fragen kann, nur zu!» Jens fand den Doktor arrogant, aber was sollte er tun, hier in der Klinik war der große, grobschlächtige Mann so etwas wie ein Gott.

Liebknecht zog ein bräsiges Gesicht, es sollte wahrscheinlich nachdenklich aussehen. Unvorteilhaft, wie Jens fand. Dann nickte er plötzlich energisch und straffte sich.

«Ich versuche mal etwas ...» Er blickte die totenbleiche Patientin direkt an.

«Darling, Licht meines Lebens, hörst du mich?»

Er sprach mit veränderter Stimme, die bei Jens für unwillkürliche Erheiterung sorgte.

Der Blick der bleichen Frau war weiterhin nach innen gekehrt, vielleicht in die Welt, in der sie die letzten Jahre verbracht hatte. Was, wenn sie ihre Persönlichkeit nach den erlittenen Traumata aufgespalten hatte? Jens hatte davon gelesen, das war gar nicht so selten. Der Verstand schützte sich dadurch vor dem völligen Untergang.

«Darling ... Licht meines Lebens, hörst du mich?», wiederholte der Doktor seine Frage.

Überraschend ruckte der Kopf der Frau in Richtung des Doktors, so als müsste sie herausfinden, woher die Worte gekommen waren.

Jens hätte ihr in die Augen schauen können, traute sich aber nicht. Der Wahnsinn, der darin lag, schreckte ihn. Was, wenn er ansteckend war?

Und dann tat die bleiche Frau etwas höchst Merkwürdiges.

Sie legte den Kopf in den Nacken, sah zur Zimmerdecke empor, die nicht höher als 2,50 Meter war, doch ihr Blick ging weit darüber hinaus, vielleicht in den Himmel hinauf, den sie so lange nicht gesehen hatte.

Sie lächelte jetzt, ein freudiges, erwartungsvolles Lächeln, bevor sie den Mund weit öffnete und die Zunge herausstreckte, als gelte es, die Gaben des Himmels zu empfangen. Ihr dünnes Gesicht, die durchscheinende Haut, die hohen Wangenknochen, die fehlenden Zähne, all das ließ sie in dieser Haltung wie eine leibhaftige Hexe wirken.

Jens wollte nicht hinsehen, musste aber, zu surreal war die Szene.

«Darling ... Licht meines Lebens, wo bist du?», setzte der Doktor nach. Er schien jetzt aufgeregt, wie ein Kriminaler, der sich auf der richtigen Spur befindet.

Sie antwortete nicht, schien weder ihn noch Jens wahrzunehmen. Ihre ganze Aufmerksamkeit galt der Zimmerdecke, der sie weiterhin die Zunge entgegenstreckte.

Und plötzlich begann die bleiche Frau laut zu schnalzen. Ein entsetzliches Geräusch, wie Jens es noch nie zuvor gehört hatte.

Die Härchen auf seinen Unterarmen stellten sich auf.

3

Der Bahnsteig an der U-Bahn-Haltestelle war mal wieder überfüllt, die Luft verbraucht und stickig. Normalerweise machte Viola das nicht viel aus, aber seit sie das Gefühl hatte, beobachtet zu werden, betrachtete sie alle Männer in ihrer Umgebung mit Argwohn. Viele starrten sie ganz offensiv an, und einige von denen wirkten echt finster.

Die U-Bahn fuhr ein, und es kam Bewegung in die Menge. Sie teilte sich auf, und die einzelnen Gruppen verstopften die Zugänge zu den sich automatisch öffnenden Türen. Die besonders Rücksichtslosen setzten Ellenbogen, Aktentasche, Kinderwagen oder Gehstock ein und eroberten die vordersten Plätze. Das hatte Viola schon als Jugendliche im Bus zur Schule nicht gekonnt und deshalb häufig nur noch einen Stehplatz ergattert. So war es auch heute wieder.

Zumindest aber bekam sie einen Stehplatz nahe an der Tür mit ein wenig Freiraum um sich herum, und Viola zwang sich, sich nicht zu den Männern hinter ihr umzudrehen. Wer auch immer ihr dieses merkwürdige Geräusch auf der Mailbox hinterlassen hatte, konnte ja nicht wissen, dass sie heute mit der U-Bahn fuhr statt mit ihrem Wagen, wie es ihre Gewohnheit war.

Die Bahn hielt an der nächsten Station, die Türen öffneten sich, mehr Menschen strömten herein, drängten Viola tiefer in die Kabine, und plötzlich war da kein Platz mehr, kein Freiraum, keine Luft, und Viola, die das als Stadtkind schon oft genug erlebt hatte, reagierte zum ersten Mal körperlich darauf. Das Atmen fiel ihr plötzlich schwer, der

Schweiß brach ihr aus, und sie hatte das starke Bedürfnis, die Menschen um sich herum wegzustoßen.

Es kostete sie Kraft, einfach nur still stehen zu bleiben. Sie konzentrierte sich auf ihre Atmung, versuchte, sich zu beruhigen, und sagte sich immer wieder, dass ihr hier in der Öffentlichkeit keine Gefahr drohte.

An der nächsten Station stiegen einige Fahrgäste aus und andere ein, und Viola widerstand der Versuchung, die U-Bahn fluchtartig zu verlassen. Sie musste noch zwei Stationen weiter, und es würde sie zu viel Zeit kosten, die restliche Strecke zu Fuß zu gehen.

Durchhalten, sagte Viola sich. Halte durch ...

Im Gedränge kam es zu Rempeleien, jemand stieß gegen sie, und Viola hatte für einen kurzen Moment das Gefühl, im Nacken berührt zu werden. Jemand murmelte «Sorry», ein anderer schob sich hinter ihr entlang, die Bahn hielt, die Türen glitten auf, und es kam abermals Bewegung in die Menge.

Auf dem letzten Streckenabschnitt hatte Viola das Gefühl, als hätte sich etwas geändert. An ihr oder mit ihr, sie konnte es nicht näher bestimmen.

Sie stieg an der nächsten Station aus und war heilfroh, der Enge zu entkommen. Hastig verließ sie die U-Bahn-Station, stieg die Treppe hinauf, freute sich über das Sonnenlicht am oberen Ende, warf einen Blick über die Schulter zurück – und zuckte zusammen.

Da stand jemand am Fuß der Treppe. Einfach so, still, unbeweglich, mit den Händen in den Hosentaschen, und blickte zu ihr hinauf. Er war blond, mit einer blauen Schultasche.

Erschrocken wandte Viola den Blick ab, und als sie wieder hinsah, weil sie sich das Gesicht einprägen wollte, war der Mann verschwunden.

Sie konnte sich nicht an sein Gesicht erinnern. Der Bruchteil der Sekunde hatte nicht ausgereicht, um sich irgendetwas einzuprägen.

Ein Schauer lief Viola den Rücken hinab. Am oberen Ende der Treppe drehte sie sich noch einmal um. Andere folgten ihr hinauf, aber der unheimliche Mann war nicht dabei.

Sie hatte noch drei Minuten zu Fuß – und die dehnten sich zu einer kleinen Ewigkeit aus. Rechts, links, hinten … überallhin huschte Violas Blick, und alle Männer erschienen ihr plötzlich bösartig. Ihr Atem beschleunigte sich, das Herz klopfte dumpf in ihrer Brust, und sie ging unwillkürlich immer schneller.

Erschöpft und außer sich erreichte Viola ihre Arbeitsstelle. Erst als die Glastür hinter ihr zufiel, fühlte sie sich sicher.

4

Sabine Scholz benötigte zwei Aspirin und eine heiß-kalte Wechseldusche, um halbwegs in den Tag zu finden. Sie vertrug keinen Alkohol und wusste das auch, aber der gestrige Abend hatte einfach danach verlangt, den Kopf lahmzulegen.

Nackt und mit nassem Haar ging sie in die Küche und fand einen Post-it von Viola an der Kaffeemaschine.

Du kannst bleiben, solange du magst, und wenn du willst, rede ich mal mit deiner Mama.

Mit dem kleinen gelben Zettel in der Hand stand Sabine da, spürte, wie ihre Kehle eng wurde und ihr Tränen in die Augen stiegen.

Sie hatte nie eine bessere Freundin gehabt als Viola. Viola war empathisch, hilfsbereit, offen und ehrlich, vor allem aber konnte sie zuhören, stundenlang, ohne sich selbst auch nur einmal in den Vordergrund zu drängen. Die meisten Menschen wollten doch immer nur ihre eigene Geschichte loswerden, den Heldengesang auf sich selbst anstimmen. Viola tat so etwas nie. Sabine war sich bewusst, dass sie ihre Freundin gestern Nacht als seelischen Mülleimer benutzt hatte, und im Nachhinein tat es ihr leid. Sie war überhaupt nicht auf den möglichen Sterbefall eingegangen, der Viola heute erwartete. Sabine nahm sich vor, das Zuhören am Abend nachzuholen und für ihre Freundin da zu sein.

Während Sabine sich einen Kaffee zubereitete, dachte sie über den Mann mit der blauen Tasche nach. Als Viola ihr von dem Anruf und dem Gefühl, verfolgt zu werden, erzählt hatte, war Sabines erster Gedanke Marius gewesen. Dem würde sie so etwas zutrauen, selbst jetzt noch, obwohl Viola und er schon ein Jahr getrennt waren. Marius war ein rachsüchtiges Arschloch und konnte es nicht verwinden, den Laufpass bekommen zu haben.

Sabine hatte sich damals von Anfang an gefragt, was Viola an ihm fand, aber sie war bis über beide Ohren verliebt gewesen und damit natürlich blind für alles Offensichtliche. Klar, Marius war charmant, sah gut aus und konnte toll reden, auf Partys zog er die Blicke auf sich. Aber das tat Viola auch. Sie konnte jeden haben, so, wie sie aussah. Viola war ein Modeltyp, sie hätte problemlos bei dieser bescheuerten Heidi Klum vorsprechen können, wenn sie nur ein wenig mehr Selbstbewusstsein hätte. Und doch war sie geschmeichelt gewesen, dass ein Typ wie Marius sich für sie interessierte. Dabei tat er das gar nicht. Er hatte sich nur mit einer umwerfend schönen Frau schmücken und sein Ego aufpolieren wollen.

Hinter seinem einnehmenden Äußeren aber verbarg sich ein kalter, selbstbezogener Charakter. Er war ein Blender, der seine innere Leere und Nichtigkeit ahnte. Er hatte Viola heruntergemacht, sie gedemütigt, ihr die Energie gestohlen, und eine ganze Weile hatte Sabine nichts anderes tun können, als zuzuschauen.

Aber als sie gesehen hatte, wie Violas Augen nur noch matt und freudlos blickten und ihr herrliches Lachen erlosch, hatte sie eingegriffen. Sie hatte die Konfrontation mit Marius gesucht, ihn immer wieder verbal auflaufen lassen, auf so subtile Art beleidigt, dass er nicht gewusst hatte, wie er sich dagegen wehren sollte, und bald tat er, womit Sabine gerechnet hatte: Er verbot Viola den Kontakt zu ihr.

An dieser Stelle hätte alles kaputtgehen können, das wusste Sabine, aber sie hatte auf ihre Freundschaft vertraut und war nicht enttäuscht worden.

Viola wehrte sich gegen das Verbot. Marius schlug sie.

Das war das Zeichen für ihren Einsatz gewesen. Marius hatte keine Chance gegen zwölf Jahre Kickbox-Training. Sie hatte ihm ordentlich die Augen geschminkt. Und sie würde es jederzeit wieder tun.

Sabine stand mit einem Becher frischen Kaffee in der Hand an die Arbeitsplatte in der Küche gelehnt und aß das letzte Stück der kalten Pizza, die sie gestern Abend bestellt hatten. Dieser Lieferant war ein echt schräger Typ gewesen. Und dann Marius. Gab es denn gar keine normalen Männer mehr? Der Mann mit der blauen Tasche hatte gar nicht ausgesehen wie er. Aber sie würde ihm trotzdem auf den Zahn fühlen. Womöglich steckte er ja hinter dem ekligen Geräusch auf der Mailbox und den Belästigungen.

5

Als er im 33. Kommissariat am Wiesendamm ankam, hatte Jens Kerner das Geräusch der Weißen Frau immer noch im Ohr.

Dieses Schnalzen!

Und wie sie dabei den Kopf in den Nacken gelegt, das Kinn gereckt und nach oben zur Decke geschaut hatte, als gäbe es dort etwas Wunderbares zu sehen. Dabei hatte eine freudige Erwartung in ihrem Blick gelegen, und Jens war sich sicher, wäre sie nicht ans Bett gefesselt gewesen, sie hätte die Arme ausgestreckt, um irgendeine Art göttlicher Salbung entgegenzunehmen.

Danach war sie nicht mehr ansprechbar gewesen.

Jens hatte keinen Namen erfahren und auch sonst nichts Hilfreiches, außer dem, was Dr. Liebknecht zu berichten gehabt hatte. Aber das brachte Jens nicht weiter.

Bevor er aus seiner Red Lady stieg, öffnete er die Mineralwasserflasche, die er zusammen mit einem Mettbrötchen an der Tankstelle gekauft hatte, drückte eine Tablette aus dem Blister und spülte sie mit einem Schluck Wasser hinunter. Jede einzelne, die er seit gestern Abend eingenommen hatte, betrachtete er als persönliche Niederlage, aber es ging nicht anders. Seine Zunge schmerzte schlimmer als jede Wurzelkanalbehandlung.

Um seinen leeren Magen nicht zu sehr mit dem Medikament zu belasten, packte Jens das Brötchen aus und biss hinein. Leider war es genauso frisch und kross, wie es sein sollte, und die Kruste stach sofort in die Wunde.

Jens spuckte den Bissen in die Papiertüte.

«Scheiße!», stieß er laut aus.

Dann saß er einen Moment lang einfach nur da, starrte das lecker duftende Brötchen an und versuchte, sein Magengrummeln zu ignorieren. Er hatte seit seinem Zusammentreffen mit der bleichen Frau noch nichts gegessen.

Schließlich pulte er das weiche Mett von dem Brötchen, steckte es sich mit dem Zeigefinger an der Wunde vorbei in den Mund und schluckte es unzerkaut hinunter. Das brachte ihn zwar vollkommen um das Geschmackserlebnis, war aber immer noch besser als der höllische Schmerz und der grausame Hunger.

Gerade als er wieder einen Klumpen hinterherschob, pochte jemand an die Seitenscheibe.

Der Gesichtsausdruck seiner Chefin Mareike Baumgärtner zeigte ihm deutlich, wie er in diesem Augenblick aussah.

Jens schluckte hinunter, nahm den Finger aus dem Mund, wischte die Spucke an der Hose ab und stieß die Autotür auf.

«Was machen Sie da?», fragte die Baumgärtner angewidert.

«Frühstücken.»

«Tatsächlich? ... Na ja, jeder auf seine Art. Ich muss zum Bürgermeister, hab nicht viel Zeit.»

Hatte sie nie. Sie stand mit der Zeit auf dem Kriegsfuß.

«Eine Kollegin aus Niedersachsen hat mich angerufen», fuhr sie fort.

«Ach?» Jens zog die Augenbrauen hoch.

«Wegen der Festnahme gestern Nacht.»

«Das war wohl eher eine Rettung.»

«Wie auch immer ... der Fall gehört nach Niedersachsen.»

«Gehört er nicht.»

«Wie bitte?»

«Ich habe die Frau aus dem Wald geholt und mir dabei die halbe Zunge abgebissen. Mein Fall.»

«Die Festnahme ... oder Rettung, wie Sie es nennen, Herr Kerner, fand auf niedersächsischem Gebiet statt.»

«Glaub ich nicht.»

«Das ist auch nicht notwendig. Informieren Sie die Kollegin aus Niedersachsen, Priska Wagner heißt sie, und dann kümmern Sie sich bitte um unsere Stadt. Wir haben hier wirklich mehr als genug zu tun. Ich muss los, der Bürgermeister wartet.»

Und damit stolzierte die Baumgärtner in ihrem perfekten Kostüm und mit ihren perfekt trainierten Waden über den Parkplatz auf ihren schicken Dienstwagen zu, ganz der perfekt auf Hochglanz lackierte Kühlschrank, für den Jens sie hielt.

6

Vor einiger Zeit

Ihr kahler Schädel fühlte sich an wie in Eis gepackt, und obwohl er dicht bei ihr war, konnte sie doch an nichts anderes denken als an ihr verlorenes Haar. Niemals würde sie den Anblick vergessen können, wie in glänzenden Strähnen zu Boden fiel, was sie in vielen Jahren herangezüchtet und liebevoll gepflegt hatte.

Als sie ganz kahl geschoren war, legte er ihr eine Augenbinde um und band ihr einen Strick um den Hals. An diesem Strick zog er sie hinter sich her. Dabei ging er sanft vor, nie war der Druck in ihrem Nacken mehr als eine Erinnerung daran, nicht stehen zu bleiben.

Der Weg war weit und führte durch verwinkelte Gänge und über einige Treppen. Je länger sie unterwegs waren, desto kühler wurde es. Nun änderte sich auch der Geruch. Es roch klamm, nach Moos und Algen.

«Gleich sind wir da. Nur noch ein paar Schritte.»

Seine Stimme klang einschmeichelnd, und obwohl sie Angst hatte vor dem, was sie am Ende dieser Schritte erwartete, folgte sie ihm ohne Widerstand, konzentrierte sich auf seine Stimme, fühlte sich sicherer, solange er sprach.

Absolute Stille hätte sie in den Wahnsinn getrieben.

«So. Endstation.»

Er stoppte sie mit der Hand.

«Anfangs wirst du vielleicht erschrocken sein, aber glaub mir, je länger du in dieser Welt bleibst, desto wohler wirst du dich fühlen. Du wirst ein anderer Mensch werden, frei von jedweder Eitelkeit. Und dann wirst du endlich wieder sehen können.»

Ein Schlüssel glitt in ein Schloss und wurde herumgedreht, ein Riegel mit einem lauten metallischen Klacken zurückgezogen. Scharniere quietschten, und plötzlich schlug ihr ein Schwall kalte, klamme Luft entgegen, in der sich ihre ungewohnt empfindliche Kopfhaut zusammenzog.

Im selben Moment verstummten sämtliche Geräusche. Sie verklangen nicht einfach, verloren sich nicht in der Ferne, nein, sie verschwanden, als hätte es sie nie gegeben.

Sie spürte es deutlich: Vor ihr war ... nichts.

Entsetzliche Angst ließ sie zurücktaumeln, und der Strick um ihrem Hals straffte sich.

«Bitte ... lass mich doch gehen!», flehte sie.

«Wie ich schon sagte: Du wirst für lange Zeit nichts anderes tun. Also geh, Darling!»

Er zog kräftig an dem Strick, sie stolperte voran, bekam noch einen kleinen Schubs, schrie auf, und dann war sie auch schon umgeben von dieser klammen Luft. Bevor sie reagieren konnte, schlug hinter ihr die Tür zu.

Das hätte laut sein müssen, war es aber nicht. Es machte ein Geräusch wie ein zu Boden fallender Klumpen nassen Lehms – und war weg.

Stocksteif und flach atmend verharrte sie.

Ich bleibe einfach hier stehen und rühre mich nicht, nehme die Augenbinde nicht ab, schreie nicht. Damit er sieht, er kann mir vertrauen, und dann wird er mich ganz sicher gleich wieder zu sich holen. Er will ja gar nicht, dass ich sterbe, sonst wäre ich längst tot, und das mit den Haa-

ren ... die wachsen ja wieder nach. Ich bin einfach nett zu ihm, dann wird alles gut. Er ist gar nicht so böse, vielleicht sucht er einfach nur Kontakt.

Wie ein Echo in einer weiten Höhle hallten diese Gedanken durch ihren Kopf. Nach minutenlangem Warten verpuffte jedoch ihre Wirkung, und die Angst nahm von ihr Besitz.

Sie schrie. «Lass mich hier raus, ich will hier raus.»

Immer wieder schrie sie und hämmerte dabei mit den Fäusten gegen die massive Metalltür.

Doch alles Schreien und Hämmern nützte nichts, er kam nicht zurück. Nach einigen Minuten, als die Kraft sie verließ und ihre Hände schmerzten, sah sie es ein. Der Hoffnung beraubt, fielen ihre Arme hinab wie nutzlose Anhängsel, und eine Weile starrte sie die Tür an, als könnte sie sie kraft ihrer Gedanken aus den Angeln sprengen.

Irgendwann jedoch musste sie sich umdrehen und den Tatsachen stellen. Sie zögerte den Moment so lange wie möglich hinaus, wollte nicht wissen, wohin die Geräusche verschwanden – und wohin sie selbst zwangsläufig auch verschwinden würde, sobald sie diesen Weg einschlug.

Sie erinnerte sich an seine Worte.

Komm mit, ich zeige dir einen Ort, der alles gleichmacht, an dem niemand hübscher ist als ein anderer.

Was, um Gottes willen, hatte er damit gemeint?

Langsam, den Rücken dicht an der Tür, schob sie sich weiter. Von vollkommener Dunkelheit umgeben, sah sie in weiter Ferne ein Licht. Oder war es gar nicht so weit entfernt? Verschluckte es dieser Ort nur, so wie er Geräusche verschluckte?

Würde er auch sie verschlucken?

7

Marius Nolte arbeitete als Handyverkäufer. Nebenbei vertrieb er Versicherungen im Freundeskreis. Darüber hinaus, das hatte Sabine gehört, versuchte er sich auch als Finanzmakler. Wie erfolgreich er damit war oder auch nicht, konnte Sabine nicht einschätzen. Er trug teure Kleidung und war stets sonnengebräunt, aber so, wie Sabine ihn sah, war das alles bloß Show, um von seinem armseligen Charakter abzulenken.

Sie fand ihn in dem Handyladen in der Innenstadt, in dem er schon gearbeitet hatte, als er noch mit Viola zusammen gewesen war. Durch das Schaufenster, versteckt hinter zwei Werbeplakaten für die allerneuesten Handytarife, beobachtete sie ihn. Charmant lächelnd und perfekt gestylt beriet er eine junge Kundin, die kaum Augen für das Gerät hatte, sondern nur an seinen Lippen hing.

Vielleicht war es gar nicht schlecht, ihn mitten im Verkaufsgespräch zur Rede zu stellen und ihm das Geschäft so richtig zu vermiesen.

Sabine betrat kurz entschlossen den Laden. Drinnen hatte die Klimaanlage die Luft unangenehm heruntergekühlt. Ein zweiter Verkäufer, klein und dicklich, aber mit freundlichem Gesicht und ehrlichen Augen, sah Sabine hoffnungsvoll entgegen.

Marius warf ihr einen Blick zu, ohne seinen Monolog zu unterbrechen, wollte sich dann sofort wieder seiner jungen Kundin widmen, die bildhübsch war und einen extrem kurzen Rock trug, hielt aber inne und wagte einen zweiten Blick.

Erst jetzt registrierte er, wer da den Laden betreten hatte. Seine Gesichtszüge entglitten ihm.

«Kann ich Ihnen helfen?», sprach der sympathische Verkäufer Sabine an.

«Sonst jederzeit, aber heute muss ich mit dem Typen da reden.» Sabine machte mit dem Kinn eine Bewegung in Richtung Marius.

«Herr Nolte ist leider ...»

«Herr Nolte kümmert sich jetzt besser um mich, bevor ich ungehalten werde», unterbrach Sabine den Verkäufer. Er tat ihr leid, weil er nicht wusste, wie er mit der Situation umgehen sollte.

Marius vertröstete seine Kundin, indem er ihr das Handy zum Ausprobieren überließ und kam auf Sabine zu.

«Was willst du denn hier?», fragte er in scharfem Ton, blieb aber vorsichtshalber auf Distanz.

«Gib mir deine Handynummer», sagte Sabine.

«Wie bitte?»

«Deine Handynummer! Ist doch nicht so schwierig, oder?»

Marius glotzte sie verständnislos an und machte keine Anstalten, ihrem Wunsch nachzukommen.

«Na los, sonst tratsche ich ein bisschen über deine Vorgeschichte. Miss Kurzer Rock interessiert sich bestimmt brennend für deinen Umgang mit Frauen.»

Marius machte einen Schritt auf sie zu, beugte sich zu ihr hinunter und flüsterte scharf: «Was soll das? Wir sind doch längst quitt.»

«Deine Handynummer.»

«Bist du jetzt völlig übergeschnappt, oder was?»

«Ich kann auch die Polizei anrufen. Dann klären die das.»

Marius seufzte, und darin lag diese gewisse Aggressivität, die Sabine schon damals gespürt hatte, als er noch mit Viola zusammen gewesen war. Mühsam beherrscht lauerte sie unter der Oberfläche, bereit, jederzeit auszubrechen.

Schließlich nannte er ihr seine Nummer. Sie endete nicht auf 456, so wie die, von der aus Viola belästigt wurde. Aber das musste nichts heißen, schließlich verkaufte er Handys und würde sich ohne Probleme eine Nummer beschaffen können, von der niemand etwas wusste.

«Belästigst du Viola?», fragte Sabine geradeheraus und ziemlich laut.

«Wie? Belästigen?»

Miss Kurzer Rock warf ihnen skeptische Blicke zu.

«Ich will wissen ...»

«Komm mal mit», unterbrach Marius sie und verließ schnurstracks den Laden, sodass ihr nichts anderes übrigblieb, als ihm zu folgen.

Mit in die Hüften gestemmten Armen wartete Marius draußen auf sie. «Hast du den Verstand verloren, oder was? Wieso sollte ich Viola belästigen?»

«Weil du ein narzisstisches Arschloch bist und nicht damit fertigwirst, dass sie dich abserviert hat.»

Seine Arme sanken hinab, die Hände ballten sich zu Fäusten. Seine Augen wurden zu Schlitzen. «Hat sie nicht!», sagte Marius mit gepresster Stimme. «Du hast dafür gesorgt, dass sie mich verlässt.»

Sabine blieb auf Distanz zu ihm, um im Falle eines Falles besser reagieren zu können. «Und ich sorge für noch ganz andere Sachen, wenn ich herausfinde, dass du meine Süße belästigst.»

Aus dem Laden trat Miss Kurzer Rock, und bevor sie

sich die große Sonnenbrille aus dem Haar auf die Nase schob, warf sie Marius einen finsteren Blick zu. Dann stöckelte sie davon.

Marius' Reaktion verwunderte und alarmierte Sabine. Er versuchte nicht etwa, die Frau zum Bleiben zu überreden, um sein Geschäft doch noch abzuschließen, er sah ihr nicht einmal enttäuscht hinterher. Nein, er konzentrierte sich vollkommen auf Sabine, fixierte sie aus verengten Augen, die Hände immer noch zu Fäusten geballt, Schweißperlen auf der Stirn. Dieser gut aussehende Mann war gefährlich. «Drohst du mir?», fragte er lauernd. «Ich warne dich! Vor einem Jahr, da hast du mich überrascht. Glaub ja nicht, dass dir das noch einmal gelingt.»

Mit diesen Worten wandte er sich ab und verschwand im Laden.

8

Der Hasselbrack war mit 116 Metern der höchste Punkt Hamburgs, zumindest behauptete das der beschriftete keilförmige Findling, der mitten auf der Lichtung des bewaldeten Hügels stand. Es gab sogar eine Blechkiste mit einem Gipfelbuch darin. Als Norddeutscher musste man sich eben mit bescheidenen Gipfeln zufriedengeben und das Beste draus machen, sagte sich Jens Kerner.

Diesen Ort überhaupt zu finden war Jens nur dank der genauen Wanderkarte gelungen, die er dabeihatte. Am Telefon hatte Regina Hesse, die Jägerin, ihn davor gewarnt, einfach den Wegen zu folgen und auf sein Glück zu vertrauen. Da auf dem Hasselbrack seltene Vögel brüteten, war der Weg dorthin nicht ausgeschildert, und man konnte sich schnell verlaufen.

Mit der gefalteten Karte in der Hand drehte sich Jens im Kreis. Er hatte seinen Wagen in der Siedlung Tempelberg stehen lassen und sich dem Berg von nordwestlicher Richtung genähert. Regina Hesse lebte in Alvesen und hatte ihm am Telefon gesagt, sie käme von dort zu Fuß. Als Treffzeit hatten sie dreizehn Uhr abgemacht, jetzt war es viertel vor eins.

Durch die Anstrengung des Aufstiegs pochte seine Zunge unangenehm. Die letzte Schmerztablette hatte Jens im Präsidium genommen und sich geschworen, danach damit aufzuhören, jetzt war er sich da nicht mehr so sicher. Aber er hatte ohnehin keine Tabletten dabei.

Jens studierte zum wiederholten Male die Karte. Auf ihr war die Grenzlinie zwischen Hamburg und Niedersachsen eingezeichnet. Er hatte darauf auch die ungefähre Stelle markiert, an der er die bleiche Frau überwältigt hatte, und die lag deutlich auf niedersächsischem Gebiet. Aber Jens wollte sich nicht so einfach geschlagen geben, deshalb hatte er entschieden, es komme nicht darauf an, wo die Frau in Gewahrsam genommen worden war, sondern wo die Jägerin sie zum ersten Mal gesehen hatte. Es lag also an Regina Hesse, ob er seiner Chefin klarmachen konnte, dass der Fall ihm gehörte oder nicht.

Um die Wartezeit zu überbrücken, lief Jens ein wenig umher. Er war nie zuvor auf dem Hasselbrack gewesen und verstand jetzt auch, warum. Hier war nichts. Nur Wald. Es gab ja nicht einmal einen Ausblick, und die Anhöhe war selbst für einen Norddeutschen langweilig.

Jens lauschte. Es war still an diesem Ort, angenehm still. Zwischen den Bäumen fiel Sonnenlicht hindurch, helle Flecken wechselten sich mit Schatten ab. Die Tiefe des Waldes konnte ängstlicheren Gemütern sicher Angst einjagen, besonders nachts, und Jens fragte sich einmal mehr, welches Geheimnis dieser Ort wohl barg. Was es wohl mit der bleichen Frau ...?

Eben wollte er sich zum Gipfelstein umdrehen, da erschrak er heftig.

Plötzlich stand dort die Jägerin, ohne dass er auch nur das leiseste Geräusch gehört hätte.

«Scheiße!», stieß Jens aus und fasste sich unwillkürlich an den Brustkorb.

Seine Zunge freute sich über den nochmals erhöhten Herzschlag und brachte dies mit heftigem Schmerz zum Ausdruck.

«Hab ich Sie erschreckt?», fragte Regina Hesse und kam auf ihn zu.

Sie trug die gleiche Kleidung wie in der Nacht, hatte aber kein Gewehr dabei. Ihr Lächeln war ein wenig süffisant.

«Ich hab Sie gar nicht kommen hören», wich Jens der Frage aus.

«Ich habe Sie dafür schon vor einer Viertelstunde gehört.»

Sie reichten sich die Hände.

«Bin ich so laut?»

Regina Hesse nickte. «Sie stampfen wie ein Elefant durch den Wald.»

«Dabei war ich als kleiner Junge beim Cowboy-und-Indianer-Spielen immer der Indianer.»

«Tja, Sie sind wohl kein kleiner Junge mehr.»

«Da ist was dran. Danke, dass Sie spontan Zeit für mich haben.» Jens überging ihre Anspielung auf sein Gewicht.

«Hab ich eigentlich nicht, aber die Sache lässt mich genauso wenig los wie Sie. Wie geht es der Frau?»

Jens zuckte mit den Schultern. «Sie ist im Krankenhaus, es geht ihr den Umständen entsprechend. Leider ist sie verwirrt und kann keine Informationen zu ihrer Person geben oder dazu, wie sie in den Wald gekommen ist.»

«Ja, das dachte ich mir schon. Die arme Frau.»

«Ihr Einsatz in der Nacht war wirklich vorbildlich», sagte Jens.

«Ich hab nur getan, was jeder getan hätte.»

Jens lachte trocken auf. «Da täuschen Sie sich.»

«Ja, vielleicht», sagte die Jägerin und fragte dann: «Womit kann ich Ihnen denn helfen?»

«Indem Sie mir sagen, wo genau Sie die Frau zum ersten Mal gesehen haben.»

«Wie genau brauchen Sie es?»

«Möglichst auf den Punkt.»

«Okay, dann folgen Sie mir.»

Regina Hesse ging voran, Jens trabte hinterher und bewunderte, wie geschmeidig sich die Frau durch den Wald bewegte. Nie stieß sie gegen einen Ast oder trat auf eine Wurzel. Nach knapp zehn Minuten erreichten sie eine grasbewachsene Lichtung.

«Genau hier», sagte die Jägerin. «Dort drüben steht der Hochsitz, von dem aus ich die Frau gesehen habe.»

Jens klappte die Karte auseinander.

«Können Sie mir zeigen, wo wir jetzt sind?»

Regina Hesse beugte sich über die Karte und brauchte

nur einen Moment, um die Stelle zu finden. Sie tippte mit dem Finger darauf.

«Das ist in Niedersachsen», sagte Jens

«Ja, natürlich, ich komme ja auch aus Niedersachsen und habe dort meine Jagdpacht.

«Mist», sagte Jens. «Und die Grenze ist höchstens zwanzig Meter entfernt.»

«Geht es um die Zuständigkeit?», fragte Regina Hesse.

«Ja, leider. Bürokratischer Schwachsinn, aber nicht zu ändern. Ich würde den Fall nur ungern abgeben.»

«Es interessiert Sie, was der Frau zugestoßen ist, nicht wahr?»

Jens presste die Lippen zusammen und nickte. «Jemand ist dafür verantwortlich ... und den will ich finden.»

Regina Hesse hatte interessante blaue Augen. Aus denen sah sie Jens prüfend an, bevor sie schließlich nickte und sagte: «Ich fürchte, ich habe mich getäuscht. Die Frau ist hier aufgetaucht.» Ihr Finger landete auf der Landkarte an einer Stelle, die deutlich auf Hamburger Gebiet lag.

«Und da sind Sie sich sicher?»

«Absolut! Gebe ich auch gern zu Protokoll.»

Sie grinsten sich an.

9

Das 33. Kommissariat am Wiesendamm lag auf dem Weg zum Gym. Als Sabine vor dem Gebäude entlanggging, nahm sie aus den Augenwinkeln das Polizeischild neben dem Eingang wahr und blieb abrupt stehen.

Sie hakte die Daumen in die Schultergurte des Rucksacks, in dem sie ihre Sportkleidung transportierte, und betrachtete das Gebäude.

Viola wollte zwar nicht zur Polizei, aber sollten sie wirklich warten, bis der Stalker gewalttätig wurde? War es nicht besser, schon in diesem Stadium herauszufinden, wie sie dem Treiben entgegentreten konnten? Wenn Sabine sich richtig erinnerte, waren die Gesetze gegen Stalking in den letzten Jahren massiv verschärft worden.

Kurz entschlossen unterbrach Sabine ihren Weg und steuerte auf die Eingangstür des Präsidiums zu. Bevor sie die Tür öffnen konnte, kam ihr ein großer, leicht übergewichtiger Mann Anfang fünfzig entgegen. Er trug Jeans und ein schwarzes Shirt und sah ein bisschen wie ein Cowboy in diesen alten Westernfilmen aus. Obwohl er es erkennbar eilig hatte und gestresst wirkte, hielt er Sabine die Tür auf.

Er erinnerte sie an ihren Vater.

Wenn der nicht vor sieben Jahren an einem Herzinfarkt gestorben wäre, wäre alles anders. Wäre Mama anders. Ihr ganzes Leben ...

Sie lächelte den Mann an und schob sich an ihm vorbei durch die Tür ins Präsidium. Dahinter lagen eine Schleuse und eine weitere Tür, und als Sabine sich noch einmal nach dem Mann umdrehte, sah sie ihn in einen auffälligen knallroten Pick-up steigen, der am Bordstein parkte.

Ja, ein Oldtimer, das passt, dachte sie bei sich, bevor sie aus den Augenwinkeln auf der anderen Straßenseite eine Bewegung sah und genauer hinschaute.

Ein Lkw fuhr vorbei und nahm ihr für zwei Sekunden die Sicht, doch als er fort war, glaubte Sabine, dort drüben jemanden mit einer blauen Tasche zwischen den beiden viergeschossigen Backsteinhäusern in eine Sackgasse verschwinden zu sehen.

Mach dich nicht auch noch verrückt, sagte sich Sabine in Gedanken, trat durch die zweite Tür, steuerte auf den Mann hinter dem Empfang zu und schilderte ihr Problem. Einen Anruf und wenige Minuten später stellte sich ihr eine Beamtin als Carina Reinicke vor und führte sie in ein kleines, kahles Büro.

Carina Reinicke war einen Kopf größer als Sabine, hatte blondes Haar, das sie zu einem Pferdeschwanz gebunden trug, und machte einen sympathischen, engagierten Eindruck. Es fiel Sabine leicht, ihr gegenüber die Ereignisse zu schildern. Sie berichtete von dem Mann mit der blauen Tasche, beschrieb sie detailliert, leider weniger genau den Mann, erwähnte auch das merkwürdige Geräusch auf der Mailbox und die Sache mit dem violetten Höschen in der Umkleidekabine bei Karstadt.

«Warum ist Ihre Freundin denn nicht mitgekommen?», fragte die Polizistin am Ende.

«Sie weiß nicht, dass ich hier bin. War eine spontane Idee. Ich fürchte, Viola scheut den Gang zur Polizei, deshalb wollte ich zuerst vorfühlen, was wir machen können.»

Carina Reinicke nickte. «Verstehe. Ich finde Ihr Verhalten sehr vernünftig und verantwortungsbewusst, leider wird aber Ihrer Freundin nichts anderes übrigbleiben, als selbst herzukommen, wenn die Belästigungen nicht aufhören.»

«Sie haben doch bestimmt Erfahrung mit solchen Fällen. Was können wir denn tun, damit sie aufhören?»

«Sie machen schon alles richtig», antwortete die Polizistin. «Wenn das Opfer einer Stalking-Attacke den Stalker kennt, raten wir immer dazu, der Person unmittelbar und durchaus nachdrücklich mitzuteilen, dass man keinen Kontakt wünscht. Fruchtet das nicht, hilft oft eine Ansprache durch die Polizei, oder aber ein Gericht verhängt ein Annäherungsverbot.»

«Aber wir wissen ja nicht, wer dahintersteckt.»

«Was die Sache schwieriger macht. In diesem Fall sollte man auf Anrufe oder Belästigungen übers Internet überhaupt nicht reagieren, aber alles aufbewahren und dokumentieren. Anrufe, diese Geräusche auf der Mailbox, von denen Sie sprachen, oder Ihre eigene Zeugenaussage kann da auch wichtig werden, zum Beispiel, damit ein Gericht eine einstweilige Verfügung verhängen kann.»

«Dafür muss man den Typen ja aber kennen», wandte Sabine ein.

«Ja, das ist leider so.»

«Und wenn er sich nicht zu erkennen gibt?»

«Tja ... dann wird es schwierig.»

«Können Sie meine Freundin nicht überwachen lassen?»

«So leid es mir tut, aber das geht nicht. Ich kann aber dafür sorgen, dass die üblichen Streifen häufiger bei Ihrer Freundin vorbeifahren und nach dem Rechten schauen ... aber dafür müsste Viola selbst herkommen und eine Anzeige gegen Unbekannt erstatten.»

«Sie hofft darauf, dass es von allein aufhört.»

«Oft tut es das auch. Wenn das Opfer nicht auf den Stalker reagiert, verliert der das Interesse. Und da bisher nichts weiter passiert ist als diese Anrufe, würde ich mir keine allzu großen Sorgen machen. Sollte der Stalker ihrer Freundin aber in irgendeiner Form körperlich zu nahe kommen, sorgen Sie bitte dafür, dass Viola zu mir kommt. Ich gebe Ihnen meine Karte mit.»

An der Tür legte die Polizistin ihr eine Hand auf die Schulter.

«Finde ich sehr mutig von Ihnen, zu uns zu kommen. So eine aufmerksame Freundin wie Sie wünschte ich mir häufiger. Wir tun, was wir können, okay?»

Sie schauten sich in die Augen, und Sabine sah ehrliches Interesse und Anteilnahme, dann verabschiedeten sie sich.

Sabine war nicht enttäuscht oder aufgebracht, denn die Polizistin war wirklich aufmerksam und hilfsbereit gewesen, doch jetzt wusste Sabine, die Polizei würde vorerst nicht helfen. Es blieb also ihre Aufgabe, auf Viola aufzupassen. Vielleicht war es nicht schlecht, wenn sie ein bisschen länger bei ihr schlief. Dann würde Mutter endlich auch merken, dass sie nicht länger so mit ihr umspringen konnte.

Draußen auf der Straße erwischte sie sich dabei, wie sie nach einem Typen mit einer blauen Tasche Ausschau hielt.

Aber da war niemand.

10

Frau Sonnenberg starb lächelnd im Alter von neunundachtzig Jahren.

Viola hatte sie in den drei Jahren, die sie in der Einrichtung verbracht hatte, kaum einmal nicht lächeln sehen. Viele der alten Menschen hier waren depressiv oder schlicht schlecht gelaunt wegen der Umstände, unter denen sie ihren Lebensabend verbringen mussten – nicht so Frau Sonnenberg. Sie war nach einem Oberschenkelhalsbruch gegen ihren Willen ins Pflegeheim gekommen. Ihr einziger Sohn war in drei Jahren nur zweimal zu Besuch gekommen, sie hätte also allen Grund gehabt, missmutig zu sein.

Doch sie hatte sich anders entschieden und war der Sonnenschein der Station geworden. Viola fand, dass ein zufriedenes Lächeln in einem altersfaltigen Gesicht das Schönste war, was einem begegnen konnte, und es fiel ihr an diesem Tag nicht schwer, Frau Sonnenbergs Hand zu halten, über die schlaffe, pergamentene Haut zu streicheln und ihr Lächeln zu erwidern.

Sprechen konnte sie nicht mehr, dafür war sie längst zu schwach. Aber das musste sie auch nicht. Da lag so viel in den graugrünen Augen der alten Frau, was keiner Worte bedurfte und doch beredt war wie hundert Bücher, und Viola saugte alles auf und lächelte sie an.

Sie hatte es Frau Sonnenberg versprochen. «Mein Kind, wenn ich einmal sterbe, wäre es schön, wenn du meine Hand hieltest und mir hilfst. Aber du darfst nicht weinen, denn dafür gibt es ja gar keinen Grund.»

Viola hielt sich an ihr Versprechen. Sie weinte nicht. Tatsächlich war sie dankbar und glücklich, dass Frau Sonnenberg in ihrer Schicht starb.

Nun, es war nicht mehr wirklich ihre Schicht, denn die war seit einer Stunde vorbei. Sie war einfach sitzen geblieben, dachte nichts, vergaß alle Ängste und Sorgen und war mit ihrem ganzen Wesen für die Sterbende da. Als es dann vorbei war, als die Lippen der alten Dame geöffnet blieben, aber keine Luft mehr hindurchströmte und ihre Augen nichts mehr sahen, da schloss Viola sie mit einer sanften Berührung, wünschte ihr in Gedanken eine gute Reise und verließ das Zimmer. Sie eilte an ihrer wartenden Kollegin vorbei in den Personalbereich und ließ sich vor ihrem Umkleideschrank auf die Bank fallen.

Dort erst kamen die Tränen.

Es gehörte zum Alltag in einer so großen Pflegeeinrichtung, Menschen sterben zu sehen. Aber für Viola war es dennoch nicht alltäglich. Sie liebte ihren Beruf, aber er kostete Kraft, sehr viel Kraft.

Sie hörte die Tür, blickte auf und sah Kathrin hereinkommen, ihre Lieblingskollegin, die sie mitfühlend anlächelte.

«Geht's?», fragte sie, setzte sich neben sie auf die Bank und strich ihr über den Rücken.

Viola nickte und wischte sich die Tränen von den Wangen.

«Danke für deinen Anruf!», sagte sie.

«Das war doch klar.»

Und nach einer Pause: «Sie hat dich gemocht.»

Um nicht wieder zu weinen, presste Viola die Lippen zusammen und nickte nur.

Kathrin neben sich zu haben, ihre Hand auf dem Rücken zu spüren fühlte sich gut an, aber eigentlich wollte Viola lieber allein sein, traute sich aber nicht, das zu sagen. Also richtete sie sich auf und griff in ihren Nacken, um das Band zu lösen, mit dem sie ihr langes Haar vor Dienstbeginn immer zu einem Zopf flocht. Ihr Haar fiel auseinander, und sie lockerte es mit den Fingern.

«Ich hab sie auch gemocht», sagte sie dabei. «Wir alle hier. Sie wird uns fehlen.»

«Ja, das wird sie, und ...» Kathrin stockte. «Was hast du denn mit deinen Haaren gemacht?»

«Mit meinen Haaren? Nichts, wieso?»

«Warte mal ...»

Kathrin drehte Violas Oberkörper ein wenig zu sich her und strich ihr das Haar glatt.

«Da fehlt doch was ... sieht aus wie abgeschnitten.»

«Was?»

«Ja, hier am Hinterkopf», bestätigte Kathrin. «Da ist eine richtige Kante reingeschnitten.»

Viola eilte zum Spiegel.

Plötzlich war da die Erinnerung an den Moment in der U-Bahn, als sie von hinten angerempelt worden war und das Gefühl gehabt hatte, im Nacken berührt zu werden.

11

Wenn es draußen nicht so geregnet hätte, wäre Rebecca nach draußen geflüchtet, um dort auf Jens Kerner zu warten. Es war Freitag und damit allgemeiner Abreisetag in der Kurklinik am Buchenberg, und außer ihr warteten noch ein Dutzend weitere Patienten unten in der Eingangshalle auf ihre Fahrgelegenheit. Der Beinamputierte war auch dabei, und er schien aus seiner Abfuhr nichts gelernt zu haben. Schon wieder schaute er sie so anzüglich an wie ein Latin Lover, der überzeugt war, jede Frau ins Bett zu bekommen.

«Bist du öfters hier?», kam dann auch prompt die Frage, die kommen musste.

Innerlich stöhnte Rebecca auf und wünschte sich, Jens würde einen Rennwagen fahren und nicht diesen wunderbaren alten Pick-up in feuerroter Farbe, der zu ihrer Entschleunigungsmaschine geworden war.

«So oft es nötig ist», antwortete sie.

«Ich hab mein Bein ja erst vor einem halben Jahr verloren, Arbeitsunfall, deswegen bin ich zum ersten Mal hier. Du bist mir sofort aufgefallen. Weißt du, warum?»

Warum regnete es ausgerechnet jetzt, wo es doch seit Wochen viel zu trocken war? Warum tat sich die Erde nicht auf, um diesen Casanova zu verschlingen?, fragte sich Rebecca.

«Weil ich im Rollstuhl sitze?», antwortete sie, ohne den Mann anzusehen.

«Damit bist du ja nun wirklich kein Einzelfall hier. Nein, weil du trotz des Rollstuhls und deiner Behinderung wie ein Mensch wirkst, den nichts aufhalten kann. Der sich trotzdem alles zutraut, für den von Anfang an feststand, das die Umstände sich zwar ändern können, das Leben aber immer noch lebenswert bleibt. Darf ich fragen, wie es dazu gekommen ist?» Er deutete auf ihre Beine.

Überrascht sah Rebecca den Mann an. Mit einer solchen Frage hatte sie nicht gerechnet. Dennoch fühlte sie sich von ihm bedrängt. Er stand viel zu nahe bei ihr und stellte viel zu persönliche Fragen. Wahrscheinlich hatte er noch nie etwas von der Intimdistanz gehört, die die meisten Menschen instinktiv einhielten.

«Das geht Sie nichts an», sagte sie.

«Ach, komm schon. Hier sind wir doch alle gleich. Ich

zum Beispiel war so blöd, mir mit der Kettensäge ins Bein zu sägen. Schafft nicht jeder. Ich kann froh sein, noch zu leben, das Blut ist nur so aus mir herausgeschossen, die Wunde war aber auch total zerfranst.»

«Zu viele Details.»

«Echt! Bist du empfindlich bei so was? War es bei dir auch ein Unfall?»

Jens, bitte rette mich!, flehte Rebecca in Gedanken.

Mit ihm hätte sie jederzeit über ihre Behinderung gesprochen, doch Jens fragte sie nicht danach. Für ihn schien es keine große Rolle zu spielen, dass sie im Rollstuhl saß, und er konnte wunderbare politisch unkorrekte Witze darüber machen. Manchmal waren sie so derb, dass Außenstehende den Kopf geschüttelt hätten, aber Rebecca wusste immer ganz genau, wie Jens es meinte.

«Nein ... kein Unfall. Mein Mann hat mich die Treppe runtergestoßen», log Rebecca. «Ach, da kommt er übrigens!»

In diesem Moment fuhr die Red Lady auf das Rondell vor der Eingangstür. Parken war dort außer für Taxis verboten, aber das scherte Jens Kerner nicht. Der hubraumstarke amerikanische Motor blubberte im Stand noch einen Moment vor sich hin. Als Jens ihn abstellte, spie der Wagen eine graue Wolke aus dem Auspuff, durch die Jens nur einen Augenblick später hindurchtrat wie John Wayne durch den Pulverdampf der letzten Schlacht am Little Big Horn.

Wie immer trug er Cowboystiefel und eine enge Jeans, dazu ein schwarzes T-Shirt, daran änderte auch der Regen nichts. Seit er es geschafft hatte, vier Kilo abzunehmen, sah er besser aus denn je, und jetzt hatte er wegen seiner

Zunge kaum etwas gegessen. Er war immer noch weit von seinem Idealgewicht entfernt, aber Rebecca fand ihn so, wie er jetzt war, genau richtig.

Sein cooler Auftritt wurde ein wenig von der automatischen Drehtür gestört, die nicht auf ihn reagierte, sodass er beinahe damit kollidierte und erst dagegentreten musste, bevor sie sich wieder in Gang setzte.

Der einbeinige Latin Lover sagte nichts mehr. Mit offenem Mund starrte er den angeblich gewalttätigen Ehemann an.

Die Drehtür spuckte Jens Kerner aus, und er stolperte in die Lobby. Plötzlich verstummten alle Gespräche, und Rebecca fragte sich, wer wohl alles das Gespräch zwischen ihr und dem Beinamputierten mitgehört hatte.

Jens' Gesichtsausdruck war Gold wert. Zu köstlich, seine verdatterte Mimik!

«Liebling, da bist du ja!», flötete Rebecca, rollte auf ihn zu und gab ihm mit ihren Blicken zu verstehen, den Spaß mitzuspielen. Er verstand nicht. Wie sollte er auch? Also streckte sie die Arme nach ihm aus, und ihm blieb nichts anderes übrig, als sich zu ihr hinunterzubeugen. Rebecca umarmte ihn, und einen Moment lang spürte sie wieder den Kuss an jenem Abend, als sie mehr gewollt, aber nicht bekommen hatte.

«Du bist mein Ehemann», flüsterte sie Jens ins Ohr. «Spiel mit, sonst werde ich meinen Kurschatten nicht los.»

Und schon bekam sie einen Kuss auf die Stirn, mit dem sie nicht gerechnet hatte. Jens ging vor ihr in die Hocke und lächelte sie an.

«Und, mein Schatz? Freust du dich auf zu Hause?»

«Und wie! Vor allem auf die Treppe.»

Sein Stirnrunzeln verriet einen Moment der Verwirrung, aber er hatte sich schnell wieder unter Kontrolle.

«Ach, kein Problem, bei der Treppe helfe ich dir, so wie immer.»

Sie sprachen laut genug für den Latin Lover in der ersten Reihe, und Rebecca musste sich zusammenreißen, um nicht in einen Lachkoller auszubrechen.

«Ich nehme deinen Koffer», sagte Jens, erhob sich und musste so zwangsläufig auf Rebeccas Kurschatten zugehen. Rebecca wendete Ivar auf der Hochachse, um auch ja nichts zu verpassen.

Der Einbeinige machte ein grimmiges Gesicht. War sie zu weit gegangen? Was, wenn er auf Jens losging, um für sie den Helden zu spielen?

Das tat er nicht. Aber als Jens sich mit dem Koffer in der Hand aufrichtete, zischte ihr Kurschatten ihm etwas zu, das Rebecca nicht verstand.

Jens kam zu ihr zurück und runzelte die Brauen.

«Nichts wie raus hier», raunte er ihr zu und ging voran. Rebecca folgte ihm durch die Drehtür. Einen letzten verzweifelten, hilfesuchenden Blick zurück zu ihrem Latin Lover verkniff sie sich. Man konnte es auch übertreiben mit den Späßen.

Draußen fielen dicke Sommerregentropfen und benetzten ihr Gesicht. Jens verstaute den Koffer auf dem Rücksitz und öffnete die Beifahrertür. Er hatte inzwischen Übung darin, ihr aus dem Rollstuhl heraus in den hohen Wagen zu helfen. Sie fuhren häufig miteinander zum Nachdenken durch die Gegend. Lasterzeit nannten sie es beide, weil sie zusätzlich dabei rauchten.

Jens schob einen Arm unter ihre Kniekehlen, den anderen schlang er um ihre Taille, und sie legte ihren um seinen Nacken.

«Was war das denn?», fragte er dicht an ihrem Ohr. «Der Typ mit dem finsteren Blick sagte, er will mir die Polizei auf den Hals hetzen, wenn ich nicht damit aufhöre. Womit aufhöre?»

Er hob sie an und setzte sie mühelos auf den Beifahrersitz des Pick-up um. Die körperliche Nähe hatte etwas Vertrautes.

«Er denkt, ich sitze im Rollstuhl, weil du mich die Treppe hinuntergeschubst hast.»

Wie gut, dass Rebecca mit dem Geständnis gewartet hatte, bis sie saß. Jens hätte sie sonst womöglich fallen lassen.

«Was treibst du bloß für einen Unfug?»

«Ich wäre den Mann sonst nicht losgeworden, sorry.»

«Ach, und deshalb muss ich als Psychopath herhalten?»

«Ich kenne sonst keinen, dem die Rolle so gut steht.»

«Frau Oswald, noch ein Wort, und ich lade Sie wieder aus und bringe Sie zurück zu Ihrem Kurschatten.»

Er wartete ihre Antwort nicht ab, sondern schlug die Tür zu, klappte den Rollstuhl zusammen und lud ihn auf die Ladefläche, nahm zuvor aber das Sitzkissen ab und verstaute es auf dem Rücksitz, damit es nicht nass wurde.

Einen rücksichtsvollen Mann erkennt man an solchen Kleinigkeiten, nicht an einem großen Strauß Blumen, dachte Rebecca.

Jens war völlig durchnässt, als er einstieg.

«Na, wenigstens hattest du deinen Spaß!», bemerkte er und startete den Wagen.

Die Scheibenwischer quietschten über das Glas. Auswechseln kam für Jens nicht in Frage, an diesem Wagen sollte alles alt sein.

«Höre ich da etwa Eifersucht heraus?», fragte Rebecca bewusst neckisch.

«Pfff ... du bist erwachsen und musst wissen, was du tust.»

Es war interessant zu sehen, wie Jens sich verbissen darauf konzentrierte, den störrischen Wagen durch das enge Rondell zu manövrieren.

«Und ... was macht die Zunge?», lenkte sie vom Thema ab.

«Verheilt langsam.»

«Und dein festgenommener Geist?»

«Das ist allerdings eine merkwürdige Geschichte, die ... Gottverdammt!»

Jens stieg hart auf die Bremse.

Von rechts kam eine Frau auf die Zufahrt gestürzt. Auf den ersten Blick sah sie wie eine entflohene Verrückte aus. Sie fuchtelte mit den Armen, ihr Haar klebte nass an ihrem Kopf, dann geriet sie in den Rosenrabatten ins Straucheln und fiel beinahe auf die Straße.

«Hier wimmelt es ja von Irren!», schimpfte Jens.

«Warte mal», bat Rebecca ihn. «Ich kenne die Frau doch.»

Es war Bianca Deuter, die Masseurin. Sie trat jetzt an die Beifahrertür, und Rebecca kurbelte das Fenster herunter. Das erste Stück war schwergängig, dann fiel die Scheibe plötzlich in die Tür hinab.

«Vorsicht!», warnte Jens und verzog das Gesicht.

Bianca war außer Atem, Regenwasser lief ihr das Gesicht hinab.

«Ich dachte schon, dass ich dich verpasst hätte», stieß sie aus. «Ich möchte dir etwas mitgeben.»

Sie reichte eine Plastiktüte durch die Öffnung.

«Was ist das?»

«Schau es dir an ... bitte ... für meine Tochter.»

Rebecca ertrug den Blick der verzweifelten Mutter kaum.

«Werde ich, versprochen», sagte sie leise.

Bianca Deuter rang sich ein hoffnungsvolles Lächeln ab und lief dann durch den Regen aufs Hauptgebäude zu.

«Ich mache mir langsam wirklich Sorgen um dich», sagte Jens.

«Musst du nicht, alles gut. Fahr los.»

Das tat er, und Rebecca nahm den Inhalt aus der feuchten Plastiktüte. Dabei handelte es sich um einen grünen Schnellhefter und eine CD-Hülle. Im Schnellhefter befanden sich Zeitungsausschnitte, in denen es um das Verschwinden von Sandra Deuter ging. Außerdem hatte Bianca offenbar Teile der Ermittlungsunterlagen kopiert.

Die CD in der Hülle war unbeschriftet. Rebecca nahm sie heraus und schaute Jens an.

«Darf ich?»

«Nur zu.»

Der moderne CD-Player passte natürlich nicht zu einem Wagen aus den Sechzigern, aber Jens hasste das Programm der Radiosender mit seiner penetranten Werbung, er hörte gern Countrymusik und benötigte dafür nun mal einen CD-Player. Rebecca holte eine Scheibe von Jonny Cash heraus und schob die von Bianca Deuter hinein.

Rauschen.

Rascheln.

Hüsteln.

Dann absolute Stille, bevor Gitarrenklänge einsetzten.

Die Melodie kam Rebecca sofort bekannt vor, sie kam aber nicht darauf, um welches Stück es sich handelte. Erst der einsetzende Gesang machte alles klar.

«Ich bin verloren, in deiner Mitte, machst mich zum Kämpfer, ohne Visier, alles gedreht, Sinne wie benebelt, ich bin so heillos betrunken von dir ...»

Die Lautsprecher in Jens' Wagen waren Oberklasse, sie filterten jedes feine Timbre der Stimme heraus. Es war eine glockenhelle, klare Stimme mit leicht rauer Grundlage, mutig und selbstbewusst, vor allem aber mit sehr viel Gefühl.

«Totaler Kitsch», brummte Jens. «Aber die Stimme ist klasse, da bekommt man ja Gänsehaut. Wer ist das?»

«Sandra Deuter. Die Tochter der Frau, die dir gerade vors Auto gelaufen ist. Sandra ist vor zwei Jahren spurlos verschwunden.»

Rebecca spürte, wie sich ihr Magen bei dem wundervollen Gesang zusammenzog. Automatisch griff sie in ihre Handtasche, holte das Foto von Sandra hervor und zeigte es Jens.

«Hübsches Mädchen. Was ist passiert?»

«Warte mal ...», bat Rebecca, sie wollte die letzte Strophe des Liedes hören.

«Es ist noch immer so schwer zu glauben, wie du die meisten meiner Fehler übersiehst. Du erdest jeden meiner Gedanken, verleihst Flügel, wenn Zweifel überwiegt.»

«Hat sie das geschrieben?», fragte Jens, nachdem der Refrain endete.

«Nein, das Stück ist von Silbermond.»

Rebeccas Stimme klang belegt. Der Gesang hatte sie berührt.

«Kenne ich nicht.»

«Nicht deine Musikgeneration.»

«Und warum bekommst du von der Mutter diese CD?»

Weil sie genau weiß, was die Stimme ihrer Tochter in Menschen auslöst, und weil ich nicht einfach zur Tagesordnung übergehen kann, wenn ich sie gehört habe, dachte Rebecca, sagte es aber nicht.

Stattdessen klärte sie Jens über die Zusammenhänge auf.

Er hörte schweigend zu, die Kiefer fest aufeinandergepresst, den Blick stur geradeaus. Schließlich schüttelte er den Kopf.

«Tragisch ... wie immer, wenn so etwas passiert. Du hast der Mutter doch aber gesagt, dass du nichts machen kannst. Anderes Bundesland, Zuständigkeiten und so?»

Rebecca nickte und starrte dabei weiterhin das Foto an.

«Becca?», bohrte Jens nach.

«Hab ich», sagte sie. «Und ... na ja, du hast die Frau doch auch gesehen ... ich hab ihr gesagt, ich schaue mal, was ich tun kann.»

«Ich wusste es!»

«Hättest du doch auch getan.»

«Vielleicht ... aber ich bin auch Polizist, du nicht.»

«Aber ich habe einen Polizisten zum Freund, der mir hilft, wenn ich ihn darum bitte.»

Er sah sie von der Seite her an.

«Komm, mach noch mal an», sagte er schließlich.

Rebecca startete die CD.

Und so fuhren sie durch den Regen zurück nach Hamburg und lauschten dem Gesang eines wahrscheinlich toten Mädchens.

12

Eine kurze schnelle Rechte, dann den Gegner mit der Führhand auf Distanz halten, tänzeln, ausweichen, die Deckung aufrecht halten, noch eine Rechte, härter diesmal und direkt auf die Nase, um ihn außer Gefecht zu setzen ...

Sabine sah nicht wirklich ein Gesicht vor sich, wenn sie im Gym den Boxsack bearbeitete, aber sie stellte sich einen Gegner mit blondem Haar vor, jenen Mann, der es auf ihre Viola abgesehen hatte – und der nicht Marius war. Oder würde dieser blöde Wichser so weit gehen und jemand aus seinem Bekanntenkreis darauf ansetzen, Viola das Leben zur Hölle zu machen? Das war eine Möglichkeit, die Sabine in Betracht zog, denn irgendwas an Marius' Reaktion vor dem Telefonladen war merkwürdig gewesen. Sabine hatte ihn immer für einen Feigling gehalten, der eine schwächere Frau schlagen konnte, für mehr aber nicht. Aber wozu war er wirklich fähig? Oder steckte doch jemand ganz anderes hinter diesem Anruf und den ekligen Geräuschen auf der Mailbox?

Viola war eine Schönheit, und obwohl sie ihr Aussehen nicht bewusst einsetzte, zog sie doch Blicke und Aufmerksamkeit auf sich. Oft war ihr das selbst gar nicht bewusst, und Sabine hatte beobachten können, dass manche Männer Viola für unnahbar oder sogar arrogant hielten. Dabei war sie meist einfach nur in sich gekehrt, dachte über Gott und die Welt nach und interessierte sich nicht für die Außenwelt.

Diese unbeachteten Typen konnten nachtragend sein.

Ganz egal, wer dahintersteckte und wie weit er es noch treiben wollte, Sabine würde auf ihre beste Freundin, ihre kleine Schwester, die sie nie gehabt hatte, aufpassen – den einzigen Menschen, den sie beschützen konnte, der es wert war, von ihr beschützt zu werden.

Wenn die Polizei nicht helfen konnte oder wollte, würde sie das eben selbst übernehmen.

Mit ihren in Bandagen verpackten Händen schlug sie auf den Boxsack ein, immer härter, bis die Knöchel weh taten und ihre Oberschenkel von der Beinarbeit brannten. Dann machte sie noch ein bisschen weiter, quälte sich, so wie sie es immer und mit allem tat, und als sie endlich die Arme fallen ließ und ausatmete, war keine Kraft mehr in ihrem kleinen, schmalen Körper.

Der Schweiß lief ihr von der Stirn in die Augen. Sie ging hinüber zu der Bank, auf der ihr Rucksack stand, nahm die Wasserflasche heraus, ließ sich auf die abgewetzten Bretter sinken, trank und beobachtete.

Jetzt, zwischen sieben und zehn am Abend, war im Gym der größte Betrieb, beinahe alle Plätze waren besetzt, auch im Ring tummelten sich die Trainierenden. Sabine mochte diese Geräuschkulisse. Das beständige angestrengte Stöhnen, das Klatschen der Fäuste gegen Leder, die schnellen Schritte auf dem Ringboden. Dieser Ort fühlte sich wie eine Heimat an.

Carsten kam auf sie zu. In seinen kurzen Hosen, dem Muskelshirt, verschwitzt, die Haare zerzaust, fand Sabine ihn durchaus attraktiv. Seine Sporttasche stand neben ihr, er lächelte sie an, ließ sich ebenfalls auf die Bank fallen und trank Wasser. Nur durch die Tasche voneinander getrennt, spürte sie die Hitze seines Körpers, konnte ihn riechen und es nicht vermeiden, einen schnellen Blick auf seine Beine zu werfen.

«Fertig für heute?», fragte er.

«Ich denk schon, ich will ja auch noch nach Hause joggen.»

«Kein Problem für dich, oder? Du bist richtig gut in Form.»

«Vielen Dank. Aber es sind immerhin sieben Kilometer, dafür muss ich ein bisschen Kraft übrig lassen.»

Er lächelte fast schüchtern, sah sie an und wieder weg, zupfte an seinen Boxbandagen.

«Nicht dass dir was passiert, jetzt, am Abend.»

Oh Gott, wie süß, dachte Sabine. Er flirtet mit mir und kehrt den Beschützer raus.

«Was soll schon passieren? Ich kann boxen. Selbst dich würde ich flachlegen.»

Sie hatte es schon ausgesprochen, da merkte sie erst, wie peinlich doppeldeutig der letzte Satz war. Carsten wohl auch, denn er errötete und sah zu Boden, aber in seine Mundwinkel schlich sich ein wunderschönes kleines Lächeln. «Sollten wir vielleicht irgendwann ausprobieren», sagte er.

«Sollten wir! Aber nicht mehr heute. Ich muss leider wirklich los.»

«Wie wär's mit Kino heute Abend», schlug er vor.

«Ich weiß nicht», sagte Sabine. «Ich muss erst zu meiner Freundin … ich schick dir eine WhatsApp, okay?»

Er war sichtlich erfreut, nicht sofort eine Absage kassiert zu haben, und gab ihr seine Nummer.

«Na dann … vielleicht bis heute Abend.»

Carsten lächelte ihr noch einmal zu, stand auf und ging zurück zu seinem Training. Sabine betrachtete seinen Hintern und fragte sich, wie sich diese Muskeln wohl anfühlten, wenn er auf ihr lag.

Plötzlich richtig gut gelaunt, packte sie ihren Kram zusammen, schulterte den leichten Rucksack, verabschiedete sich auf dem Weg aus dem Gym von Andreas, dem Inhaber, der sie wieder einmal fragte, wann sie endlich gegen eine echte Gegnerin in den Ring steigen würde. Andreas hielt sie für talentiert und war der Meinung, sie verschwende dieses Talent. Ihren Einwand, dass sie das Training liebte, aber nicht den Kampf, ließ er nicht gelten. Noch hatte er es nicht ausgesprochen, aber sie sah ihm an, dass er glaubte, sie habe Angst davor. Vielleicht stimmte das sogar, und vielleicht würde es ihr guttun, diese Angst zu überwinden. Endlich mal einen Schritt weiterzugehen!

Sabine verschob die Entscheidung und verließ die stickige Halle.

Die Sonne war noch nicht untergegangen, stand aber tief im Westen, sodass ihre fast schon kitschig goldenen Strahlen durch das Geäst der Baumkronen fielen und deren knochige Schatten auf den Asphalt warfen.

Sabine schloss die Augen, atmete tief ein und aus und fühlte sich lebendig und stark dabei.

Sie schrieb Viola eine Nachricht, in der sie das Date mit Carsten schon einmal ankündigte, dann steckte sie ihr Handy in den Rucksack, zog die Schultergurte fest an und lief los. Nach rechts die Straße hinunter und durch das Wohngebiet bis an die Elbe, der sie ein gutes Stück weit folgte. Sie lief gern dort, weil dort um diese Zeit niemand sonst war und sie beim Laufen nachdenken konnte.

13

Viola zitterte.

Immer wieder fasste sie sich an den Hinterkopf, wie um sich davon zu überzeugen, dass es kein Irrtum war, dabei konnte sie die Stelle, an der die Haarsträhne fehlte, nicht einmal ertasten.

Vor dem Eingang des Pflegeheimes fühlte sie sich sicher, doch sie konnte nicht ewig hier stehen bleiben, sie musste nach Hause. Und ausgerechnet jetzt stand ihr der Fiat nicht zur Verfügung. Es blieb ihr nichts anderes übrig, als die U-Bahn zu nehmen.

Sie schaute aufs Handy. Sabine hatte nicht zurückgerufen, dabei hatte Viola ihr schon vor einer halben Stunde eine Nachricht auf der Mailbox hinterlassen, hatte sie angefleht, sie von der Arbeit abzuholen. Warum rief sie denn nicht wenigstens zurück?

In ihrer letzten Nachricht hatte Sabine ein Date mit einem Carsten aus dem Gym angekündigt, vielleicht schon heute Abend. War sie schon dort und meldete sich deshalb nicht?

Okay, sagte sich Viola. Lass dich von dem Typen nicht einschüchtern, das ist es ja, was er will. Du lebst in einer Stadt mit fast zwei Millionen Einwohnern, und auf dem

Rückweg nach Hause wirst du keinen Augenblick allein sein. Was soll dir also passieren?

Immerhin hatte der Mann es geschafft, ihr in der U-Bahn, mitten unter den Leuten, eine Haarsträhne abzuschneiden. Der erste Schritt Richtung Straße fiel ihr sehr schwer, mit jedem weiteren wurde es leichter, und schließlich ging sie in normaler Geschwindigkeit, ohne zu rennen, in Richtung U-Bahn, schaute sich aber immer wieder in alle Richtungen um. Einen Mann mit einer blauen Tasche entdeckte sie nicht.

Sie behielt das Handy in der Hand und warf immer wieder einen Blick darauf. Kein Anruf, keine Nachricht von Sabine.

Viola war in Hamburg geboren und aufgewachsen, hatte nie irgendwo anders gelebt und auch nicht den Wunsch gehabt wegzugehen. Hamburg war offen, lebendig, liberal, überall gab es Grün, und in kurzer Zeit gelangte man an die Küste. Hier hatte sie sich immer wohl gefühlt, das war der Anker, die Grundlage, ohne die man nirgendwo ein Zuhause fand. Doch dieser Anker hatte sich gelöst und trieb unkontrolliert über den Grund. Und daran war nur dieser eine Typ schuld, der ihr aus irgendeinem unerfindlichen Grund nachstellte. Warum denn nur? Sie hatte doch niemandem etwas getan!

Vor ihr tauchte der Treppenabgang zur U-Bahn auf. Es war nicht dunkel, weder draußen noch darin, dennoch empfand Viola ihn als Zugang zu einer Höhle. In einiger Entfernung stoppte sie. Konnte einfach nicht weitergehen. Ihr Herz pochte wie verrückt, der Schweiß brach ihr aus.

Nein, auf keinen Fall würde sie die U-Bahn nehmen!

Mit zitternden Händen kramte Viola in ihrer Handtasche nach der Geldbörse, zog sie hervor und fand fast fünfzig Euro darin. In der Nähe der U-Bahn-Haltestelle gab es einen Wartebereich für Taxis, dorthin ging sie.

Als sie auf den ersten elfenbeinfarbenen Wagen in der Reihe zuging, glaubte sie, auf der anderen Straßenseite jemanden mit einer blauen Tasche zu sehen. Den Türgriff der Hintertür schon in der Hand, verharrte Viola und schaute genauer hin.

Da drüben, unter der Markise eines Wettbüros, stand da nicht ein blonder Mann mit einer blauen Tasche?

Da die Sonne bereits tief stand, lag der Bereich unter der Markise im Schatten. Vielleicht war dort jemand, vielleicht auch nicht.

Viola wollte es nicht genauer wissen. Sie riss die Autotür auf, stieg ein, zog sie hastig zu und fühlte sich sofort sicherer.

14

Ida Ludwig war seit sechsundzwanzig Jahren Krankenschwester und hatte alles erlebt, was man in ihrem Job erleben konnte. Noch nie hatte sie sich vor einer Patientin gefürchtet, noch nie! Aber wie sagte man so schön? Es gibt für alles ein erstes Mal.

Schon zwei Minuten stand sie unschlüssig vor der geschlossenen Tür zum Zimmer der bleichen Frau ohne Namen. Normalerweise verharrte sie nicht, für Verharren war niemals Zeit, aber jetzt konnte sie nicht anders. Als Nachtschwester der Station hatte sie den Auftrag, möglichst alle fünfzehn Minuten nach der Frau zu sehen, weil sie weiterhin fixiert und damit nicht in der Lage war, den Notfallknopf zu betätigen. Alle fünfzehn Minuten … Herrgott noch mal!

Na dann, also los, es nützt ja nichts, sagte sich Ida und drückte die Tür leise auf.

Die Rücksicht hätte sie sich sparen können. Die bleiche Frau war wach. Und wie!

Durch das Fenster fiel blasses Mondlicht herein und ließ sie noch gespenstischer aussehen. Sie stemmte sich mit einer Kraft gegen die Fesseln, die in diesem ausgemergelten Körper gar nicht hätte stecken dürfen. Adern und Sehnen traten an Armen und Hals hervor wie Baumwurzeln aus flachem Boden.

Den Kopf weit in den Nacken gelegt, starrte sie aus aufgerissenen Augen zur Decke empor, die Zähne gebleckt, die Zunge schnellte hervor, verschwand wieder im Mund, schnellte hervor …

Nur ihrer langjährigen Berufserfahrung war es zu verdanken, dass Ida nicht laut aufschrie. Und so verstand sie die Worte genau, die die Frau ausstieß.

«… Kim, Darling … Licht meines Lebens …

… Kim, Darling … Licht meines Lebens …»

15

«Okay, sie singt schön, aber deswegen sind wir noch lange nicht für einen alten Fall aus Hessen zuständig», sagte Jens.

Nein, deswegen nicht, aber vielleicht, weil es für sie und

ihre Mutter keine andere Hoffnung gibt, dachte Rebecca, sprach es aber nicht aus.

Sie packte Ivars Räder und rollte auf den Hauseingang zu, froh, endlich wieder Zuhause zu sein. Die Klinikaufenthalte würden sie ihr Leben lang begleiten, sie gehörten zu den schlimmsten Begleiterscheinungen ihrer Behinderung. Rebecca war gern zu Hause, in ihrer gewohnten Umgebung, ihrer kleinen Höhle, die sie nicht dauernd vor irgendwelche Herausforderungen stellte, wenn sie einfach nur träge und faul sein wollte.

Jens ging vor ihr her, ihren Koffer in der einen, den kleinen schwarzen Rucksack in der anderen Hand. Diese Sache, die Rebecca ihm da erzählt hatte, verhagelte ihm die Petersilie. Er war schlecht gelaunt, wegen der andauernden Schmerzen in seiner Zunge und weil die Baumgärtner ihm vorschreiben wollte, was er zu tun oder zu lassen hatte – das brachte Jens zuverlässig auf die Palme. Zudem interessierte ihn der Fall dieser bleichen Frau wirklich, und wenn Jens einmal Feuer gefangen hatte für eine bestimmte Sache, war er kaum mehr zu stoppen.

Sein kleiner Lügendeal mit der Jägerin passte da ins Bild. Rebecca wusste, dass sie sich darüber freuen sollte, dass Jens, der eigentlich alles mit sich selbst ausmachte, ihr davon erzählte, aber stattdessen empfand sie eher eine gewisse Eifersucht. Jens hatte so bewundernd geklungen, als er von ihr berichtet hatte. Mehrfach hatte er erwähnt, wie cool und beherrscht sie dieser Geisterfrau durch den finsteren Wald gefolgt war. Rebecca wusste, Jens mochte starke, selbstbestimmte Frauen, die ihr Lebensglück nicht an einen Mann knüpften, und diese Jägerin schien genau so ein Mensch zu sein.

Vor der Haustür ließ Jens sie vorbeirollen, damit sie aufschließen konnte. Sie sah zu ihm auf. Sein Gesicht war ernst und schwer zu deuten. Er tat so, als gäbe es auf der Straße etwas Interessantes zu sehen, sagte aber nichts.

Rebecca seufzte, stieß die Tür auf und rollte in den Hausflur. Niemand brachte Jens Kerner zum Reden, wenn er lieber schweigen wollte. Rebecca hatte mal irgendwo gelesen, dass der Mensch, der neben dir am meisten schweigt, am meisten mit dir reden will. Sie hatte keine Ahnung, ob man das auf Jens übertragen konnte. Ausnahmen von der Regel gab es ja immer.

Ihre Wohnung war eine Woche nicht gelüftet worden, es roch abgestanden darin. Rebeccas erster Blick galt ihren Pflanzen im Wintergarten. Da der Raum im Schatten lag, hatten sie die Gluthitze dieses Ausnahmesommers bisher gut überstanden.

Ohne Aufforderung deponierte Jens Koffer und Rucksack auf dem Bett im Schlafzimmer, kam dann zu ihr in die Küche zurück, blieb aber im Türrahmen stehen und spielte nervös mit dem Schlüsselbund.

«Magst du einen Kaffee?», fragte Rebecca. Sie wollte ihn nicht in dieser angespannten Stimmung gehen lassen.

«Du weißt, dass das nicht geht», sagte er statt einer Antwort. «Du bist keine Beamtin und darfst nicht ermitteln.»

Rebecca spürte einen Stich im Herzen. Der Kaffeemaschine zugewandt, hantierte sie mit Wasser und Bohnen und schluckte mühsam hinunter, was ihren Hals eng machte.

«Ich weiß.» Ihre Stimme klang für sie selbst fremd. «Kaffee oder nicht?»

Jens' Handy klingelte. Er nahm das Gespräch entgegen, hörte aufmerksam zu, erwiderte ein paar knappe Worte und beendete es mit «Bin gleich da».

Dann sah er Rebecca an.

«Scheint so, als hätte die bleiche Frau ihren Namen genannt ... ich muss los. Wir reden Montag weiter, okay.»

«Ja, alles klar. Danke fürs Fahren.» Rebecca kümmerte sich extra konzentriert um die Kaffeemaschine und spürte seinen Blick in ihrem Rücken. Als sie die Wohnungstür ins Schloss fallen hörte, hasste sie sich dafür, Jens so gehen gelassen zu haben.

Auf Kaffee hatte sie jetzt auch keine Lust mehr.

16

Als sie etwa zehn Minuten gelaufen war, hatte Sabine zum ersten Mal das Gefühl, beobachtet zu werden.

Sie hielt nicht an, lief aber langsamer weiter und schaute sich aufmerksam um. Da war niemand. Keine anderen Läufer, keine Spaziergänger mit Hund, sie war allein auf dem geschotterten Weg direkt am Flussufer, der von Büschen und Bäumen gesäumt war. Die Sonne stand zu tief, als dass ihre Strahlen hier herunterdrangen, und so lagen tiefe Schatten zwischen Bewuchs und Wasser, und zum allerersten Mal überhaupt empfand Sabine diesen Weg nicht mehr als sicher. So viele Verstecke, so viele Möglichkeiten, ihr aufzulauern.

Auch wenn Sabine noch nie in einem Wettkampf gegen einen Gegner angetreten war, so hatte sie doch etliche

Sparringrunden durchgestanden, mangels Kandidaten und Kandidatinnen in ihrer Gewichtsklasse immer gegen schwerere Gegner, auch gegen Jungs, und sie wusste, sie konnte sich auf ihre Schnelligkeit und Beweglichkeit verlassen. Normalerweise warfen ihre Schläge keinen Mann um, dafür hatte sie zu wenig Kraft, aber wenn sie sich nicht an die Regeln hielt und hinschlug, wo es wirklich weh tat, zum Beispiel auf den Kehlkopf, dann schon.

Plötzlich war da ein Jogger. Er war einfach so aus dem Nichts aufgetaucht.

Zuerst hörte Sabine das Knirschen seiner Sohlen auf dem Schotter. Sie drehte den Kopf und sah ihn in vielleicht hundert Meter Entfernung laufen. Er war mittelgroß, mehr konnte sie nicht erkennen, auch nicht seine Haarfarbe, denn er trug eine Baseballkappe, deren Schirm sein Gesicht beschattete.

Er lief ungefähr ihr Tempo, würde sie also nicht einholen. Sabine konzentrierte sich auf den Weg vor ihr, der hier einige Kurven nahm und tiefe Schlaglöcher hatte. Sie fühlte sich beklommen, und es fiel ihr schwer, richtig zu atmen. All der Mut und der Kampfeswille, die sie gerade noch gespürt hatte, verließen sie.

Ohne es zu wollen, steigerte sie ihr Tempo. Ihre Kondition war gut, sie würde das Tempo ohne weiteres lange durchhalten.

Nein, sagte sich Sabine plötzlich. Das ist Flucht. Wenn er das ist, dann will ich nicht auch noch vor ihm weglaufen. Dann stelle ich mich ihm hier und jetzt in den Weg und zeige ihm seine Grenzen.

Gegen alle Vernunft und gegen die Signale ihres Körpers drosselte Sabine ihr Tempo so weit, bis sie langsamer lief als ihr Verfolger. Sollte er sie doch einholen. Sabine drehte sich nicht noch einmal um, achtete nur noch auf die rhythmischen Schritte hinter sich und hörte, wie der Mann langsam näher kam.

Es dauerte noch drei, vier Minuten, dann hatte er sie eingeholt. Erst als sie sein Schnaufen hörte, sprang Sabine plötzlich ansatzlos zur Seite, brachte sich in die Boxgrundstellung, hob die Arme und baute ihre Deckung auf.

Der Jogger erschrak und sprang ebenfalls zur Seite.

Es war ein alter Mann, sicher über sechzig, und er warf ihr misstrauische Blicke zu, um dann mit ausreichendem Abstand an ihr vorbeizulaufen. Er drehte sich noch mal um, bevor er hinter der nächsten Kurve verschwand.

Sabine stützte sich auf ihre Oberschenkel ab und konnte ein erleichtertes Lachen nicht vermeiden. Du spinnst, sagte sie sich.

Sie verließ den Weg und lief zum Elbstrand hinunter, um den alten Mann nicht sofort wieder einzuholen. Sie lief gern im weichen Sand und genoss den Blick über den Fluss. Sie nahm sich vor, sich nicht mehr von Violas Angst anstecken zu lassen. Waren es nicht immer Menschen wie Viola, die solchen kranken Typen zum Opfer fielen? Ängstliche Frauen, schüchterne Frauen, anmutige Frauen, denen diese Verbrecher auf den ersten Blick ansahen, wie leicht sie zu jagen und zu erlegen waren? Frauen, deren Grundhaltung Furcht war, die aber nichts dagegen taten, sich keinen Mut aneigneten, nicht den Willen aufbrachten, diese beschissene Geschlechterrolle zu verlassen.

Der Schemen sprang hinter dem Alten Schweden hervor und riss Sabine von den Beinen. Der Angriff kam so schnell und überraschend, dass sie überhaupt keine Möglichkeit hatte zu reagieren. Sie landete bäuchlings im Sand, spürte das Gewicht eines Mannes über sich und im nächsten Moment seine Finger im Haar an ihrem Hinterkopf. Er presste ihr Gesicht in den Sand, sodass sie keine Luft mehr bekam.

Sabine geriet in Panik, schlug und trat um sich, schmeckte den Sand in ihrem Mund und spürte ihn im Rachen.

Wehr dich ... wehr dich, schrie der Überlebenswille in ihr.

17

Sabine war nicht da. Die aufgeräumte Wohnung war verwaist, kein Anzeichen dafür, dass ihre Freundin im Laufe des Tages hier gewesen war.

Viola stand ratlos im kleinen Wohnzimmer und wusste nicht, was sie tun sollte. Sabine ging nicht an ihr Handy und reagierte auch nicht auf ihre Anrufe, und das war seltsam.

Die Wohnung kam Viola plötzlich beengt und sehr einsam vor, dabei war sie so froh gewesen, endlich die Tür hinter sich abschließen zu können. Sie eilte ins Bad, knipste das grelle Licht über dem Spiegelschrank an, klappte eine der beiden kleinen Türen auf und betrachtete ihren Hinterkopf, um sich zu vergewissern, dass das alles kein Albtraum war.

Die Kante im Haar war deutlich zu erkennen. Automatisch musste Viola an Marius denken. Er war ein nachtragender Mann, keine Frage, und dass er sich nicht immer kontrollieren konnte, hatte er ihr oft genug bewiesen. Seine Hand in der Luft, zitternd erhoben zum Schlag, sein hochrotes Gesicht und die hervorquellenden Augen …

Dafür hatte er sich zwei kurze, harte Schläge von Sabine eingefangen. Der große, drahtige und kräftige Marius hatte nichts gegen die kleine, leichte Bine ausrichten können. Ihre Schläge waren so schnell und präzise gewesen, er hatte wahrscheinlich nicht einmal mitbekommen, wie ihm geschah. Plötzlich hatte er mit blutender Nase am Boden gelegen. Sein Blick war Gold wert gewesen, eine Mischung aus Scham und Verunsicherung. Später war es sicher Wut gewesen. Auch Rachsucht?

Aber da unten in der U-Bahn, das war nicht Marius gewesen. Nein, es musste jemand anderes sein. Tat er es einfach so? Nur weil es dem Typen Spaß machte, andere zu quälen und für Chaos zu sorgen? Oder hatte sie ihn durch irgendetwas gereizt? Ihn herausgefordert?

Viola klappte die Türen des Spiegelschranks ein und verließ das Bad. In der kleinen Küche ihrer Zwei-Zimmer-Wohnung bereitete sie sich einen Tee zu. Kamille, zur Beruhigung. Sie durfte sich nicht so in diese Sache hineinsteigern, musste versuchen, einen klaren Kopf zu bewahren. Der Tee zog noch in der großen bunten Tasse, die Sabine ihr zum Geburtstag geschenkt hatte, da hörte sie unten auf der Straße einen Wagen halten und Türen schlagen.

Viola verharrte.

Die Straße war eng, die Geräusche krochen an den Hauswänden empor und verstärkten sich, sodass sie manchmal sogar Gespräche von Passanten belauschen konnte. Viola hörte, wie jemand über die Straße auf das Haus zukam. Vielleicht hatte sich Sabine auch ein Taxi genommen, obwohl sie dafür eigentlich gar kein Geld hatte.

Viola trat ans Fenster und spähte durch einen winzigen Spalt zwischen Vorhang und Wand, durch den sich nur ein schmales Stück der Straße einsehen ließ.

Da war niemand.

Oder ...

Sie sah einen Schatten über die Büsche gleiten.

Viola zog sich zurück und blieb unschlüssig im Zimmer stehen. Ihre Hände zitterten, und der Bauch tat weh. Sie schloss die Augen, um sich zu beruhigen, aber sofort sprang sie ein Bild an: eine Hand, die sich ihrem Hinterkopf entgegenstreckte, eine Schere, die eine Haarsträhne abschnitt ...Viola drängte verzweifelt die aufsteigenden Tränen zurück.

Unten im Flur schlug die Hauseingangstür zu, die nie abgeschlossen war, weil die Bewohner des Hauses es ständig vergaßen, Viola selbst auch. Es gab sechs Mietparteien im Haus, davon drei Paare in ihrem Alter, die kamen oft spät nach Haus. Das Schlagen der Tür war also kein Grund, sich zu ängstigen.

Schritte auf der Holztreppe. Laut und hastig. Niemand, den sie kannte, lief in diesem Tempo die Treppe hinauf.

Sabine?

Ihren ersten Impuls, die Tür zu öffnen, um ihre Freundin zu begrüßen, drängte Viola zurück. Stattdessen riss sie in der Küche die Besteckschublade auf. Die Messer darin waren allesamt lächerlich klein. Sie war keine gute Köchin und benötigte keine großen Fleischmesser. Das, mit dem sie ihr Gemüse schnitt, hatte gerade mal die Länge eines kleinen Fingers. Sie nahm es dennoch heraus. Besser ein kleines Messer als gar keines.

Die Schritte auf der Treppe verstummten, und Viola glaubte, vor ihrer Tür jemanden atmen zu hören.

18

Rebecca starrte ihr Handy an. Jens meldete sich nicht.

Okay, sie kannte das von ihm, er war nicht unbedingt der kommunikativste Mensch auf Erden, schon gar nicht am Handy, aber er konnte sich doch trotzdem noch mal melden, um die Spannung zwischen ihnen aufzuheben.

Rebecca seufzte, legte ihr Handy auf dem Tisch vor sich ab und fragte sich, ob Jens' unangepasstes Verhalten langsam auf sie abfärbte. Eigentlich war sie immer ein richtiger Beamtentyp gewesen, der sich an Regeln und Vorschriften hielt und nicht einmal falsch parken konnte, ohne ein schlechtes Gewissen zu bekommen. Ganz anders als Jens, der tatsächlich Beamter war, sich aber nicht so verhielt. Seine Grenzüberschreitungen waren im Revier legendär, nicht ohne Grund wurde er von fast allen Dirty Harry genannt. Rebecca mochte den Namen nicht, fand ihn sogar ein wenig respektlos. Jens selbst ging offensiv damit um, aber Rebecca glaubte, ihn gut genug zu kennen, um hinter diese zur Schau gestellte Stärke und Coolness blicken zu können. Rebecca hätte ihm gern geholfen.

Und solange er das nicht zuließ, ließ sie sich von ihm helfen. Bislang wusste sie nur noch nicht, wie – zumindest nicht, was Sandra Deuter betraf. Rebecca war sich sicher, der Mutter helfen zu können, irgendetwas ließ sich immer herausfinden, auch wenn man keine offizielle Ermittlung führte und an die Akten der Kollegen aus Hessen nicht ohne weiteres herankam.

Tatsächlich hatte sie mittlerweile herausgefunden, dass es drei weitere Vermisstenfälle gab in Hessen, die gewisse Parallelen aufwiesen – na ja, eigentlich nicht mehr als das Alter und das außergewöhnlich gute Aussehen der Mädchen, aber immerhin.

Nathalie Dreier, Lisbeth Krüger, Beatrix Griesbeck.

22, 23 und 25 Jahre alt.

Alle drei innerhalb eines Jahres verschwunden, und zwar im gleichen Jahr wie Sandra Deuter.

Für diese Information benötigte sie die Datenbanken der Polizei nicht, sie waren im Internet zu finden. Zeitungsartikel, Einträge in den sozialen Netzwerken – Google wusste alles.

Nathalie Dreier war schwarzhaarig, schlank, hatte dunkle Augen und eine zierliche Figur. Ihr zehn Jahre älterer Bruder suchte nach ihr, seit sie verschwunden war, und nutzte dazu ebenfalls die sozialen Netzwerke. Schaute man sich die Facebookseite von Nathalie an, erkannte man anhand der Einträge allerdings, dass seine Hoffnung schwand. Sie waren seltener geworden in den letzten sechs Monaten und klangen auch nicht mehr so vehement und hoffnungsvoll.

Er suchte sie aber nicht nur unter ihrem eigenen Profil, sondern auch auf den anderen gängigen Seiten bei Facebook, und da gab es einige mit unterschiedlichen Namen.

Vermisste Personen.

Vermisste Menschen in Deutschland.

Deutschland findet vermisste Personen …

Auf allen Seiten hatte der Bruder Fotos von Nathalie gepostet und zur Mithilfe aufgerufen, sogar eine Belohnung hatte er ausgesetzt, und die trieb Rebecca die Tränen in die Augen. Der Bruder besaß wohl nicht viel Geld, aber er war Maurer von Beruf und bot an, demjenigen seine Arbeitskraft für den Bau eines kompletten Hauses zur Verfügung zu stellen, der ihm seine Schwester zurückbrachte.

Für Lisbeth Krüger hatte nur die Polizei einen Hilfeaufruf gestartet. Sie war sehr hübsch, sah aber vollkommen anders aus als Nathalie. Eine hellhäutige, blasse Schönheit mit auffällig kupferrot gefärbtem Haar, eindrucksvollen blaugrauen Augen und einem Nasenpiercing. Sie schaute scheu und in sich gekehrt in die Kamera.

Beatrix Griesbeck dagegen schien eine Powerfrau zu sein. Ihr Verlauf bei Facebook war voller Urlaubsfotos – Schnappschüsse von den verschiedensten Orten in Deutschland und der Welt, außerdem viele Bilder von irgendwelchen Konzert- und Festivalbesuchen. Sie hatte einen großen Freundeskreis, der begeistert alles kommentierte, was sie schrieb – bis zu dem Zeitpunkt, da sie verschwunden war. Ab da wurde es herzzerreißend traurig. Rebecca verbot es sich, all die Kommentare der Menschen zu lesen, die Beatrix geliebt hatten.

Eine Freundin tauchte besonders häufig auf. Nach den Aufnahmen zu urteilen, handelte es sich bei den beiden um ein lesbisches Pärchen. Die verliebten Blicke waren ziemlich eindeutig. Auf den gängigen Vermisstenseiten tauchte Beatrix nicht auf. Rebecca klickte auf die Facebook-Seite der Freundin. Seltsamerweise endete deren aktive Zeit ungefähr eine Woche, bevor bei Beatrix Griesbeck die ersten Vermissten-Postings auftauchten.

Es sah fast so aus, als seien da zwei Verliebte vor allen Konventionen und kleinbürgerlichen Zwängen geflüchtet. Rebecca strich sie aus ihrer Liste im Kopf und wünschte ihnen ein schönes Leben auf Ibiza, Madeira oder sonst wo.

Weil die Müdigkeit in ihren Augen brannte und sie dringend eine andere Haltung einnehmen musste, um ihre schmerzenden Schultern zu entlasten, war Rebecca schon drauf und dran, den Laptop auszuschalten und ins Bett zu gehen. Doch irgendetwas ließ sie innehalten. Sie kehrte noch einmal zu Facebook zurück und rief den Account der Freundin auf.

Melly hieß sie. Melly Becker.

Rebecca sah sich Fotos und Postings noch einmal genauer an.

Nichts deutete darauf hin, dass die beiden Freundinnen unzufrieden gewesen waren, und Hasskommentare fanden sich auch nicht.

Schon merkwürdig, fand Rebecca.

Melly Becker und Beatrix Griesbeck ... wo seid ihr?

Und dann saß sie so lange vor dem PC und recherchierte, bis ihr die Augen zufielen und ihr Nacken vollends versteinerte.

19

Die Nachtruhe im Krankenhaus hatte auf Jens immer eine beruhigende Wirkung gehabt, obwohl er Krankenhäuser hasste, weil seine Eltern beide in einem Krankenhauszimmer gestorben waren.

Aber nachts war es, als beträte man eine andere Welt, in der die Gesetze der Hektik nicht mehr galten. Die schwere Feuerschutztür schloss sich hinter ihm und trennte ihn von allem, was ihn bis hierher verfolgt hatte. Die Missstimmung zwischen Rebecca und ihm, die ihm wirklich zu schaffen machte, die Baumgärtner, die ihm verbot, weiter im Fall der bleichen Frau zu ermitteln. Hier war er nun und würde sich dennoch um diese Frau kümmern.

Nachtschwester Ida Ludwig saß in ihrer gläsernen Kabine in der Mitte des langen, schummrig beleuchteten Ganges. Das Licht einer tief heruntergezogenen Schreibtischlampe schloss sie und ihre Unterlagen in einen schützenden Kokon ein. Keine der Alarmleuchten über den Türen der einzelnen Zimmer leuchtete auf, die Station lag in tiefem Frieden.

Erst als Jens nah genug heran war, bemerkte er, dass die Krankenschwester über ihren Unterlagen eingenickt war. Ihr Kinn lag auf der Brust, die Lider waren geschlossen, ihre Hände – in der rechten steckte noch der Kugelschreiber – lagen schlaff auf den Patientenkarten.

Jens räusperte sich, und sie schreckte auf. Ein verwirrter Blick, höchstens eine Sekunde, dann war sie voll da, schnellte von ihrem Platz hoch und kam aus der Kabine. «Na so was, da muss ich doch eingenickt sein.»

«Passiert mir dauernd, wenn ich Nachtschicht habe», sagte Jens, obwohl das nicht stimmte. Er stand mit Bruder Schlaf auf Kriegsfuß, und so richtig gute Freunde würden sie wohl nicht mehr werden, seit er im Dienst drei Menschen erschossen hatte. Der Schlaf zeigte begeistert Bilder her, die niemand sehen wollte, schon gar nicht er.

Ein dankbares Lächeln erschien auf dem müden, ausgezehrten Gesicht der Nachtschwester.

«Sie sind der Kommissar, nicht wahr!»

«Jens Kerner.» Er zeigte ihr seinen Ausweis. «Vielen Dank, dass Sie daran gedacht haben, mich zu informieren.»

«Ich habe natürlich erst mit dem Oberarzt gesprochen. Er hat nichts dagegen, dass Sie um diese Zeit noch einen Blick zur Patientin hineinwerfen. Es kann aber sein, dass sie längst wieder schläft.»

«Aber Sie haben den Namen laut und deutlich gehört und verstanden?», fragte Jens und steckte seinen Ausweis zurück.

Ida Ludwig nickte, und ihr intelligenter, warmherziger Blick verdüsterte sich etwas. «Ich ...», begann sie, stockte, suchte in sich nach einer Erklärung, fand keine und schüttelte den Kopf. «So was habe ich noch nie erlebt ... diese Frau ... ich hoffe, Sie halten mich nicht für verrückt oder vollkommen übernächtigt, denn Ersteres bin ich nicht und Letzteres gewohnt, aber ich hatte wirklich das Gefühl, sie ist nicht allein im Raum. Sie selbst hat ganz sicher jemanden gesehen und ich ... ich habe etwas gespürt. So als könne die Frau eine ganz bestimmte Person kraft ihrer Gedanken herholen ...» Die Krankenschwester starrte Jens aus großen Augen an. Ihre leicht geöffneten Lippen zitterten. Sie wurde sich erst jetzt bewusst, was sie da gerade gesagt hatte, gleichzeitig war sie erleichtert, es losgeworden zu sein. Jetzt wartete sie auf die richtige Antwort.

«Glauben Sie mir, ich weiß, wovon Sie sprechen», sprang Jens ihr bei. «Ich habe die Frau nachts im Wald festgenommen, und das war das Unheimlichste, was mir je passiert ist.»

Ida Ludwig entspannte sich. Ihre Schultern fielen nach vorn, sie nickte und atmete aus. «Sie hat nach oben gestarrt, an die Decke, und dabei immer wieder gesagt: ‹Kim, Darling, Licht meines Lebens.› »

«Kim? Sie sind sich ganz sicher?»

«Absolut. Obwohl ich Angst hatte, blieb ich stehen und habe mir den Satz mindestens ein Dutzend Mal angehört. Ich musste ja sicher sein, dass sie sich wieder beruhigt.»

«Hat sie sich beruhigt?»

«Nach einer Weile, ja. Sie sackte aufs Bett zurück, als hätte ihr jemand den Stecker herausgezogen.»

«Kim also ...», sagte Jens nachdenklich.

«Ja, Kim. Ohne Zweifel. Zumindest hat sie jemand so genannt.»

«Dieser Jemand, zu dem sie aufgeschaut hat?», sprach Jens seine Gedanken aus.

«Ich denke, ja. Und es sah so aus, als habe dieser Jemand nach wie vor sehr großen Einfluss auf sie. Was ist dieser armen Frau nur zugestoßen? Es muss die Hölle auf Erden gewesen sein.»

Jens nickte wortlos.

«Kann ich zu ihr rein?», fragte Jens.

Ida Ludwig nickte. Leichtfüßig und geräuschlos ging sie in ihren weißen Sportschuhen voran. Jens versuchte, die harten Sohlen seiner Stiefel möglichst leise aufzusetzen, kam sich aber trotzdem vor wie ein Elefant, ganz so, wie ihn Regina Hesse genannt hatte.

Vor der Tür verharrte die Nachtschwester, lauschte und öffnete sie dann leise. Dann schrie sie laut und schrill. Blut, überall! Es tropfte von den Laken zu Boden, wo es eine sämige Lache bildete.

20

Vor einiger Zeit

Keine Faser, kein Gefühl, kein Gedanke ohne Kälte. Die Kälte hatte ihren Körper durchdrungen und die Kontrolle übernommen, und sie wusste nun, was ER damit gemeint hatte, als er sagte, sie werde nichts anderes tun, als zu gehen.

Gehen, in Bewegung bleiben, um nicht zu erfrieren. Kurz innehalten, an die harte Steinwand gelehnt, wieder gehen, immer weiter, in vollkommener Dunkelheit, die Hände zu den Seiten ausgestreckt, um einen Weg zu ertasten, den sie nicht sehen konnte. Ihre Fingerkuppen schmerzten vom Schaben an den Wänden, die Haut dort wurde dünner und dünner, bald würde ihr aufgerissenes Fleisch an den Felswänden Spuren hinterlassen.

Aber sie ging weiter, langsam, auf zitternden Beinen und schmerzenden Füßen, ertastete sich ihren Weg, der nirgendwohin führte, vielleicht im Kreis, vielleicht auch immer tiefer hinein ins Nichts – wer wusste schon, wie es war, im Nichts zu wandeln. Musste es nicht zwangsläufig ein niemals endender Weg sein, ohne Richtung und Sinn, nur dazu gedacht, mit jedem Schritt die Qual zu verlängern?

Wenn doch nur irgendwo ein Licht wäre!

Sie erinnerte sich daran, wie Papa abends immer ein Licht vor und im Haus angelassen hatte, wenn sie abends unterwegs gewesen war. Kein Verbot, keine zeitliche Einschränkung wie bei den meisten ihrer Schulfreundinnen, einfach nur ein Licht, damit sie nach Hause fand, damit das Haus nicht kalt und abweisend wirkte, damit sie gern dorthin zurückkehrte.

Von dieser Erinnerung ließ sie sich leiten wie von einem Leuchtturm. Daran orientierte sie sich, um nicht den Verstand zu verlieren, um bei sich zu bleiben, die Hoffnung nicht aufzugeben, und obwohl sie darum kämpfte, mit all der wilden Kraft, die in ihr wohnte, spürte sie doch irgendwann, dass sie verlor, dass sie alles verlor an dieses grausame Nichts, gegen das niemand gewinnen konnte, weil niemand so viel Kraft besaß.

Und dann lief das Blut aus ihren Fingerkuppen, und sie saugte es auf. Und dann stachen wilde Schmerzen in ihren Füßen und zwangen sie, sich hinzusetzen auf den harten, eiskalten Boden, der alles nur noch schlimmer machte.

Zeit verlor jede Bedeutung, jetzt war gleich und später, nur die Kälte erschuf ein Maß. Sie zwang sie dazu, sich mühsam zu erheben, weiterzugehen, in Bewegung zu bleiben, damit sie nicht erfror.

Du willst gehen? Du wirst für lange Zeit nichts anderes tun, Darling, Licht meines Lebens. Also geh!

Und sie ging und ging und ging.

Und nach Stunden oder auch Tagen plötzlich das Geräusch!

Ein scharfer, metallischer Knall, der kurz und laut durch die Gänge hallte und dann verschwand.

Sie verharrte, als wäre sie gegen eine Wand gelaufen.

Fuhr herum auf der Suche nach der Ursache des Geräuschs.

Da hinten … war das … Licht?

Ein feiner silbriger Schimmer, den sie sich womöglich nur einbildete. Aber selbst wenn es ein Trugbild war, eine Fata Morgana in ihrem Hirn, zog es sie dennoch mit unvorstellbarer Kraft an.

Sie wollte ins Licht. Sie musste ins Licht!

Kein anderer Gedanke mehr, nur noch der Wunsch zu sehen.

Sie lief voran, so schnell es ihr Zustand eben zuließ, stieß sich von den engen Wänden ab, prellte sich wieder und wieder Schultern und Hüften und achtete gar nicht auf den Schmerz.

Da vorn, das war Licht! Kein Irrtum, keine Fata Morgana, und je näher sie ihm kam, desto heller wurde es.

Schließlich erkannte sie, dass das Licht als scharfgeschnittener Kubus schräg von oben herabfiel und einen Raum erhellte, den sie zuvor nicht gesehen hatte. Vielleicht war sie hindurchgegangen, sehr wahrscheinlich sogar, aber in vollkommener Dunkelheit gab es eben keine Räume mehr, sondern nur das Nichts.

Helles, bläuliches Licht, die Quelle hoch oben, so als würde Gottes Antlitz auf die Erde strahlen.

Sie wäre hineingelaufen, um darin zu baden, hätte nicht das nächste Geräusch sie gestoppt.

Es war furchtbar, es jagte ihr einen Schauer über den kalten Körper. Warum konnte dieses Geräusch hallen, wenn alle anderen doch im Nichts versanken wie ein tonnenschwerer Stein im Wasser?

Im Hall potenzierte es sich, wurde lauter und lauter, und sie erkannte, dass es ein menschliches Schnalzen war, gefolgt von deutlichen Worten.

«Darling, Licht meines Lebens ...»

Und dann stürzte der Himmel auf sie herab.

21

Weit nach Mitternacht erreichte Jens seine Wohnung in der Bornstraße 12 im Grindelviertel. Über den Grindelhof, gleich neben Otto's Burger, gab es eine schmale Einfahrt, die zur Rückseite des Gebäudes führte. Dort hatte er unter dem Überdach vor der Plattenrille, einem Schallplattenladen, einen trockenen Stellplatz für seine Red Lady gemietet. Der Inhaber der Plattenrille war ein guter Freund, ein prähistorischer Mensch wie er selbst, der ihm den Platz auch kostenlos zur Verfügung gestellt hätte, aber Jens war derart dankbar dafür, dass er gern vierzig Euro im Monat dafür zahlte.

Als er ausstieg, fühlte er sich wie ein alter Mann.

Der Tag war höllisch gewesen. Begonnen hatte er mit dem Verbot der Baumgärtner, sich um den Fall der bleichen Frau zu kümmern, dann war das Treffen mit Regina Hesse auf dem Hasselbrack gefolgt, die lange Fahrt nach Hessen, um Rebecca abzuholen, und dann hatten sie auch noch diesen Konflikt gehabt, an dem er nach wie vor knabberte. Mehr als genug für einen Tag, da hätte es dieses blutüberströmte Bett im Krankenhaus wirklich nicht mehr gebraucht.

Die bleiche Frau, die vielleicht Kim hieß, vielleicht aber auch nicht, hatte sich die Zunge abgebissen. Nicht nur ein kleines Stück herausgebissen, wie Jens selbst, als er die Frau eingefangen hatte, nein, sie hatte sie ungefähr in der Mitte komplett durchgebissen, sodass sie an ihrer halben Zunge und den Unmengen von Blut erstickt war. Eine Art von Suizid, die Jens bisher nur im Hollywoodfilm untergekommen war, und er hatte nicht geglaubt, dass das überhaupt möglich war.

Wie konnte sich ein Mensch dazu überwinden?

Schon eine kleine Wunde an der Zunge reichte für unglaublich grausame Schmerzen, wie er selbst wusste.

Welche Qual hatte diese Frau durchstehen müssen, in welchen Erinnerungen war sie noch immer gefangen, dass sie keinen anderen Ausweg gesehen hatte, als sich selbst die Zunge durchzubeißen?

Und noch eine andere Frage quälte Jens: Wie war sie auf diese Idee gekommen? Durch ihn? War sie doch nicht so vollkommen weggetreten, wie sie alle gedacht hatten? Hatte sie mitbekommen, wie sich Jens bei ihrer Festnahme ein Stück von seiner Zunge abgebissen hatte? Immerhin war sein Blut auf ihren Rücken getropft ...

Sofort nach seinem grauenhaften Besuch im Krankenzimmer hatte die Wunde an seiner eigenen Zunge ihre Arbeit wiederaufgenommen und pochte dumpf vor sich hin.

Im ersten Moment hatte Jens noch geglaubt, jemand hätte der bleichen Frau die Kehle aufgeschnitten, derjenige vielleicht, der sie so lange gefangen gehalten hatte, bis sie ganz blass gewesen war. Erst der eilig herbeigeeilte Arzt hatte die wahre Todesursache festgestellt.

Hieß sie wirklich Kim, oder hatte sich Ida Ludwig verhört? Möglich war auch, dass die bleiche Frau diesen Namen tatsächlich genannt hatte, es aber nicht ihr eigener war.

Fragen, Bilder und Fakten fuhren Karussell in Jens' Schädel, aber er wusste, in dieser Nacht würde er keine Antworten mehr bekommen. Es war wichtig, jetzt ins Bett zu kriechen und mindestens fünf Stunden zu schlafen, sonst litten seine neuronalen Kapazitäten.

Müde schleppte Jens sich die Stufen zu seiner Wohnung hinauf. Hinter der Tür erwartete ihn nichts. Nur Möbel, Ruhe und eine halbe Rindersalami im Kühlschrank. Da sein Hunger ihn fast umbrachte, schnitt er kleine Stücke davon ab und zerkaute sie vorsichtig. Das ging schon wieder ganz gut, die Zunge pochte zwar, aber es war erträglich. Er nahm Salami und Messer mit, setzte sich auf seinen kleinen Balkon und stemmte die Füße gegen das Geländer. Er nahm immer einen Zug von seiner Zigarette und aß dann ein Stück Salami, und sein Magen reagierte mit unheilvollem Grummeln.

Erst als er mit seinem ungesunden Nachtmahl fertig war, zog er sein Handy hervor und warf einen Blick darauf. Keine Nachricht von Rebecca.

War sie wirklich so sauer auf ihn? Oder nach der Woche in der Kurklinik und der langen Rückfahrt einfach nur erschöpft und deshalb längst zu Bett gegangen? Oder schrieb sie sich mit ihrem Kurschatten Nachrichten? Er überlegte, ob er ihr etwas schreiben sollte, aber er wusste nicht, was. Seine beiden Ex-Frauen hatten sich immer darüber beschwert, er sei zu wortkarg und teile seine Gefühle nicht mit ihnen. Da hatten sie sicher Recht, aber waren Gefühle nicht deshalb Gefühle, damit man sie spürte und nicht unentwegt darüber redete? War nicht alles längst zu spät, wenn man groß darüber sprechen musste?

Rebecca war anders. Irgendwie wusste sie, wie es ihm ging, ohne dass er viele Worte darum machen musste.

Jens dachte ein paar Minuten nach, was er ihr schreiben könnte, aber dabei fielen ihm die Augen zu. Mühsam schleppte er sich ins Schlafzimmer, zog sich aus, fiel ins Bett und schlief mit dem Geschmack von Blut und Salami im Mund ein.

22

Die Nacht war ein einziger, nicht enden wollender Albtraum.

In ihren Träumen hatte Viola immer wieder den Mann mit der blauen Tasche gesehen. Dabei war die Tasche sehr deutlich zu erkennen gewesen, sein Gesicht aber nicht. Flirrend und flimmernd schwebte sein Kopf über dem Körper, wie bei einem Geisterwesen.

Sie hatte die ganze Nacht das Licht angelassen, und ihr Schlaf war unbeständig gewesen. Andauernd war sie hochgeschreckt, hatte nach Geräuschen gelauscht und aufs Handy geschaut, ob Bine sich gemeldet hatte. Hatte sie nicht, und jetzt, am frühen Morgen, fühlte Viola sich zerschlagen und unkonzentriert und war voller Sorge um ihre Freundin.

Was war nur passiert? Warum meldete sie sich nicht?

War ihr dieser Carsten aus dem Gym wirklich wichtiger? Konnte sie sich nicht einmal mehr auf ihre beste Freundin verlassen?

Nein, das konnte sie einfach nicht glauben.

Als Viola geduscht und sich angezogen hatte, beschloss sie, die Wohnung zu verlassen, um nach Bine zu suchen. Doch das stellte sich als nicht so einfach heraus. Noch bevor sie die Tür überhaupt geöffnet hatte, verharrte sie dahinter, lauschte erneut nach Geräuschen und spürte, wie sich eine lähmende Angst in ihren Gliedern ausbreitete. Als sie dann wirklich Geräusche im Treppenhaus hörte, brach ihr Mut völlig zusammen.

Sie trat an den Türspion.

Im Flur brannte Licht, aber es war niemand zu sehen.

Für den Bruchteil einer Sekunde glaubte Viola, ein geisterhaft flirrendes Wesen am Treppenaufgang zu erkennen, und sie zuckte vom Türspion zurück. Als sie ihr Auge wieder daranlegte, war das Wesen fort. Es vergingen beinahe zehn Minuten, bis Viola erneut mutig genug war, die Wohnungstür zu öffnen. Wäre die Sorge um Sabine nicht so groß gewesen, wäre sie ganz zu Hause geblieben.

Eilig lief sie durchs Treppenhaus auf die Straße hinaus. Die Sonne schien hier grell. Ihre wärmenden Strahlen im Gesicht zu spüren tat ihr gut. In den Straßen herrschte bereits das übliche geschäftige Treiben Hamburgs, und Viola erlangte ein wenig von der alten Sicherheit zurück, die sie in ihrer Stadt immer gespürt hatte.

Sie machte sich zu Fuß auf den Weg. Es gab zwar keine plausible Erklärung dafür, warum Sabine dort sein sollte, aber Viola würde bei ihrer Mutter klingeln und fragen. Sonst fiel ihr niemand ein.

Während sie zügig weiterging, taxierte sie die Umgebung auf der Suche nach einem unscheinbaren blonden Mann mit einer blauen Tasche. Sie erreichte ihr Ziel, ohne ihn gesehen zu haben, und ihre Angst war nicht mehr so übermächtig. Vielleicht würde ja doch alles gut werden! Vielleicht war Bine wirklich nur mit diesem Carsten ins Bett gegangen. Und selbst wenn sie es nur aus Frust getan hatte, war es immer noch in Ordnung, und Viola nahm es nicht krumm, dass sie sich seit gestern Abend nicht gemeldet hatte.

Die Haustür des Mietshauses, in dem Bine bei ihrer Mutter lebte, stand offen. Eine rundliche Frau war gerade damit beschäftigt, das Treppenhaus zu wischen, und Viola fing sich ihren giftigen Blick ein, als sie über den frisch gefeudelten Fliesenboden huschte.

An der Wohnungstür angekommen, atmete sie tief durch und klingelte.

Drinnen ertönte ein Poltern, jemand schimpfte laut. «Das wird aber auch Zeit!» Mit diesen Worten öffnete Bines Mutter die Tür. Sie hatte ganz offensichtlich ihre Tochter erwartet, entsprechend überrascht war sie, Viola zu sehen.

«Ist Sabine hier?», fragte Viola.

«Das fragst ausgerechnet du? Du hast sie doch mitgenommen. Meine Tochter, die hier bei mir sein und sich um ihre kranke alte Mutter kümmern sollte.»

«Also war sie auch zwischendurch nicht hier? Gestern Abend oder so?»

«Ich kann hier verrecken, und keinen interessiert's. Seit gestern habe ich kein Mineralwasser mehr! Soll ich das jetzt auch noch allein hochschleppen?»

«Hat sie denn nicht angerufen?», fragte Viola und ignorierte die gemeinen Vorwürfe.

Sabines Mutter starrte sie aus schmalen Augenschlitzen an. «Du hast mir meine Tochter weggenommen! Wo ist sie? Wo ist mein Sabinchen?»

Viola zuckte zurück.

«Es tut mir leid, ich weiß es nicht. Gestern Nachmittag schrieb sie mir eine WhatsApp, dass sie vielleicht abends einen Jungen aus dem Sportstudio treffen würde, einen Carsten. Seitdem habe ich nichts mehr von ihr gehört, deshalb bin ich doch hier.»

«Das sieht euch ähnlich, euch beiden! Immer nur den Männern den Kopf verdrehen. Immer nur an euch denken und an dieses verdammte Internet. Verkommen seid ihr, richtig verkommen. Ich will meine Tochter zurück! Bring sie mir wieder her!»

Die alte Frau im Rollstuhl keifte immer lauter. Viola bekam richtiggehend Angst vor ihr. Sie zog sich zurück. Es hatte keinen Sinn, mit dieser Frau konnte sie nicht reden.

Unten auf der Straße kämpfte Viola mit den Tränen. Sie zitterte, war hungrig und durstig und doch gleichzeitig nicht in der Lage, diese Bedürfnisse zu befriedigen.

Der vermeintliche Schutz ihrer kleinen Wohnung zog sie geradezu magisch an, also lenkte sie ihre Schritte dorthin zurück.

23

Der Alte Schwede war ein großer, aus der Elbe geborgener Eiszeitfindling von zwanzig Metern Durchmesser und 217 Tonnen Gewicht, der am Elbufer im weißen Sand lag. Daneben sah der kleine leblose Körper geradezu winzig aus. Bäuchlings lag die weibliche Leiche mit dem Gesicht voran direkt unter dem vorspringenden, hinteren Teil des gewaltigen Brockens.

So beschissen, wie der gestrige Tag aufgehört hatte, begann der neue. Kaum war Jens in der Früh in der Lage gewesen, zu denken und zu atmen, hatte ihn der Anruf wegen eines Leichenfundes am Elbufer aus der Zentrale erreicht. Da er an diesem Samstag Dienst hatte, zu Recht, aber er hätte nur allzu gern darauf verzichtet.

«Der Fleck am Stein stammt von ihrem Blut», sagte Lars Witte, der Rechtsmediziner, und schaute Jens mit seinem traurigen Dackelblick an, der den schlimmsten Tränensäcken geschuldet war, die Jens je gesehen hatte. «Der Täter hat ihren Kopf wahrscheinlich mehrfach gegen den Stein geschlagen.

Jens trat einige Schritte auf die Leiche zu.

«Wie lange liegt sie schon hier?»

«Längstens zwölf Stunden.»

Die Frau war auffällig klein, sehr schlank und hatte kurzes Haar. Sie trug Sportkleidung, war vielleicht an der Elbe entlanggejoggt. Ich hasse Joggen, dachte Jens, während er zurücktrat, um dem Gerichtsmediziner Platz zu machen.

Jens besprach sich mit den Kollegen von der Spurensicherung. Sie hatten den Bereich längst weiträumig abgesperrt, doch hier verwertbare Spuren zu finden würde nicht einfach werden. Dieser Strandabschnitt war tagsüber gut besucht, es gab hunderte Fußabdrücke im Sand und wahrscheinlich jede Menge Zigarettenstummel und anderes Zeugs, das vom Täter stammen konnte – oder auch nicht.

Nach der Besprechung kehrte Jens zu Lars Witte zurück. «Wurde sie vergewaltigt?» Jens hasste schon allein die Frage, noch viel mehr die Vorstellung davon und erst recht Männer, die zu so etwas fähig waren.

«Sieht nicht so aus. Sie ist komplett angezogen, unter der Kleidung befindet sich kein Sand. Vielleicht eher ein Raub, der aus dem Ruder gelaufen ist.»

«Sie war joggen! Was gibt's da zu rauben?»

«Na ja, zumindest ein Handy wird sie wohl dabeigehabt haben, es liegt aber keines herum.»

Dass man mittlerweile wie selbstverständlich davon ausgehen musste, dass ein Mensch für ein Handy getötet wurde, offenbarte diesen irrsinnigen, kranken Materialismus heutzutage, dem sich kaum noch jemand entziehen konnte.

«Papiere hat sie wohl nicht dabei?», fragte Jens.

«Wovon träumst du nachts?»

Jens winkte ab und verließ diesen eigentlich schönen Platz am Elbufer, an dem von nun an für immer ein Makel haften würde – zumindest für ihn. Nach all den Jahren im Dienst gab es mittlerweile viele solcher Orte in der ganzen Stadt. Manchmal hasste Jens sein Elefantengedächtnis dafür, dass es ihn immer zuerst an solche Dinge erinnerte und nicht etwa an schöne Erlebnisse.

Da er hier im Moment nichts tun konnte und alle Ergebnisse der Obduktion und der Spurensicherung sowieso auf den Schreibtisch bekommen würde, ging er zu seiner Red Lady zurück. Dort angekommen, zündete sich Jens eine Zigarette an und setzte sich hinters Steuer. Er startete den Motor und fuhr sofort los.

Die bleiche Frau ging ihm nicht aus dem Kopf, und eigentlich hatte er sich heute nur damit beschäftigen wollen, ihre Identität herauszufinden. Jetzt kam auch noch dieser Leichenfund dazu. Dass sie mehrere Fälle gleichzeitig bearbeiten mussten, war nicht ungewöhnlich, aber Jens fühlte sich gerade ein wenig überfordert, und der kleine Disput mit Rebecca trug ganz wesentlich dazu bei.

Er mochte es nicht, wenn sie traurig oder schlecht gelaunt war. Sie war die einzige Person, bei der es ihm nicht egal war, wie sie sich fühlte. Irgendwie, auf eine diffuse Art und Weise, hing sein eigenes Befinden davon ab, wie es Becca ging.

Jens war noch dabei herauszufinden, warum das so war. Was sie beide verband. Bei seinen beiden Ex-Frauen war ihm das nie gelungen. Liebe war es wohl nicht gewesen, auch wenn er das anfangs natürlich geglaubt hatte. Aber wenn einem ständig irgendwelche Versprechen abgerungen wurden, konnte es ja wohl keine Liebe sein. Tu dies, tu das, versprich mir das und dies ... Wie oft hatte er solche Worte gehört und Versprechen gegeben, die er nicht hatte einhalten können, einfach nur, um seine Ruhe zu haben?

Rebecca hatte nie etwas von ihm verlangt, aber sie war natürlich auch nicht mit ihm verheiratet, sondern seine Mitarbeiterin. Und doch war da dieser Kuss. Ein einziger Kuss, untergegangen in den hektischen und schwierigen Ermittlungen zum Eilenau-Fall.

Aber da war noch etwas anderes. Was war das gewesen mit dem einbeinigen Mann in der Kurklinik? Wirklich nur ein Spaß? Oder mehr? Hatte sie sich verliebt in jemanden, der besser mit ihr über ihre Behinderung sprechen konnte?

Die einzige Frau, die Jens wirklich verstand, war immer noch seine Red Lady. Dass das armselig war, wusste er selbst, aber es störte ihn nicht. Wo käme er hin, wenn er auch noch damit anfangen würde, sich ernsthaft Gedanken über sich selbst zu machen.

KAPITEL 3

1

Kindheit

Wenn die Stille so tief war wie jetzt, wenn er das Gefühl hatte, sein ganzes Ich würde in ein monströses schwarzes Loch hinabgezogen, um dort ungehört zu verschwinden, wurde das Verlangen nach Geräuschen so stark, dass er wie von selbst mit dem Schnalzen begann. Leise und vorsichtig ließ er die Laute in seiner Mundhöhle entstehen und versuchte, eine Melodie zu formen, die ihn beruhigte. Er wusste, außerhalb seines Bettes durften die Schnalzlaute nicht zu hören sein. Seine Eltern reagierten sehr empfindlich darauf. Mitunter begann er beim Essen damit oder wenn sie vor dem Fernseher hockten, unbewusst, ohne dass er es merkte, und dann fing er sich einen Satz heiße Ohren ein, wie sein Vater es nannte. Heiße Ohren taten weh, jedes Mal, und doch konnte er es nicht lassen.

Die Decke hochgezogen bis zum Kinn, die Augen weit geöffnet, den Blick auf das kleine rote Lämpchen gerichtet, das den Schalter für die Badezimmerbeleuchtung in der Nacht auffindbar machte, lauschte er seinen Geräuschen nach, steigerte sich hinein, komponierte und verwarf und merkte nicht, wie er immer lauter wurde.

«Halt die Fresse da draußen!»

Das kam aus dem Zimmer seiner Mutter. Die Tür befand sich gleich neben seinem Bett, deshalb hörte sie seine Laute immer als Erste.

Der Junge verstummte, und die Stille riss erneut ein schwarzes Loch in die Nacht. Er konnte auch in Gedanken schnalzen, das machte er tagsüber häufig, aber es war nicht so schön, das war wie Cola ohne Zucker.

Wenn er doch nur schlafen könnte! Zum Glück war da das rote Lämpchen, das ihm Gesellschaft leistete. Ging er zu Bett, war es nur ein Glimmen, doch das Lämpchen schien jede Nacht einen Kampf auszufechten gegen die Dunkelheit, und je länger der Kampf andauerte, desto mehr mühte es sich. Auch ein Zwerg konnte einen Riesen besiegen, wenn er sich nur genug anstrengte. In manchen Nächten glaubt er, das Lämpchen zitterte, weil es den Kampf zu verlieren drohte, und der Junge hätte gern die Deckenbeleuchtung eingeschaltet, doch er fürchtete den Satz heiße Ohren, den er dafür fraglos kassieren würde. Also kämpfte jeder für sich allein. Das Lämpchen im Schalter, er hier auf dem Flur in seinem Bett, seine Mutter in ihrem Zimmer und sein Vater in seinem eigenen.

Und da war er auch schon, der erste Schrei. Noch verhalten und kurz, beinahe so, als käme er aus einer der Nachbarwohnungen. Der Junge wusste es besser, er kannte das Startsignal und bereitete sich vor. Schließlich verging kaum eine Nacht ohne diesen Horror.

Nur wenige Minuten später brach der Krieg auch schon los.

Vater schrie sich die Seele aus dem Leib, kämpfte gegen seine inneren Dämonen, Mutter stürmte aus ihrem Zimmer hinüber in seines, um ihn rasch zu beruhigen, damit sie diese Wohnung nicht auch noch verloren. Dabei lief sie an seinem Bett vorbei, für das es keinen anderen Platz gab als hier auf dem Flur und das tagsüber als Ablage für alles Mögliche diente. Seine Mutter riss die Tür zum Schlafzimmer des Vaters auf, und er hörte, wie sie mit ruhiger Stimme auf ihn einredete. Das alles machte ihm Angst, denn er verstand nicht, warum sein Vater so war, aber durch diese Angst hindurch drang die beschwichtigende, liebevolle Stimme seiner Mutter. So hörte er sie nur, wenn sie Vater beruhigte, und er hatte keinen Zweifel an der Liebe zwischen den beiden – in diesen Momenten zumindest nicht. Tagsüber stritten sie häufig, und zwar immer laut und gemein. Dann waren sie andere Menschen als nachts. Er hatte Tageltern und Nachteltern.

Bald hatte Vater sich beruhigt, und Mutter kam auf den Flur zurück, zog leise die Tür hinter sich zu, ging an seinem Bett vorbei und versetzte ihm einen leichten Schlag gegen den Kopf. «Hör mit dieser verdammten Schnalzerei auf. Es ist deine Schuld, wenn er wach wird.» Damit verschwand sie in ihr Zimmer, und er hörte ihr Bett knarzen, in dem sie unruhig versuchte, in den Schlaf zurückzufinden.

Der Schlag hatte nicht weh getan, da war er anderes gewohnt, und irgendwie freute er sich sogar, dass seine Mutter ihn wahrgenommen hatte. Schon begann seine Zunge sich wie von selbst zu bewegen, doch er öffnete den Mund nicht, dafür war die Situation noch zu heikel. Erst wenn sie wieder tief und fest schliefen, konnte er es sich erlauben …

Wieder ein Schrei. Laut und hoch und von schmerzhafter Hilflosigkeit. Mutter schoss aus ihrem Zimmer über den Flur zum Vater, redete auf ihn ein, beruhigte ihn, kehrte in ihr eigenes Zimmer zurück, ohne dem Jungen noch einmal Beachtung zu schenken.

So ging es noch viermal in dieser Nacht. Und ihm blieb nichts anderes, als dem roten Lämpchen in seinem Kampf gegen die Dunkelheit beizustehen und in Gedanken so laut mit der Zunge zu schnalzen, dass das Geräusch seinen Kopf dröhnen ließ.

2

Kaffee, so schwarz, dass er schwächere Menschen töten würde, und ihn noch eine halbe Stunde im Thermobecher stehen lassen, dann war er gerade richtig. Anders ließ sich Jens Kerners schlechte Laune an diesem Montagmorgen nicht vertreiben.

Der Samstag war fruchtlos verlaufen. Weder wussten sie, wer die weibliche Leiche vom Alten Schweden war, noch hatte Jens herausgefunden, ob die bleiche Frau wirklich Kim hieß und wo sie vermisst wurde.

Die Red Lady röhrte leicht verstimmt auf, als er den Motor startete. Seit er mit ihrem Heck eine massive Haustür eingedrückt hatte, war sie nicht mehr die Alte. Jens hatte das Gefühl, sie nahm ihm die Aktion krumm. Aber es war um Leben und Tod gegangen, was hätte er denn machen sollen?

Der bittere, fast schon kalte Kaffee, die raue Stimme von Jonny Cash und das Brummen des Motors nahmen seiner schlechten Laune die Spitzen, und Jens fragte sich, ob er es wie die amerikanischen Cops machen und sich ein paar Donuts besorgen sollte.

Die Woche gleich mit dieser Sünde zu beginnen würde seinen Diätplan, der ohnehin auf Sand gebaut und nicht sonderlich ausgefuchst war, kräftig ins Wanken bringen.

Die ersten beiden Bäckereien stellten ihn nicht ernsthaft auf die Probe. Die dritte schon, aber da war kein Parkplatz frei, und die Red Lady brauchte etwas mehr Raum als andere Wagen – was das anging, ähnelten sie sich. Bei der vierten passte dann aber alles, und Jens zog das Lenkrad herum. Zum Teufel, ein Mann musste essen!

Fünf Minuten später dufteten sechs frische Donuts in dem kleinen Karton auf dem Beifahrersitz vor sich hin. Er hielt ihnen bis zur nächsten Ampel stand, dann verschlang er den ersten. Bis zur Dienststelle waren es verdammt viele Ampeln und die Rotphasen wirklich lang, aber diesen einen letzten Donut mit Zuckerguss und bunten Streuseln, den aß er nicht. Der war für Becca.

Heute war sie wieder im Dienst, damit war die Welt ein wenig mehr in Ordnung, und er musste sich nicht um jeden Scheiß selbst kümmern.

Wie üblich stand ihr Wagen, der auf ihre Bedürfnisse umgebaute Toyota, den ein Freund von Jens während Rebeccas Kur repariert hatte, schon auf dem Parkplatz hinter dem Präsidium.

Im Vorzimmer zu Jens' eigenem Büro, von dem aus sie für ihn und zwei weitere Kollegen Recherche und Schriftverkehr erledigte, war sie aber nicht. Er fand sie eine Tür weiter – in seinem Büro, vor dem Whiteboard.

Sie hatte einen Edding ohne Kappe quer im Mund. Auf ihrer Wange sah man einen roten Strich, ihr Haar war verwuschelt. Sie sah aus, als hätte sie die Nacht hier verbracht.

«Guten Morgen», sagte Jens, und weil er so perplex war, schob er hinterher: «Ich hab dir einen Donut mitgebracht.»

«Ich finde keine Verbindungen!», nuschelte Rebecca, ohne den Edding aus dem Mund zu nehmen oder auf das bunt bestreute Fettgebäck einzugehen.

An dem Board hatte sie mit Magneten vier ausgedruckte Fotos befestigt und mit dem Edding Daten und Namen daruntergeschrieben. Striche, einige davon schief und krumm, verbanden bestimmte Notizen miteinander.

«Lisbeth Krüger ist Friseurin, Nathalie Dreier Kindergärtnerin, Beatrix Griesbeck Kauffrau. Sandra Deuter hatte eine Ausbildung zur Fotografin begonnen, wollte aber eigentlich Sängerin werden. Sie sind alle bildhübsch, aber das ist auch die einzige Verbindung ... es muss doch noch etwas anderes geben ... irgendwo ... aber ich finde es nicht.» Rebecca sah Jens aus großen Augen an, ein fiebriger Glanz lag darin. Sie wirkte zittrig.

Jens legte den Karton mit dem Donut auf seinem Schreibtisch ab, zog einen Stuhl heran und setzte sich dicht neben Rebecca.

«Wie lange bist du schon hier?»

Rebecca zuckte mit den Schultern.

«Weiß nicht ... eine Stunde vielleicht.»

Das stimmte sicher nicht, aber Jens wollte nicht drauf herumreiten. «Die Sache erinnert dich an die Mädchen aus der Eilenau, stimmt's?»

Rebecca schloss die Augen und schüttelte den Kopf. «Ach nein ... sie erinnert mich an all die Mädchen und Frauen, die da draußen täglich verschwinden und um die sich niemand kümmert.»

Jens nahm ihr den Edding aus dem Mund und steckte die Kappe darauf. «Aber wir beide, wir kümmern uns doch. Jeden Tag.» Er nahm die kleine Sprayflasche und sprühte die Flüssigkeit in ein Papiertuch, um damit das Whiteboard zu reinigen.

«Warte mal, du hast da Farbe ...» Er wischte ihr den Strich von der Wange. «Aber wir können uns nicht um jeden Fall kümmern, und das weißt du auch. Wir dürfen uns nicht in irgendwas verrennen und den Überblick verlieren.»

Rebecca zuckte zurück, ihre Augenbrauen zogen sich misstrauisch zusammen. «Du glaubst, ich verrenne mich?»

Innerlich seufzte Jens. «Na ja ... ein bisschen schon. Du nimmst die Sache persönlich, weil die Mutter dir leidtut.»

«Natürlich tut sie mir leid! Was denkst du denn? Versuch doch mal, dich in sie hineinzuversetzen! Seit zwei Jahren hofft und bangt sie um ihr Kind, und niemand hilft ihr ... und nebenbei muss sie noch ihren Job machen, weil sie Geld braucht ... und es vergeht keine Sekunde, in der sie nicht an ihr Kind denkt ...»

«Ich weiß ...»

«Nein, weißt du nicht!», schnitt sie ihm laut das Wort ab. «Wie kann es denn sein, dass wir schon so verroht sind und solche Schicksale achselzuckend hinnehmen und auf ein anderes Bundesland und eine andere Zuständigkeit verweisen?»

Jens ließ die Hand mit dem Papiertuch sinken und sah Rebecca an. Er wusste nicht, was er sagen sollte, wahrscheinlich war in diesem Moment sowieso alles falsch. Er war ein Mann, der lieber den Mund hielt, statt zu reden, daran waren seine beiden Ehen gescheitert, aber er war eben der, der er war, und man konnte an einer komplexen Sache nicht Kleinigkeiten ändern und hoffen, dass das Gesamtsystem nicht kollabierte.

Sie hielt seinem Blick stand und er dem ihren, obwohl

es ihm schwerfiel. Becca hatte ausdrucksstarke schöne Augen, unter deren Blick er ganz unruhig wurde.

Schließlich seufzte er und wandte sich dem Whiteboard zu.

«Vielleicht hast du was übersehen!»

Einen Moment sah sie ihn noch mit flammendem Blick an, dann ließ die Spannung nach. «Keine Ahnung ... ich glaube ... ich will jetzt doch einen Donut!»

Jens nahm den Karton und hielt ihn Rebecca hin. Sie biss herzhaft in das Gebäck, bunte Streusel fielen ihr in den Schoß.

«Einen Kaffee dazu?»

Sie nickte.

Jens ging ihn holen. Als er zurückkam, schob Rebecca sich gerade das letzte Stück in den Mund.

«Du bist der beste Chef der Welt», sagte sie kauend.

«Und du die nervigste Mitarbeiterin.»

«Wie toll wir uns ergänzen, nicht wahr?»

Da war es endlich wieder, ihr verschmitztes Lächeln! Jens war es gewohnt, eine gutgelaunte Rebecca vorzufinden, wenn er ins Büro kam. Selbst wenn überall die Kacke am Dampfen war, blieb sie ruhig und verlor ihren Humor nicht. Sie heute in diesem Ausnahmezustand anzutreffen zeigte ihm, dass auch an ihr nicht alles spurlos vorüberging. Wie egoistisch von ihm, in ihr seinen Ruhepol zu sehen.

«Und woher hast deine Information? Du hast doch wohl nicht schon mit den Kollegen vor Ort telefoniert?»

Rebecca schüttelte den Kopf. «Ist gar nicht nötig. Alles, was ich bisher herausgefunden habe, stammt aus den sozialen Netzwerken.»

«Ist nicht dein Ernst!»

«Doch. Die Angehörigen suchen ihre Kinder auch dort, die warten nicht auf die Polizei. Aber mehr bekomme ich über diese Kanäle nicht heraus, deshalb ...» Sie hatte wieder diesen Blick, mit dem sie bei ihm alles durchsetzen konnte.

«Ich ahne, was kommt», sagte Jens.

«Deshalb dachte ich, du könntest ein paar Anrufe machen.»

Jens schloss die Augen und schüttelte den Kopf. «Hätte ich dich doch bei deinem einbeinigen Kurschatten gelassen.»

Sie boxte ihn gegen die Schulter. «Sei nicht so gemein.»

«Okay, ich helfe dir, aber der aktuelle Fall geht vor ... und dabei brauche ich deine Hilfe!» Jens weihte sie in die Geschehnisse ein, und Rebecca hörte konzentriert zu.

«Ich soll nach einer Kim suchen, die irgendwo vermisst wird, richtig?», sagte sie schließlich.

«Genau. Vielleicht heißt sie ja wirklich Kim, aber selbst wenn nicht, es ist der einzige Hinweis, den wir haben, und ...»

Jens' Handy brummte.

Rolf Hagenah war dran.

«Ich weiß, wer die Leiche am Alten Schweden ist», sagte er.

3

Rolf Hagenah saß rauchend auf einer Metallbank mit Blick auf die Alster, als Jens dort eintraf. Er schaute erst auf, als Jens ihn erreichte. So lange ließ er seinen Blick über das

Wasser schweifen, sein Kinn ein kantiges Bollwerk, die Schultern ein mächtiges Schild.

Im Dunkeln sah Hagenah furcht-, im Hellen respekteinflößend aus, und Jens kannte auch keinen anderen Bullen, der in den Straßen der Stadt derartigen Respekt genoss. Den bekam man nicht geschenkt. Man musste hart und fair sein und darüber hinaus, am allerwichtigsten, mitfühlend. Das war Hagenah, und es machte ihn verwundbar.

Mehr als einen kurzen Blick über die Zigarette hinweg bekam Jens nicht. Mehr war aber auch nicht nötig.

«Ist alles für'n Arsch», sagte Hagenah.

«Was genau ist denn für den Arsch?»

Jens blieb stehen und rammte die Hände in die Taschen seiner Jeans. Auf der Bank konnten fünf Menschen sitzen, aber neben Hagenah war kein Platz für jemand anderen. Jedenfalls kein Platz, auf dem man freiwillig sitzen wollte.

«Wie diese Hydra. Schlägst du einen Kopf ab, wachsen zwei nach ... die Monster sterben nicht aus. Wir werden immer zu spät kommen.»

«Für das Mädchen vom Alten Schweden? Ja, sicher. Aber nicht für die fünf anderen Mädchen, die das Monster sich vielleicht noch aussucht im Laufe seines verpfuschten Lebens. Die retten wir. Weil wir ihn kriegen.»

Rauch stieg Hagenah in die Augen, er kniff sie zusammen und schaute Jens lange an. «Und diese bleiche Frau? Ich hab gehört, sie ist tot?»

Jens nickte. «Das ist eine andere Baustelle. Aber auch die werden wir beackern.»

«Ja, schon klar, aber da sind wir auch mal wieder zu spät», sagte Hagenah.

«Gibst du mir vielleicht auch mal eine», forderte Jens

ihn auf, da er seine eigenen Zigaretten im Wagen gelassen hatte.

Hagenah schüttelte ihm eine aus der Packung.

«Ist das dein Ernst?», fragte Jens. «Menthol?

Der große Mann zuckte mit den Schultern. «Ist besser für mich. Sagt auch mein Arzt.»

Jens gab ihm die Zigarette zurück. «Jetzt versteh ich deine miese Stimmung», sagte er. «Was hast du eigentlich für mich?»

Hagenah zog an seiner Gesundheitszigarette und deutete mit dem Kinn auf den leichten Rucksack zu seinen Füßen. «Hab ich im Müllcontainer vorn an der Baustelle gefunden. Der Täter hat sich wirklich Mühe gegeben, ist fast vier Kilometer gelaufen, bis er ihn weggeworfen hat.»

«Wie hast du ihn gefunden?»

Hagenah zuckte mit den Schultern. «Das Mädchen ist gejoggt, da hat doch jeder irgendwas dabei, Handy, Schlüssel, Geldbörse. Eigentlich hab ich danach gesucht. Seit Samstag. Dutzende Mülleimer und Container durchkämmt, weil diese Typen so einfallslos sind wie Betonpoller.»

«Und der Rucksack ist von ihr?»

«Ich hab reingeschaut, um es zu überprüfen ... danach aber niemand mehr.» Natürlich hatte er das, das musste er schließlich, um sicherzugehen, ob der Inhalt etwas mit der aufgefundenen Leiche zu tun hatte. Und Jens war sich sicher, dass Hagenah dabei sehr vorsichtig gewesen war.

«Sabine Scholz. Vierundzwanzig. Geldbörse ist leergeräumt, kein Handy. Sieht nach Raubmord aus. Einen Mitgliedsausweis für Peters Gym hatte sie dabei.»

«Hast du da nicht die Boxer trainiert?»

Hagenah nickte. «Bis vor zwei Jahren ... ihr Ausweis wurde vor sechs Jahren ausgestellt ... wahrscheinlich ist sie mir mal über den Weg gelaufen.»

«Hast du sie etwa erkannt?»

Er schüttelte den Kopf, stemmte sich von der Bank hoch und übergab Jens den Rucksack, den er mit zwei Fingern oben am Griff anfasste. Genauso nahm Jens ihn entgegen. Das Material eignete sich zwar nicht für Fingerabdrücke, aber man konnte ja nie wissen. Die Jungs und Mädels aus der KTU waren mitunter richtige Zauberer.

«Gehst du zu den Angehörigen, oder soll ich?», fragte Hagenah.

Jens wusste, Hagenah überbrachte solche Nachrichten genauso ungern wie er selbst. Aber sein alter Kumpel und Kollege sah an diesem Morgen irgendwie beschissen aus und nicht im Vollbesitz seiner Kräfte, und auch wenn Jens sich selbst weit davon entfernt fühlte, sagte er: «Ich erledige das. Danke für deine Hilfe.»

«Gehen wir mal wieder was trinken?», fragte Hagenah.

Jens nickte. «Aber nicht alkoholfrei!»

«Nee, auf keinen Fall. Alles hat seine Grenzen.»

4

Nachdem Jens den Rucksack samt Inhalt bei den Kollegen in der KTU abgegeben hatte, holte er seine Kollegin Carina Reinicke ab, die im Eingangsbereich des Präsidiums bereits auf ihn wartete. Am Telefon hatte er sie darum gebeten, Uniform gegen Zivilkleidung zu tauschen, und so stand sie in Jeans und grünem T-Shirt vor ihm, das lange blonde Haar zu einem Pferdeschwanz gebunden.

«Du siehst aus wie drei Tage Regenwetter», begrüßte sie ihn.

«In diesen Zeiten würde ich nach drei Tagen Regenwetter wohl eher breit grinsen», antwortete Jens. Schließlich hatte es seit Wochen nicht geregnet. Die Stadt glich einer vom Staub eroberten Endzeitvision.

«Schlechter Tag?» Carina blies sich eine verschwitzte Haarsträhne aus der Stirn.

Er erzählte ihr von dem Leichenfund und dass er auf dem Weg war zur Mutter des Opfers.

«Hab ich mir schon gedacht», sagte Carina. «Fährst du?»

Sie versuchte nicht einmal, sich vor der bevorstehenden Aufgabe zu drücken, das imponierte Jens, denn er hatte sehr wohl mit dem Gedanken gespielt. Weil er das aber doch feige fand, hatte er Carinas Nummer gewählt. Carina war speziell für diese Zwecke ausgebildet, und Jens hatte sich gesagt, wenn sie Zeit hätte, könnten sie gemeinsam zu den Angehörigen von Sabine Scholz fahren. Nun, sie hatte Zeit.

Jens mochte die junge Kollegin. Sie hatte einen aufrichtigen, warmen Blick und nichts Oberflächliches an sich, war immer engagiert und drückte sich nie. Sonst wusste er wenig über sie.

Gemeinsam verließen sie das Präsidium. Jens hatte sich mal wieder keinen Dienstwagen organisiert, also lief er auf seine Red Lady zu, die vor dem Gebäude am Straßenrand parkte. «Endlich komme ich mal in den Genuss», sagte

Carina. «Dein Wagen ist ja quasi eine rollende Legende in der Stadt. Der Rammbock, der die Weinfestung knackte.»

Jens verzog das Gesicht bei der Anspielung auf den Eilenau-Fall, bei dem er seine geliebte Red Lady dazu missbraucht hatte, eine äußerst stabile Tür zu öffnen. Die Reparatur hatte ihn fast zweitausend Euro gekostet.

«Du hast keine Probleme damit, solche Nachrichten zu überbringen?», fragte Jens, nachdem sie losgefahren waren.

«Jeder hat Probleme damit, oder? Aber ich weiß, es gehört dazu, und ich stelle mich solchen Aufgaben lieber als dass sie irgendwann mich stellen.»

«Vernünftige Einstellung. Wie lange bist du jetzt bei uns?»

«Zwei Jahre.»

«Zwei Jahre? Wurde echt Zeit, dass wir mal miteinander arbeiten.»

«Finde ich auch.» Carina Reinicke wurde ein wenig rot.

«Was machst du sonst so, wenn du nicht im Dienst bist?»

«Du meinst privat?»

«Was glaubst du denn, natürlich privat. Ich muss über die Leute Bescheid wissen, die in meiner Red Lady mitfahren.»

«Ach so, natürlich, klar, das verstehe ich. Nicht dass die Lady eifersüchtig wird.»

«Genau!»

«Also: Ich bin verlobt, seit einem halben Jahr, Nils ist auch Polizist, aber in Hannover. Ich spiele leidenschaftlich gern Fußball und bin natürlich HSV-Fan. Und ich liebe meinen Beruf. Ist das für die Red Lady okay?» Carina sah ihn mit einem spitzbübischen Lächeln an.

«Vollkommen okay.» Wenn Jens seine Kollegin mochte, dann galt das auch für sein Auto.

Nach diesem Gespräch schwiegen sie, und Jens nahm an, dass Carina sich innerlich auf die vor ihr liegende Aufgabe vorbereitete. Das imponierte ihm noch mehr, denn es zeigte ihm, wie ernst sie ihren Beruf nahm.

Als sie die Adresse im Alten Teichweg in Dulsberg erreichten, fühlte Jens sich ebenfalls gerüstet. «Keine Vorgaben», sagte er auf dem Weg zur Haustür. «Du kannst sagen, was du willst.»

Sie quittierte sein Vertrauen mit einem ernsten Nicken und hielt sich hinter ihm, als er klingelte. Es war ein Mehrfamilienhaus mit zwölf Wohnungen, der Name Scholz stand auf der Tafel mit den Klingeln in der dritten Reihe.

Durch die Gegensprechanlage meldete sich beinahe sofort eine Stimme. «Binchen? Bist du das?» Die Qualität des Lautsprechers war furchtbar, die Sorge in der Stimme übermittelte er aber dennoch. Jens' Magen zog sich auf Erbsengröße zusammen. Er nannte seinen Namen und Dienstrang und bat darum, hereingelassen zu werden.

Der Türöffner summte. Jens hielt die Tür für seine Kollegin auf und folgte ihr. Es gab einen Fahrstuhl, aber Carina steuerte die Treppen an, was Jens nur recht war. Zum einen wollte er sich ohnehin mehr bewegen, zum anderen dauerte das Treppensteigen länger.

In der geöffneten Wohnungstür stand ein Rollstuhl mit einer Frau darin. Sie war Mitte sechzig, und der rechte Fuß fehlte ihr. Sie war korpulent, hatten einen grauen Lockenkopf und ein teigiges, leicht aufgedunsenes Gesicht. Die große Sorge in ihrer Stimme war offenbar inzwischen zur Panik herangewachsen. Sie schlug sich die rechte Hand vor den Mund und heulte gequält auf, als sie sie sah. Der amputierte Unterschenkel zuckte nach vorn, und Jens hätte am liebsten die Flucht ergriffen.

Der Frau traten Tränen in die Augen, mit der Hand vor dem Mund schüttelte sie in einem fort den Kopf, machte keine Anstalten, irgendwas zu sagen oder sie in die Wohnung zu bitten.

Jens stand da, unfähig, etwas zu tun, also ging Carina Reinicke vor der Frau in die Knie, nahm ihre Hand und schüttelte ganz leicht den Kopf. *Sabine ist tot.* Sie musste es nicht aussprechen, es lag in der Kopfbewegung, in ihrem Blick, der Art, wie ihr Daumen den Handrücken der Frau streichelte. Und dann, nach einer gefühlten Ewigkeit: «Sie musste nicht leiden, es ging sehr schnell.»

Frau Scholz heulte erneut auf wie ein geprügelter Hund, und Jens spürte seinen Hals eng werden. Wohin sollte er schauen, woran denken, um nicht ebenfalls in Tränen auszubrechen?

«Können wir reingehen, Frau Scholz?», fragte Carina, wartete aber die Antwort nicht ab, sondern erhob sich, packte die Griffe des Rollstuhls und schob die Frau vor sich her in die Wohnung. Ein schneller Blick über die Schulter, ein Nicken von Jens. *Hast du sehr gut gemacht. Danke.*

Im Wohnzimmer fand offenbar Frau Scholz' komplettes Leben statt. Alles war auf den Rollstuhl ausgerichtet, und Jens musste automatisch an Rebecca denken. Ihre Wohnung war bis auf die Höhe der Arbeitsplatte in der Küche und des Waschbeckens im Bad eigentlich normal eingerichtet. Alles befand sich natürlich in greifbarer Nähe, und in jedem Raum wartete eine Greifhilfe, aber auf den oberflächlichen, schnellen Blick war es eine Wohnung wie tausend andere.

Dieser Raum dagegen glich einer Höhle. Alles war vollgestellt. Trotz der großen Abstände zwischen den Möbeln fühlte Jens sich sofort erdrückt, auch vom muffigen Geruch, der in den alten Polstern und den schweren Vorhängen steckte.

Verfall, überall Verfall.

Wo der Rollstuhl üblicherweise stand, war unschwer zu erkennen: in einer Bucht zwischen Tisch und Sessel, einer Art Kommandozentrale Richtung Fernseher, von der aus alles erreichbar war. Dorthin schob Carina die Frau.

«Ich hole Ihnen ein Glas Wasser», sagte sie und verschwand in die Küche.

Plötzlich war Jens allein mit der Frau und wusste, er musste etwas sagen. Herrgott noch mal, er sollte sich nach all den Jahren im Polizeidienst wirklich besser unter Kontrolle haben. Seine junge Kollegin machte ihm doch gerade vor, wie so etwas ging.

Aber Frau Scholz saß weiter mit der Hand vor dem Mund da, den Blick starr auf den Fernseher gerichtet.

Jens räusperte sich, bewegte sich in Richtung Couch und nahm auf der Kante Platz, sodass Frau Scholz ihn sehen konnte.

«Es tut mir wirklich sehr leid ...», sagte er.

Bevor er weitersprechen konnte, stand plötzlich Carina mit dem Glas Wasser in der Tür zum Wohnzimmer, aber sie kam nicht herein, sondern gab ihm mit einem Blick zu verstehen, dass er zu ihr kommen sollte.

«Ich bin gleich wieder da!»

Carina kehrte in die Küche zurück und zeigte auf eine kleine Bildergalerie an der Wand über dem Esstisch. Familienfotos.

«Da», sagte sie und tippte mit dem Zeigefinger auf ein großes Bild in der Mitte. «Das ist Sabine Scholz!»

«Ich weiß.»

«Ja, aber ich kenne sie!»

«Wie, du kennst sie?»

«Am Freitagnachmittag war diese junge Frau im Präsidium, und ich habe mit ihr gesprochen.»

«Nicht dein Ernst!»

«Doch! Sie machte sich Sorgen um ihre beste Freundin, die wohl von einem Stalker verfolgt wird. Sie hat mir die ganze Geschichte erzählt, der übliche Ablauf, du weißt schon, Telefonterror, Nachstellen, aber die Freundin wollte nicht selbst zur Polizei, deswegen hat Sabine vorgefühlt, was sie gegen diesen Stalker unternehmen können.»

«Scheiße», sagte Jens. «Wie heißt die Freundin?»

5

Das Mehrfamilienhaus lag in der Weberstraße im Hamburger Bezirk Barmbek. In diesem Haus lebte nach Auskunft von Sabine Scholz' Mutter die Freundin ihrer getöteten Tochter, Viola May.

Die Straßenränder waren zugeparkt, sodass Jens Kerner nichts anderes übrig blieb, als seine Red Lady vor zwei Müllcontainern und damit im absoluten Halteverbot zu parken.

Zusammen mit Carina Reinicke beobachtete er das Haus. «Ich mache mir solche Vorwürfe», sagte Carina. Seit sie das Foto in der Küche entdeckt hatte, war seine junge Kollegin am Boden zerstört.

«Dann hör bitte sofort auf damit», antwortete Jens. «Du hast doch alles richtig gemacht und konntest nicht wissen, wie sich das entwickelt.»

«Aber ich hätte nach dem Gespräch zu Viola May fahren und sie vernehmen können ... stattdessen bin ich ins Wochenende gegangen», sagte sie. «Weil ich am Freitagabend ein wichtiges Fußballspiel hatte.» Verzweifelt schüttelte sie den Kopf.

«Jede Entscheidung, die wir in unserem Beruf treffen, hat Folgen», sagte Jens. «Sie führt zu einem veränderten Verlauf der Wirklichkeit, daran können wir nichts ändern. Damit müssen wir leben lernen.»

Sie sah ihn an, ihr Blick beinahe flehentlich. «Auch mit der Schuld?»

«Du bist an gar nichts schuld, hörst du! Aber wenn das irgendwann mal der Fall sein sollte, und das wird ohnehin geschehen, dann darfst du, nein, dann sollst du dich ruhig schuldig fühlen.»

Entsetzt sah Carina ihn an. Natürlich hatte sie eine andere Antwort erwartet, doch Jens wusste, wie wenig das brachte. «Das Verdrängen von Schuld kostet nämlich viel zu viel Energie», fuhr er fort. «Lass dir das von einem sagen, der darin wirklich ein Profi ist. Und noch mal: Zwischen deinem Schuldgefühl und dem, was hier passiert, gibt es überhaupt keine Verbindung. Und jetzt lass uns nachschauen.» Jens stieß die Tür auf und stieg aus, einen Moment später folgte ihm seine Kollegin.

Sie wirkte noch ein bisschen verdattert, aber Jens wusste, er konnte sich auf sie verlassen. Jetzt weiter auf sie einzureden hatte gar keinen Sinn, besser war es zu handeln. Mit einem unguten Gefühl im Bauch ging er auf das Wohnhaus zu. Noch bei Frau Scholz hatte er sich die Mobilnummer von Viola May besorgt und während der Fahrt mehrmals dort angerufen, doch es meldete sich immer nur die Mailbox. Kein gutes Zeichen, wie Jens fand. Noch hatte er keine Ahnung, was hier lief, warum Sabine Scholz sterben musste, aber wenn ein Stalker hinter ihrer besten Freundin her gewesen war und sie sich schützend vor sie gestellt hatte – was bedeutete das dann für Viola May?

Wie erwartet stand ihr Name auf einer der Klingeln an der Haustür. Jens drückte auf den Knopf, wartete, drückte noch einmal – keine Reaktion.

Die Tür war nicht abgeschlossen, sie konnten eintreten, ohne einen der Nachbarn herausklingeln zu müssen. Er ging voran, stieg die Treppen hinauf, Carina Reinicke folgte ihm.

Oben angekommen, fand Jens die Wohnungstür auf der rechten Seite. Eine bunte Fußmatte mit Willkommensaufdruck lag davor. Allerdings nicht gerade ausgerichtet, wie es sich gehörte, sondern leicht schief.

Er klingelte abermals, bekam aber wieder keine Reaktion.

Nach einem kurzen Blickwechsel mit Carina nahm er seinen Dienstausweis heraus, steckte ihn zwischen Dichtung und Türrahmen, ertastete den innenliegenden Schnapper des Schlosses und drückte von vorn dagegen. Tatsächlich ließ er sich zurückdrücken. Das bedeutete, die Tür war nicht verriegelt, sondern einfach nur zugezogen.

Die rechte Hand auf dem Griff der Dienstwaffe, drückte Jens die Tür mit dem Zeigefinger der linken Hand auf.

«Polizei. Jemand zu Hause?», rief er.

Es war ihm egal, ob er damit eventuell jemanden in der Wohnung warnte, der hier nicht hingehörte.

Einen Schritt in den Flur, vorsichtig, konzentriert. Niedrige Schuhregale an der Wand gegenüber, gefüllt mit Sneakern in den verschiedensten Farben. Darüber eine Garderobe mit leichten Jacken und ein kleines Schlüsselbrett in Form eines Herzens. Es war leer.

Jens trat in die Mitte des Flures und verschaffte sich einen Überblick. Geradeaus ein Schlafzimmer, die Tür stand offen, er sah ein weißes Bett mit blauer Bettwäsche und die Jalousie vor dem Fenster, durch das schräg die Sonnenstrahlen fielen.

Rechts ein Bad, die Tür ebenfalls geöffnet, sodass Jens sich selbst im Spiegel über dem Waschbecken sehen konnte. Links schien es ins Wohnzimmer zu gehen.

Mit Zeichen gab er Carina zu verstehen, sich um das Bad zu kümmern, er selbst checkte das Schlafzimmer. In beiden Räumen war niemand.

Gemeinsam nahmen sie sich das Wohnzimmer vor. Rechter Hand gab es einen offenen Zugang zu einer kleinen Küche. Gegenüber ein großes Fenster, aber der Vorhang war zugezogen. Auf dem kleinen hölzernen Wohnzimmertisch lag der Pappkarton einer Pizzeria – er schien nicht geöffnet worden zu sein.

Da klar war, dass sich außer ihnen niemand in der kleinen Wohnung aufhielt, nahm Jens die Hand von der Waffe, ging zum Tisch, der nur zwei Schritte entfernt war, nahm einen Kugelschreiber und hob den Deckel des Pappkartons an. Das ging nicht so ohne weiteres, da er vorn noch mit einer Lasche verriegelt war. Erst nachdem er sie gelöst hatte, konnte er den Deckel zurückklappen.

In dem Karton befand sich eine komplette Pizza. Nicht angerührt und kalt. Daneben lag der Flyer eines Lieferservices für Essen. Food2You. Kannte Jens nicht. Zwei Gutscheine über je zehn Euro lagen dabei.

In der Küche entdeckte Carina eine bunte Teetasse mit einer grünschwarzen Flüssigkeit und einem Teebeutel darin. Jemand hatte sich einen Tee aufgebrüht und ihn deutlich zu lange ziehen lassen. Dort lag auch eine Handtasche auf der Ablage, die sie Jens überreichte. Darin befanden sich ein Portemonnaie mit knapp einhundert Euro, Krankenkassenkarte, Personalausweis und Führerschein von Viola May.

Sie war nicht zu Hause. Ihre wichtigsten Sachen waren hier. Auf dem Tisch lag ein unangetasteter Karton mit Essen …

«Wo ist ihr Handy?», überlegte Jens laut.

«Ruf es noch mal an», schlug Carina vor.

Das tat er. Es brummte unter dem Pizzakarton.

Carina nahm ihn beiseite, und das flache Smartphone leuchtete wie ein Signalfeuer.

6

Kindheit

Das Fremde war eine Konstante, an die der Junge sich gewöhnt hatte. Niemals anzukommen, immer unterwegs zu sein, die Menschen nur so nah an sich heranzulassen, wie die Zeit es zuließ, so war er aufgewachsen. Seine Eltern hielt es nie lange an einem Ort, sie waren zerrüttete Nomaden, die niemals Wurzeln schlugen, und wenn doch, dann kappten sie die zarten jungen Triebe durch ihr Verhalten selbst.

Diesmal waren sie nicht in einer Wohnung gelandet, sondern in einem alleinstehenden Haus auf dem Lande. Der fünfzehnjährige Junge verstand die Logik dahinter. Hier würden die nächtlichen Schreie und die täglichen hässlichen Ausfälle verbaler Gewalt niemanden stören. Hier waren sie für sich. Das Haus war alt und baufällig, aber es besaß viele kleine Räume, sodass er erstmals ein eigenes Zimmer hatte. Es war eine Kammer unterm Dach, schräg und niedrig, muffig und dunkel und weit weg von den Schlafzimmern seiner Eltern. In den ersten Nächten, als er unten die Schreie seines Vaters gehört hatte, hatte er sich danach gesehnt, dass seine Mutter wieder an seinem Bett vorbeiging, auch wenn sie ihn dabei nicht beachtete. Hier oben gab es nicht einmal den Windhauch, den sie hinterließ, nicht ihren Geruch, keinen Schlag gegen den Kopf, um ihn für sein Schnalzen zu bestrafen.

Hier oben gab es nichts. Nie zuvor hatte er so sehr das Gefühl gehabt, nicht mehr auf der Welt zu sein.

Deshalb ging er raus, so oft es ging, auch spät abends und bis tief in die Nacht. Niemand kontrollierte, ob er im Bett lag, Freiheit gab es mehr als genug.

Es war ein milder Abend. Die Luft roch nach Sommer und Gras, nach trockenem Boden und dem nahen Kiefernwald. Noch war es hell genug, und so schlug er sich durch den Wildwuchs des Grundstücks zu dem Feldweg durch, der dahinter verlief und bis in die Schwarzen Berge führte. Er mochte den Klang des Namens: Schwarze Berge.

Nach zehn Minuten erreichte er die Rückseite eines riesigen eingezäunten Grundstücks, des Pferdehofs. Die Menschen, die dort lebten, waren ihre einzigen Nachbarn, aber natürlich gab es keinen Kontakt. Mit seinen Eltern wollte niemand etwas zu tun haben – und das schloss ihn mit ein.

Der straffe Maschendrahtzaun war zwei Meter hoch und schirmte Reich gegen Arm ab. Aber es gab ein Tor, durch das die Menschen, die auf dem Hof lebten, hinaus in die Felder und den Wald ritten. Er hatte sie dabei beobachtet, vor allem das Mädchen, und er hoffte, sie heute wiederzusehen. Deshalb verbarg er sich in dem Birkenhain, der dicht und verwunschen war, in dem das Licht grün und die Luft süß war und allerlei Insekten über ihn herfielen, sobald er sich niederließ. Er ließ sie, sie störten ihn nicht. Einige von ihnen waren sogar sehr schön, und es interessierte ihn, was sie taten, wenn er ihnen einen Flügel oder ein Beinchen ausriss.

Nach zehn Minuten hörte er Hufgetrappel. Jemand ritt auf dem unbefestigten Weg, der vom Pferdehof Richtung Wald führte. Er machte sich noch kleiner, bildete sich ein, mit dem Wald zu verschmelzen, eins zu werden mit der Vegetation. Durch dichtestes Blattgewirr hindurch beobachtete er das Tor.

Das blonde Mädchen war sicher die Tochter des Hauses. Sie war in seinem Alter und ging mit ihm auf dieselbe Schule, aber auf dem Pausenhof klaffte zwischen ihnen jenes Übermaß an Entfernung, das ihn schon immer von schönen Mädchen wie ihr getrennt hatte. Sie sah ihn nicht einmal.

Das Mädchen saß aufrecht im Sattel, ihr Körper bewegte sich im Rhythmus des Pferdes, sie trug eine eng anliegende, lange graue Reithose, ein ärmelloses grünes Top und einen schwarzen Helm, unter dem ihr langer blonder Haarzopf hervorschaute. Er war wie verzaubert.

Kaum war sie auf dem Feldweg angelangt, lenkte sie ihr Pferd nach rechts von ihm fort und ritt auf den Wald zu. Sobald sie zwischen den Getreidefeldern verschwand und er nur noch ihren Oberkörper sehen konnte, kroch er aus dem Birkenhain hervor und machte sich an die Verfolgung. Solange sie nicht galoppierte, war das kein Problem.

Er lief und schwitzte und ignorierte die Bremsen, die ihn umschwirrten und ein ums andere Mal stachen. Der kurze Schmerz des Stiches bewies ihm, dass er lebte und doch noch nicht schon von dieser Welt verschwunden war.

Die Reiterin befand sich jetzt auf einer langen Geraden, sodass er sich, um nicht gesehen zu werden, dicht an den Rändern der Getreidefelder halten musste. Von dort aus beobachtete er, wie das Pferd nervös wurde. Sein Schweif schlug hin und her, es tänzelte zu den Seiten, und das Mädchen hatte immer größere Schwierigkeiten, es zu beruhigen. Trotz der Entfernung von über hundert Metern hörte er sie beruhigend auf das Pferd einreden, und an den Wortfetzen, die zu ihm herüberwehten, erkannte er, dass das Mädchen Angst hatte.

Dann machte das Pferd plötzlich einen gewaltigen Satz nach vorn. Damit hatte das Mädchen nicht gerechnet. Rücklings fiel sie aus dem Sattel, prallte hart mit Rücken und Kopf auf den von der Sonne festgebackenen Boden und blieb augenblicklich regungslos liegen. Das Pferd stieg, gebärdete sich wie verrückt und drohte das Mädchen mit seinen Hufen zu erschlagen.

Sofort lief der Junge auf das Pferd zu und vertrieb es mit lauten Rufen und wild kreisenden Armen. Wiehernd stob der Gaul davon, eine Staubwolke stieg hinter ihm auf.

Der Junge fiel neben dem Mädchen auf die Knie. Ihre Augen waren geschlossen, sie sah tot aus. Panik packte ihn, er wusste nicht, was er tun sollte. In seiner Verzweiflung schüttelte er sie an der Schulter und sprach sie an. Sie rührte sich nicht.

Was er so oft in diesen Filmen gesehen hatte, die seine Eltern sich tagein, tagaus anschauten, ahmte er jetzt bei ihr nach. Er legte einen Finger an die weiche Haut an ihrem Hals, dort, wo die Schlagader verlief. Er schloss die Augen und konzentrierte sich. Spürte er ihren Puls?

Der Junge war sich nicht sicher, also beugte er sich tief über sie und hielt sein Ohr ganz dicht an ihren Mund, so dicht, dass er sie gerade so nicht berührte. Er konnte ihr duftendes Haar riechen.

Weicher, warmer Atem schlängelte sich in seinen Gehörgang und bescherte ihm eine Gänsehaut am ganzen Körper. Sie lebte! Er zuckte zurück, betrachtete den lang ausgestreckten, schmalen Körper, das schöne Gesicht, die geschlossenen Augen mit den langen Wimpern. Das Shirt war ihr beim Sturz ein Stück hochgerutscht und entblößte ihren nackten Bauch und den Nabel.

Wie gebannt starrte er sie an, und plötzlich rückte die Frage, was er tun sollte, in den Hintergrund, wurde von Gefühlen überlagert, die er nicht kannte und nicht einzuordnen vermochte. In seinem Inneren breitete sich Wärme aus, sein Bauch flatterte, seine Gedanken kreisten, seine

Finger zuckten, er konnte nicht anders, als eine Haarlocke um seinen Zeigefinger zu drehen.

Wie von selbst begann er zu schnalzen. Ganz leise, hinten in der Kehle, in dem Rhythmus, den er sich in all den Nächten eingeprägt hatte, in denen er dem kleinen roten Lämpchen in seinem Kampf gegen die Dunkelheit beigestanden hatte.

«Hey, was machst du da!» Von rechts kam ein weiterer Reiter angeprescht. Er hielt auf ihn zu, stoppte nur wenige Meter entfernt und sprang aus dem Sattel.

Der Junge fiel vor Schreck auf den Hintern und krabbelte rückwärts von dem Mädchen weg. «Du verdammtes Arschloch!», rief der Reiter wutentbrannt. «Weg von ihr!»

Dann schlug er mit der Gerte nach ihm und traf den Jungen am Rücken. Heißer Schmerz, als schnitte jemand seine Haut auf. Er heulte auf wie ein Hund und kroch durch den Staub. Die Gerte schnitt ein weiteres Mal durch die Luft, trat ihn aber nicht.

Der Junge rappelte sich auf, stürzte ins Getreidefeld und lief. Lief, bis sein Inneres ein leeres Nichts war.

Dann kamen der Hass und die Begierde. Und die ganze Zeit streichelte er die Haarsträhne des blonden Mädchens, die er ihr vom Kopf gerissen hatte.

7

«Der Mann mit der blauen Schultasche ist Sabine Scholz aufgefallen, als sie und Viola May in der Innenstadt unterwegs waren. Er ist ihrer Freundin sehr nahe gekommen, hat die Augen geschlossen und an ihr gerochen.»

«Gerochen?», echote Jens.

Carina nickte. «So hat Sabine Scholz es mir geschildert. Deswegen ist er ihr ja aufgefallen. Und dann hat sie ein Foto von ihm geschossen, unauffällig, durch die Schaufensterscheibe, weswegen es nicht so toll geworden ist.»

«Hast du es gesehen, das Foto?», fragte Rebecca.

Carina presste die Lippen zusammen und schüttelte den Kopf.

«Und dann? Was ist weiter passiert?», fragte Jens rasch, um die Frage nach der Schuld gar nicht erst wieder aufkeimen zu lassen.

«Später gab es einen Vorfall in der Umkleidekabine bei Karstadt. Dort wurde Viola wohl durch die dünne Wand hinweg von einem Unbekannten angesprochen, und als sie die Nachbarkabine kontrollierten, lag darin auffällige Unterwäsche, die sie sich zuvor angeschaut hatte.»

Jens schürzte nachdenklich die Lippen und lehnte sich in seinem Schreibtischstuhl zurück. Sie saßen zu dritt in Rebeccas Büro: Rebecca, Carina und er.

«Der Unbekannte ruft Viola May an, macht komische Geräusche am Telefon, beobachtet sie, folgt ihr, belästigt sie, bleibt aber unerkannt. Und dann tötet er plötzlich die beste Freundin? Verstehe ich nicht. Warum? Er hatte es doch auf Viola abgesehen.»

«Vielleicht war sie einfach im Weg», mutmaßte Carina. «Ich hatte das Gefühl, das Sabine Scholz wie ein scharfer Hund auf ihre Freundin aufgepasst hat. Immerhin ist sie es ja auch gewesen, die zur Polizei gegangen ist.»

«Vielleicht hat der Unbekannte sie dabei beobachtet», dachte Rebecca laut nach. «Und ist zu dem Schluss gekommen, dass sie für ihn gefährlich werden könnte.»

«Schon möglich», sagte Jens. «Er räumt sie also aus dem Weg und entführt dann Viola. Aber warum hat das niemand mitbekommen? Da wohnen doch noch andere Leute in der Straße!»

Ob es wirklich niemand mitbekommen hatte, stand noch nicht fest. Zurzeit waren Beamte in der Weberstraße unterwegs und befragten die Nachbarschaft. Jens machte sich aber nicht viel Hoffnung, denn wenn jemandem eine Entführung aufgefallen wäre, hätte die Person sicher sofort die Polizei gerufen.

«Vielleicht ist sie freiwillig mitgegangen, weil sie den Mann kannte», sagte Carina. «Der Pizzakarton passt nicht ins Bild. Sie bestellt sich etwas zu essen, wahrscheinlich aus Angst, weil sie sich abends nicht mehr auf die Straße traut, dann kommt die Lieferung, und sie rührt sie nicht an.»

«Der Lieferant?», mutmaßte Jens.

«Warum nicht?»

«Weil es zu offensichtlich ist. Den können wir spielend leicht ermitteln. Der Name der Pizzeria steht auf dem Karton, die Flyer des Lieferservice liegen daneben.»

«Stimmt. So dumm kann man eigentlich nicht sein.»

«Scheiße, wir müssen unbedingt an das Handy», sagte Jens.

Viola Mays Handy befand sich noch in der IT-Abteilung, wo ein Kollege versuchte, die Codesperre zu knacken. Ohne die bekamen sie keinen Zugriff. Derweil lief zwar bereits eine Überprüfung der Verbindungen, aber das Ergebnis würde wohl noch auf sich warten lassen.

«Übrigens habe ich etwas zu der bleichen Frau herausgefunden», meldete sich Rebecca zu Wort.

«Wirklich! Lass hören.»

An die bleiche Frau hatte Jens die letzten Stunden nicht mehr gedacht, und jetzt, wo sich die Ereignisse im Fall der getöteten Sabine Scholz überschlugen und Lebensgefahr für Viola May bestand, würde er sich auch nicht mit ihr beschäftigen können. Vielleicht sollte er die Sache doch an die Kollegin aus Niedersachsen abgeben. Vielleicht, aber nicht sofort. Noch sträubte sich etwas in ihm dagegen.

«Ich habe eine Anneke-Kim Landau gefunden», sagte Rebecca. «Geboren am 03.03.1993, zuletzt wohnhaft in Bremen, als vermisst gemeldet am 15.06.2014 von ihren Eltern. Der Fall ist nicht abgeschlossen.»

«2014 ... vor vier Jahren!», sagte Jens. «Wenn sie so lange eingesperrt war, würde das ihre Hautfarbe und noch einiges andere erklären.»

«Schau sie dir an, wie sie früher aussah», sagte Rebecca. Jens erhob sich, ging zu ihr hinter den Schreibtisch, und sie rief die Datei auf.

Anneke-Kim Landau sah ausgesprochen gut aus, ein Modeltyp mit schmalem Gesicht, langem blondem Haar, hohen Wangenknochen und vollen Lippen. Aus großen braunen Augen blickte sie ein wenig entrückt in die Kamera.

«Herrgott, was für ein schönes Mädchen», stieß Jens

aus, und sein Gehirn hielt es für richtig, ihm einen Flashback des blutüberströmten Krankenbettes zu liefern.

«Anhand des Fotos könnte ich nicht sagen, ob sie es ist.»

Carina trat zu den beiden hinter den Schreibtisch.

«Die Augen ...», sagte sie nachdenklich. «Doch, ich denke, sie ist es.»

Wie gebannt starrten sie auf das Foto, als plötzlich die Tür aufflog. Alle drei erschraken. Herein kam Torben Wolters, der IT-Kollege. Er wedelte mit einem Handy. «Ihr dürft ruhig applaudieren», sagte er und griente übers ganze Gesicht.

«Du hast es geknackt?»

«Was dachtest du denn? Natürlich habe ich es geknackt. Du hast freien Zugang. Die Daten habe ich schon runtergeladen und schicke sie durchs System.»

«Super! Ich schmeiß 'ne Runde Bier für euren Sauhaufen», sagte Jens und nahm ihm das Handy ab.

«Wir haben's nicht so mit Bier. Lieber irgendwas mit Zucker und viel Koffein.»

Wolters verschwand, und Jens widmete sich dem Handy von Viola May. «Also», sagte er dabei laut. «Zuletzt hat sie bei einer Nummer angerufen, die sie unter Food2You abgespeichert hat ... der Lieferdienst, von dem auch die Flyer sind. Kennt jemand den Laden?»

«Kenn ich», sagte Rebecca. «Ist das Gleiche wie Foodora oder Lieferando, nur nicht so bekannt.»

«Danach nichts mehr ... zuvor etliche Versuche bei Sabine Scholz. Mehrere Anrufe ein und derselben Nummer. Endet auf 456. Vielleicht ist das ihr Stalker.»

«Hör mal die Mailbox ab», riet Carina. «Sabine Scholz

sagte, darauf wäre das merkwürdige Geräusch gespeichert.»

Jens rief die Mailbox auf und schaltete den Lautsprecher ein. Nach der Bandansage von Viola, die sympathisch und offen klang, kam erst einmal gar nichts.

Stille. Vielleicht ein leises Atmen, kaum zu vernehmen. Und schließlich ein Geräusch.

«Herrje, da bekomme ich ja Gänsehaut», sagte Carina und strich sich über die nackten Unterarme.

«Ich auch», bestätigte Rebecca.

Jens fand es einfach nur pervers.

«Klingt, als würde der Typ schmatzen», sagte er. «Oder sich einen runterholen, mit dem Mikro dicht daneben.» Jens schaltete die Aufnahme ab. «Ist ja widerlich, ich bin gespannt, wer hinter der Nummer steckt ... was haben wir sonst noch?»

«Schau mal bei WhatsApp nach», sagte Rebecca.

«Wo ist das?»

«Lass mich mal!» Rebecca streckte die Hand aus, und Jens gab ihr das Handy.

Rebecca musste nicht lange suchen. «Freitag hat Sabine Viola noch geschrieben, dass sie abends womöglich ein Date mit einem Carsten aus dem Gym hat.»

«Den müssen wir ausfindig machen!», sagte Jens. «Ich weiß, in welchem Gym sie trainiert hat. Da schicke ich Hagenah hin.»

«Da!», stieß Rebecca aus und hielt ihm und Carina das Handy entgegen. «Der Mann mit der blauen Tasche. Sabine muss ihr das Foto auf WhatsApp geschickt haben.»

Jens kniff die Augen zusammen und ging ganz nah an den Bildschirm heran. Das Foto war aus Hüfthöhe leicht schräg nach oben mit der Schaufensterscheibe als Spiegel geschossen worden. Man musste die ausgestellten Schuhe in dem Schaufenster ausblenden, um das erkennen zu können, worum es Sabine Scholz gegangen war.

Der Mann war mittelgroß, irgendwie unauffällig, hatte dichtes blondes Haar, trug trotz des warmen Wetters eine leichte braune Sommerjacke – als Einziger – und über der linken Schulter an einem Riemen ein blaue Schultasche mit dem typischen Scout-Schriftzug darauf. Ein klein wenig hatte er sich zur Kamera gedreht, sodass sein Gesicht im Halbprofil zu sehen war. Allerdings sehr verschwommen und nebulös.

«Dieses Foto war Sabines Todesurteil», sagte Jens. «Er hat gemerkt, dass er fotografiert wurde.»

«Dachte ich auch gerade», bestätigte Carina. «Aber man kann ihn so gut wie gar nicht erkennen.»

«Das konnte er ja nicht wissen, ebenso wenig, dass Sabine Scholz das Foto weiterschicken würde. Er hat sie aus dem Weg geräumt und sich ihr Handy beschafft. Wir brauchen bessere Aufnahmen von dem Typen. In diesem Kaufhaus, in dem Viola belästigt wurde, gibt es bestimmt Überwachungskameras, vielleicht wurde er aufgezeichnet. Carina, kümmerst du dich bitte darum!»

«Geht klar!»

«Rebecca ... Wenn wir die Aufnahmen haben, schau sie dir bitte an. Ich bin mir nicht sicher, aber ich finde, der Typ sieht verkleidet aus. Dieses dichte blonde Haar, das ist doch eine Perücke, oder? Vielleicht setzt er sie zwischendurch ab und eine andere auf, wer weiß. Wenn ihn jemand erkennt, dann du, Rebecca. Da brauchen wir jetzt dein Talent als Super-Recognizer.»

«Mach ich.»

«Gut. Und ich nehme mir den Pizzamann vor. Vielleicht ist dem bei der Lieferung etwas aufgefallen. Wir müssen uns beeilen, wenn wir Viola May helfen wollen.»

8

Die Pizzeria Emilia Romagna im Hamburger Stadtteil Winterhude lag in einem noblen Wohngebiet. Als Jens gegen elf Uhr dort eintraf, hatte das Restaurant zwar noch nicht geöffnet, aber am Straßenrand davor parkte ein Lkw, von dem der Fahrer Ware ablud. Jens parkte direkt dahinter, stieg aus und ging auf den Mann zu, der einen Rollcontainer auf die Laderampe hinauszog.

«Wo finde ich hier bitte den Chef?»

«Durch die Tür da vorn», antwortete der Fahrer und zeigte auf einen Nebeneingang im Hof.

Jens betrat einen kleinen Vorraum, von dem zwei Türen abgingen. Eine führte ins Lager, die andere in einen Kühlraum. Geradeaus ging es in die Küche. Jens folgte den Geräuschen. Ein schmaler, drahtiger Mann mit dichtem schwarzen Haar und buschigen Augenbrauen hantierte mit Töpfen. Er sah böse zu Jens auf. «Hier dürfen Sie nicht rein!», sagte er mit italienischem Akzent.

«Ich muss mit dem Chef sprechen. Sind Sie das?»

«Raus aus meiner Küche!» Der Drahtige kam auf ihn zu. Um einiges kleiner als Jens, wirkte er dennoch bedrohlich. Wie ein Mann, der sein Revier bis aufs Blut verteidigen würde.

Rasch holte Jens seinen Dienstausweis hervor und nannte Rang und Namen. Der Koch begutachtete ihn misstrauisch. «Trotzdem darf nicht jeder einfach so in meine Küche, merken Sie sich das. Kommen Sie, ich bringe Sie zum Chef.» Er führte Jens in den schummrig beleuchteten Gastraum. An einem der vorderen Tische saß ein mittelgroßer, kahlköpfiger Mann über seine Unterlagen gebeugt.

«Chef, hier ist jemand von der Kripo, der Sie sprechen will.» Jens beobachtete die Reaktion des kahlköpfigen Mannes. Der zeigte keinerlei Überraschung, und die Art, wie er sich von den Unterlagen löste, hatte sogar etwas Lässiges. Mit einer routinierten Bewegung nahm er eine randlose Brille ab, legte sie auf den Tisch, stand auf und kam auf Jens zu. Er strahlte Ruhe und Autorität aus. Sein weißes Oberhemd war sauber, die beigefarbenen Chinos gebügelt. Sein Blick war weder freundlich noch unfreundlich, sondern völlig neutral.

«Was kann ich für Sie tun?», fragte er.

«Mein Name ist Jens Kerner, Kripo Hamburg. Wer sind Sie?»

«Darf ich Ihren Ausweis sehen?»

«Hab ich schon kontrolliert!», sagte der Koch.

«Danke, Luigi, du kannst dann wieder in die Küche gehen.»

Der Koch verschwand.

«Ich fürchte, ich muss dennoch darauf bestehen, Herr Kerner.»

Jens zeigte seinen Ausweis abermals vor. Der Kahlköpfige warf nur einen flüchtigen Blick darauf. «Mein Name ist Richard Freitag», sagte er. «Womit kann ich Ihnen helfen?»

«Sie sind der Eigentümer?»

«Ja, der bin ich.»

«Es geht um eine am Sonntagabend ausgelieferte Pizza. Ich will wissen, wer sie geliefert hat.»

«Warum interessiert Sie das?»

«Irgendwann im Laufe des Abends», sagte Jens statt einer Antwort.

«Irgendwann im Laufe des Abends!», echote Richard Freitag. «Mein lieber Herr Kommissar, haben Sie eine Vorstellung davon, wie viele Gerichte wir an einem Sonntagabend ausliefern?»

«Nein, habe ich nicht. Aber so schlimm wird es wohl nicht sein.»

«Da täuschen Sie sich. In den Stoßzeiten, dazu gehört der Sonntagabend, beschäftige ich zwölf Fahrer. Wir sind schließlich nicht irgendeine Pizzeria.»

«Ach nein?»

«Nein. Ohne übertreiben zu müssen, gehören wir zu den besten drei in Hamburg, wenn wir nicht sogar die beste Pizzeria sind.»

«Und wozu brauchen Sie dann einen Lieferdienst wie Food2You?»

Bei der Erwähnung des Namens änderte sich etwas am Gesichtsausdruck des Mannes, ohne dass Jens sagen konnte, was. Vielleicht wurde er einfach eine Spur düsterer.

«Das ist einfach. Outsourcing. Food2You übernimmt die komplette Organisation, von der Werbung über die Internetpräsenz und der dortigen Bestellannahme bis hin zur Auslieferung. Wir konzentrieren uns auf das, was wir am besten können. Kochen!»

«Sagten Sie nicht gerade, Sie beschäftigen zwölf Fahrer?»

«Ja, ich weiß selbst, was ich gesagt habe. Leider hat auch Food2You in den Stoßzeiten nicht genug Fahrer, deshalb übernehmen wir zurzeit noch einige Lieferungen. Ich möchte vermeiden, dass unsere Gerichte kalt beim Kunden ankommen. Das fiele schließlich auf uns zurück!»

«Verzeihung, das verstehe ich nicht. Warum übernimmt Food2You nicht einfach Ihre Fahrer?»

«Na ja, die zahlen schlechter, nur den Mindestlohn. Meine Fahrer, die ich schon länger beschäftige, wären ja dumm, wenn sie wechseln würden.»

«Aber dann könnten Sie Ihren Lieferservice doch gleich komplett selbst organisieren.»

Richard Freitag schüttelte den Kopf. «Seit wir mit Food2-You kooperieren, verkaufen wir außer Haus zehnmal mehr Gerichte. Die haben's einfach drauf mit dem Marketing. Das Unternehmen steht für die gehobene Küche, für Lifestyle und hippe, urbane Lebensphilosophie. Das passt sehr gut zu uns. Wir werden bekannter, ohne Arbeit und Geld investieren zu müssen.»

«Okay, wie auch immer. Ich brauche dennoch den Namen des Fahrers. Die Bestellung wurde telefonisch um zwanzig Uhr achtzehn abgegeben.»

«Warum haben Sie das nicht gleich gesagt? Das schränkt die in Frage kommenden Fahrer ein. Warten Sie, ich schaue sofort nach.»

Richard Freitag betrat einen schmalen Gang zwischen Tresen und Küche und verschwand in einem Raum, den Jens nicht einsehen konnte. Freitag bat ihn nicht, ihm zu folgen, also setzte sich Jens in Bewegung. Als er plötzlich in der Tür zu einem kleinen Büro erschien, erlebte er den Restaurantbesitzer überrascht. Er ließ eine Schreibtischschublade zuschnappen und richtete sich hastig auf. «Ich wäre sofort wieder bei Ihnen gewesen!»

«Kein Problem, ich gehe gern ein paar Schritte. Ihr Büro?»

«Ja, und das ist privat. Ich muss doch schon sehr bitten.»

«Warum? Haben Sie etwas zu verbergen?»

«Natürlich nicht!», echauffierte sich der Mann. «Aber ich denke nicht, dass ich dazu verpflichtet bin, die Polizei einfach so hier hereinzulassen.»

Jens lehnte sich gegen den Türrahmen und verschränkte die Arme vor der Brust. Zum einen ging der Mann ihm mit seinem elitären Getue langsam auf die Nerven. Zum anderen gewann er immer mehr den Eindruck, das hier etwas nicht ganz sauber war. «Schmeißen Sie mich raus, und ich stehe in zwei Stunden mit einem Durchsuchungsbeschluss wieder hier ... und dann wird es richtig unangenehm für Sie.»

Ein Blick aus schmalen Augen, der einen Moment zu lange dauerte, dann räusperte sich Richard Freitag, hustete gespielt in seine Hand und trat auf eine Schautafel zu.

«Das wird nicht nötig sein. Also, wen haben wir denn ... ah ja, okay, alles klar. Ich schreibe Ihnen die Namen auf, es sind zwei Mitarbeiter, die in Frage kommen.»

«Wissen Sie denn nicht, wer zu dieser bestimmten Adresse gefahren ist, um die es mir geht?»

«Leider nicht, das machen meine Fahrer unter sich aus. Kommt drauf an, wer gerade da ist, Zeit hat und vielleicht den Kunden schon kennt. Wir haben hier ja keine Software dafür.»

«Okay, dann also die beiden Namen. Mit Adresse bitte.»

Der Restaurantbesitzer notierte das Gewünschte auf

einen Zettel. «Warum interessiert sich die Polizei für diese bestimmte Lieferung?», fragte er dabei. «Muss ich mir Sorgen machen? War etwas mit dem Gericht nicht in Ordnung?»

«Das wollen wir doch nicht hoffen, nicht wahr? Wo sie doch zu den besten drei Pizzerien der Stadt gehören ... oder vielleicht sogar die Beste sind!»

9

Zwei Stunden später hatte Jens mit dem ersten der beiden in Frage kommenden Lieferfahrer gesprochen. Er hieß Kevin Siebrecht, war Student der Wirtschaftswissenschaften und hatte ausgesagt, nicht zu der Adresse von Viola May gefahren zu sein. In dem Stadtteil kannte er sich nicht so gut aus, aber sein Kollege Lutger Brinkmann lebte selbst in der Gegend.

Siebrecht bestätigte, niemals für Food2You arbeiten zu wollen, weil die viel zu viel Druck machten und man dort einfach nur eine Nummer sei, ein Trackingpoint auf einem Monitor, den es galt, in der kürzesten Zeit von A nach B zu schicken. Es ginge dort nur um Geschwindigkeit und Optimierung, und das sei nichts für ihn.

Lutger Brinkmanns Adresse war die alte Werkshalle einer Maschinenbaufirma, die seit Jahren leerstand. Schwarz gefärbtes Mauerwerk, blinde, einfach verglaste Fenster mit Eisengitterrahmen, zur Straße hin eine circa 25 Meter lange Laderampe, unter der Unkraut wucherte und sich Müll sammelte. Ein paar schrottreife Autos standen herum, sogar eine verrostete Regentonne mit Löchern, in der Feuer gemacht wurde. Über allem lag der Hauch von Verfall und Faulheit. Zu faul, den Müll aufzusammeln, sich ums Auto zu kümmern, das Gebäude instand zu halten.

Da Jens keinen eindeutigen Eingang ausmachen konnte, ging er bis ans Ende der Laderampe und stieg dort sechs bröckelnde Betonstufen hinauf. Der gegossene Boden der Rampe war mit Graffiti übersät, es standen selbstgebaute Aschenbecher aus Stahlresten herum, eine gelbe Wäscheleine war zwischen zwei Balken des Dachüberstands gespannt, der die Rampe vor Regen schützte. Schmuddelige Sitzsäcke, alte Gartenstühle und Tische und drei windschiefe Kugelgrills ließen vermuten, dass die Rampe eine Art Terrasse für die Bewohner dieses merkwürdigen Hauses war. Jens vermutete eine Art WG oder alternative Kommune, denn für einen allein war das Gebäude viel zu groß.

In der langen Wand zu seiner Linken gab es drei weiße Kunststofftüren, vielleicht zehn, fünfzehn Meter voneinander entfernt. Die obere Hälfte des Türblatts füllte jeweils eine drahtgesicherte Milchglasscheibe. Gleich an der ersten Tür war diese Scheibe von Rissen durchzogen, und ein runder Aufkleber hielt eine besonders zersplitterte Stelle winddicht. «Keine Macht für niemanden!», stand auf dem Aufkleber. Jens befürchtete, dass er hier nicht willkommen war, immerhin vertrat er die Staatsmacht.

Er inspizierte alle drei Türen, fand aber weder Klingeln noch Namensschilder. Wie sollte er Lutger Brinkmann hier finden?

Auch wenn er befürchtete, sich dadurch erst recht unbeliebt zu machen, gerade zu dieser nachtschlafenden Zeit um halb zwölf am Vormittag, beschloss Jens, an jede Tür zu hämmern, bis ihm geöffnet würde. Er würde nicht gehen, ohne mit jemandem gesprochen zu haben. Vielleicht verschwendete er hier seine und Violas Zeit, aber da er bisher keinen anderen Anhaltspunkt hatte, musste er es wenigstens versuchen. Konnte ja sein, dass Viola Besuch gehabt und der Pizzamann ihn gesehen hatte.

Die Faust bereits zum Pochen erhoben, hielt Jens inne. Die vorderste der Türen ging quietschend auf. Heraus trat eine junge Frau mit einer langen Rastalockenfrisur. Sie trug knallgelbe Shorts, die beinahe schon unanständig kurz waren, dazu einen schwarzen BH. Ihr straffer, fast schon magerer Körper war tätowiert, Bauchnabel und Ohren gepierct.

Sie bemerkte Jens zunächst nicht, reckte und streckte sich, als wäre sie gerade eben aufgestanden, zündete sich eine Zigarette an, die sie aus einem Holzkästchen auf dem Tisch nahm, und erst da spürte sie, dass sie nicht allein war.

Kein Erschrecken. Einfach nur ein interessierter, vielleicht sogar belustigter Blick. Sie hatte wunderschöne blaue Augen.

«Ein Bulle, nicht wahr!», sagte sie.

Jens ging auf sie zu.

«Woran erkennst du das?»

«Hierher kommen entweder Bewohner oder Bullen. Und du wohnst nicht hier.»

«Na, da bin ich aber froh, dass es nicht an meinem Aussehen liegt.»

«Freu dich nicht zu früh! Ist gleich das zweite Kriterium.»

Sie zog an der Zigarette, blies den Rauch aus und sah

ihn herausfordernd an. Dass sie halbnackt war, schien sie nicht im Geringsten zu stören.

«Wer sind Sie?», fragte Jens.

«Jemand, der seine Rechte kennt.»

Ihr zuckersüßes Lächeln täuschte nicht über ihre scharfe Intelligenz hinweg. Jens holte seinen Ausweis hervor. Heutzutage glaubte einem niemand mehr, dass man ein Bulle war, ehe man sich nicht ausgewiesen hatte – oft genug nicht einmal dann.

«Jens Kerner, 33. Kommissariat», las die Rastaqueen vor. «Weit weg von Zuhause, was? Noch zuständig hier?»

«Ich bin überall zuständig. Dein Name?»

«Linda Green. Zweiundzwanzig. Jurastudentin.»

«Jura?», echote Jens.

«Sieht man mir nicht an, was?»

«Ich weiß nicht, wie Jurastudenten aussehen sollen, aber wegen des Aufklebers an der Tür wundert es mich.»

«Wieso? Du musst die Strukturen der Macht schon kennen, wenn du sie bekämpfen willst.»

«Und du willst sie bekämpfen?»

Wieder zog sie an der Zigarette, blies den Rauch aus und lächelte. «Bist du meinetwegen hier?»

«Nein, ich suche nach Lutger Brinkmann. Kennst du ihn?»

«Den Schwarzen Lutger? Klar!»

«Schwarzer Lutger?»

«Er läuft nur in schwarzer Kleidung herum, immer.»

«Aha, und wo finde ich ihn?»

«Da warst du an der letzten Tür schon richtig, da wohnt er. Ist aber nicht sicher, dass er auch da ist, eigentlich ist er nie da.»

«Aber er lebt schon hier?»

Linda Green zuckte mit den Schultern. «Denke schon. Hier hat keiner Kontakt zu ihm.»

«Okay, danke.»

«Wofür?»

«Dass du der Staatsmacht so bereitwillig Auskunft erteilt hast.»

«Kein Problem. Du siehst aus wie einer, der seine Macht nicht missbraucht.»

Wenn du wüsstest, dachte Jens, als er zur letzten Tür zurückkehrte, freute sich aber doch. Aus irgendeinem Grund, der ihm selbst nicht klar war, war er froh, vor ihr bestanden zu haben.

Jens schlug mit der Handkante gegen die Tür, fest genug, damit man es drinnen hören konnte. Keine Reaktion. Obwohl er es auf dem Weg hierher schon ein halbes Dutzend Mal versucht hatte, rief Jens noch einmal die Mobilnummer vom Schwarzen Lutger an, die er vom Inhaber der Pizzeria bekommen hatte. Auch jetzt nahm niemand ab, und hinter der Tür war kein Telefonklingeln zu hören.

«Sag ich doch», rief Linda Green ihm zu. «Hier wohnen einige komische Typen, aber der Schwarze Lutger ist der merkwürdigste von allen.»

Jens kehrte zu ihr zurück.

«Wie meinst du das?»

«Na ja, er raucht nicht, trinkt nicht, spricht nicht, will keinen Kontakt. Ein Außenseiter, wie er im Buche steht. Ziemlich schüchtern, denke ich.»

Jens zog eine Visitenkarte hervor.

«Tust du mir einen Gefallen? Wenn du ihn siehst, sag ihm, er soll mich anrufen. Es ist wichtig.»

Sie nahm die Karte.

«Hat er was ausgefressen?»

«Nein, aber vielleicht etwas gesehen. Und wenn, dann würde es helfen, ein Menschenleben zu retten.»

«Echt? Bei Lutger habe ich immer mit dem Gegenteil gerechnet.»

«Wie bitte?»

Sie zuckte mit den Schultern, aber das wirkte längst nicht so cool, wie es sollte.

«Na ja ... in einem Psychopathen-Film könnte er die Hauptrolle übernehmen.»

Mit diesen Worten im Ohr und einer dunklen Vorahnung im Kopf ging Jens zu seinem Wagen zurück. Er wollte gerade einsteigen, da klingelte sein Handy. Rebecca war dran.

«Das glaubst du nicht», legte sie ohne Begrüßung los, und ihre Stimme zitterte vor Anspannung.

«Was glaube ich nicht?»

«Gerade war Torben Wolters noch mal hier. Er weiß jetzt, von welchem Anschluss aus Viola May belästigt wurde.»

«Sag's mir!»

«Die Nummer gehört zu einer Prepaidkarte, die auf den Namen Anneke-Kim Landau freigeschaltet wurde.»

Jens, der beim Telefonieren langsam weitergegangen war, blieb abrupt stehen und fühlte sich, als sei er gegen eine Wand gelaufen. Sein Verstand weigerte sich, die Information zu verarbeiten, deshalb musste er noch einmal nachfragen.

«Kim Landau? Die bleiche Frau?»

«Das ist nicht zu fassen, oder!»

«Und Torben ist sich absolut sicher?»

«Er hat die Verbindungsdaten hiergelassen. Leider wurde die Prepaidkarte schon im Mai 2017, also vor der Neufassung des Telekommunikationsgesetzes freigeschaltet.»

«Also ist die Identität nicht zweifelsfrei geprüft?»

«Genau», bestätigte Rebecca. «Und richtig viel wurde die Karte auch nicht genutzt, aber immerhin doch so, dass sie nicht verfallen konnte.»

«Ich danke dir.»

Jens legte auf und starrte vor sich hin.

10

Kindheit

Der Junge stand am Dachfenster in der miefigen kleinen Kammer, die nun sein Reich war, und sah den geparkten Streifenwagen vor dem Haus

Die beiden Beamten waren vor fünf Minuten ausgestiegen, um an der Tür zu klingeln. Seine Mutter hatte geöffnet, seitdem unterhielt sie sich unten im Flur mit den Beamten. Der Junge konnte nicht hören, worum es ging, aber das musste er auch nicht. Vorgestern Abend war er Augenzeuge des Reitunfalls des blonden Mädchens geworden, die Striemen der Gerte, mit der nach ihm geschlagen worden war, waren auf seinem Rücken noch zu sehen. Seine Mutter hatte sie natürlich nicht bemerkt, dafür hätte sie ihn ansehen müssen, und das kam nicht vor. Ihn selbst interessierten die Striemen nicht, er dachte in einem fort nur an das Mädchen, an ihr anmutiges Gesicht, den Geruch ihres Haars ...

Der Mann, der ihn mit der Gerte geschlagen hatte, wahrscheinlich der Vater des Mädchens, musste die Polizei hergeschickt haben. Was auch immer der Mann glaubte gesehen zu haben, er hatte sich getäuscht, und seine Reaktion war ungerecht. Doch wenn der Junge in den fünfzehn Jahren seines Lebens eines gelernt hatte, dann, dass es keine Gerechtigkeit gab. Nicht, wenn man so aufwuchs wie er.

Die Luft in der Dachkammer war stickig warm, das dünne T-Shirt klebte an seinem Körper, eine fettige Schicht getrockneten Schweißes bedeckte sein Gesicht. Neuer Schweiß drängte in Schüben hinaus, ausgelöst vom Besuch der Polizisten – sie machten ihm Angst. Außerdem war er auf die Reaktion seiner Eltern gespannt, besonders auf die seiner Mutter. Denn jetzt musste sie reagieren.

Nach weiteren fünf Minuten Wartezeit sah er die Polizisten vom Haus weg auf den Streifenwagen zugehen. Bevor sie einstiegen, sah einer von ihnen, der Bärtige mit der dunklen Haut, noch einmal zurück.

Schritte auf der alten Holztreppe. Leichte und doch schleppende Schritte. Seine Mutter ging so. Sie war ausgemergelt, wog kaum mehr als fünfzig Kilo, aber wenn sie ging, schienen Tonnen auf ihr zu lasten. Er drehte sich zur Tür um und erwartete ihre Ankunft. Seine Hände zitterten, aber nicht vor Angst, sondern vor Freude.

Die Schritte verharrten vor der Tür. Durch den Spalt darunter konnte er den Schatten sehen, den ihre Füße warfen. Sie stand einfach nur da, öffnete die Tür nicht, klopfte nicht. Warum kam sie nicht herein?

Mit angehaltenem Atem wartete der Junge, die Hände

zu Fäusten geballt, zählte die Sekunden, schickte Stoßgebete in den Himmel, die dann doch nicht erhört wurden.

Die Dielen vor seiner Tür knarrten. Seine Mutter trat den Rückweg an. Er hörte sie die Treppe hinuntersteigen. Heiß stiegen die Tränen hinter seinen Augen auf. Er taumelte zur Seite und ließ sich auf die Bettkante sinken. Saß da und starrte den Türspalt an, unter dem jetzt frei das Licht hindurchfiel, regungslos. Dann schüttelte ein Seufzer seinen Körper, unter dessen Abklingen er sich lockerte, und er erhob sich. Zog die Tür auf, verließ sein Zimmer, ging die Treppe hinunter.

Er fand seine Eltern wie jeden Nachmittag im Wohnzimmer. Im Fernsehen liefen diese langweiligen Sendungen, denen seine Eltern ihre gesamte Zeit widmeten. Da saßen oder lagen sie und starrten Menschen an, die sich gegenseitig anschrien, während eine Frau in einer schwarzen Robe versuchte, für Ordnung zu sorgen. Eine Gerichtssoap, so viel war klar, aber warum sah man sich etwas an, von dem man wusste, es war eine Lüge, erschaffen, um den Verstand zu betäuben? Genau so hatte es Herr Gründner, sein Lehrer, ausgedrückt: den Verstand betäuben. Der Junge hatte sich geschämt, und er schämte sich wieder, wenn er seine Eltern so sah.

Auf dem niedrigen Tisch kämpften Bierflaschen mit von Asche und Kippen überfüllten Müslischalen um ihren Platz, im Zimmer stank es zusätzlich noch nach den Ausdünstungen zweier alter Menschen, die nicht viel von Körperpflege hielten.

Sein Vater löste den Blick nicht vom Fernseher. Die fiebrigen Augen seiner Mutter erfassten ihn jedoch, unstet, wie immer. Früher, daran erinnerte er sich, waren ihre Augen schön klar und blau gewesen. Früher, als sie ihn noch wirklich angesehen hatte. Jetzt lag eine milchige Schicht auf ihnen, ihr Blick ging durch ihn hindurch.

«Warum war die Polizei hier?», fragte er.

Sein Vater grunzte.

«Wegen die Schule», sagte seine Mutter. «Die sagen, wenn du nicht hingehst, kommen die wieder und tun dich mitnehmen. Gehst du da etwa nich hin? Was machst du denn dann?»

«Ich war zwei- oder dreimal nicht da. Hab einem Mädchen geholfen, das krank ist. War bei ihr zu Hause, damit sie nicht zu viel verpasst. Sie wohnt auf dem Pferdehof.»

Keine einzige Silbe hatte er sich zuvor zurechtgelegt, die Worte flossen einfach aus ihm heraus wie eine Geschichte, die sich wirklich zugetragen hatte. Dabei war es nur eine, von der er sich wünschte, sie möge sich zutragen.

«Sie ist vom Pferd gefallen und fast gestorben. Ich hab ihr geholfen», fügte er hinzu.

Sein Vater grunzte und kratzte sich im Schritt.

«Mein Junge, wa!», stieß seine Mutter zwischen zwei Zügen von ihrer Zigarette aus. «Aber geh wieder hin, hörst du. Ich will die Bullen nich hierhaben.» Noch während sie sprach, glitt ihr Blick zum Fernseher und blieb dort haften. Ein leerer Blick, den kein Interesse nährte, der nichts sah und nichts verstand.

Der Junge stand noch einen Moment im Türrahmen, betrachtete seine Eltern und fragte sich, wer sie vermissen würde, wenn er in den Anbau hinausging, den Benzinkanister holte, ihn hier im Wohnzimmer entleerte und ein Streichholz dazuwarf.

11

«Und das ist Kim Landau heute», sagte Jens und breitete drei Fotos auf dem Tisch vor Jochen Schall aus. Jens sah, wie sich sein Bremer Kollege versteifte.

«Ihr seid euch sicher?», fragte Jochen Schall.

Seit zehn Minuten saß Jens in Schalls Büro in der Bremer Innenstadt. Kim Landau hatte zum Zeitpunkt ihres Verschwindens in Bremen gelebt, Jochen Schall war zuständig gewesen.

«Na ja, Fingerabdrücke konnten wir nicht vergleichen, da die Haut an ihren Fingerkuppen zu stark beschädigt ist. Es sieht aus, als hätte sie sie jahrelang abgeschabt. Der Gentest läuft noch, aber da sie ihren Rufnamen wiederholt hat und die Mutter sich sicher ist, sind wir es auch. Das ist Kim Landau ... oder was von ihr übrig ist ... war.»

Je länger Jens die Fotos betrachtete, desto stärker wurde seine Wut über das grausame Schicksal dieser jungen Frau, und er wünschte sich, das Monster, das dahintersteckte, zur Strecke bringen zu können.

«Sie wiederholt ihren Namen?», fragte Jochen Schall.

«Wiederholte», verbesserte Jens. «Hör es dir selbst an!»

Er legte sein Handy auf den Tisch und spielte eine Audiodatei ab, die er bei seinem ersten Besuch im Krankenhaus Maria Hilf aufgenommen hatte.

Zunächst erklang ein Rauschen, dann die leise Stimme von Kim Landau, die Jens nicht ohne weiteres als weiblich identifiziert hätte, wenn er es nicht genau gewusst hätte. «Darling, Licht meines Lebens ... Darling, Licht meines Lebens ... Darling, Licht meines Lebens ...

Er schaltete den Player ab.

«So ging das die ganze Zeit», erklärte er. «Sie sagte nichts anderes. Diese Aufnahme entstand einen Tag, nachdem sie aufgegriffen wurde, ihren Namen hat sie dann aber erst an dem Tag gesagt, an dem sie sich die Zunge abbiss.»

Obwohl sich seine eigene verletzte Zunge seit einiger Zeit beruhigt hatte, sendete sie jetzt doch wieder einen feinen, aber nachdrücklichen Stich aus.

«Wie kann man sich selbst die Zunge abbeißen?»

Mit den Zähnen, wollte Jens erwidern, schluckte es aber hinunter. Sein Bremer Kollege sah nicht so aus, als wäre er zu Scherzen aufgelegt. Außerdem war die Frage ohnehin nur rhetorisch und bedurfte keiner Antwort.

«Wie lange dauert es, bis menschliche Haut ausbleicht?», fragte Jochen Schall in die sich ausbreitende Stille hinein.

Jens zuckte mit den Schultern. «Jahre. Man weiß es nicht genau, da fehlen die Erfahrungswerte. Die Tochter von diesem Josef Fritzl, die sah auch so aus, und die war bekanntermaßen 24 Jahre ohne Tageslicht eingesperrt.»

«Kim verschwand vor etwas mehr als vier Jahren», dachte Schall laut nach. «Wenn sie damals sofort weggesperrt wurde ...» Der Kollege brach ab und schüttelte den Kopf. «Das kann doch alles nicht wahr sein!» Er klang schockiert und resigniert.

Jochen Schall war vierundfünfzig Jahre alt, untersetzt, hatte eine Halbglatze mit unvorteilhaftem Haarkranz und müde graue Augen mit dicken Tränensäcken darunter. Schon an einem normalen Tag sah er sicherlich nicht wie ein Ausbund an Fröhlichkeit aus, aber diese Nachricht und diese Fotos schienen ihn geradezu fertigzumachen.

«Vier Jahre», wiederholte er und nahm nun doch eines

der Fotos an sich. «Jemand hat sie vier Jahre weggesperrt, ohne Tageslicht.»

«Davon müssen wir ausgehen.»

«Wie konnte sie freikommen?»

«Wissen wir nicht. Sie lief nahe Hamburg in einem Waldgebiet herum, mitten in der Nacht, und ist dabei zufällig einer Jägerin vors Visier geraten.»

«Wurde sie dort gefangen gehalten oder nur dort freigelassen?»

Jens schüttelte den Kopf. «Wissen wir alles nicht. Und da Kim uns nicht mehr sagen kann, wo sie all die Jahre gefangen gehalten wurde, wird es schwer, den Ort zu finden.»

«Was sagen die Indizien und Spuren?»

«Kim hatte keine äußeren Verletzungen, außer einigen leichten Schnittwunden durch die Flucht im Wald. Anzeichen für Vergewaltigungen gibt es nicht, sie hat in diesen vier Jahren auch kein Kind zur Welt gebracht. Jemand hat sie weggesperrt und um den Verstand gebracht ... und damit auf eine besonders entsetzliche Art auch um ihr Leben.»

Jochen Schall legte das Foto der bleichen Frau ab und schüttelte den Kopf. «Da glaubt man, alles gesehen zu haben ...»

Sie schwiegen einen Moment, beide darauf bedacht, die Fotos nicht anzuschauen.

«Kann das mit den Anrufen von Kims Prepaidkarte Absicht sein?», fragte Schall schließlich.

«Du meinst, der Täter legt eine Fährte aus?»

«Wenn nicht, müsste er dumm sein.»

«Ich glaube nicht, dass er dumm ist.»

Nachdem Rebecca ihn angerufen und davon in Kenntnis gesetzt hatte, zu wem die Handynummer gehörte, von der aus Viola May belästigt worden war, war klar gewesen, dass es eine Verbindung gab zwischen dem Mord an Sabine Scholz, der Stalkingattacke und dem Verschwinden von Viola May und dem Auftauchen der bleichen Frau. Seitdem wuchs Jens' Befürchtung, es in diesem Fall mit einem echt kranken Typen zu tun zu haben. Vor allem aber mit einem, der Spiele liebte, weit im Voraus plante und keine Angst vor der Polizei hatte.

Gleichzeitig wusste er aber auch, dass darin die Chance lag, den Täter zu fassen. Er fühlte sich unangreifbar, war überheblich, und das würde zwangsläufig zu Fehlern führen. «Ich habe hier ein Foto», sagte Jens und rief auf seinem Handy das Bild auf, das Sabine Scholz wenige Tage vor ihrem Tod von dem Mann geschossen hatte, der ihre Freundin Viola verfolgte. «Möglicherweise steht dieser Mann hier mit dem Fall in Verbindung.»

Jochen Schall schaute sich das Foto lange konzentriert an, schüttelte dann aber den Kopf. «Nein, den kenne ich nicht. Man sieht ja auch kaum etwas. Aber sprich doch mal mit dem Kollegen aus Niedersachsen über den Landau-Fall. Der war ebenfalls an dem Fall dran, weil Kims Eltern in seinem Zuständigkeitsbereich lebten und die Vermisstenanzeige damals dort aufgegeben wurde.»

12

Die Sonne war gnadenlos.

Selbst im Schatten waren es an diesem Nachmittag mehr als dreißig Grad, und trat man hinaus in das grellgelbe Inferno, das sich Sommer nannte, fühlte es sich an, als würde man von einem Flammenwerfer gegart. Das war kein typisches Hamburger Wetter und ganz und gar nichts für Rolf Hagenah. Er liebte Schietwetter und mochte es, wenn der Wind den Sprühregen schräg von der Seite durch die Häuserschluchten peitschte. Grundsätzlich hatte er auch nichts gegen Sonnenschein, aber er hasste es, wenn die Kleidung am Körper klebte und jede Pore vor sich hin suppte.

Nützte ja nichts. Er war eben ein Draußenmensch. Außerdem hatte er einen Auftrag, und den nahm er ernst. Er musste den Mord an Sabine Scholz aufklären, die im selben Sportstudio Kickboxen trainierte, in dem Hagenah bis vor zwei Jahren noch Boxer ausgebildet hatte. Zweimal die Woche ging er immer noch für sein eigenes Boxtraining hin. Fürs Kickboxen hatte er nichts übrig, seiner Meinung nach sollte man das Treten den Huftieren überlassen, aber er glaubte dennoch, die kleine Frau mit dem kurzen Haar dort gesehen zu haben.

Sein Kollege Jens Kerner wollte in diesem Zusammenhang mit einem Typen sprechen, der Lutger Brinkmann hieß, auch bekannt als Schwarzer Lutger, und wenn Jens mit jemandem sprechen wollte, dann setzte Hagenah alles daran, ihn ausfindig zu machen.

Sich in Hamburg vor Rolf Hagenah zu verstecken war so gut wie unmöglich. Auch dem Schwarzen Lutger war es nicht gelungen. Zwar war sich Hagenah nicht sicher, ob der Typ sich wirklich verstecken wollte oder ob er einfach nur gern allein und unerkannt unterwegs war, aber er verhielt sich merkwürdig. Wie jemand, der etwas zu verbergen hatte. Für solche Gestalten hatte Hagenah im Laufe der Jahre einen sechsten Sinn entwickelt.

Lutger, der für die Nobelpizzeria Emilia Romagna Bestellungen auslieferte, war eine auffällige Gestalt. Schwarze Stiefel, schwarze, eng anliegende Jeans, schwarzer Hoodie, die Kapuze trotz des warmen Wetters über den Kopf gezogen. Er war mittelgroß, glatzköpfig, sehr dünn und hatte die schmalen Schultern die meiste Zeit hochgezogen, als erwartete er jederzeit einen Angriff aus dem Hinterhalt.

Als Kerner ihn darum gebeten hatte, den Schwarzen Lutger ausfindig zu machen und eine Weile zu beschatten, hatte Hagenah seine Kontakte auf der Straße aktiviert. Irgendjemand wusste immer was, selbst in einer Millionenmetropole wie Hamburg. Wolfpac, der seit zwei Jahren clean war und trotzdem weiterhin auf der Straße lebte, weil es seine Welt, sein Zuhause war, hatte Hagenah von einem mundfaulen Typen in Schwarz erzählt, der sich immer mal wieder unter die Junkies mischte. Ob er Drogen nahm oder welche verkaufte, wusste Wolfpac nicht, vielleicht war er auch einfach nur ein Beobachter, der in der Szene nach unerwünschten Eindringlingen Ausschau hielt.

Hagenah war seit einer Stunde an dem schwarzen Mann dran.

In der Zeit war er in einem McDonald's gewesen und hatte dort gegessen. Danach hatte er sich anscheinend ziellos in der Innenstadt herumgetrieben. Hagenah war nicht klargeworden, wonach er suchte oder was er vorhatte. Schließlich hatte der Schwarze Lutger eine Druckerei aufgesucht und war nach kurzer Zeit mit einer Umhängetasche wieder herausgekommen. Seitdem ging er von Haus zu Haus und verteilte irgendwelche Werbeflyer, offenbar um ein bisschen Geld zu verdienen.

Obwohl Hagenah den Schwarzen Lutger durchaus für

verdächtig hielt, musste er ihm zugestehen, seine sicher schlecht bezahlte Arbeit ordentlich zu erledigen. Er ließ keinen Briefkasten aus, arbeitete zügig und ohne Pause und bewegte sich dabei so schnell, dass Hagenah einige Schwierigkeiten hatte mitzuhalten.

Irgendwann gelangten sie in die Weberstraße, in der Viola May lebte, und Hagenahs Argwohn wuchs. Der Schwarze Lutger bewegte sich routiniert. Ohne Zweifel verteilte er hier nicht zum ersten Mal Werbung.

Jens Kerner hatte berichtet, der Schwarze Lutger arbeite als Pizzalieferant für die Pizzeria Emilia Romagna und habe eine Pizza an Viola May geliefert. Der Karton mit der unangetasteten Pizza lag noch in ihrer Wohnung, als Jens sie durchsucht hatte. Das Mädchen musste kurz nach der Lieferung verschwunden sein. Entweder hatte Lutger also etwas damit zu tun, oder aber er hatte eventuell eine Beobachtung gemacht, die sie in diesem undurchsichtigen Fall weiterbrachte.

An dem Haus, in dem Viola May lebte, benahm der Schwarze Lutger sich nicht anders als an allen anderen Häusern, und als er dort fertig war, beschloss Hagenah, dass es jetzt reichte, dem Typen hinterherzulaufen. Vor dem Haus sprach er ihn an.

«Lutger Brinkmann?»

Der Mann hielt inne und musterte Hagenah aus zusammengekniffenen Augen unter der Kapuze. «Wer will das wissen?»

Hagenah, der in Zivilkleidung unterwegs war, holte seinen Dienstausweis hervor. «Die Polizei will das wissen», sagte er.

«Lasst mich in Ruhe», stieß der Mann aus und wollte

sich an ihm vorbeidrängen, doch Hagenah versperrte ihm den Weg.

«Nicht so schnell, ich hab ein paar Fragen.»

«Ich habe aber keine Antworten.»

Einen erneuten Ausbruchsversuch zur anderen Seite, mit dem Hagenah gerechnet hatte, vereitelte er, in dem er den dünnen Jüngling mit beiden Händen zurückstieß.

«Hey! Was soll die Scheiße!», beschwerte der sich.

«Übertreib es nicht, oder ich verschaff dir eine kostenlose Fahrgelegenheit zum 33.»

«Ich kenne meine Rechte.»

«Du redest besser mit mir, bevor ich dir zeige, wo deine Rechte enden und meine beginnen.»

«Was wollt ihr von mir?»

«Du hast an die Adresse dort», Hagenah wies mit dem Kinn auf das Haus, in dem Viola May lebte, «am Sonntagabend eine Pizza geliefert. Darüber will ich mit dir reden.»

«Kann schon sein, ich liefere viele Pizzen aus.»

«Mich interessiert nur die eine.»

«Und was genau?»

«Ich will wissen, ob dir in der Wohnung der Kundin etwas aufgefallen ist. War sie allein oder nicht? War sie ruhig oder aufgeregt? Hat sie telefoniert? Was war im Treppenhaus oder vor dem Haus los?»

«Mann, ich bin doch kein Detektiv!»

«Musst du auch nicht sein. Ganz normale Beobachtungen reichen mir vollkommen aus.»

Lutgers Schultern sackten hinab. Er schien sich ein wenig zu entspannen, hakte einen Daumen in den Riemen der Tasche, streifte sie sich von der Schulter und stellte das schwere Gewicht auf dem Boden ab.

«Am Sonntagabend?»

«Richtig.»

Der Stoß vor die Brust kam überraschend und war heftig, konnte den großen, schweren Hagenah aber nicht umwerfen. Doch er strauchelte, und diese Chance nutzte der Schwarze Lutger. Er sprintete in mörderischer Geschwindigkeit davon, die Hagenah nicht den Hauch einer Chance ließ. Er wusste sofort, er würde ihn nicht einholen können, dafür war er zu alt und zu fett. Wie ein Derwisch fegte Lutger zwischen den geparkten Autos hindurch, schlug Haken wie ein Hase und war binnen weniger Augenblicke verschwunden.

Hagenah zog sein Handy hervor und setzte eine Fahndung in Gang. Dann widmete er sich der schweren Umhängetasche, die Lutger Brinkmann zurückgelassen hatte. «Druckhaus Sosniok» stand darauf. Hagenah inspizierte den Inhalt.

Brinkmann hatte zwar schon eine ganze Weile Flyer verteilt, in der Tasche befand sich aber noch ein großer Rest, der sicher noch einmal für die gleiche Menge Haushalte ausreichte. Hagenah zog einen der Flyer heraus: Werbung für den Lieferdienst Food2You. Eine übersichtliche Speisekarte, angeblich erarbeitet mit den besten und exquisitesten Restaurants der Stadt, am unteren Rand garniert mit einem abtrennbaren Gutschein über zehn Euro für die nächste Bestellung.

Food2You ...

Irgendetwas klingelte da.

13

Die Fahrt von Bremen ins niedersächsische Kirchdorf hatte im stetig dichter werdenden Feierabendverkehr mehr als anderthalb Stunden gedauert, und Jens war genervt, als er den kleinen Ort erreichte. Dort dauerte es dann noch einmal eine Weile, bis er die Bäckerei fand, in der er sich mit Oberkommissar Boris Kollmann treffen wollte. In dem Ort selbst gab es keine Dienststelle, der Kollege hatte aber versprochen, herauszukommen und zu warten.

Kollmann hatte damals parallel zu den Kollegen in Bremen im Fall der spurlos verschwundenen Anneke-Kim Landau ermittelt – leider ebenso erfolglos.

Jetzt saß Boris Kollmann in dem der Bäckerei angeschlossenen kleinen Café. Er hatte dunkles, gelocktes Haar, war so groß wie Jens, schob aber einen wesentlich dickeren Bauch vor sich her. Sein Gesicht war ungesund gerötet, unter den Achseln hatten sich Schweißflecken gebildet. Die beiden leeren Teller vor ihm auf dem Tisch bewiesen, dass er sich die Wartezeit schöngegessen hatte. «Haben Sie Lust, sich noch ein wenig die Beine zu vertreten?», fragte Kollmann. «Ich hab zu viel gegessen und brauche dringend Bewegung, sonst gehe ich noch weiter auseinander.» Er schlug sich fröhlich auf den prallen Bauch.

«Ja, gern», sagte Jens.

Beim Verlassen der Bäckerei, in der es herrlich duftete, glitt sein Blick hinüber zur Kuchenauslage. Er hatte Hunger. Mordshunger! Und die gefüllten Streuseltaler sahen einfach phantastisch aus. Tapfer widerstand er und folgte seinem Kollegen hinaus auf den kleinen Vorplatz. Von dort gingen sie unter einem dichten Lindenbaumdach nach rechts die Straße hinunter. Jens mit seiner weiten Schrittlänge musste sich ein wenig zurückhalten, weil Kollmann sich so schwer dahinschleppte.

Der Kollege bat ihn um Informationen, und Jens fasste den Fall zusammen. «Okay, klingt in der Tat alarmierend», sagte Kollmann, stoppte seinen Marsch und sah Jens an. Schweiß lief ihm von der Stirn. «Ich hätte nicht gedacht, dass Kim Landau überhaupt je wieder auftaucht ... und dann in so einem Zustand ... Ich gebe zu, das macht mich fertig. Vier Jahre in Gefangenschaft, ohne Tageslicht ... herrje, in was für einer Welt leben wir eigentlich?»

In der, die wir uns erschaffen haben, dachte Jens, sprach aber nicht aus, was ihm auf der gebeutelten Zunge lag. Stattdessen kehrte er zu den Fakten zurück. «Können Sie mir etwas über die Umstände von Kims Verschwinden erzählen?», fragte er.

Jens kannte die Version von Jochen Schall, aber da die Eltern von Kim die Vermisstenanzeige in Kollmanns Revier aufgegeben hatten, interessierte ihn auch dessen Ansicht.

Kollmann nickte und ging weiter. «Kims Verschwinden war gar nicht so merkwürdig, jedenfalls nicht in der Art, dass ich besonders aufmerksam geworden wäre. Die Eltern sind geschieden. Zu ihrer Mutter hatte sie ein angespanntes Verhältnis. Kim war gerade mit ihrem Freund nach Bremen gezogen. Sie wohnten seit drei Monaten zusammen.»

«WG oder als Paar?»

«Laut der Mutter als Paar. Einen Monat bevor Kim verschwand, stritten die beiden sich, und Kim kehrte auf den elterlichen Hof zurück. Dort flammte der familiäre Streit wieder auf. Das Liebespaar vertrug sich, zog wieder zusammen, vielleicht aus der Not heraus, keine Ahnung, jedenfalls kam mir das alles ziemlich kindisch vor.

Kim stammt aus einem reichen Elternhaus. Der Vater ist Geschäftsmann. Die Mutter betreibt eine erfolgreiche Pferdezucht. Geld ohne Ende, weshalb auch eine Entführung in Betracht kam, aber da es nie eine Lösegeldforderung gab ...» Kollmann zuckte mit den Schultern. «Weil das alles so kindisch wirkte, ging ich davon aus, dass Kim einfach abgehauen ist.»

«Klar, kann ich verstehen.»

Kollmann schüttelte seinen massigen Schädel. «Was für eine fatale Fehleinschätzung.»

«Was dagegen, wenn ich mich mit Kims Eltern unterhalte?», fragte Jens.

«Was erhoffen Sie sich denn davon?»

«Ehrlich gesagt weiß ich das nicht. Aber es muss etwas geben, eine Kleinigkeit nur, die Kim Landau mit meinem Mord- und Vermisstenfall in Verbindung bringt ... über diese Prepaidkarte hinaus.»

«Meinetwegen sprechen Sie mit den Landaus. Aber halten Sie mich bitte auf dem Laufenden.»

«Klar. Mit diesem Freund, mit dem Kim damals nach Bremen zog, würde ich auch gern reden.»

«Das geht nicht.»

«Warum nicht?»

«Der lebt nicht mehr. Eine Woche bevor Kim verschwand, starb er bei einem Autounfall. Das war einer der Gründe, warum ich davon ausging, Kim wäre einfach davongelaufen. Sie war durch den Tod ihres Freundes sicher traumatisiert, dann der dauernde Streit mit der Mutter ... womöglich kam da eins zum anderen.»

14

«Da! Das ist er!»

Rebecca fror das Bild auf einem der drei Computerbildschirme ein, vor denen sie seit Stunden hockte.

Die Aufnahmen stammten aus dem Karstadt-Kaufhaus, in dem Viola May und Sabine Scholz von dem Stalker verfolgt worden waren. Es zeigte einen mittelgroßen Mann mit dichtem blondem Haar, das altmodisch geschnitten war, dazu trug er einen blonden Schnauzbart. Seine Kleidung bestand aus Jeans, einer leichten braunen Sommerjacke – und einer hellblauen Schultasche von Scout.

Carina Reinicke beugte sich über Rebeccas Schulter. Nachdem sie Rebecca vor vier Stunden die Aufnahmen aus dem Kaufhaus gebracht hatte, war sie noch einmal losgezogen, um weitere Aufnahmen aus dem Umfeld zu besorgen. Öffentliche Orte, an denen der Mann sich bei seiner Verfolgung der beiden jungen Frauen aufgehalten haben könnte. Die würde Rebecca später sichten.

«Bist du dir wegen des Gesichts sicher?», fragte Carina. «Oder gehst du von der auffälligen Tasche aus?»

Rebecca schüttelte den Kopf. «Nein, die Tasche brauche ich nicht.»

Carina sah sie fragend an. «Du hast also tatsächlich dieses Talent, ja? Bist ein Super-Recognizer?»

«Es scheint so. Wenn ich ein Gesicht einmal gesehen habe, kann ich es nicht wieder vergessen. Keine Ahnung, warum, aber es prägt sich mir für immer ein. Dann ist es auch egal, ob die Person beim nächsten Mal eine Perücke oder einen angeklebten Bart trägt.»

«Wahnsinn!», sagte Carina anerkennend. «Musst du die Person dafür frontal sehen?»

«Nein. Schau hier ...» Rebecca öffnete die Fotogalerie, in die sie die sechs Standbildaufnahmen des Mannes kopiert hatte. «Auf keiner der Aufnahmen aus dem Kaufhaus hatte er sein Gesicht den Kameras frontal zugewandt, aber was ich sehe, reicht mir. Mehr brauche ich nicht.»

«Das sieht aus, als wüsste dieser Typ genau, wo die Kameras installiert sind», sagte Carina nachdenklich. «Wie viel Zeit muss man investieren, um so gut vorbereitet zu sein?»

«Das habe ich mich auch schon gefragt», sagte Rebecca. «Und ich finde es beängstigend, wie dieser Mann vorgeht. So, als täte er seit Jahren nichts anderes. Ein Profi auf seinem ganz speziellen Gebiet.»

«Und doch macht er Fehler.»

«Ja?» Rebecca sah Carina an, die sich ein Stück vom Bildschirm zurückzog und dann auf die Kante des Schreibtisches setzte. «Macht er Fehler? Oder ist das alles Absicht, um uns hinters Licht zu führen? Diese blaue Tasche zum Beispiel. Was soll das? Wenn ich möglichst unauffällig bleiben will, trage ich als erwachsener Mann doch nicht so ein Ding mit mir herum.»

«Vielleicht denkt er einfach nicht drüber nach. Menschen sind so. Wenn sie sich an etwas gewöhnt haben, nehmen sie es kaum noch wahr.»

«Möglich. Aber was, wenn er sie gezielt zur Ablenkung einsetzt?»

«Versteh ich nicht. Warum sollte er?»

«Damit wir uns mehr auf die Tasche als auf ihn konzentrieren. Auf diese Art lässt sich das menschliche Auge ablenken vom Wesentlichen. Wahrscheinlich weiß er nichts von Super-Recognizern und glaubt, dass er uns überlegen ist.»

«Reichen dir die Bilder?», fragte Carina. «Würdest du ihn wiedererkennen, wenn wir ihn als Verdächtigen ausmachen könnten?»

Rebecca bediente mit der Maus einen Regler und vergrößerte das Gesicht des Mannes mit der blauen Tasche.

«Ich glaube, er trägt eine Perücke», sagte sie. «Diese Frisur ... okay, vielleicht ist es ihm egal, dass sie nicht gerade hip ist, aber was würdest du tun, wenn du weißt, du kannst den Kameras nicht überall entgehen?»

«Mich tarnen.»

«Genau. Das geht am einfachsten mit Perücke und Schnauzer. Und wenn du dann noch eine auffällige Tasche mit dir herumträgst, die von deinem Gesicht ablenkt ... Der Typ weiß, was er tut.»

«Würdest du ihn trotzdem wiedererkennen?»

«Ja, ich denke schon. Er hat ein weiches Gesicht, ohne harte Züge, die Haut ist von weicher Textur, die Nase gerade und unauffällig, Lippen, Augen, Proportionen, Abstände, alles an diesem Gesicht ist normal und unauffällig. Ein Gesicht, das in der Menge untergeht, das du in dem Moment, in dem du es siehst, wieder vergisst.»

«Aber nicht du.»

«Nein, ich nicht.»

Sie sahen sich an. Das bläuliche Licht der Bildschirme ließ Carina müde und abgekämpft wirken.

«Aber was nützt uns das, wenn wir nicht wissen, wo wir ihn suchen sollen», sagte Rebecca und spürte, wie die Müdigkeit ihre Verzweiflung verstärkte. «Was nützt es Viola May, wenn sie in seinen Händen ist?»

«Wir kriegen ihn!», versetzte Carina mit fester Stimme. «Viola wird er nicht vier Jahre in Dunkelheit gefangen halten!»

«Das ist auch so etwas, was mich stört», dachte Rebecca laut nach. «Warum diese Anrufe von der Prepaidkarte, die auf Kim Landau zugelassen war? Wir hätten diese beiden Fälle doch niemals in Verbindung gebracht, wenn er das nicht getan hätte?»

«Warum bist du eigentlich nicht Kommissarin geworden?», fragte Carina lächelnd.

Rebecca zuckte mit den Schultern. «Als dafür Zeit gewesen wäre, hatte ich andere Flausen im Kopf.»

«Welche?»

«Ich war mal auf einem guten Weg, Weltmeisterin im Wildwasserrennsport zu werden.»

«Echt? Was ist das?»

«Kurz gesagt geht es darum, eine Wildwasserstrecke, die mindestens Schwierigkeitsgrad drei hat, mit dem Kanu in kürzester Zeit zu befahren.»

«Klingt ... verrückt!»

«Ist es auch ein bisschen. Aber ich habe es geliebt.»

«Und dass du im Rollstuhl sitzt ... hat das damit zu tun?»

Rebecca nickte. Carina und sie hatten sich bisher nicht besonders gut kennenlernen können, dafür waren die Kontakte zu kurz und zu oberflächlich gewesen. Aber sie stellte gerade fest, dass sie die junge Polizistin mochte, deshalb fiel es ihr nicht schwer, darüber zu sprechen. «Ein Unfall auf der Loisach bei Garmisch.»

«Voll kacke!», sagte Carina leise.

«Tja ... dafür kann ich jetzt sehr lange stillsitzen und

kranke Typen am Bildschirm überführen. Ist ja auch nicht schlecht. Und von meinen Super-Recognizing-Talent wüsste ich ohne den Unfall auch nichts.»

«Und wir würden nicht dieses Kommissarinnen-Gespräch führen und könnten uns keine Gedanken darüber machen, warum er die Prepaidkarte von Kim Landau nutzt.»

«Ja, das wäre blöd, oder?» Sie grinste. «Und was meinst du, warum tut er das?»

«Entweder ist er nicht so schlau, wie wir denken, oder aber er legt diese Spur absichtlich.»

«Warum sollte er das tun?»

«Zwei Gründe!» Carina bog ihren linken Zeigefinger hoch. «Es ist eine Spur, die uns ins Nichts führt.» Sie bog den Mittelfinger hoch. «Er will Anerkennung. Wir sollen sehen, zu welchen Leistungen er über einen längeren Zeitraum fähig ist. Wer weiß, vielleicht ist Kim nicht sein erstes Opfer, oder er hält sogar mehrere Frauen gleichzeitig gefangen, und niemand nimmt Notiz davon. Das muss frustrierend für ihn sein. Wir sollten mal die bundesweiten Datenbanken nach Vermisstenfällen durchsuchen, die ähnlich gelagert sind und bei denen die Opfer nicht wiederaufgetaucht sind.»

Rebecca spürte, wie ihr das Blut heiß in den Kopf schoss.

Ähnlich gelagert!

Wie hatte sie das vergessen können?

15

Jens hatte telefonisch einen Termin mit Gerlinde Landau vereinbart. Sie hatte reserviert und abwesend geklungen, so als müsste sie sich zusammenreißen, um nicht zu weinen. Vielleicht stand sie auch unter Medikamenten.

Der Pferdehof der Landaus lag in einem Waldstück verborgen. Von der Landstraße führte ein schmaler, asphaltierter Weg dorthin, zwei sanfte Kurven verhinderten, dass man die Gebäude von der Straße aus sehen konnte. Teuer wirkende Laternen auf Sockeln aus Natursteinen bereiteten Jens auf den Anblick des Hofes vor. Der U-förmig angelegte Fachwerkhof selbst lag inmitten des kleinen Waldstückchens aus Eichen und Buchen. Die rechts und links an das große Niedersachsenhaus angeschlossenen Stallungen wirkten neu. Aus den oben offenen Stalltüren beobachteten Pferde Jens' Eintreffen. Neben dem linken Stall gab es eine geschotterte Freifläche, auf der bereits mehrere Autos parkten. Dort ließ Jens seine Red Lady ausrollen, stieg aus und ging auf das Wohnhaus zu. Bei einem Blick zurück fiel ihm auf, dass sein knallroter Pick-up hier viel besser hinpasste als in die Stadt.

Durch die geöffneten Stalltüren konnte Jens junge Mädchen sehen, die mit dem Ausmisten der Boxen beschäftigt waren. Auf der Rückseite der Stallungen kurvte ein moderner Traktor herum und lud eckige Heuballen von einem Anhänger ab. Auf einem runden Sandplatz lief ein Pferd im Kreis um eine Frau in Reiterkleidung herum, die in der Mitte stand und das Tier antrieb.

Jens hatte überhaupt keine Ahnung von Pferden, aber

die, die er hier sah, waren eindrucksvoll. Groß, muskulös und edel wirkten sie, so als wären sie sehr teuer. Bevor er das Haupthaus erreichte, trat eine Frau aus der reich verzierten bunten Holztür.

Sie war etwa eins achtzig groß, gertenschlank und hatte langes blondes Haar. Zu engen Jeans trug sie eine karierte Bluse und braune Lederstiefel. Auf halbem Weg zum Haus begrüßten sie sich. Aus der Nähe erkannte Jens Sommersprossen auf den Wangen und der Nase der Frau, außerdem waren ihre Augen gerötet. Sie machte einen abwesenden Eindruck auf ihn.

«Ich kann das alles nicht fassen ...», sagte sie und sah Jens an, als erwartete sie eine fassbare Antwort von ihm.

«Es tut mir leid, Sie derart überfallen zu müssen», wich Jens aus.

«Nein, nein, das ist in Ordnung, es geht ja um meine Kim.»

Gerlinde Landau bat ihn ins Haus und führte ihn in einen weitläufigen, offenen Wohnbereich, der von freistehendem Fachwerk untergliedert und von einem wuchtigen Kamin aus Naturstein dominiert wurde. An einer Bar aus lackiertem Walnussholz bot sie ihm einen der Hocker an. Sie selbst blieb stehen.

«Ich kann nicht sitzen, nicht eine Sekunde», sagte sie und knetete ihre Hände.

«Es tut mir sehr leid, was Ihnen und Ihrer Tochter zugestoßen ist, Frau Landau.» Jens hörte selbst, wie mechanisch aufgesagt das klang. Innerhalb weniger Tage war er zweimal eine Art Todesbotschafter, und er hasste den Kerl, der ihn dazu zwang, schon jetzt.

Frau Landau zwinkerte erst, dann fixierte sie Jens, als

sähe sie ihn zum ersten Mal. «Woher kommen Sie noch gleich?», fragte sie.

«Aus Hamburg.»

«Hamburg?»

«Ich bearbeite aktuell einen Fall, der Parallelen zu Kims Verschwinden aufweist», erklärte Jens, um nicht allzu viel preiszugeben.

«Parallelen? Heißt das ... ich meine, bedeutet das, wer auch immer Kim das angetan hat ...»

«Wir wissen es noch nicht, aber ja, es könnte sein, dass der Täter wieder aktiv ist.»

Frau Landau schlug sich die Hände vors Gesicht. «Oh Gott, nein! Nein, das dürfen Sie nicht zulassen!»

«Ich tue alles, was ich kann, um es zu verhindern. Deswegen bin ich hier.»

«Aber wie kann ich Ihnen helfen?»

«In dem Sie mir ein paar Fragen beantworten.»

«Ja ... ja, natürlich, sicher ... ach, entschuldigen Sie bitte, wie unhöflich, ich habe Ihnen gar nichts angeboten. Möchten Sie etwas trinken?» Frau Landau blieb tatsächlich nicht eine Sekunde still. Ihre Beine, Arme und Hände waren in ständiger Bewegung, ihre Augen zuckten unstet, mit jeder Faser ihres Körpers drückte sie aus, dass sie nicht hier sein wollte. Vermutlich hatte sie vergessen, ihr Beruhigungsmittel zu nehmen.

«Einen Kaffee», sagte Jens, der wirklich einen gebrauchen konnte. «Schwarz, bitte!»

«Natürlich ... gern ... kommen Sie, wir gehen in die Küche.»

Er folgte ihr. Die Küche schloss sich dem offenen Wohnbereich an, war riesig und luxuriös ausgestattet. Frau

Landau machte sich an einem chromblitzenden Vollautomaten zu schaffen. Plötzlich zischte es laut, Wasserdampf stieg auf, und sie sprang mit einem Aufschrei zurück.

«Was ist denn ... was ist denn nur», stieß sie aus.

Jens konnte an ihrem schmalen Rücken erkennen, was bevorstand. Erst begannen die Schultern zu zittern, dann sackten sie herunter, und Frau Landau brach in Tränen aus.

Jens trat neben sie und legte ihr einen Arm um die Schulter.

«Kommen Sie, setzen Sie sich erst einmal, der Kaffee kann warten.»

Hilf- und willenlos ließ sie sich von ihm zum Esstisch führen. Jens zog einen Stuhl zurück und drückte sie darauf. Dann ging er zur Spüle, nahm ein Glas aus einem offenen Regal, füllte es mit Wasser aus der Leitung und brachte es ihr. «Trinken Sie. Das hilft zwar nicht, schadet aber auch nicht.»

Sie sah zu ihm auf. Tränen liefen ihre Wangen hinab, also kehrte Jens noch einmal in die Küche zurück, riss ein Stück Küchenpapier von der Rrolle an der Wand und brachte ihr auch das.

«Danke ...» Es dauerte einen Moment, bis sie sich zumindest so weit gefangen hatte, dass sie wieder sprechen konnte. Jens bezweifelte, dass für diese Familie je wieder alles gut werden würde, und im Stillen schwor er sich, diesen grausamen Psychopathen zur Strecke zu bringen. Es war eine Sache, jemanden zu töten, aber eine ganz andere, einem Menschen über Jahre hinweg den Verstand zu nehmen und ihn dann der Familie zurückzugeben. Was dachte sich dieses Arschloch dabei? Warum tat er das?

«Warum tut jemand so etwas?», stellte Gerlinde Landau die Frage laut, die ihm durch den Kopf gegangen war.

«Wir werden es wissen, sobald wir ihn haben.»

«Ich will alles tun, um Ihnen zu helfen!»

«Das weiß ich zu schätzen. Darf ich jetzt Ihnen einen Kaffee machen?»

Jens lächelte die Frau an und bekam so etwas wie ein Lächeln zurück. Es dauerte ein paar Minuten, bis er der hochkomplizierten Maschine zwei Tassen Kaffee abgerungen hatte, aber zumindest hatte sich Frau Landau in der Zeit weiter beruhigt. Sie weinte nicht mehr, hielt aber das zerknüllte, feuchte Papier noch in der Hand.

Sie bedankte sich und trank zusammen mit Jens von dem Kaffee. Der war verdammt gut, wie Jens fand, und er warf einen neidischen Blick zu der Maschine hinüber, die sicher nicht viel weniger gekostet hatte als sein Auto.

«Niemand tut dergleichen ohne Grund», begann Jens schließlich. «Und es sind diese Gründe, die uns immer wieder zum Täter führen. Das wird auch bei Kim nicht anders sein. Der Täter muss sie von irgendwoher gekannt haben.»

«Das sagte der Kommissar aus Bremen damals auch. Aber da war niemand ... wirklich ... weder meinem Mann noch mir ist jemand eingefallen ...»

«Kann es sein, dass es eine Verbindung in Kims Schulzeit gibt?», fragte Jens. Er hatte lange über diese verdammte blaue Scout-Tasche nachgedacht, die ja irgendwoher stammen musste.

Gerlinde Landau runzelte die Stirn. «Wie meinen Sie das?»

«In meinem aktuellen Fall ist eine alte blaue Schultasche der Marke Scout aufgetaucht, und ich habe mich gefragt, ob die Kim gehört haben könnte.»

«Eine blaue Tasche ...», Gerlinde Landau schüttelte den Kopf. «Nein, davon weiß ich nichts.»

«Okay, war auch nur so eine Idee», sagte Jens, hakte das Thema innerlich ab und ging zum nächsten über, das etwas heikel war. Die Frage musste aber gestellt werden.

«Kim war sehr hübsch. Gab es Männer, die sich für sie interessierten, abgewiesen wurden und deshalb einen Grund gehabt hätten, ihr etwas anzutun?»

«Kim war ja mit ihrem Freund nach Bremen gezogen ...

«Ich weiß», sagte Jens. «Aber das schließt ja nicht aus, dass sich andere Männer für sie interessierten.»

«Nein, natürlich nicht, und da waren sicher welche ... ich weiß es aber nicht, über diese Dinge haben wir nie miteinander gesprochen ... sie war ja auch schon in der Schulzeit mit Benjamin zusammen gewesen.»

«Benjamin ist der Junge, der beim Autounfall ums Leben kam?»

«Ja, Kims erste Liebe ... das war ganz, ganz schlimm für Kim. Für uns alle. Wir mochten Benjamin.»

«Und der Junge stammte hier aus dem Ort? Ich würde gern mit seinen Eltern sprechen.»

Frau Landau schüttelte den Kopf.

«Nein, nein ... Kim ist ja auch nicht hier aufgewachsen. Bevor mein Mann und ich uns scheiden ließen, lebten wir alle zusammen auf einem Hof bei Sieversen. Aus der Gegend stammte auch Benjamin Schneider.»

Jens nickte und zückte seinen Notizblock, um die Info zu notieren und nach der Adresse des Jungen zu fragen, als ihm klarwurde, was er da gerade gehört hatte. Plötzlich lief es ihm heiß und kalt den Rücken hinab.

«Sieversen bei Hamburg?», fragte er.

Frau Landau nickte. «Ja, aber das liegt noch in Niedersachsen.»

«In der Nähe der Schwarzen Berge?», bohrte Jens nach.

«Na ja, ich habe damals immer gesagt, wir leben in Rosengarten, aber ja, die Schwarzen Berge waren genauso nah dran.»

Kim Landau war in Bremen verschwunden, kurz nachdem ihre erste und wohl auch einzige Liebe bei einem Autounfall ums Leben gekommen war, und tauchte vier Jahre später dort wieder auf, wo sie aufgewachsen war, und zwar genau in den Tagen, in denen in Hamburg Viola May verschwand, kurz nachdem deren beste Freundin, die auf sie aufgepasst hatte, ermordet worden war. Und Viola May wurde von einem Telefon aus gestalkt, das mit einer Prepaidkarte von Kim Landau betrieben wurde.

Scheiße, dachte Jens, dieser Typ ist echt krank und sich seiner Sache ziemlich sicher. Er muss doch wissen, dass die Polizei ihm über diese Spuren auf die Schliche kommt.

16

Kindheit

Der Pferdehof lag im tiefen Schatten der untergehenden Sonne, deren Licht es nicht mehr über die Baumkronen schaffte. Eine abgeschottete Welt, in die er, das spürte der Junge intuitiv, nicht gehörte und zu der er auf normalem

Wege niemals Zugang bekommen würde. Aber er gehörte zu den Schatten, er kannte sich darin aus, wusste, wie sie sich bewegten und wo sie die besten Verstecke boten. Zwar war der weitläufige Komplex eingezäunt, aber es gab Lücken, wer machte sich schon die Mühe, so viele Kilometer Zaun regelmäßig zu kontrollieren.

Durch den trockenen Kiefernwald führte ein Wildpfad direkt auf den Zaun zu. Dort, wo er am weitesten vom Wohnhaus, den Stallungen und den anderen Gebäuden entfernt war, gab es eine Senke unter dem Zaun, die aussah, als sei sie vom Wild gegraben worden. Der Boden war aufgewühlt, an einem spitzen Drahtende des Maschendrahts hing braunes Haar, das von Rehen stammen konnte.

Der Junge war schlank und schmal, er hatte keine Probleme, sich hindurchzuzwängen. Drüben klopfte er sich den Staub aus seiner alten, verwaschenen Kleidung, für die er sich schämte und die ein Grund dafür war, warum er nicht gern in die Schule ging. Sie lachten über ihn, sie zeigten mit dem Finger auf ihn, und er hatte dem nichts entgegenzusetzen. Nichts, außer seinen Träumen von einem Leben als reicher Mann. Vielleicht würde er einmal so reich wie die Familie des blonden Mädchens, die auf diesem Hof lebte.

Gleich hinter dem Zaun stand eine Eiche, dorthin setzte er sich, lehnte sich an die raue Rinde und wartete auf die Dunkelheit. Sie hatte ihn ausgeschlossen, und es hatte weh getan, davon zu erfahren. Alle in der Schule wussten von ihrer Geburtstagsparty, viele waren eingeladen, nur er nicht. Das Mädchen wäre tot, hätte er sie nicht vor den Hufen des durchgegangenen Pferdes gerettet, und dennoch lud sie ihn nicht zu ihrem Geburtstag ein. Sie sah ihn einfach nicht. Für sie war er noch unsichtbarer als für seine Eltern. Doch so einfach wollte er sich nicht abspeisen lassen. Nicht eingeladen zu sein hielt ihn nicht davon ab, ihre Nähe zu suchen.

Nach nicht einmal einer halben Stunde senkte sich die Dunkelheit auf den Wald. Der Junge stand auf. Atmete flach und lauschte. Er konnte die Pferde schnauben hören, irgendwo sprach jemand, anscheinend gingen die Arbeiten auf dem Hof auch bei Dunkelheit weiter. Die Außenlampen der Stallungen sprangen an, und das Licht drang zerteilt und zerfasert bis tief in den Wald hinein.

Vorsichtig, um nicht von tiefhängenden Ästen gekratzt zu werden, pirschte er sich an das Wohnhaus heran. Wie ein Schutzschild lag das Reetdach darauf. Hinter allen Fenstern im Erdgeschoss brannte Licht. Was mit den Giebelfenstern war, konnte der Junge nicht sehen.

Die letzten zwanzig Meter bis zum Haus musste er über eine freie Fläche laufen. Rasen, kurz und gepflegt. Dort fand er keinen Schutz. Im Schatten verborgen, überlegte er, wie er weiter vorgehen sollte, außerdem versuchte er herauszufinden, welches Fenster für ihn wichtig war. Aus dieser Entfernung sah er keine Menschen dahinter.

Ein gutes Stück von den hellen Lichtrauten entfernt, die auf den Rasen fielen, schlich er bis zum Ende des Hauses. Das letzte Fenster schaffte es nicht, diesen Bereich an der Ecke zu erhellen, es blieb ein dunkler Streifen, den er nutzte wie einen Zebrastreifen. Am Haus angelangt, presste er sich an die Mauer. Spürte die Wärme in den Steinen. Glaubte, den Herzschlag des Mädchens darin fühlen zu können.

Er nahm all seinen Mut zusammen und spähte ins Fenster. Eine große, offene Diele lag dahinter. Menschen sah er keine. Also arbeitete er sich weiter vor, von einem Fenster zum nächsten, wurde mutiger, verweilte länger, konnte aber das Mädchen nicht entdecken.

Bis er ihr Lachen hörte. Nicht drinnen, sondern hier draußen, irgendwo in seiner Nähe. Damit hatte er überhaupt nicht gerechnet. Die Angst überfiel ihn mit der Wucht einer Sturmbö. Rasch ließ er sich ins Gras fallen und presste sich flach gegen den Boden. Er wusste, er sollte besser sein Gesicht verbergen, da es das wenige Licht reflektierte, doch dann würde er nicht sehen können, wo sie war. Also spähte er über die Grasfläche hinweg in die Dunkelheit.

Und dann sah er sie.

Er sah sie, wie sie in Jeansshorts und bauchfreiem Shirt über den Pflasterweg schwebte, die braunen Beine eine sinnliche Offenbarung. An den Füßen trug sie weiße Sportschuhe, ihr langes blondes Haar floss den Rücken hinab. Dann drehte sie sich um, streckte die Hand aus und ergriff die Hand eines Jungen, der ihr folgte.

Groß, schlank, blond, gute Kleidung. Jemand aus der Schule, da war sich der Junge sicher.

Hand in Hand und lachend gingen die beiden auf ein flaches, kleines Nebengebäude zu, das er für eine Garage hielt. Er wartete, bis sie in dem Gebäude verschwunden waren, dann wartete er noch einen Moment länger, um sicher sein zu können, dass sie nicht zurückkehrten, und schließlich erhob er sich. Sein Magen lag als schwerer Klumpen tief in seinem Körper, Blut staute sich in seinen Venen, sein Kopf dröhnte.

Ein Typ aus der Schule! Einer von den reichen Schnöseln. Er hätte es sich ja denken können!

Aber wer hatte sie denn vor dem durchgehenden Pferd, vor seinen tödlichen Hufen gerettet? Nicht der Schnösel – er war es gewesen! Er hatte dafür Schläge kassiert und sie klaglos eingesteckt. Sie jetzt mit diesem Typen zu sehen tat noch mehr weh als die Gerte auf seinem Rücken.

Langsam, mit wutschweren Gliedern, schlich er auf das kleine Gebäude zu. Licht fiel aus den Fenstern auf den Rasen und in den Wald. Noch auf dem Weg dorthin veränderte sich das Licht, flackerte bläulich auf. Vorsichtig näherte er sich dem Fenster von der Seite her, spähte um die Ecke. Mindestens zwanzig Jungs und Mädchen aus der Schule saßen in dem kleinen Privatkino und sahen sich einen Film auf einer großen Leinwand an. Im hinteren Bereich knutschte sein Mädchen mit dem reichen blonden Schnösel.

Die Wut loderte heiß, ließ sich nicht länger beherrschen, musste sich Bahn brechen. Er nahm einen der faustgroßen Steine auf, die die Beetumrandung an der Hausmauer bildeten, trat einen Schritt zurück und wollte ihn wuchtig gegen die Scheibe werfen. Doch in diesem Moment packte jemand seinen Arm. So kraftvoll, dass sich die Finger tief in sein Fleisch bohrten.

«Was machst du hier, du kleiner Spanner?», sagte ein Mann mit osteuropäischen Akzent. «Ich prügel dir die Scheiße aus dem Hirn.» Und das hätte der große, kräftige Mann auch getan, wenn der Junge ihm nicht entkommen wäre. Er steckte einige fürchterliche Hiebe ein, schaffte es dann aber davonzurennen.

KAPITEL 4

1

«Viola, Darling ... Licht meines Lebens ... siehst du mich?»

Grelles Licht blendete sie, zudem war ihr schwindelig, in ihrem Kopf schien sich alles zu drehen, sie konnte nur verschwommen sehen, die Welt bestand aus Schemen und Lichtreflexen und behielt ihre Geheimnisse für sich.

Von irgendwo dort erklang diese Stimme, leise, fremdartig, bedrohlich.

«Kannst du mich endlich sehen, Viola?»

Ihre Lider fielen immer wieder schwer hinab, unter ihrer Schädeldecke pochte dumpfer Schmerz, er schien ihren Kopf sprengen zu wollen. Nur langsam fand sie wieder zu sich, dabei schossen ihre Gedanken in alle Richtungen auseinander, taumelten, verglühten, brachten keine Antworten.

Ein Gedanke setzte sich durch. Bine. Immer wieder Bine. Wo war sie? Warum rief sie nicht zurück? Viola hörte ihr Lachen, ihr offenes, etwas raues Lachen, das die Herzen der Menschen öffnete. Sie sah ihr strahlendes Gesicht und erinnerte sich, wie sicher und aufgehoben sie sich bei ihrer Freundin immer gefühlt hatte.

«Bine», flüsterte sie so leise, dass nur sie selbst es verstehen konnte. Im selben Moment huschte jemand durch den grellen Lichtschein, und ein Schatten wischte über Violas Gesicht hinweg. Sie erschrak, zuckte zurück, und heißer Schmerz brandete gegen die Schädeldecke.

«Was siehst du, Viola?»

Der Schemen trat aus dem Licht, der Schatten verschwand, und Viola glaubte, eine leichte Berührung an ihrer Schulter zu spüren, vielleicht war es aber auch nur ein Luftzug. Instinktiv wollte sie dieser Berührung ausweichen und registrierte zum ersten Mal, seit sie erwacht war, dass sie sich nicht bewegen konnte. Sie war an einen Stuhl gefesselt.

«Wie groß bin ich?»

Die Frage kam von ganz dicht hinter ihr, und sie spürte warmen Atem in ihrem Nacken. Trotz des Schmerzes zuckte sie wieder, konnte es gar nicht verhindern, und ihr Kopf schmerzte davon. Jetzt wurde ihr auch noch übel, und sie fürchtete, sich übergeben zu müssen.

«Welche Augenfarbe habe ich? Na los, Viola, sag es mir!»

Die Stimme wurde lauter und deutlicher. In ihrem geschwächten Zustand konnte Viola ihrer diffusen Wahrnehmung nicht vertrauen, glaubte aber nicht, die Stimme zu kennen. Das war doch nicht Marius, oder?

«Wo ... wo bin ich?», presste sie mühsam hervor.

«Ist das wirklich deine Frage?»

Die fremde Stimme erklang jetzt rechts von ihr. Viola versuchte nun vorsichtiger, den Sprecher zu lokalisieren, sie wollte den Schmerz und die Übelkeit kein weiteres Mal herausfordern. Er hielt sich irgendwo hinter ihr auf, sie spürte und hörte ihn auf und ab gehen, konnte ihn aber nicht sehen.

«So dumm bist du doch nicht, oder? Sag mir, welche Haarfarbe ich habe.»

Warum nur fragte er sie solche Sachen? Sie kannte den Mann nicht, wie sollte sie ihm seine Fragen beantworten können?

«Ich ... ich weiß nicht ...»

«Nein, natürlich nicht. Du hast dir ja nie die Mühe gemacht hinzuschauen. Warum auch? Eine bildschöne Frau wie du interessiert sich nicht für einen Durchschnittstypen wie mich. Ich kann tun, was ich will, dein Blick geht durch mich hindurch, ich bin Luft für dich. Füllmasse, damit du dir nicht so allein vorkommst auf der Welt. Aber weißt du was? Du bist allein in deiner Arroganz! Vollkommen allein. Da ist niemand mehr, der dir beisteht oder dich beschützt.»

Augenblicklich verstand Viola, dass der fremde Mann mit dieser Aussage nur Sabine meinen konnte.

«Wo ist Sabine?», fragte sie.

«Fort. Du brauchst sie nicht mehr.»

«Hast du ihr etwas getan?»

«Darling, Licht meines Lebens, du bist allein. Was glaubst du, was das bedeutet?»

Es dauerte einen Moment, bis seine Worte in ihrer vollen Tragweite zu Viola durchdrangen. Plötzlich fühlte sich ihr Kopf vollkommen klar an.

«Wenn du ihr etwas getan hast, bringe ich dich um», sagte Viola und meinte es genau so. Noch nie zuvor in ihrem Leben hatte sie eine so heiße und gleichzeitig eiskalte Wut in sich gespürt, dagegen kamen weder Angst noch Schmerzen an.

Plötzlich stand er ganz dicht hinter ihr, legte ihr eine Hand auf den Kopf und die andere an den Hals, sodass sie nicht mehr ausweichen konnte.

«Deine Aufpasserin sollte jetzt wirklich deine geringste Sorge sein. Fragst du dich gar nicht, was du hier sollst?»

Unerwartet und heiß schossen Viola die Tränen in die

Augen. Seine Hand drückte auf ihren Kehlkopf, immer fester, schnürte ihr die Luft ab, die andere krallte sich in ihr Haar und riss daran.

«Wir beide kümmern uns jetzt gemeinsam um dein Inneres. Das ist nämlich viel zu kurz gekommen in den letzten Jahren, während du nur damit beschäftigt warst, dich um dein Äußeres zu kümmern.»

Er drückte fester zu, Viola bekam keine Luft mehr, Blut staute sich in ihrem Kopf, und als sie schon glaubte, sterben zu müssen, ließ er sie plötzlich los und trat einen Schritt zurück.

Viola riss den Mund auf und sog gierig Atemluft ein. Ihr Herz schlug ihr bis zum Hals.

«Ich tue dir wirklich nicht gern weh, das ist nicht mein Geschäftsmodell, aber wenn du mich weiter reizt, kann ich für nichts garantieren. Also reiß dich besser zusammen, dann ...»

Viola spürte, wie der Mann hinter ihr zusammenzuckte. Unvermittelt ließ er sie los, und durch ihren tränenverschleierten Blick sah sie, dass irgendwo im Raum ein rotes Licht blinkte, ähnlich einer Alarmleuchte.

«Hast du Besuch mitgebracht?», zischte er hinter ihr. Im nächsten Moment band er ihr ein grobes Tuch über den Mund und verknotete es am Hinterkopf. Viola konnte nur noch dumpfe Geräusche von sich geben.

Der Mann trat hinter das grelle Licht und löschte es. Plötzlich war es absolut dunkel. In ihrer Panik riss Viola die Augen weit auf, wandte den Kopf hin und her, musste sich auf ihr Gehör verlassen. Wo war er? Was passierte hier gerade? Warum die rote Lampe und der Knebel? War jemand gekommen, sie zu retten?

«Pssst», machte es neben ihrem rechten Ohr, und sie spürte warmen Atem daran. «Wir wollen doch nicht, dass uns jemand stört, nicht wahr, Viola, Licht meines Lebens.»

2

Jens Kerner war zurück in den Schwarzen Bergen vor den Toren Hamburgs. In der Dunkelheit trugen sie ihren Namen zu Recht. Licht gab es hier draußen so gut wie nicht, keine Straßenlaternen, so wie er es aus der Stadt kannte, und obwohl die Scheinwerfer seiner Red Lady kräftig waren, hatte er doch das Gefühl, um ihn herum vertiefte und verfestigte sich die Finsternis.

Kompakte, leblose Schwärze.

Jens wunderte sich über sich selbst. Eigentlich war er nicht empfänglich für solche Empfindungen, aber in diesem Moment gruselte es ihn ein wenig. Daran konnte nur dieser Fall schuld sein, der sich immer mehr zu einem Horrorszenario entwickelte.

Er hatte es mit einem Gegner zu tun, der geduldig war. Allein das unterschied ihn schon deutlich von den meisten anderen Mördern, die oft impulsiv und unüberlegt handelten. Zudem konnte er organisieren und planen und strategisch denken, war sicher überdurchschnittlich intelligent und verfügte über genug Zeit, konnte sie sich frei einteilen, sonst hätte er Kim Landau nicht über vier Jahre am Leben halten können. Darüber hinaus besaß er ein gut gesichertes Versteck. Seit Josef Fritzl und Natascha Kampusch wusste man, dass solche Verstecke auch in engen Wohnsiedlungen und unter den Augen der Nachbarn entstehen und betrieben werden konnten, aber ein freistehendes Haus musste es schon sein.

Jens war sich sicher, dass es einen Bezug zu den Schwarzen Bergen vor den Toren Hamburgs geben musste. Den galt es zu finden, und dabei war Eile geboten. Deswegen war er an diesem ohnehin schon vollgepackten Tag auch noch hierher gefahren, zu dem Anwesen der Landaus, in dem Kim aufgewachsen war und in dem ihr Vater allein lebte, seit sich die Eltern hatten scheiden lassen.

Telefonisch hatte er den Mann nicht erreichen können, also musste er es auf gut Glück versuchen. Für einen Besuch bei der Familie des bei einem Autounfall getöteten Freundes von Kim Landau, Benjamin Schneider, war es hingegen schon zu spät, den würde Jens auf morgen verschieben. Leider hatte der Tag nur vierundzwanzig Stunden, auch wenn ein Fall akut war und Leben auf dem Spiel standen.

Jens hatte von Frau Landau erfahren, dass ihr Ex-Mann in den neunziger Jahren mit einer Kette von Videotheken ein Vermögen gemacht hatte. Als Download und Streaming die Branche umkrempelten, hatte er irgendwann Insolvenz anmelden müssen. Wie viel von seinem ehemaligen Vermögen noch übrig war, wusste auch Gerlinde Landau nicht.

Sein Handy-Navi führte Jens auf einer einspurigen Straße durch hügelige Waldlandschaft bis zu einer unscheinbaren Abzweigung. Ein geschotterter, ausgefahrener Weg, der sich zwischen den Nadelbäumen hindurchwand. Jens hielt an und sah sich um. An einem drei Meter hohen

Pfosten entdeckte er eine Videokamera. Ob sie in Betrieb war oder nicht, ließ sich nicht sagen. Es gab hier keine Klingel oder Gegensprechanlage, nur einen gemauerten Pfeiler mit eingelassenem Briefkasten. Jens lenkte die Red Lady in den Waldweg und folgte ihm hangabwärts. Die von Starkregen ausgewaschenen Spurrinnen waren tief und zusätzlich von kraterähnlichen Löchern unterbrochen. In Schrittgeschwindigkeit kurvte Jens um die gefährlichsten Löcher und litt mit den Blattfedern seiner Lady.

Nach ein paar Minuten tauchte im Scheinwerferlicht ein großes Haus auf. Es lag in völliger Dunkelheit. Mitten auf dem geschotterten Hof brachte Jens seinen Truck zum Stehen, ließ den Motor aber noch laufen und sah sich um.

Auf den ersten Blick wirkte das Anwesen verlassen.

Lebte der Mann vielleicht gar nicht mehr hier?

Hatten Insolvenz, Scheidung und Verlust des einzigen Kindes ihm das Genick gebrochen und ihn von hier vertrieben? Seine Ex-Frau hatte nichts in der Richtung verlauten lassen, aber vielleicht war sie auch einfach nicht informiert.

Ein merkwürdiges Gefühl beschlich Jens. Schon auf der Fahrt hierher hatte er sich gefragt, wie tief das Zerwürfnis zwischen den Landaus sein musste, wenn sie nicht einmal jetzt zueinanderfanden, da ihre vermisste Tochter nach vier Jahren auftauchte, nur um kurz darauf bei einem Suizid zu sterben. Geschieden hin oder her: Hätten sie sich in dieser schweren Zeit nicht gegenseitig trösten und eine Stütze sein müssen?

Du musst gerade reden, schimpfte eine Stimme in seinem Hinterkopf. Zu seinen beiden Ex-Frauen, die schon lange wieder mit neuen Partnern zusammenlebten, hatte er so gut wie keinen Kontakt. Das lag an ihm, Jens wusste das. Es fiel ihm schwer, zu den Geburtstagen oder zu Weihnachten dort anzurufen, wenn man den Rest des Jahres keinen Kontakt hatte – und den Rest des Jahres wollte er keinen Kontakt. Er war also selbst schuld, wenn er ein einsames Arschloch war.

Plötzlich musste er an Rebecca denken und an den einbeinigen Kurschatten, der Jens für einen prügelnden Ehemann hielt. Irgendwie hatte er den Vorfall immer noch nicht verdaut. Jens griff zum Handy und wählte ihre Mobilnummer. Es war zwar schon spät, aber vielleicht war sie ja noch wach. Gerade als er schon wieder auflegen wollte, nahm sie doch noch ab.

«Hey», meldete sie sich, und Jens wusste sofort, irgendwas stimmte nicht. Wie gut er ihre Gefühlslage mittlerweile an ihrer Stimme erkennen konnte. Das war ihm bei seinen Ex-Frauen nie gelungen.

«Alles klar bei dir?», fragte er.

«Ich bin vor dem Fernseher eingenickt.»

«Tut mir leid wenn ich …»

«Nein, kein Problem. Bist du noch unterwegs?»

«Ja, diese eine Sache noch, dann fahre ich nach Hause. Ich bin hundemüde, würde aber gern noch mit dem Vater von Kim Landau reden.»

«Warum rufst du an?»

Die Frage versetzte Jens einen kleinen Stich. Störte er sie? Seine Phantasie zeigte ihm das Bild eines Einbeinigen, der fröhlich durch Rebeccas Wohnung hopste.

«Nicht so wichtig, kann bis morgen warten», sagte er.

«Nun sag schon!»

«Ich ... wollte nur wissen, wie es dir geht.»

Ein Moment des Schweigens und der Einbeinige hopste jetzt schon nackt vor ihr herum.

«Darum rufst du mitten in der Nacht an?»

«Tut mir leid ...»

«Nein, muss es nicht. Ich bin nur überrascht. Mir geht es gut! Und ich habe gelogen. Ich bin gar nicht vor dem Fernseher eingeschlafen ...»

Jens' Herz verkrampfte sich. Der Einbeinige jubilierte.

«Sondern?»

«Ich recherchiere im Fall von Sandra Deuter», gab Rebecca zu.

Sein Herz löste sich und fiel in die Magengrube. «Das ist ... kommst du denn weiter?»

«Kann sein. Ich weiß es noch nicht. Und du?»

Jens erzählte Rebecca, dass Kims Freund Benjamin, mit dem sie nach Bremen gezogen war, kurz vor ihrem Verschwinden bei einem Autounfall ums Leben gekommen war.

«Aber zu den Eltern des Freundes schaff ich es heute nicht mehr», schloss Jens. «Kannst du vielleicht morgen früh ... Becca? Ist was?»

Er hörte sie schwer atmen. «Wiederhol das noch mal», forderte sie ihn auf.

«Becca?» Jens mochte es, die Kurzform ihres Namens auszusprechen.

«Nein, davor ... Benjamin.»

«Ach so, okay ... Kim Landau ist mit Benjamin Schneider nach Bremen gezogen. Dort kam er bei einem Autounfall ums Leben, kurz bevor sie verschwand. Deshalb und weil sie immer wieder Stress mit ihrer Mutter hatte, ging der damals ermittelnde Kollege Jochen Schall davon aus, sie wäre einfach nur aus ihrem Leben geflüchtet.»

«Das gibt's doch nicht», flüsterte Rebecca.

«Was ist denn los? Du hast doch was?»

«Vielleicht ... ich weiß nicht ...» Und dann berichtete Rebecca ihm von Beatrix Griesbeck und ihrer Freundin Melly Becker, auf die sie während ihrer Recherche zu Sandra Deuter gestoßen war. «Sie sind beide verschwunden, aber seltsamerweise endete Melly Beckers aktive Zeit bei Facebook ungefähr eine Woche, bevor Beatrix Griesbeck verschwand.»

Jens war sofort klar, worauf sie hinauswollte. «Du meinst, Melly Becker könnte getötet worden sein, und der Täter hat sich dann ihre Freundin geholt, so wie bei Sabine Scholz und Viola May?»

«Und bei Kim Landau und Benjamin Schneider.»

«Aber Melly und Beatrix stammen aus Hessen.»

«Und?»

«Ich meine ...», Jens stockte, starrte in die Dunkelheit hinaus, ließ seinen Blick über die anscheinend verlassenen Häusern gleiten. «Kannst du etwas für mich herausfinden?», fragte er schließlich.

«Was?»

«Kims Vater, Jan Landau, besaß in den neunziger Jahren eine Videoverleihkette. Vielleicht kannst du ja herausfinden, wo er überall Niederlassungen hatte. Angeblich sollen sie im ganzen Bundesgebiet verteilt gewesen sein.»

«Also auch in Hessen?

«Das wäre doch interessant zu wissen.»

«Und du bist gerade bei dem Mann zu Hause?»

«Auf seinem Anwesen hier in den Schwarzen Bergen, aber es sieht verlassen aus.»

«Jens ... bitte, sei vorsichtig! Irgendwie schließt sich hier gerade ein Kreis, oder?»

«Möglich. Ich melde mich wieder!»

Rebecca wollte noch etwas sagen, aber Jens beendete das Gespräch und stellte das Handy auf lautlos.

3

In ihrem Mund sammelte sich der Speichel, immer wieder schluckte Viola ihn hinunter, der grobe Stoff schmeckte und roch widerlich und presste ihre Lippen gegen die Schneidezähne.

Der Mann war seit einigen Minuten nicht mehr da. Zunächst hatte sie ihn in dem völlig finsteren Raum hinter sich gespürt, in dem nur das rote Alarmlämpchen leuchtete. Er stand einfach nur da, atmete flach und lauschte. Minutenlang war nichts passiert, bevor sein Mund noch einmal ganz dicht an ihrem Ohr gewesen war.

«Bin gleich wieder da. Lauf mir nicht weg.»

Sie hatte ihn in dem Flackerlicht noch einmal von hinten gesehen, bevor er verschwand. Seitdem herrschte vollkommene Stille, nicht ein einziges Geräusch drang an ihre Ohren, außer ihren eigenen. Hinter ihrem Rücken waren ihre Hände an die Lehne des Stuhls gefesselt, ihre Fußgelenke an die vorderen Beine. Sie kämpfte wie wild gegen die Fesseln, und sie spürte, dass die Seile sich mehr und mehr lockerten, je mehr sie sich bemühte. Ihre Handgelenke brannten bereits wie Feuer. Vermutlich hatte sie die Haut aufgescheuert, aber das spielte keine Rolle. Wenn sie überleben wollte, musste sie diese Chance nutzen, durfte nicht aufgeben. Der Mann, der sie entführt hatte, war von jemandem überrascht worden, vielleicht war die Polizei in der Nähe.

Viola musste auf sich aufmerksam machen.

4

Jens schaltete die Scheinwerfer aus, glitt langsam aus dem Wagen und zog seine Dienstwaffe. In der jetzt vollkommenen Dunkelheit sah er zunächst gar nichts, setzte aber darauf, dass sich seine Augen schnell daran gewöhnen würden.

Wenn hier jemand war, hatte derjenige ihn schon längst bemerkt, unvorsichtig, wie er gewesen war. Deshalb wollte er nicht länger im Scheinwerferlicht wie auf dem Präsentierteller dastehen.

Ein Gedanke drängte sich Jens auf: Befand er sich hier im dunklen Herzen des Falles? Dem einsam gelegenen, perfekten Versteck, in dem Kim Landau vier Jahre lang ohne Tageslicht gefangen gehalten worden war?

Die nächste Frage lautete: Hatte ihr eigener Vater damit zu tun?

Jens schob beide Fragen beiseite, denn jetzt und hier war der falsche Zeitpunkt, darüber nachzudenken. Besser, er konzentrierte sich auf seine Umgebung, bevor er dem Mann in die Falle lief, der für all das verantwortlich war.

Die Waffe in der Hand, ging Jens auf das Wohnhaus zu. Sein Herz schlug viel zu schnell, und er zwang sich, ruhig zu bleiben. In solchen Momenten hatte, so unglaublich es klingen mochte, seine Red Lady großen Einfluss auf ihn. Sich den Klang ihres Motors in Erinnerung zu rufen beruhigte ihn.

Hinter allen Fenstern herrschte Dunkelheit, nirgends ging ein Licht an, auch nicht im Außenbereich, dabei entdeckte Jens in den verwahrlosten Beeten und unter dem Dachvorsprung durchaus Lampen, die sicher durch Bewegungsmelder gesteuert wurden. War der Strom abgestellt? Wollte der Eigentümer, dass es so aussah, als lebte hier niemand mehr?

Jens versuchte es an den ersten beiden Fenstern, aber da es dahinter dunkel war, konnte er nichts erkennen. Also setzte er seine Stablampe auf die Scheibe und schaltete sie ein.

Ein großer Raum mit sichtbarem Fachwerk und freigelegtem Rotklinker, dominiert von einem modern verglasten Kamin. Teuer aussehende, schlanke Boxen standen in den Ecken. Ein gewaltiger Tisch aus Naturholz verband die offene Küche mit dem Essbereich. Es lag nichts herum, was auf Bewohner schließen ließ. Kein Geschirr, keine Flaschen, keine Zigaretten. Das gleiche Bild boten das Bad, ein Hauswirtschaftsraum sowie ein Zimmer, das sogar komplett leergeräumt war.

Jens überlegte, ob er einbrechen sollte. Er verschob die Entscheidung und ging über einen geschwungenen Pflasterweg auf ein Nebengebäude zu, das vielleicht zwanzig Meter entfernt lag und wie eine kleinere Version des Haupthauses aussah.

Auch dort stellte er die Lampe auf das Fensterglas – und erlebte eine Überraschung: Das Gebäude diente offenbar als eine Art privater Kinosaal.

An der Stirnseite war eine große Leinwand mit roten Vorhängen rechts und links daneben installiert. Davor befanden sich vier Reihen gemütlicher Kinosessel mit je sechs Plätzen und auf einem Podest auf der gegenüberliegenden Seite, am weitesten von der Leinwand entfernt, eine Art Lounge. Zwei Sofas, ein Tisch – eine gemütliche Ecke mit Filmplakaten an der Wand. Wahrscheinlich Originale, dachte Jens, der die Filme kannte. «The Shining», «Freitag der 13.», «A Nightmare on Elm Street» ... Jan Landau schien auf Horrorstreifen zu stehen.

Gegenüber dem Fenster, hinter dem Jens stand, verdeckte eine Regalfront die Wand von Seite zu Seite und vom Boden bis zur Decke. Das gesamte riesige Regal war angefüllt mit DVD-Hüllen. Es gab sogar eine verschiebbare Leiter, um an die oberen Reihen heranzukommen. «Alter Schwede!», murmelte Jens leise, so unpassend es auch war.

Er erinnerte sich daran, wie er damals, als Fünfzehnjähriger, den Film «Freitag der 13.» in dem kleinen Kino auf dem Lande gesehen hatte, nahe dem Ort, in dem er aufgewachsen war. Er war mit seiner Fünfziger Honda dorthin gefahren, die immer nur Probleme gemacht und auf dem Rückweg mal wieder ihren Dienst verweigert hatte, sodass er sie schieben musste. Die sechs Kilometer durch den Wald bei absoluter Dunkelheit, mit den Bildern des gerade gesehenen Films im Kopf, waren zu einer richtigen Tortur geworden. Er hatte die Hosen gestrichen voll gehabt, daran erinnerte Jens sich noch sehr deutlich.

Die Tür zu dem Kino-Nebengebäude war verschlossen, so wie alle anderen auch, die Jens überprüft hatte.

Plötzlich hörte er ein Geräusch. Das kam von irgendwo aus dem Dunkel und klang wie ...wie Schmatzen.

5

Die Videokamera vorn an der Einfahrt hatte einen Eindringling gemeldet. Insgesamt hatte er sechs Kameras an strategisch wichtigen Stellen rund um das weitläufige Grundstück verteilt, aber nicht versteckt, sondern gut sichtbar. Eigentlich waren sie zur Abschreckung gedacht. Er hatte stets damit gerechnet, dass sich jemand über die nicht überwachten Bereiche Zutritt verschaffen würde. Denn wer war so blöd und ließ sich nachts von der Videokamera filmen?

Der Zeitpunkt war äußerst ungünstig, und er ärgerte sich maßlos darüber, unterbrochen worden zu sein. Gerade war es interessant geworden mit Viola! Er hatte sich so darauf gefreut, ihr das Haar vom Schädel zu schneiden und ihr den Spiegel vorzuhalten, damit sie endlich begriff, dass ihr gutes Aussehen nicht für die Ewigkeit war. Während er durch das dunkle Haus zur hinteren Tür des Lagerraums schlich, versuchte er, seinen Ärger über die Unterbrechung nicht zu groß werden zu lassen. Er durfte nicht die Kontrolle über sich verlieren und unbedacht handeln, sonst würde er alles gefährden, was er sich in den letzten Jahren aufgebaut hatte. Da draußen warteten noch so viele verblendete Schönheiten darauf, ihr wahres

Gesicht zu sehen, und es war seine Aufgabe, es ihnen zu zeigen.

Reiß dich zusammen, sagte er sich, und begann leise zu schnalzen, tief hinten in der Kehle, nach einem bestimmten Rhythmus, weil er wusste, wie sehr es ihn beruhigte. So viele Nächte in seiner Kindheit hatte ihm das Schnalzen seinen Verstand gerettet, ohne diesen Rhythmus, dieses Geräusch, das ihm sein Dasein bewusst machte, wäre er längst durchgedreht.

Leise öffnete er die Tür, glitt in die Dunkelheit hinaus und schloss sie wieder hinter sich. Licht brauchte er keines, hier kannte er sich blind aus. Mit wenigen schnellen Schritten erreichte er die Büsche, hinter denen er sich verbergen konnte. Von dort hatte er das Haus gut im Blick. Das Messer in seiner Hand fühlte sich gut an. Er fühlte sich gewappnet und beschloss, den Eindringling vom Haus wegzulocken. Dort hinten, wo die Bäume und Büsche dicht an dicht standen, würde er ihn aus dem Hinterhalt überwältigen können.

6

Auch von zu Hause aus war es dank des stets bestens informierten Internets nicht besonders schwierig, etwas über Jan Landau herauszufinden. Schon bei der ersten Information über dessen ehemalige Videothekenkette stockte Rebecca der Atem: Die Kette hatte Lighthouse geheißen.

«Licht meines Lebens ... Light of my life», sagte Rebecca leise vor sich hin und suchte weiter. Die englische Version des Satzes sagte ihr etwas, sie kam ihr bekannt vor, doch sie kam nicht darauf, woher.

In seinen Spitzenzeiten hatte Jan Landaus Videoimperium aus 22 Läden bestanden, verteilt über ganz Norddeutschland. Er hatte geplant, noch weiter zu expandieren. Bereits vier Läden befanden sich in Hessen und drei in Nordrhein-Westfalen.

Hessen ...

Lighthouse ...

Licht meines Lebens ...

Das Haus in den Schwarzen Bergen ...

Hinter alledem stand Jan Landau, Kims Vater.

Rebecca griff zum Telefon und rief Jens an. Hoffentlich schwebte er nicht in Gefahr.

7

Jens hatte die Waffe entsichert und schlich um das Stallgebäude herum. Er setzte jeden Schritt mit Bedacht, um ja nicht auf einen trockenen Zweig oder einen der großen Kiefernzapfen zu treten, die überall herumlagen. Immer wieder blieb er stehen, um nach dem Geräusch zu lauschen. Es war noch da, mal lauter, mal leiser, und wer immer es machte, schien seine Position ständig zu wechseln.

Da Jens davon ausgehen musste, bei seiner Ankunft auf dem Hof bemerkt worden zu sein, rechnete er damit, in eine Falle gelockt zu werden. Er konnte zum Wagen zurückkehren, Hilfe anfordern und so lange abwarten, bis die Kollegen eintrafen, aber so war er nicht gestrickt. Wenn

Viola May hier war, wenn er sie befreien und damit den Fall zu einem halbwegs guten Ende bringen konnte, dann würde er dafür jedes Risiko eingehen.

Ein wenig unwohl war ihm aber doch, als er sich von der schützenden Wand des Stallgebäudes lösen musste, und als dann auch noch irgendwo in dem finsteren Wald ein Käuzchen rief, lief es ihm kalt den Rücken hinab. Er schlich im Schutz der Büsche auf die Quelle des Geräusches zu.

Seine Augen hatten sich gut an die Dunkelheit angepasst, sodass er zumindest Umrisse und Schemen erkennen konnte. Er musste sich ermahnen, sich nicht zu sehr auf das Geräusch zu konzentrieren, denn das konnte durchaus eine Ablenkung sein, während der Angriff womöglich aus anderer Richtung erfolgte. Er spürte, wie die Hand, die die Waffe hielt, feucht wurde.

Damals, als er mit einer ähnlichen Waffe getötet hatte, war seine Hand trocken und ruhig gewesen. Er war in eine Situation hineingestolpert, die sofortiges Handeln erfordert hatte. Heute war das anders – und seitdem war sowieso alles anders, wenn er seine Waffe benutzen musste. Er würde sie einsetzen, daran zweifelte er nicht, aber es machte etwas mit ihm, veränderte ihn, jedes Mal, und jedes Mal mehr.

Plötzlich wurde das Geräusch sehr laut. Jens verharrte auf der Stelle. Konnte das von einem Menschen stammen? Er hob die linke Hand, in der er die Taschenlampe hielt, schaltete sie aber noch nicht ein. Vielleicht sollte er den uralten Trick anwenden, auf den eigentlich niemand mehr hereinfiel?

Jens tastete an dem Busch neben sich herum, bis er eine Astgabel gefunden hatte, die eng genug war, um die Stablampe darin einklemmen zu können. Das tat er, schaltete sie dann ein und entfernte sich selbst rasch nach rechts in die Dunkelheit. Von dort folgte er mit den Augen dem Lichtstrahl, den er absichtlich in Richtung des Geräusches ausgerichtet hatte.

Er sah einen Schemen. Schmale Augen, die aufblitzten und dann verschwanden. Ein Poltern, wieder dieses merkwürdige Geräusch. Und dann schoss etwas Gewaltiges auf ihn zu …

8

Viola hätte vielleicht noch zehn Minuten gebraucht, um sich vollständig von den Fesseln zu befreien, aber die bekam sie nicht.

Irgendwo schlug eine Tür. Wie lange war sie allein gewesen? Eine halbe Stunde? Eine Stunde? Sie wusste es nicht, und es spielte auch keine Rolle, denn die Zeit hatte nicht gereicht. Wenn er jetzt zurückkehrte, konnte das nur bedeuten, dass sie keine Hilfe zu erwarten hatte. Sie musste sich selbst helfen. Also zog sie die Schultern hoch und winkelte die Handgelenke so an, dass sie mit den Fingern den Knoten im Seil erreichen konnte. Ihr Körper rebellierte gegen die Verrenkungen, doch sie ignorierte die stechenden Schmerzen und machte weiter. Immer weiter. Für sich selbst und für Bine. Dann war er zurück, und sie stellte ihre Bemühungen ein, um nicht aufzufliegen.

Der Scheinwerfer flammte erneut auf und blendete Viola. Wenn er jetzt die lockeren Fesseln kontrollierte, war all die Mühe umsonst gewesen. Sie schrie gegen ihren Knebel an, um ihn auf sich aufmerksam zu machen, und tatsächlich trat er vor sie hin und löste ihn. Wieder frei atmen zu können war eine Wohltat.

«Warst du denn auch brav, Viola, Licht meines Lebens?»

«Was war da draußen los?», krächzte sie, nur um ihn abzulenken, damit er die Knoten nicht überprüfte.

«Nur so ein armseliger Wicht. Ein zweites Mal wird der hier nicht auftauchen. Ist aber auch egal, wir haben wichtigere Aufgaben zu erledigen.»

Er wandte sich ab, trat hinter den starken Scheinwerfer und beschäftigte sich mit etwas, was dort auf dem Tisch lag. Violas Augen gewöhnten sich an das Licht. Sie konnte immer mehr erkennen. Sofort wünschte sie sich, dem wäre nicht so, denn jetzt trat er mit einer großen Schere in der Hand vor sie hin. Die silbernen Klingen reflektierten das Licht. Verzweifelt versuchte sie, den Knoten an ihren Handgelenken zu lösen.

«Bitte ... bitte nicht!», flehte sie.

«Stell dich nicht so an ... und halt still, sonst wird es schlimmer für dich, als es sein müsste.» Er stellte sich seitlich von ihr hin und griff nach ihrem Kopf. Viola zuckte zur Seite, doch er erwischte ihr Haar und packte fest zu. «Hör auf, oder ich schwöre dir, du lernst mich kennen.»

Er begann, ihr das Haar abzuschneiden, und Viola blieb nichts anderes übrig, als den Kopf still zu halten. Denn nur so hatte sie die Chance, gegen ihre Fesseln zu kämpfen. Sie biss die Zähne zusammen, hörte die Klingen der Schere sich öffnen und schließen, spürte, wie er ihr Strähne für Strähne vom Kopf schnitt, gleichzeitig aber auch, wie der Knoten an ihrem Handgelenk immer lockerer wurde.

Als er die Position wechseln und hinter sie treten wollte, wehrte sich Viola gegen seinen Griff. «Hör auf!», schrie er sie an. «Ich bin heute nicht in der Verfassung für Spielchen. Noch einmal, dann schneide ich dir beide Ohren ab, das schwöre ich dir! Schnipp, schnapp, Ohren ab!»

«Du blödes Schwein!», fuhr sie ihn an. «Du mieses, feiges Arschloch.»

Noch nie zuvor hatte Viola solche Worte benutzt, auch nicht für Marius in seiner schlimmsten Phase, und sie wusste, es war die Sorge um Bine und die Verzweiflung darüber, dass er ihr etwas angetan haben könnte, die sie dazu trieb.

«Ich habe dich gewarnt.» Ehe Viola noch verstand, was geschah, schnitt er ihr das rechte Ohrläppchen ab. So schnell, dass sie den Schmerz erst mit Verzögerung wahrnahm. Dann tropfte das Blut auch schon auf ihre Schulter und lief über Rücken und Oberarm.

Sie schrie, kämpfte, zappelte auf dem Stuhl, dass er nur so über den Boden tanzte – und plötzlich löste sich die Fessel am Handgelenk. Sie konnte Hände und Arme bewegen, riss sie ungeachtet der Schmerzen im Schultergelenk hoch und schlug wie eine Wilde um sich. Spürte, wie sie ihn traf, er schrie auf, die Schere fiel klappernd zu Boden, Viola legte sich noch mehr ins Zeug, und der Stuhl kippte auf die Seite. Immer noch mit den Fußgelenken an die Holzbeine gefesselt, hielt Viola nach der Schere Ausschau. Sie wusste, sie hatte nicht genug Zeit, um sich zu befreien, also musste sie versuchen, ihn zu erwischen.

Da lag sie blitzend zwischen ihren Haarsträhnen, die Schere! Blut an den Klingen. Blut auf dem Boden.

Nicht weit entfernt stand er. Nein, er hockte, presste sich

die Hände ins Gesicht, und Viola meinte, zwischen seinen Fingern Blut hervortropfen zu sehen.

Grimmige Freude trieb sie zur Höchstleistung an, und sie schaffte es, an die Schere heranzukommen. Erst als sie sie fest in den Händen hielt, bewegte er sich, nahm eine Hand herunter und blickte sie aus einem hasserfüllten Auge an. Als er mit Verzögerung auch die zweite Hand herunternahm, sah sie, dass ihm Blut aus der Nase tropfte. Langsam stand er auf.

Viola rückte mit dem Stuhl an ihren Beinen ein Stück von ihm weg. Sie hätte die Schere gern dazu benutzt, sich vollkommen zu befreien, doch dann hätte sie ihn aus den Augen lassen müssen, und das kam nicht in Frage.

Drohend hielt sie die Schere in seine Richtung.

«Ich stech dich ab!», schrie sie ihn an. Viola wusste, das war nicht einfach nur so dahergesagt. Wenn sie dic Chance bekam, würde sie ihn töten, und es würde sie nicht einmal Überwindung kosten.

Er blieb ganz ruhig, stand einfach nur da und sah auf sie herab. Dann trat er an den Tisch hinter dem Strahler, hantierte dort herum, und als er sich zu ihr umdrehte, ragten weiße Papierfetzen aus seinen Nasenlöchern, die die Blutung stoppen sollten. In der Hand hielt er eine Holzlatte.

Mit kraftvollen Schritten kam er auf sie zu. Und dann erlebte Viola unter seinen Tritten und den Schlägen mit der Holzlatte die Hölle auf Erden, bis sie die Besinnung verlor und gnädiges Schwarz Schmerzen und Schreie verschluckte.

9

Kindheit

Auch wenn sie bereits eine Weile hier lebten, blieb diese Welt fremd für ihn. Fremde Menschen, denen er nicht näherkommen konnte. Längst hatte er es aufgegeben, einer von ihnen werden zu wollen. Es war sinnlos. Für die anderen und für ihn. Auch wenn seine Eltern beteuerten, nicht wieder umziehen zu wollen, würden sie auch diesen Ort früher oder später verlassen. Wenn eines sicher war für den Jungen, dann das. Die Dämonen seines Vaters trieben sie von einem Ort zum nächsten, und nichts würde daran etwas ändern – es sei denn, sein Vater starb.

Vor ihm erstreckte sich die farblose Waschbetonfassade drei Stockwerke in die Höhe. Licht brannte hinter den Fenstern, das wirkte heimelig, und er sah die anderen Schüler und Schülerinnen, die längst in den Klassenräumen waren.

Dort sollte er auch sein, das wusste er, und er hatte sich fest vorgenommen, den Unterricht regelmäßig zu besuchen. Nicht weil es ihn interessierte oder die Polizei bei ihnen zu Hause gewesen war, sondern weil er dem blonden Mädchen vom Pferdehof nahe sein wollte. Jemand wie er, der für andere unsichtbar war, wollte das schönste Mädchen der Schule auf sich aufmerksam machen? Er wusste, wie dumm dieser Plan war, konnte aber nichts gegen dieses Ziehen und Zerren in seinem Inneren tun. Das allein war es, was ihn bis ins Gebäude und in den Klassenraum Nummer 3.1. trug.

Er öffnete die Tür, ohne zu klopfen, und die Klassenlehrerin, Frau Schröder, verstummte. Ruckartig drehten sich alle Köpfe in seine Richtung. Jetzt bemerkten sie ihn endlich, und auch wenn er wusste, dass sie über ihn reden und lästern würden, war es doch ein gutes Gefühl.

«Na so was!», sagte Frau Schröder und ihr Gesicht erhellte sich. «Das ist aber schön, dich zu sehen! Komm, setz dich an deinen Platz, wir haben noch nicht angefangen.»

Sie kam auf ihn zu, lächelte, legte ihm die Hand auf die Schulter und geleitete ihn bis zum Mittelgang. Sein Platz war in der letzten Reihe neben einem Jungen, der Martin hieß. Martin war grobschlächtig und dumm, aber nett, keiner dieser Raufbolde, von denen es nach seiner Erfahrung in jeder Klasse mindestens einen gab.

«Du bist zu spät!», raunte Martin ihm zu und zog seine Schulsachen auf seine Tischhälfte herüber, um ihm Platz zu machen. Martin roch stark nach Bauernhof.

Er setzte sich wortlos und holte seine Sachen aus der Schultasche. Wortlos brachte er auch die Stunde Deutschunterricht hinter sich, versuchte, sich zu konzentrieren, doch seine Gedanken entglitten ihm immer wieder, und dann sah er das blonde Mädchen vom Pferdehof bewusstlos am Boden liegen, ihren nackten Bauch, den Nabel, das hinreißende Gesicht, die geschlossenen Augen, das lange seidige Haar ... vor allem ihr Haar! Der Gong riss ihn aus seinen Tagträumen.

Die nächste Unterrichtsstunde in Physik fand in einem anderen Klassenraum statt, also packten alle ihre Sachen zusammen und drängten hinaus. Frau Schröder erwartete ihn vorn am Lehrerpult.

«Wie geht es dir?», fragte sie ihn.

«Gut.»

«Ich finde es ganz große Klasse, dass du hier bist. Wirklich! Ich würde dich gern jeden Morgen sehen. Meinst du, das geht?»

Er hatte mit einer Standpauke vor der versammelten Klasse gerechnet und sich darauf eingestellt. Die Freundlichkeit und das offenbar ehrliche Interesse der Lehrerin irritierten ihn. Warum gab es keine Strafe? Im Leben gab es doch immer für alles eine Strafe.

«Glaub schon», sagte er und meinte es in diesem Moment ernst.

«Das freut mich sehr zu hören. Meinst du, wir beide und die Frau Schierholz können uns später noch unterhalten? Es dauert auch nicht lange, versprochen.»

Er nickte, obwohl er dieses Gespräch am liebsten vermieden hätte. Frau Schierholz war die sozialpädagogische Betreuerin der Schule, sie hatte ihn bereits zweimal zur Seite genommen und ihm ins Gewissen geredet, weil er die Schule schwänzte. Doch er würde auch dieses Gespräch durchstehen, wenn er dafür in den Pausen das blonde Mädchen vom Pferdehof sehen durfte.

Nachdem er sich durch Physik gequält und eine Demütigung des Lehrers über sich hatte ergehen lassen, sah er sie dann tatsächlich in der ersten großen Pause auf dem Schulhof stehen, in einer kleinen Gruppe von Mädchen. Sie redeten und lachten miteinander, und ein ums andere Mal warf sie in einer entzückenden Geste ihr Haar zurück.

Er umkreiste sie wie ein Satellit die Erde, in großem Abstand, aber ohne die Vorsicht, die er sonst walten ließ, und so stieß er irgendwann mit jemandem zusammen, einem Jungen, groß und kräftig, den er nicht kannte, der sich aber entschied, den Rempler als Provokation zu verstehen. Sein Gefolge stachelte ihn an, und es kam, wie es kommen musste. Den ersten Schubser gegen die Brust nahm er einfach hin, taumelte zurück und wäre gegangen, hätten sie ihn gelassen. Aber nein, der Ring aus Leibern hatte sich längst geschlossen, kein Entrinnen mehr möglich, sie stießen ihn auf den großen Jungen zu, der ihm den nächsten Schubser verpasste und ihn aufforderte, sich zu wehren.

«Komm schon, du Asi, Arbeitslosen-Abschaum wie dich verspeise ich zum Frühstück. Hat dein Alter sich heute endlich den goldenen Schuss gesetzt, oder warum lungerst du hier herum?»

Der Junge kannte den Mechanismus schon von anderen Schulen, und er konnte rein gar nichts dagegen tun, wenn jemand den Schalter bei ihm umlegte. Dann gab es kein Überlegen mehr, um ihn herum hörte alles zu existieren auf, sein Fokus war plötzlich auf Makro eingestellt, und er sah nur noch diesen Jungen, sein Gesicht, sein hämisches Grinsen ...

Es brauchte drei Lehrer, um ihn fortzureißen. Es brauchte einen Notarzt, um den Jungen zu versorgen. Und wenn jemand in diesen wenigen Minuten seinen Puls gefühlt hätte, wäre er über den gleichmäßig ruhigen Rhythmus erstaunt gewesen. Während er auf den Jungen eingeschlagen hatte, war er ganz bei sich gewesen, in einer eigens dafür geschaffenen Welt, in der es keine Scham und Reue gab und erst recht keine Gnade. Nur Vernichtung. Und er spürte, ohne das Eingreifen anderer hätte er den Jungen vernichtet.

Später saß er auf einem harten Stuhl im Sekretariat vor dem Lehrerzimmer unter den strengen Blicken zweier

Frauen, während der Rektor, die Sozialpädagogin und Frau Schröder bereits die Köpfe zusammensteckten.

Dann kam Frau Schröder und holte ihn herein. Ein weiterer harter Stuhl. Eine weitere Kommission, die über ihn beriet und entschied, während er schon wieder an das blonde Mädchen vom Pferdehof dachte. Hatte sie gesehen, was auf dem Schulhof passiert war? Er hoffte nicht, denn er wollte nicht, dass sie Angst vor ihm hatte. Alles, nur das nicht!

Sie redeten auf ihn ein, nacheinander, zugleich, fordernd, verständnisvoll, drohend, und mehr als nur einmal fielen die Worte Jugendamt und Heimunterbringung, ohne dass er ihre Tragweite verstand.

Stoisch ließ er alles über sich ergehen, bis man ihn bat, für heute dem weiteren Unterricht fernzubleiben und nach Hause zu gehen. Dagegen verwahrte sich aber Frau Schröder derart vehement, dass es ihm schließlich doch gestattet wurde, den Tag in der Schule zu beenden.

In den Pausen bekam er eine Aufsicht und durfte nicht mehr hinaus. Und so steigerte sich seine Wut nur noch mehr, weil er das Mädchen vom Pferdehof nicht sehen durfte, und als er schließlich nach dem letzten Läuten das Gebäude verließ, war er innerlich vergiftet.

Auf dem Nachhauseweg sah er von weitem ihre Schultasche leuchten. Dieses wunderschöne helle Blau, das so einzigartig zu ihrem blonden Haar passte. Diesem Blau folgte er und verstand bald, dass das Mädchen nicht den direkten Weg zu ihrem Pferdehof nahm.

Wohin ging sie? Was waren ihre Wünsche und Interessen, was tat sie, wenn sie sich unbeobachtet glaubte? Er wollte alles wissen, was es über sie zu wissen gab, und wenn sie ihn dann eines Tages bemerkte, würde er der Einzige sein, der sie so gut kannte, dann hatte der blonde Schnösel keine Chance. Sein Bauch zog sich zusammen bei diesen Gedanken, und ihm wurde klar, wie wichtig es war, einen Menschen wirklich zu kennen – und wie traurig es war, dass seine Eltern ihn nicht kannten und er sie nicht. Was dachte sein Vater? Warum schrie er jede Nacht? Waren nur die ständigen Drogen schuld daran, oder hatte er Furchtbares erlebt? Warum waren Mama und Papa so anders als andere Eltern? Auf all diese Fragen hatte er keine Antworten. Nur eines wusste er: Seine Eltern würden immer so sein und ihn niemals wirklich bemerken.

Das blonde Mädchen vom Pferdehof lief mit federnden Schritten am Bahndamm entlang. Sie ging schnell. Ihre nackten, in Jeansshorts steckenden Beine öffneten und schlossen sich wie die Klingen einer Schere. Ihr Zopf wippte auf und ab. Sie war zierlich und anmutig, ein feenartiges Wesen in einer viel zu harten, grellen und lauten Welt.

Nicht ein Mal schaute sie zurück, und so vergaß er bald seine Vorsicht, wurde mutiger, näherte sich ihr und bildete sich ein, noch aus zehn Meter Entfernung ihren Duft wahrnehmen zu können.

Wo die Landstraße auf den Bahndamm traf, gab es an dieser Stelle eine schmale, aus Backsteinen gemauerte Unterführung. Auf seinen Erkundungstouren war der Junge schon hindurchgegangen und wusste, dahinter gab es nicht viel mehr als Äcker, Wiesen und Wälder. Dieser Weg führte auf keinen Fall zum Pferdehof.

Aber sie ging in die Unterführung. Als er selbst sie erreichte und aus der Deckung der Mauer um die Ecke lugte, sah er sie gleich hinter dem Bahndamm in einen unbefestigten Feldweg abbiegen.

Da der Feldweg zunächst schnurgerade verlief und keinerlei Deckung bot, musste der Junge an der Unterführung warten. Ein Güterzug fuhr darüber hinweg. Das Mauerwerk wackelte und zitterte, Staub und kleine Steinchen rieselten herab, und der Lärm verdrängte die Luft. Erst als der Zug nach zwei Minuten vorbei war, traute er sich aus seiner Deckung.

Sie war weg! Kein wippender Pferdeschwanz, keine hellblaue Schultasche, der lange Feldweg lag leer vor ihm. In der Ferne waberte die Hitze über dem grauen Schotter, ein einsamer Traktor zog seine Bahnen auf einem Feld und wendete zum Trocknen ausliegendes Heu.

Links, an einer bereits abgemähten Wiese, stand eine alte, windschiefe Holzscheune. Die Jahrzehnte in der wechselnden Witterung hatten die Bretter versilbert und gekrümmt, und nur die beiden großen Holunderbüsche an der abgewandten Giebelseite schienen ihr noch ein wenig Halt zu geben.

Im Vorbeifahren fiel es niemandem auf, aber der Junge sah genau hin, und der rote Lichtreflex stach ihm ins Auge. Da stand ein Fahrrad unter den Büschen, an die Wand der Scheune gelehnt. Verdeckt zwar durch die Blätter, aber das Sonnenlicht brach sich im Reflektor des Rücklichts.

Er wusste, sie konnte nirgendwo anders sein als in dieser Scheune. Die Schritte dorthin fielen ihm schwer, in seinem Inneren stemmte sich etwas dagegen, ihr dorthin zu folgen, aber er tat es dennoch.

Zwischen den Brettern der Außenwände klafften unterschiedlich breite Ritzen. Durch einige konnte man ins Innere sehen, und er bemerkte die Bewegungen dahinter sofort, aber erst als er die Hände an das warme Holz legte, hörte er auch die Geräusche.

Mit wenigen lautlosen Schritten gelangte er ans offene Tor und spähte um die Ecke. Sie waren oben, auf dem Heuboden.

Sanken gerade hinein ins Heu, miteinander verwoben, die Münder aufeinandergepresst, seine Hände auf ihrem Rücken.

Plötzlich war da diese Kälte in seinem Inneren und der Wunsch, hier und jetzt alles Leben auszulöschen. Er erschrak vor sich selbst. Vor der Bosheit, die ihm so gerecht erschien.

Bevor er die Flucht ergriff, schnappte er sich die blaue Schultasche des Mädchens, die vor der Leiter zum Heuboden stand.

Und daran hielt er sich fest, den ganzen langen Weg zu sich selbst.

10

«Ich bin verloren, in deiner Mitte, machst mich zum Kämpfer, ohne Visier, alles gedreht, Sinne wie benebelt, ich bin so heillos betrunken von dir ...»

Rebecca schaltete den Player ab und damit die warme, klare Stimme von Sandra Deuter. Für einen Moment hallte sie in ihrem Kopf nach. Es war ein kluger Schachzug gewesen von Bianca Deuter, ihr diese CD zu überlassen, denn kein Mensch mit Empathie und einigermaßen intaktem Gefühlsleben konnte sich dieser Stimme entziehen, die so viele Emotionen übertrug. Selbst die schlechte Qualität der Aufnahme änderte daran nichts. Durch dieses Lied war Sandra Deuter für sie nicht einfach nur eines von vielen verschwundenen Mädchen, sondern dieses eine besondere, das den Traum hatte, Sängerin zu werden, und das Talent, Menschen mit ihrer Stimme zu berühren.

Rebecca atmete tief durch und griff zum Telefon. Bianca Deuter nahm sofort ab, und als sie hörte, mit wem sie sprach, bekam die Stimme der Masseurin, die an diesem frühen Morgen sicher bereits auf der Arbeit war, diesen ganz bestimmten Klang zwischen Angst und Hoffnung.

«Ich habe eine Frage», begann Rebecca. «Ist vor Sandras Verschwinden in ihrem nahen Umfeld jemand verstorben? Ein Freund oder eine Freundin vielleicht?»

Bianca Deuter zögerte.

«Nein ... warum?»

«Ganz sicher nicht?»

«Ganz sicher nicht, das wüsste ich doch. Was bedeutet diese Frage?»

Rebecca musste sich zusammenreißen, um in der Spur zu bleiben. «Und in Sandras Wohnung, nachdem sie verschwunden war – kannst du dich erinnern, ob dort gerade erst bestelltes Essen herumstand, das nicht angerührt wurde?»

«Was? Essen? Ich ... ich verstehe nicht.»

«Kannst du bitte versuchen, darüber nachzudenken? Es wäre wirklich hilfreich.»

Wieder ein Schweigen am anderen Ende, das sich lautlos mit dem füllte, was Rebecca befürchtet hatte. Sie musste Sandras Mutter Fragen stellen, die sie womöglich zu der Erkenntnis führten, dass Sandras Verschwinden nichts mit dem Fall zu tun hatte, an dem Jens, Carina und sie gerade arbeiteten. Und wenn das so sein sollte, würde Rebecca ihr nicht helfen können, nicht im Moment und vielleicht niemals. Besonders schmerzte es Rebecca zu wissen, dass Sandras Schicksal ungewiss bleiben würde, während es dafür gesorgt hatte, die Aufmerksamkeit auf Melly und Beatrix zu lenken. Die beiden waren der eigentliche Grund für Rebeccas Anruf, deshalb kam sie sich schlecht vor.

«Nein ...», beendete Bianca schließlich ihr Schweigen. «Da war kein Essen.»

«Ganz sicher? Keine Pizza, noch im Karton? Oder etwas anderes von einem Lieferdienst?»

«Ja, ich bin mir sicher.»

«Okay, gut ... das ist gut!»

Rebecca hoffte, das ihre Stimme so optimistisch klang, wie es Bianca jetzt brauchte.

«Ist es das? Oder bedeutet es nicht eher das Gegenteil?», sagte Bianca, und Rebecca erstarrte.

«Wenn da Essen gewesen wäre, wenn ein Freund oder eine Freundin von Sandra gestorben wäre, hättest du dann eine Spur zu ihr?», setzte Bianca nach. Eine einfache Frage, die eine ehrliche Antwort verdiente.

«Ja, das wäre gut möglich.»

«Aber ohne diese Indizien nicht?»

Natürlich benutzte Bianca den Fachjargon, sie suchte ja schon seit zwei Jahren nach ihrer Tochter und hatte dabei immer wieder mit der Polizei zu tun. Deshalb konnte sie auch eins und eins zusammenzählen.

«Tatsächlich habe ich ohne diese Indizien nichts, was mich im Fall deiner Tochter weiterbringt.» Rebecca schloss die Augen und schüttelte den Kopf. Wie konnte sie nur so furchtbar gestelzt daherreden, wo es hier doch um alles ging. «Was nicht heißt, dass ich aufgebe!», schob sie hinterher.

«Versprichst du es?»

Und plötzlich stand Rebecca mit dem Rücken zur Wand. Dieses Versprechen konnte sie nicht abgeben, weil sie schon jetzt wusste, dass sie es irgendwann würde brechen müssen. Noch viel weniger konnte sie in diesem Moment aber Bianca Deuter brechen, ihre Hoffnung zerstören, sie in die ewige Verdammnis stürzen.

«Ich versprech's.» Sie konnte die Worte nicht aufhalten, konnte es einfach nicht.

«Danke.» Damit beendete Bianca das Gespräch, und Rebecca saß wie in einer Zeitschleife gefangen da, hörte wieder und wieder das Versprechen, das sie nicht hätte geben dürfen, schalt sich eine Närrin und fragte sich, ob sie wirklich das Zeug zu einer Ermittlerin hatte, wie es Carina Reinicke meinte.

Endlich schaffte sie es, sich zu befreien. Bis Jens ins Büro kam, wollte sie ein paar Dinge geklärt haben, die wichtig waren für diesen Fall. Rebecca wunderte sich ohnehin, dass er noch nicht da war. Vielleicht hatte er verschlafen, es war ja spät geworden gestern Nacht.

Als nächste wählte sie die Nummer des Reviers in Baunatal in Hessen, um sich mit Kommissar Reinhold Köttner verbinden zu lassen. Zu ihrer Überraschung erfuhr sie, dass Köttner im letzten Jahr in Pension gegangen war, und als die Frau am Telefon sie fragte, mit wem sie stattdessen sprechen wolle, zögerte Rebecca kurz, nannte dann aber doch den Vermisstenfall Beatrix Griesbeck.

Es dauerte ein paar Minuten, bis sie mit der Kommissarin Judith Niewald verbunden wurde. Die klang jung und kompetent und wollte natürlich zuallererst wissen, mit wem sie sprach.

«Rebecca Oswald, 33. Revier, Hamburg. Ich rufe im Namen meines Kollegen Kommissar Jens Kerner an, weil wir einige Fragen zu einem zwei Jahre alten Fall haben. Es geht um die vermisste Beatrix Griesbeck», erklärte Rebecca.

Judith Niewald versprach, in wenigen Minuten zurückzurufen, und legte auf. Sie wollte sichergehen, dass sie auch mit der Person sprach, als die Rebecca sich ausgab, zudem machte sie sich wahrscheinlich schnell noch einmal mit dem Fall vertraut. Nach vier Minuten klingelte das Telefon. Jede einzelne Sekunde hatte Rebecca auf ihrer Armbanduhr verrinnen sehen.

«Welcher Art ist Ihr Interesse denn?», fragte Judith Niewald.

«Wir haben hier den Fall eines jungen Mädchens», begann Rebecca. «Bevor sie verschwand, wurde sie gestalkt, und dann tötete ein Unbekannter auch noch ihre beste Freundin.»

«Das ist ja furchtbar», sagte die Niewald. «Aber gibt es denn einen Zusammenhang mit dem Verschwinden von Beatrix Griesbeck? Ich gebe zu, ich bin nicht besonders gut im Bilde, was den Fall betrifft. Mein Kollege, der letztes Jahr in den Ruhestand gegangen ist, hat ihn damals bearbeitet. Offiziell ist der Fall nicht abgeschlossen, aber es arbeitet zurzeit niemand aktiv daran. Ich kann Ihnen aber gern sämtlich Unterlagen zukommen lassen.»

«Ja, das wäre sehr gut! Haben Sie eventuell auch die Kontaktdaten von Herrn Köttner? Dann könnte ich vorab schon mit ihm sprechen.»

Rebecca bekam, was sie wollte. Umgehend wählte sie die Nummer von Reinhold Köttner, doch dort nahm niemand ab. Okay, der Mann war Rentner, und es war noch nicht einmal acht Uhr am Morgen, er schlief bestimmt noch den Schlaf der Gerechten.

Plötzlich flog die Tür zu ihrem Büro auf, und Rolf Hagenah kam herein. Sein Gesicht war gerötet, Schweißperlen standen auf seiner Stirn, er schien sich mächtig aufgeregt zu haben. Rolf regte sich eigentlich nie mächtig auf.

«Wo ist Jens?», blaffte er los.

«Ich wünsche dir auch einen guten Morgen», antwortete Rebecca.

«Ja ... entschuldige, ich dir auch.»

«Was ist passiert?»

«Ich hab den Schwarzen Lutger», sagte Rolf, nicht ohne Genugtuung in der Stimme. «Er hat sich gewehrt, dieser kleine Drecksack, aber jetzt sitzt er im Verhörzimmer. Wo ist Jens?»

Rebecca zuckte mit den Schultern. «Ich weiß auch nicht. Eigentlich müsste er längst hier sein.»

11

In der Grindelallee, nicht allzu weit entfernt von seiner Wohnung, gab es die «Filmbox», einen recht großen Laden, untergebracht in einem unscheinbaren grauen Eckgebäude, versehen mit einigen bunten Leuchtreklamen und den Hinweisschildern eines Paketlieferdienstes, der dort eine Filiale für Zustellungen und Rücksendungen betrieb.

Jens war schon dutzende Male in dem Laden gewesen, denn es war der einzige hier, der noch die alten Video-VHS-Kassetten führte, außerdem einen riesigen Fundus an gebrauchten DVDs. Es war kein Verleih, sondern ein Verkauf, und für eine Handvoll Filme zahlte man oft nicht mehr als fünf Euro. Jens mochte den staubigen, schäbig eingerichteten und muffig riechenden Laden, so wie er alles mochte, was alt war. Auch seinen VHS-Recorder, der noch immer funktionierte. Warum sollte man etwas auf den Müll werfen, nur weil es von der Zeit überholt worden war?

Am frühen Morgen um acht Uhr stand Jens auf der gegenüberliegenden Straßenseite und beobachtete den Laden. Er war sehr erstaunt gewesen, als Rebecca ihm gestern Nacht mitgeteilt hatte, was von Jan Landaus Videotheken-Imperium übrig geblieben war: nämlich genau dieser eine schäbige Laden im Grindelviertel. Aus Lighthouse war Filmbox geworden, keine Kette mehr, kein Glamour, nur doch dieses eine Geschäft, in dem Landau, wie Jens annahm, seine von der Insolvenz verschonten Restbestände verkaufte.

Jens zog an seiner Zigarette und blies den Rauch in die klebrige Morgenluft. Er fühlte sich müde und abgekämpft, und der Schreck steckte ihm immer noch in den Knochen. Eigentlich war er ja selbst schuld, schließlich hatte er sich unbefugt auf dem Grundstück herumgetrieben, trotzdem hatte er sich vorgenommen, Jan Landau wegen dieses Monstrums, das er dort hielt, zur Rede zu stellen.

Ein stabiles, brusthohes Gatter aus Metall hatte den Angriff des Wildschweines gestoppt, das in der Dunkelheit auf Jens zugestürmt war und ihm einen gehörigen Schrecken eingejagt hatte. Ein Monster, groß genug, um ihn zurücktaumeln und mit dem Hintern zu Boden gehen zu lassen. Nachdem er sich erholt hatte, hatte er den Keiler im Licht der Taschenlampe genauer betrachtet und war welchem Gott auch immer dankbar für das Gatter gewesen. Diese Hauer! Diese Augen! Dieses massive Paket aus Muskeln und Borsten hätte sonst kurzen Prozess gemacht mit ihm.

Warum lebte das Vieh da draußen, wenn sonst niemand dort war? Wer fütterte es? Wofür wurde es gebraucht? Natürlich hatte Jens sofort an diese Hannibal-Verfilmung denken müssen, in der Schweine dazu eingesetzt worden waren, Menschen verschwinden zu lassen. So etwas gab es doch aber nur im Film, oder?

Oder?

War Jan Landau ein irrer Psychopath, der junge Frauen entführte, gefangen hielt und dann diesem Monsterkeiler zum Fraß vorwarf? Und war seine Tochter Kim ihm auf die Schliche gekommen, so dass ihm nichts anderes übriggeblieben war, als sie einzusperren, weil er sein eigen Fleisch und Blut nicht töten konnte? War Kim ihrem Vater nach vier Jahren Gefangenschaft entkommen? Hatte er sie in dieser Zeit immer wieder Licht meines Lebens genannt, weil Väter ihre Töchter so nannten?

All diese Fragen waren Jens gestern Nacht, als er nach Hause gefahren war, durch den Kopf gegangen. Je später die Nacht und je träger die Gedanken, desto empfänglicher wurde er für die absurdesten Theorien. Aber auch jetzt, am frühen Morgen des nächsten Tages, konnte Jens diese Horrorszenarien nicht einfach so wegwischen. Die Welt hatte schon schlimmere Mörder gesehen, und es war noch nicht so lange her, da war in den Vereinigten Staaten ein Mann aufgeflogen, der jahrelang seine Opfer an Schweine verfüttert hatte.

Jens war gespannt auf das Gespräch mit Jan Landau.

Er hatte bewusst darauf verzichtet, ihn von einer Streife ins Revier bringen zu lassen. Viel lieber wollte er ihm in seinem eigenen Laden, wo er sich sicher fühlte, auf den Zahn fühlen.

Jens wusste, dass der Laden um acht Uhr öffnete, deshalb war er die wenigen Schritte von seiner Wohnung hierhergekommen, noch bevor sein Weg ihn ins Präsidium führte. Hinter den schmutzigen, teilweise mit Drahtmatten aus dem Stahlbetonbau gesicherten Fenstern brannte bereits Licht. In aller Ruhe rauchte Jens seine erste Zigarette an diesem Tag zu Ende und stapfte dann über die Straße.

Die aufschwingende Tür ließ eine Metallglocke ärgerlich läuten. Muffiger Geruch und abgestandene Luft schlugen Jens entgegen, außerdem schien sich die Hitze der vergangenen Tage hier gestaut zu haben. Auf den ersten Blick war niemand zu sehen. Jens steuerte den großen Tresen an der rechten Längsseite des Ladens an. Wie immer war er begeistert von der Auswahl alter Filme, die mit dem Coverbild nach vorn die Wände bedeckten, allesamt alte Schätze. Dazwischen hingen Filmplakate, die Originale zu sein schienen.

Der Verkaufstresen war vollgestellt mit allem möglichen Kram. Süßigkeiten, Chips, Gummibärchen, Flyer und Prospekte von dutzenden Firmen und Veranstaltungen, Feuerzeuge mit Filmmotiven, Baseballcaps mit Aufdrucken, die alle einen Bezug zu Filmen hatten. Auf einer stand «Overlook Hotel», auf einer anderen «Quint's Shark Fishing, Amity Island».

Hinter dem Tresen sah man einen bogenförmigen Durchgang, der von gelben Stoffbändern blickdicht verhangen war. In der Mitte, wo sich die Bänder beim Hindurchgehen teilten, waren sie schmutzig-dunkel verfärbt. Dahinter brannte ebenfalls Licht, und Jens glaubte, dort jemanden zu sehen.

«Hallo!», rief er laut.

Keine Antwort, aber hektische Bewegungen hinter dem Vorhang. Jens überlegte, Tresen und Raum zu entern, und hätte es vielleicht sogar getan, wäre nicht in diesem Moment ein mittelgroßer Mann mit aschblondem Haar durch den Vorhang getreten. Er starrte Jens mit einem unangenehmen Blick aus hellblauen Augen an, wirkte irgendwie gehetzt und, ja, schuldig. So als hätte Jens ihn bei etwas Verbotenem gestört.

«Kann ich helfen?», fragte er und stützte sich mit beiden Händen auf dem Tresen ab. Seine Unterarme waren muskulös, und auch die Schultern traten deutlich hervor. Die Fältchen in seinen Augen- und Mundwinkeln waren sicher nicht durch Lachen entstanden – ein unsympathischer Typ, aber Jens verließ sich schon lang nicht mehr auf seinen ersten Eindruck.

«Jan Landau?», fragte Jens, um sicherzugehen. Schließlich konnte er auch ein Mitarbeiter sein.

«Ja.»

Jens zeigte seinen Dienstausweis.

«Kriminalkommissar», sagte Landau und zog die Augenbrauen hoch. «Geht es um Kim?»

«Ja, geht es.»

«Gibt's was Neues?» Die Frage klang lapidar, aber in den harten Augen des Mannes erkannte Jens sehr wohl Interesse. Dass er wenige Tage nach dem Tod seiner Tochter, die zuvor vier Jahre lang verschwunden gewesen war, frühmorgens in seinem Laden stand, bei dem es eigentlich keine Rolle spielte, ob er pünktlich öffnete oder nicht oder überhaupt, konnte viele Gründe haben. Gewohnheit, Ablenkung ... Tarnung?

«Ich hätte gestern Abend gern mit Ihnen gesprochen und war deshalb draußen bei Ihrem Haus in den Schwarzen Bergen», sagte Jens.

«Echt? Da wohne ich aber doch schon lange nicht mehr.»

«Hab ich bemerkt. Dafür wohnt dort ein riesiges Wildschwein.»

Jan Landau zog die Augenbrauen zusammen. «Um das zu wissen, müssen Sie aber ziemlich weit aufs Grundstück gegangen sein.»

Jens zuckte mit den Schultern. «Ich hatte Zeit. Was hat es mit dem Wildschwein auf sich?»

«Claus-Calle heißt er. Ich hab ihn mit der Flasche aufgezogen, weil ein Jäger seine Mutter erlegt hatte. Eigentlich hab ich das Haus nur noch seinetwegen. Ich weiß nicht, wohin mit Claus-Calle. Und schlachten lassen will ich ihn nicht.»

Jens fragte sich, ob Landaus Stimme gerade wirklich weicher geworden war?

«Was wollten Sie denn von mir?», fragte Jan Landau.

«Sie zum Verschwinden Ihrer Tochter befragen.

«Jetzt noch?» Landau lachte trocken auf. «Hören Sie», begann er in überheblichem Tonfall. «Vor vier Jahren habe ich meine gesamte Zeit damit verbracht, den Beamten Rede und Antwort zu stehen, habe mich verdächtigen lassen, weil Väter von pubertierenden Töchtern ja immer irgendwie verdächtig sind, habe den Leuten in den Arsch getreten, damit sie nicht einfach aufhören, nach Kim zu suchen …» Landau hatte sich ein wenig in Rage geredet, hielt jetzt inne, schüttelte den Kopf, atmete langsam ein und aus. «Es hat nichts genützt. Und jetzt gibt es nichts mehr zu sagen. Jetzt ist Kim tot. Keine Ahnung, durch welche Hölle sie gehen musste in den vergangenen vier Jahren, aber eins weiß ich … sie wird sich dauernd gefragt haben, warum ihr Vater ihr nicht hilft.» Landau sah zu Jens auf. Seine hellblauen Augen glänzten feucht. «Wenn Sie an dem Fall dran sind, finden Sie den Mistkerl, der ihr das angetan hat. Ich hab's lange versucht und konnte es nicht.»

«Was heißt, Sie haben es lange versucht?»

Landau machte eine Bewegung mit den Armen, die den gesamten Laden einschloss. «Glauben Sie, das hier wäre mein Lebenstraum? Nein. Das ist es, was übrig bleibt, wenn man all sein Geld und seine Zeit in die Suche nach seiner einzigen Tochter steckt.» Binnen Sekunden wurde Landaus Blick wieder hart, und er starrte Jens an. «Wenn man tut, was eigentlich die Polizei tun sollte.»

Der Vorwurf traf Jens, obwohl er mit den damaligen Ermittlungen ja nichts zu tun gehabt hatte. Aber er konnte sich nur zu gut vorstellen, wie dieser Mann auf der anderen Seite des Tresens den Kollegen Schall und Kollmann damals zugesetzt hatte.

Jan Landau war ein harter Hund.

12

Viola erwachte in einem Meer aus Schmerz.

Sie lag auf kaltem, nacktem Boden, um sie herum ihr eigenes Haar, ihr Blut, und mit der rechten Wange auf dem Boden sah sie ihr abgeschnittenes Ohrläppchen als braun verkrustetes Etwas daliegen.

Vielleicht war da der Anflug eines Schocks, aber wenn, dann kam er gegen die Wellen des Schmerzes in ihrem misshandelten Körper nicht an. Sie blieb stocksteif liegen, blinzelte, atmete, versuchte, ihre Gedanken zu ordnen. Nichts war verloren gegangen. Sie konnte ihn sehen, wie er mit der Holzlatte auf sie zukam und auf sie einschlug und eintrat, ohne Zögern, ohne Gnade.

Wie kindisch ihr Versuch, ihn mit der Schere davon abzuhalten.

Irgendwann war sie bewusstlos geworden. Hatte er sie da noch weiter misshandelt? Vielleicht, aber was spielte das für eine Rolle?

Während sie dalag, wurde es Viola klar, dass sie hier nicht lebend herauskommen würde. Der Mann war verrückt, sie konnte weder mit ihm reden noch an sein Mitgefühl appellieren, er würde auch nicht einfach aufhören. Immerhin hatte er sie über Wochen hinweg verfolgt und gestalkt, war jetzt am Ziel seiner Wünsche, hatte sie in seiner Gewalt.

Aber warum nur? Was hatte sie ihm angetan? Viola kannte ihn nicht, sie hatte ihn nie zuvor gesehen, da war sie sich sicher.

Warum die ständigen Fragen nach seinem Aussehen?

Warum nahm er es ihr übel, dass sie nichts sagen konnte zu seiner Augen- oder Haarfarbe, zu seiner Größe?

Diese Fragen zogen träge durch ihren Kopf, bis sie abgelöst wurden von nur noch einem einzigen Gedanken.

Bine! Was hatte er mit ihr gemacht?

Die unerträgliche Vorstellung, ihrer besten Freundin, ihrer Schwester, die sie nie gehabt hatte, könnte etwas zugestoßen sein, ließ Kraft in Viola aufsteigen, und sie schaffte es, sich zu bewegen. Zuerst nur ein Bein, und sie spürte, sie war immer noch an den Stuhl gefesselt. Vorsichtig bewegte sie nacheinander alle Gliedmaßen. Auch wenn die Prellungen, Blutergüsse und Schürfwunden schrecklich weh taten, hatte sie wohl noch Glück gehabt – es schien nichts gebrochen zu sein. Viola biss die Zähne aufeinander und drückte sich vom Boden hoch.

Halb sitzend, halb liegend, sah sie sich um. Der Raum war klein, quadratisch, hatte keine Fenster und nur eine Tür, die massiv wirkte. Der auf ein Stativ montierte Strahler war noch da, jedoch nicht in Betrieb. Schummriges Licht fiel durch die Decke. Viola richtete den Blick nach oben und entdeckte in drei Meter Höhe eine durchsichtige Kunststoffkuppel. Sie war von einer grünen Substanz überzogen und ließ nur wenig Licht hindurch.

Mit zitternden Fingern mühte sich Viola an den Knoten ab, die ihre Fußgelenke mit den Stuhlbeinen verbanden. Es dauerte eine Weile, aber dann lösten sie sich und fielen zu Boden. Viola zog die Knie an und massierte ihre Gelenke. Behutsam befühlte sie ihre Beine, spürte die Schwellungen, die die Schläge und Tritte hinterlassen hatten.

Sie würde es überleben – aber er nicht. Das nahm sich Viola fest vor. Sie würde diesen Mann töten!

Unter großen Schmerzen gelang es ihr, auf die Beine zu kommen. Zitternd stand sie mitten im Raum. In ihrer Kehle stieg Übelkeit auf, ihr Herz schlug einen ungesund falschen Rhythmus.

Um sie herum lag ihr abgeschnittenes Haar, dazwischen getrocknetes Blut, jede Menge Blut. Sie war nicht so empfindlich, was das betraf, da hatte sie im Altenpflegeheim schon Schlimmeres gesehen, aber der Anblick ihres abgetrennten Ohrläppchens setzte ihr zu.

Viola konzentrierte sich auf den Tisch, der hinter dem Strahler an der Wand stand. Beim Näherkommen entdeckte sie einige Gegenstände. Die große Schere, mit der er ihr Haar und das Ohrläppchen abgeschnitten hatte, einen Akkurasierer mit Scheraufsatz, einige kräftige Seile, Stoffstreifen. Kleinere Plastikbeutel, wie man sie zum Einfrieren von Obst und Gemüse benutzte.

Sie nahm die Schere erneut an sich, und diesmal würde sie sich nicht wieder zusammenschlagen lassen, nein, auf keinen Fall! Die Klingen waren sauber. Er musste sie gereinigt haben.

Als Viola sich abwenden wollte, um sich mit der Tür zu beschäftigen, entdeckte sie einen Handspiegel auf dem Tisch. Ihre Finger schwebten einen Moment unschlüssig darüber, dann ergriff sie ihn und schaute hinein.

Kein Schock, das nicht, eher Trauer. Ihr Kopf sah aus, als hätte ihr ein Tier die Haare abgefressen. Das fehlende Ohrläppchen sorgte für eine ungewohnte Asymmetrie in ihrem Gesicht. Beide Jochbeine verfärbten sich bläulich, über die Stirn zog sich eine lange rote Schramme. Aus dem Spiegel schaute sie nicht mehr die alte Viola an, und das lag nicht nur an den Verletzungen und dem abgeschnittenen Haar.

Ihr Blick hatte sich verändert. Er war härter geworden. Kein Strahlen lag mehr darin. Viola legte den Spiegel zurück auf den Tisch.

Ein Beben lief durch ihren Körper, und für einen Moment glaubte sie, in Tränen ausbrechen zu müssen, doch der Moment verging, sie fing sich, raffte das bisschen Kraft zusammen, das noch in ihr steckte, und ging hinüber zur einzigen Tür des Raumes.

Sie bestand aus Metall. Natürlich war sie abgeschlossen.

Viola stocherte mit einer Klinge der Schere im Schlüsselloch herum, drückte, schob, bis die Spitze abbrach. Enttäuscht sah sie sie zu Boden fallen.

13

Jens Kerner stand in dem dunklen Raum hinter dem venezianischen Spiegel, neben ihm Rolf Hagenah, der eine dumpfe Wut ausdünstete. «Der hat null Komma null Respekt vor der Polizei», schimpfte Hagenah. «Wegen Widerstands gegen die Staatsgewalt und Angriff auf einen Polizeibeamten kriegen wir ihn auf jeden Fall dran, aber ich sage dir, der hat noch mehr Dreck am Stecken. Der hat etwas mit dem Mord an Sabine Scholz zu tun.»

Jens betrachtete den Schwarzen Lutger. Breitbeinig hingelümmelt auf dem Holzstuhl, starrte er verächtlich den Spiegel an, so als wüsste er, dass er beobachtet wurde. Sein Kopf war kahl geschoren, er hatte blaue Augen, die kalt, geradezu leblos wirkten, wie Eis auf einem Bergsee. Er hielt die Arme vor der Brust verschränkt, auf seinen Unterarmen waren Tätowierungen zu sehen. Jens konnte einen Schriftzug entziffern.

Hinter tausend Stäben keine Welt.

Was mochte das bedeuten? «Ich weiß nicht», sagte Jens nachdenklich und meinte damit sowohl Hagenahs Verdacht als auch das Tattoo.

Er war vor fünf Minuten im Revier angekommen, gleich am Eingang von Rolf Hagenah abgefangen und zum Verhörraum geführt worden. Dabei hatte er sich die Geschichte angehört, wie Hagenah die ganze Nacht vor der alten Industriebrache verbrachte hatte, um auf den Schwarzen Lutger zu warten. Dass ihm der junge Mann entkommen war, konnte Hagenah nicht einfach auf sich sitzenlassen, sein Stolz ließ das nicht zu. Lieber hockte er stundenlang im Dunkeln. Und tatsächlich war Lutger Brinkmann aufgetaucht. Zwar erst als der Morgen schon graute, aber Hagenah war sofort hellwach gewesen und hatte sich ein kleines Handgemenge mit Brinkmann geliefert. Der junge Mann machte einen fitten und kräftigen Eindruck, aber gegen das alte Box-Urgestein Hagenah war so gut wie kein Kraut gewachsen. Jens hatte schon trainierte Kampfsportler unter der Zielstrebigkeit seines Kollegen zu Boden gehen sehen.

«Für mich sieht er aus wie einer dieser Linken, die zwar Steine auf Polizisten werfen ... aber ein Mord? Eine Entführung? Ich weiß nicht ...»

Hagenah sah ihn von der Seite an. «Du hast aber schon zugehört, oder? Er verteilt diese Flyer von Food2You, unter anderem an der Haustür von Viola May.»

«Ja, hab ich verstanden. Wir wissen aber nicht, ob ihr

Verschwinden und Sabines Tod irgendwie mit der Pizzalieferung in Verbindung stehen. Das kann auch alles Zufall gewesen sein.»

Jens war in Gedanken immer noch bei Jan Landau, dem harten Hund, der in seinem gammeligen Videoladen hockte, verbittert von dem, was ihm zugestoßen war, und mit einer tiefsitzenden Wut auf die Polizei. Vielleicht hatte er nichts mit der Entführung seiner Tochter zu tun. Aber vielleicht war sie bei ihm der Auslöser für Straftaten gewesen, die schon immer in ihm geschlummert hatten. Alles war möglich in diesem verworrenen Fall.

«Was ist los mit dir?», fragte Hagenah. «Du glaubst doch sonst nicht an Zufälle.»

Jens antwortete nicht. Der Zeitdruck, den er spürte, ließ es nicht zu, dass er sich jetzt mit Lutger Brinkmann abgab. Auf dem Weg ins Präsidium hatte er sich eine Strategie zurechtgelegt, und die wollte er jetzt verfolgen. «Tu mir einen Gefallen», sagte er und legte Hagenah eine Hand auf die Schulter. «Nimm du dir den Jungen vor. Ich hab dafür jetzt keine Zeit.»

«Echt?» Hagenahs Gesicht hellte sich auf. «Liebend gern!

«Dachte ich mir. Aber nimm Carina Reinicke mit dazu.»

«Warum? Hast du Angst, ich breche ihm etwas?»

«Ganz genau, mein Freund, ganz genau.» Jens schlug Hagenah auf die Schulter. «Ruf mich an, wenn du was hast. Ich bin jetzt mit Rebecca unterwegs.»

«Wohin?»

Jens antwortete nicht, hob lediglich zum Abschied den Arm und verschwand um die Ecke. So schnell er konnte, rannte er die Treppen hoch zu Rebeccas Büro. Sie saß hinter ihrem Schreibtisch, blickte auf, als er eintrat, und sofort legte sich ein Lächeln auf ihr Gesicht. «Na endlich! Warum gehst du nicht an dein Handy? Ich hab mir Sorgen gemacht.»

Jens zog sein Handy aus der Hosentasche und warf einen Blick darauf. Vier Anrufe von Rebecca, einer von Hagenah. Davon hatte er gar nichts mitbekommen, weil es seit seinem kleinen nächtlichen Abenteuer auf Landaus Anwesen noch stumm gestellt war. «Tut mir leid.»

Rebecca schüttelte den Kopf.

«Egal ... du musst dir etwas anschauen», sagte sie und deutete auf ihren Bildschirm.

«Du dir auch, oder besser, jemanden. Aber dafür müssen wir raus. Wie weit bist du gestern mit der Sichtung des Videomaterials aus dem Kaufhaus gekommen?»

«Ich hab diesen Mann mit der blauen Tasche einige Male auf verschiedenen Kameras identifizieren können. Er hat sich aber so geschickt verhalten, dass ich keine einzige wirklich gute Aufnahme von ihm habe. Ganz so, als wüsste er, wo sich die Kameras befinden.»

«Aber würdest du ihn trotzdem erkennen, wenn ich dir einen Verdächtigen zeige?»

Rebecca zuckte mit den Schultern. «Kann schon sein. Kommt auf einen Versuch an.»

«Okay, dann lass uns aufbrechen.»

«Jetzt?»

«Ja, jetzt. Wenn wir Viola helfen wollen, müssen wir uns beeilen.»

«Okay ...» Rebecca rollte hinter ihrem Schreibtisch hervor. «Wohin geht's?»

«Grindelviertel.»

«Zu Jan Landaus Videoladen? Ist er dein Verdächtiger?»

Jens nickte und erklärte ihr auf dem Weg zu seinem Wagen seine Gedanken dazu. Vom Ausgang des Präsidiums bis zur Red Lady schob er Rebecca, die nichts dagegen hatte. Das mochte er. An der Beifahrertür angekommen, nickte Rebecca.

«Da kommt ja einiges zusammen», sagte sie. «Und es klingt wirklich so, als könnte er etwas damit zu tun haben.»

Jens öffnete den Wagenschlag und positionierte den Rollstuhl im richtigen Winkel. «Deshalb will ich, dass du ihn dir anschaust. Wenn du ihn ausschließen kannst, umso besser. Dann kann ich mich dem Schwarzen Lutger und Food2You widmen. Hat Hagenah dir eigentlich erzählt, das Brinkmann nicht nur Essen für die ausliefert, sondern auch deren Werbeflyer verteilt?»

Rebecca beugte sich vor, streckte die Arme aus und legte sie ihm um die Schultern. Jens schob einen Arm unter ihre Oberschenkel und legte den anderen an ihren Rücken.

«Hat er. Er war vorhin bei mir. Ist schon merkwürdig, oder? Eine bestellte, nicht angerührte Pizza in der Wohnung einer verschwundenen Frau. Da fällt der Verdacht doch sofort auf den Lieferanten.»

Sobald er sie anhob, war da wieder dieses vertraute Gefühl. Ihr Gesicht war ganz nah an seinem, er roch ihren frischen Duft, spürte ihre Wärme und konnte nicht verhindern, dass ihn diese Nähe ein wenig durcheinanderbrachte.

«Eben, das ist viel zu offensichtlich», sagte er, um beim Thema zu bleiben. «Aber dadurch, dass Brinkmann jetzt auch noch die Flyer verteilt, bekommt die Sache eine andere Brisanz. Vielleicht hab ich mich in dieser Pizzeria Emilia Romagna mit dem Falschen unterhalten. Vielleicht hätte ich gleich zu Food2You gehen sollen?» Jens setzte Rebecca auf die durchgehende Bank und legte ihr den Gurt an.

«Danke. Kannst du ja immer noch», sagte sie.

«Ja, aber eins nach dem anderen. Viola ist nicht geholfen, wenn wir kopflos durch die Gegend rennen. Erst einmal ist jetzt Jan Landau dran. Ich weiß nicht, aber ich hab bei dem ein ganz merkwürdiges Bauchgefühl.»

Jens schlug die Beifahrertür zu, lud den Rollstuhl auf die Ladefläche des Pick-up und ging zur Fahrertür. Dabei blickte er durch die Heckscheibe auf Rebeccas Hinterkopf und fragte sich einmal mehr, was das war zwischen ihnen. Zwei Kollegen, die sich gut verstanden? Zwei Freunde? Aber was war mit dem Kuss? Sie hatte ihn doch gewollt! Wie sollte er wissen, wie er damit umgehen sollte? Eben, beim Umsetzen in den Wagen, hatte sie sich doch nicht einfach nur an ihm festgehalten. Das war doch eine Umarmung gewesen, oder täuschte er sich?

Noch mehr durcheinander als ohnehin schon, ließ Jens sich auf den Fahrersitz fallen. Er startete den Motor und fädelte sich auf dem Wiesendamm in den Verkehr ein.

14

Rolf Hagenah war stinksauer, deshalb war die Idee, Carina Reinicke mit ins Verhör zu nehmen, sicher nicht schlecht. Sollte sich dieser Lutger Brinkmann aufsässig oder beleidigend verhalten, wusste Hagenah wirklich nicht, wie er reagieren würde.

Er betrat nach Carina den Verhörraum. Der Schwarze Lutger saß immer noch da, als könnten ihn alle mal. Beine breit, Arme vor der Brust verschränkt und ein Gesichtsausdruck, der es in Hagenahs Fäusten kribbeln ließ. Vor seinem inneren Auge sah er genau, wie dieser kleine feige Wichser Sabine Scholz auflauerte und ihren Kopf gegen den Alten Schweden schmetterte. Ja, er war stinksauer. Mehr, als er es nach Jahrzehnten im Dienst noch sein sollte.

«Großer Bahnhof, ich bin beeindruckt», bemerkte Brinkmann.

«Halt die Fresse, bis du gefragt wirst», platzte es aus Hagenah heraus. Er machte einen schnellen Schritt auf den Mann zu, der daraufhin tatsächlich zusammenzuckte. Die Prellungen an seinem Jochbein und der Oberlippe stammten von Hagenahs Fäusten, und die Erinnerung daran war noch frisch.

Sie setzten sich. Carina hatte Notizblock und Kugelschreiber dabei.

«Warum bist du abgehauen?», fragte Hagenah.

«Bin ich das? Ich hatte es nur eilig, und du standst im Weg rum.»

«Wollen wir das Gespräch wirklich auf diese Art führen?»

«Gespräch?» Der Schwarze Lutger nahm die Arme von der Brust und beugte sich etwas nach vorn. «Was für ein Gespräch? Ich bin verhaftet und werde verhört und weiß nicht einmal, worum es geht. Statt mit mir zu reden, drischt die Polizei auf mich ein, kennt man ja. Und da erwartest du echt, dass ich mit dir rede?!»

«Jetzt hör mal zu …», begann Hagenah und spürte eine Berührung an seinem Unterarm. Das war Carina, und sie warf ihm einen Blick zu. Hagenah deutete ihn als Frage, ob sie sich einmischen dürfe, und er nickte.

«Herr Brinkmann», begann sie sofort. «Wir ermitteln in einem Mordfall, eine junge Frau wurde brutal getötet, eine andere wahrscheinlich entführt, und uns sitzt die Zeit im Nacken. Deshalb sind hier auch alle etwas angespannt, entschuldigen Sie bitte.»

Brinkmann sah Carina interessiert an und zuckte mit den Schultern. «Klar, kein Problem, aber was habe ich damit zu tun?»

«Sie wurden durch meinen Kollegen dabei beobachtet, wie Sie am Haus des mutmaßlichen Entführungsopfers Flyer verteilten.»

«Ja, genau, das mache ich da regelmäßig. Damit verdiene ich mein Geld. Kann sich ja nicht jeder auf einem Beamtenstatus ausruhen.»

Eine unnötige Bemerkung, die bei Hagenah schon wieder für Unwillen sorgte, doch Carina Reinicke schien sie nicht einmal gehört zu haben. Ihr Lächeln war weiterhin verbindlich, ihr Blick aber durchaus ernst.

«Überdies haben Sie aber am Sonntag in die Wohnung des mutmaßlichen Entführungsopfers eine Pizza geliefert und die Frau damit wahrscheinlich als Letzter gesehen. Das ist der Grund, weshalb mein Kollege mit Ihnen sprechen wollte. Vielleicht können Sie ja nachvollziehen, dass uns Ihre Flucht unter diesen Umständen verdächtig erscheint.»

«Dieser Typ da», sagte Brinkmann und deutete auf Hagenah, «ist mir auf die Pelle gerückt. Ich lass mir so was einfach nicht mehr gefallen. Ich hab nur meinen Job gemacht, sonst nichts!»

«Das wissen wir», sagte Carina schnell, bevor Hagenah dazu kam, etwas zu erwidern. «Und wir wären Ihnen wirklich dankbar, wenn Sie uns bei den Ermittlungen unterstützen könnten. Sie tun das nicht für die Polizei, sondern für Viola May, die sich in diesem Augenblick in der Gewalt eines Entführers befindet und wahrscheinlich brutal misshandelt wird.» Kein Lächeln mehr auf Carinas Gesicht. Sie sah Brinkmann ernst an und blinzelte dabei nicht einmal.

Der schluckte trocken. «Was kann ich denn tun?»

«Erinnern Sie sich an Viola May?»

Hagenah lehnte sich zurück und ließ seine junge Kollegin machen. Sie war wirklich gut, er selbst dagegen eine krasse Fehlbesetzung für das Verhör eines Mannes, mit dem er sich vor kurzem noch geprügelt hatte.

Brinkmann zuckte mit den Schultern, aber das überlegene und gleichgültige Getue war verschwunden. «Wie man sich in diesem Job eben an eine Kundin erinnert. Sie hat mich nicht in die Wohnung gelassen, das weiß ich noch, ich fand sie ein wenig unfreundlich oder angespannt, aber immerhin gab es ein kleines Trinkgeld.»

«War außer ihr noch jemand in der Wohnung?»

«Wie gesagt, ich war nicht drinnen.»

«Was sagt Ihr Gefühl?»

Brinkmann schüttelte den Kopf. «Also, wenn Sie darauf hinauswollen, dass ihr Entführer drinnen gewartet hat, während sie die Pizza entgegennimmt, würde ich sagen, nee. Sie war bei mir im Hausflur und hätte ohne weiteres abhauen können.»

«Haben Sie im Hausflur, im Treppenhaus, auf der Straße irgendetwas bemerkt? Jede Kleinigkeit kann wichtig sein.»

Brinkmann dachte nach, machte dafür sogar ein angestrengtes Gesicht, und da Hagenah sich auf ihn konzentrierte, fiel ihm auf, wie übertrieben das wirkte.

«Nee, da war nichts. Das Übliche eben.»

«Niemand, der auf der Straße herumlungerte, das Haus beobachtete?»

«Nee.» Brinkmann war ganz bei Carina, seit sie das Verhör übernommen hatte, doch jetzt streifte sein Blick Hagenah, und es lag etwas Lauerndes darin.

«Was hat es mit den Flyern auf sich?», mischte sich Hagenah jetzt doch ein. «Du lieferst Pizza aus für den Verein und verteilst auch noch deren Werbung?» Es kostete Brinkmann Überwindung, Hagenah direkt anzusehen, so als befürchtete er, sich irgendwie verraten zu können.

«Für die Pizzeria arbeite ich schon lange, und als mein Chef begann, mit Food2You zusammenzuarbeiten, bot sich das mit dem Flyerverteilen an. Die wollten mich erst abwerben, ich sollte nur noch für die fahren, aber Richard Freitag ist ein echt cooler Chef, und da bin ich natürlich loyal.»

«Natürlich», spottete Hagenah. «Und du holst die Flyer auch noch selbst in der Druckerei ab!»

«Klar! Warum nicht?»

«Ich kapiere nur nicht, warum du die Dinger nicht einfach zusammen mit der Pizza verteilst. Wäre doch viel einfacher für dich.»

«Mach ich ja auch, manchmal, aber so viel Pizza geht dann auch nicht raus, dass ich damit das ganze Viertel abdecken könnte.»

«Also ist Ihr Arbeitgeber für das Verteilen der Flyer Food2You, und für das Ausfahren der Pizza der Inhaber der Pizzeria Emilia Romagna, Herr Richard Freitag», fasste Carina Reinicke zusammen.

«Genauso ist es.»

15

Rebecca nahm die Schachtel Zigaretten von der Ablage und schüttelte zwei heraus.

«Lasterzeit?», fragte sie.

Jens nickte. Er mochte ihre Lasterzeiten, und die letzte lag schon viel zu lange zurück. Jens steckte sich eine Zigarette in den Mund und ließ sie sich von Rebecca anzünden. Bei halb geöffneten Fenstern fuhren sie einige Züge lang schweigend.

«Du kannst das gern immer machen», sagte sie dann.

«Was kann ich immer machen.»

«Mich Becca nennen. Gefällt mir.»

Ein kurzer Seitenblick. Sie schaute geradeaus. Manchmal konnte er sie lesen wie ein Buch, und dann war sie wieder ein Geheimnis für ihn. Jens hatte den Eindruck, sie ließ ihn nur sehen, was er sehen sollte. Wie bekamen Frauen das nur immer hin?

«Hat dein Kurschatten dich auch so genannt?» Die Frage war heraus, bevor Jens sie überdenken und über Bord werfen konnte. Irgendwie hatte sie seit vergangenem Freitag auf ihre Chance gewartet, gestellt zu werden.

Becca lächelte milde. «Hat der Typ dich gestört?»

Ein Schulterzucken, das lässig wirken sollte. «Sollte er?»

«Sollte mich die ach so coole Jägerin stören?»

Mitunter hielten sie es minutenlang durch, Fragen mit Gegenfragen zu beantworten, was sich gerade bei Gesprächen über verzwickte Fälle als Vorteil herausgestellt hatte. Jetzt war die Frage aber persönlich und verlangte nach einer Antwort, fand Jens. «Du bist mindestens genauso cool», sagte er.

«Und du hast zwei Beine und Grips», antwortete sie, und endlich sah sie ihn wieder mit diesem Magenumdrehblick an.

Mehr Worte waren zu dem Thema erst einmal nicht nötig. Sie rauchten schweigend, bis Jens seinen Truck durch die engen Straßen im Grindelviertel lenkte. Wie immer war viel los, parkender Lieferverkehr blockierte die Straßen, Studenten der nahen Uni liefen Coffee to go trinkend oder auf ihren Handys tippend über die Straßen, sodass Jens genug damit zu tun hatte, niemanden zu überfahren.

Schließlich erreichten sie die Filmbox. Der einzige freie Parkplatz war mit einem Behindertenschild markiert.

«Nimm den», sagte Becca. «Ich hab meinen Ausweis dabei!»

Es brauchte drei Züge, dann stand die Red Lady so in der Parkbucht, dass sie durch die große Windschutzscheibe freien Blick auf die Filmbox auf der gegenüberliegenden Seite der Kreuzung hatten.

«Gehen wir rüber, oder sitzen wir hier, bis Landau rauskommt?», fragte Becca.

Jens lehnte sich zurück. «Ich geh rüber und du rollst. Aber vorher ... fass doch mal alles aus deiner Sicht zusammen. Ich glaube, ich brauche das gerade.»

Jens wusste, wie gut Becca das konnte. Seine eigenen Gedanken waren mitunter verworren und verloren sich in Seitengassen, aus denen sie nicht wieder auf den Hauptweg zurückfanden. Becca war da anders. Deswegen konnte sie so gut Rätsel und Sudokus lösen, was sie auch mit Leidenschaft und Ausdauer tat. Beccas Gedanken verloren sich nie, zumindest glaubte Jens das. Überdies lauschte er gern ihrer Stimme, die die Kraft hatte, ihn zu beruhigen.

Rebecca ließ einen Moment verstreichen, schaute aus der Seitenscheibe, strich ihr Haar hinters Ohr zurück, wirkte nachdenklich und ein bisschen traurig.

«Ich fange woanders an», sagte sie schließlich.

«Ganz wie du magst.» Jens stellte seinen Blick in die Ferne, fokussierte nicht mehr, machte seinen Geist weit. Hörte zu.

«Sandra Deuter, die Sängerin, die Tochter der Masseurin aus der Kurklinik ... Eine ganz andere Geschichte. Aber durch sie bin ich auf den Fall Beatrix Griesbeck aus Hessen gestoßen, verschwunden in dem Jahr, in dem auch Sandra verschwand. Ich warte noch auf den Rückruf des damals ermittelnden Beamten, der jetzt im Ruhestand ist. Die Akten habe ich bereits per Mail bekommen, das war es, was du dir vorhin anschauen solltest. Ganz durchgelesen habe ich sie noch nicht, aber es sieht so aus, als sei Beatrix damals längere Zeit gestalkt worden ... von einem Unbekannten, den man niemals ermittelt hat. Zwei Wochen bevor sie verschwand, schnitt dieser Unbekannte ihr eine Haarsträhne ab, als sie bei einem Konzert von Pink in einem Stadion in einer Menschenmenge stand. Sie hatte eine Freundin, Melly, die sich in dieser schweren Zeit um sie kümmerte, sie beschützte. Die beiden waren ein lesbisches Pärchen. Melly verschwand ebenfalls. Und zwar vor Beatrix! Vor der eigentlich Gestalkten.»

«Keine Leiche?», fragte Jens.

«Nein. Einfach verschwunden.» Eine kurze Pause, in der Becca erneut ihr Haar zurückstrich.

«Viola May und Sabine Scholz. Viola wird gestalkt, Sabine beschützt sie. Sabine wird getötet, Viola verschwindet.

Kim Landau. Verschwindet spurlos, taucht vier Jahre später wieder auf. Ihr Freund kommt kurz vor ihrem Verschwinden bei einem Autounfall ums Leben. Wie ist er eigentlich abgelaufen, dieser Unfall?»

«Weiß ich noch nicht.»

«Okay, ich wette, es gibt Ungereimtheiten. Und ich wette, da ist ein Mann unterwegs, der sich auf eine bestimmte Frau fokussiert, sie unbedingt haben, in seine Gewalt bringen will, dafür ist ihm jedes Mittel recht, dafür tötet er auch, und zwar ohne Skrupel. Möglicherweise gehört das Ausschalten einer Bezugsperson seines eigentlichen Opfers aber auch zu seinem Modus Operandi. Will er die Frauen isolieren, ihnen zeigen, wie allein und hilflos sie gegen ihn sind? Rächt er sich, weil er irgendwann einmal um die Gunst einer Frau buhlte und gegen einen Konkurrenten verlor? Wir wissen es nicht. Ziemlich sicher können wir aber eines feststellen: Kim Landau war sein erstes Opfer. Zu ihr muss er den stärksten Bezug gehabt haben. Da müssen wir ansetzen. Was hat es mit dieser blauen Schultasche auf sich? Haben die beiden sich in der Schule kennengelernt? Müssen wir so weit zurückgehen, um ihn zu finden? Ich denke, ja. Es sei denn, wir gehen – oder rollen – jetzt da rüber, und ich bin mir zweifelsfrei sicher, dass Jan Landau der Mann auf den Videos aus dem Kaufhaus und auf dem Foto von Violas Handy ist.» Becca sah ihn mit hochgezogenen Augenbrauen auffordernd an. «Bereit, wenn Sie es sind, Sergeant Pembry», zitierte sie den bekannten Satz aus «Das Schweigen der Lämmer». Sie kannte sich hervorragend aus in der großen weiten Filmwelt.

16

Viola May war ein Scheidungskind. Ihr Vater hatte die Familie verlassen, als sie sechs Jahre alt gewesen war, und sich nie wieder blicken lassen. Wie es dazu gekommen war und warum sich ihre Eltern so spinnefeind waren, dass sie nicht einmal um ihres Kindes willen den Kontakt aufrechterhalten konnten, wusste Viola nicht. Vielleicht hatte ihre Mutter vorgehabt, eines Tages, wenn sie alt genug gewesen wäre, mit ihr darüber zu sprechen, aber das Schicksal war launisch gewesen und hatte ihre Mutter vorzeitig aus dem Leben gerissen. Viola war gerade achtzehn geworden, als ihre Mutter nach kurzem Kampf an einer schlimmen Krebserkrankung starb.

Diese Gedanken gingen ihr durch den Kopf, während sie wartete. Auf ihren eigenen Kampf um Leben und Tod. Und auch wenn sie alles daransetzen würde, diesen zu gewinnen, stand noch längst nicht fest, wie es ausgehen würde.

Sie hatte nur eine Schere und das Überraschungsmoment. Aber das hatte er vielleicht auch.

Es gab keine Uhr in dem Raum, sodass sie nicht einschätzen konnte, wie viel Zeit verging. Es mochten zwei, vielleicht aber auch drei oder vier Stunden gewesen sein, als sie endlich ein Geräusch hörte.

Irgendwo schlug eine Tür, und die Vibration übertrug sich durch das Mauerwerk in den Fußboden, auf dem sie lag. Schnell überprüfte Viola noch einmal die Knoten, mit denen sie sich selbst wieder an die Stuhlbeine gefesselt hatte. Es sollte so aussehen, als sei sie zwischenzeitlich gar nicht wach gewesen. Nur wenn er genau hinsehen würde – und sie ging davon aus, dass er das tat –, würde er bemerken, dass sie die Knoten nicht richtig festgezogen hatte.

Sie hatte die Schere in der Hand unter ihrem Shirt versteckt, schloss die Augen und verließ sich auf ihr Gehör. Sie glaubte, Schritte wahrzunehmen. Nicht sosehr als Geräusch, sondern vielmehr als Schwingung im Boden, so wie es bei alten Dielenböden oft vorkam.

Dann Stille. Sie spürte ihn warten.

Minuten verrannen zäh und nervenzerrend. Ihr Herz begann zu wummern, sie schwitzte, die Wunde an ihrem Ohr pochte unangenehm. Schließlich wurde ein Schlüssel ins Schloss geschoben und herumgedreht, und mit einem leisen Quietschen schwang die Tür auf. Sofort spürte Viola einen eiskalten Luftzug.

Viola atmete so flach wie möglich, damit sich ihr Oberkörper nicht bewegte, doch je mehr sie sich darauf konzentrierte, die Augen geschlossen zu halten, desto heftiger begannen ihre Lider zu flattern – dagegen konnte sie rein gar nichts tun.

Er verharrte in der Tür, und sie stellte sich vor, wie er den Raum nach verräterischen Spuren musterte. Sie hatte den Gedanken kaum zu Ende gedacht, da spürte sie, wie er den Raum betrat.

«Ich habe keine Zeit für deine Spielereien. Steh auf!», sagte er. Viola öffnete die Augen und sah seine Schuhe. Modische Sneaker, weiße, schmutzige Sohle, darüber eine Jeans mit umgeschlagenen Beinen. Er ging auf den Tisch hinter dem Strahler zu und war entspannt genug, ihr auch noch den Rücken zuzudrehen.

Viola wusste, sie musste handeln, doch bevor sie zu einer Entscheidung kommen konnte, schob er ihr über den nackten Boden hinweg einen Gegenstand zu, der direkt vor ihrem Gesicht landete. Es war das Akku-Schergerät.

«Du rasierst dir jetzt sofort das restliche Haar vom Kopf, oder ich schwöre dir, ich bringe dich hier auf der Stelle um. Fordere mich nicht heraus.»

Damit hatte Viola zwar nicht gerechnet, aber vielleicht war das auch gar nicht schlecht. Sie richtete ihren Oberkörper auf, die Schere mit den geschlossenen Klingen in der Hand, und starrte ihn wutentbrannt an.

Er stand an den Tisch gelehnt da. In der rechten Hand hielt er erneut die Holzlatte. «Schieb die Schere rüber», forderte er sie auf, und als Viola nicht sofort reagierte, schrie er laut: «Na los!»

Viola folgte seiner Anweisung nur langsam und widerwillig, obwohl er sie mit der Holzlatte einschüchterte. Im Zeitlupentempo legte sie die Schere auf den Boden und gab ihr einen Stoß, sodass sie zu ihm hinüberrutschte. Er bückte sich, hob sie auf und legte sie hinter sich auf den Tisch, ohne Viola dabei aus den Augen zu lassen.

«Weiter, mach schon. Oder soll ich dir vielleicht die Hände abhacken, wenn sie ja doch zu nichts nütze sind?» Die Drohung verfehlte ihre Wirkung nicht. Viola nahm das

Schergerät in die Hand, aber gleichzeitig fragte sie sich auch, ob der Mann überhaupt in der Lage war, seine Drohung wahr zu machen.

Bleib ruhig, sagte sie sich. Wenn es so ist, liegt darin deine Chance. Tu, was er sagt, und warte darauf, deinen Joker einzusetzen, wenn er seinen maximalen Schaden anrichten kann. Also nahm sie das Schergerät und schaltete es ein. Es brummte los. Auf der Vorderseite zeigte eine blaue Lichtleiste den Ladezustand an. Der Akku war noch drei viertel voll.

Die Klingen auf ihrem Kopf fühlten sich kalt an. Kreuz und quer fuhr sie damit über ihren Schädel hinweg, schaute ihm dabei in die Augen und sah ihr restliches Haar zu Boden fallen. Wort- und reglos sah er ihr zu. Nach ein paar Minuten warf Viola das Schergerät plötzlich in seine Richtung. Er konnte dem nicht sehr zielgerichteten Wurf ausweichen, und das Gerät prallte gegen die Wand. Plastikteilchen sprangen zu allen Seiten.

«Hast du jetzt genug!», schrie sie ihn an, und Tränen schossen ihr aus den Augen, obwohl sie dagegen ankämpfte. «Ich will jetzt sofort wissen, was mit Bine ist!»

«Das sollst du auch wissen. Ich bringe dich zu ihr. Sie wartet schon auf dich.» Viola war verwirrt. Damit hatte sie nicht gerechnet.

«Sie lebt?»

«Natürlich lebt sie. Was sollte sie mir tot nützen! Ihr beiden werdet noch lange leben.»

«Ich glaube dir nicht!»

«Dann muss ich es dir wohl beweisen. Aber eines vorweg: Wenn du noch einmal etwas versuchst, töte ich nicht dich, sondern Sabine ... und zwar vor deinen Augen. Ich schwöre dir, ich zerhacke sie, während du zusiehst. Hast du das verstanden?»

Viola nickte. Die Aussicht, Bine wiederzusehen, erfüllte sie mit neuer Kraft und Hoffnung. Vielleicht war ja doch noch nicht alles verloren. Vielleicht konnte diese Sache für sie beide noch gut ausgehen.

Er trat auf sie zu, einen groben Strick in der Hand.

«Streck deine Hände aus», befahl er.

Das tat Viola, und er band sie ihr zusammen.

Dann legte er ihr einen weiteren Strick um den Hals.

«Also los! Gehen wir dorthin, wo niemand schöner ist als der andere.»

17

«Na dann ... Dieselbe Prozedur wie vorhin», verlängerte Jens das Filmzitat aus «Das Schweigen der Lämmer», stieg aus, lud den Rollstuhl von der Ladefläche, öffnete die Beifahrertür, stellte Ivar davor und hievte Becca hinein.

«Danke», hauchte sie ihm ins Ohr, und ihm lief ein Schauer den Rücken hinab.

«Kein Problem», überspielte Jens seine Verlegenheit. «Zeigen wir dem Kerl, was für ein Team wir sind!»

Er schob sie bis an die Fußgängerampel, wo sie mit einigen anderen Menschen warten mussten, bis es grün wurde.

«Wenn du ihn gleich siehst und wiedererkennst», sagte Jens, «dann lass es dir nicht anmerken. Viola ist nicht geholfen, wenn er in Haft ist und uns nicht sagt, wo er sie versteckt hält.»

«Er soll uns zu ihr führen?»

«Das wäre der Idealfall.»

Die Ampel schaltete um, und der Menschenpulk lief los. Natürlich waren alle schneller als Jens und Rebecca, außer dem Mann, der mit einer Sackkarre mehrere schwere Kartons vor sich herschob. Vor ihnen betraten zwei Männer die Filmbox, doch die Tür war längst wieder zugefallen, als sie dort eintrafen.

Jens öffnete sie und hielt sie für Rebecca auf, die zögerlich in den Laden rollte. Ihnen folgte der Mann mit der Sackkarre, dem Jens die Tür gleich auch noch aufhielt. Er bedankte sich mit einem Lächeln.

Die beiden Kunden waren zwischen den Regalreihen verschwunden, sonst war niemand zu sehen. «Interessante Einrichtung», sagte Becca leise und ließ ihren Blick durch den unübersichtlichen, mit abgewetzten Regalen und schiefstehenden Grabbeltischen vollgestellten Raum gleiten.

«Erotik ist hinten links», sagte Jens leise. «Such dir was aus, ich hol mal den Chef.» Jens ging zu dem langen Tresen vor, wo bereits der Mann die Kartons von der Sackkarre lud. «Hallo!», rief er laut.

«Komme!», schallte es von irgendwo aus den Tiefen hinter dem Vorhang, und Jens war sich nicht ganz sicher, ob es sich dabei wirklich um die Stimme von Jan Landau handelte.

Während er wartete, fiel sein Blick auf die Auslage auf dem Tresen. Die war unordentlich wie der ganze Laden, und nur, weil er in diesem Moment genauer hinsah, entdeckte er den Stapel Flyer – und zuckte zusammen.

Food2You.

Jens nahm einen davon an sich und klappte ihn auseinander. Darin lag ein Gutschein über zehn Euro für die erste Bestellung über den Lieferservice.

«Das gibt's doch gar nicht», sagte Jens leise zu sich selbst und dann lauter: «Becca, schau dir das mal an.»

Sie kam herangerollt. «Was ist denn?»

Er reichte ihr den Flyer. Sie nahm ihn und zog überrascht die Augenbrauen hoch.

«Hier liegen noch mehr und ...»

In diesem Moment trat jemand durch den Vorhang und schnitt damit Jens' Satz ab. Es war nicht Jan Landau, sondern ein junger Mann mit dunkler Haut, Rastalocken und einem unwiderstehlich breiten Grinsen. Seine Zähne glänzten wie Perlmutt. Jens war sich sicher, diesen auffälligen Mann schon häufiger im Grindelviertel gesehen zu haben. Er kümmerte sich zuerst um die Lieferung, unterschrieb dafür, und der Lieferant zog mit der leeren Sackkarre von dannen.

«Hey, ihr Lieben, was kann ich für euch tun?», sprach der Rastamann sie schließlich an.

Jens zeigte seinen Dienstausweis.

«Wer sind Sie?», fragte er.

«Victor Kokartis», antwortete der Rastamann.

«Wo ist Jan Landau? Vor zwei Stunden hab ich noch hier mit ihm gesprochen.»

«Jan rief mich an und fragte, ob ich heute einspringen kann.»

«Sie arbeiten also häufiger hier?»

«Regelmäßig. Filme sind mein Leben. Frag mich was, ich weiß alles!»

«Wo ist Landau hin?»

«Mann, das weiß ich nicht. Ich meinte, ich weiß alles über Filme.»

Einer der beiden Kunden trat an den Tresen und legte zwei DVDs darauf ab. Er warf Jens einen misstrauischen Blick zu, zückte einen Zehn-Euro-Schein und legte ihn dazu. Ungeduldig wartete Jens, bis Kokartis abkassiert und Wechselgeld herausgegeben hatte und der Kunde unter dem Läuten der Türglocke den Laden verließ.

«Hat er nicht gesagt, warum Sie einspringen müssen?», fragte er dann.

«Nee, hat er nicht, aber er klang echt aufgeregt. Was ist denn los? Steckt Jan in Schwierigkeiten? Mann, für den leg ich meine Hand ins Feuer, der ist echt korrekt.»

Wenn du sie dir da mal nicht komplett verbrennst, dachte Jens, sagte es aber nicht laut.

Rebecca rollte von ihm weg, Jens folgte ihr nur kurz mit dem Blick und konzentrierte sich dann wieder auf den Rastamann.

«Wo wohnt Herr Landau, wissen Sie das?»

«Klar! Nicht weit weg. Milchstraße, in so 'nem Hinterhof. Die Nummer weiß ich grad nicht, elf oder so, keine Ahnung.»

«Victor!», rief Rebecca von irgendwo aus dem Laden. «Du weißt alles über Filme?»

Jens drehte sich zu ihr um. Sie stand in ihrem Rollstuhl zwischen zwei Regalreihen und starrte zu einer Wand empor, an der neben dem Fenster mehrere an die Tapete gepinnte weiße T-Shirts mit Aufdruck hingen.

«Frag mich was, Lady, ich weiß alles!»

Victor kam hinter dem Tresen vor und ging zu ihr. Sein Schritt war federnd, er bewegte sich, als ginge die Schwerkraft ihn nichts an. Rebecca deutete auf die Shirts. «Dieser Spruch da …», begann sie.

Victor Kokartis las ihn laut vor. «Wendy … darling. Light of my life. I'm not gonna hurt ya … I'm just gonna bash your brains in. I'm gonna bash 'em right the fuck in.»

Jens las den Aufdruck still mit. In seinem Inneren verkrampfte sich alles.

«Is geil, oder?», sagte der Rastamann. «Ein Filmzitat. Weißt du, woher, Lady?»

Rebecca schüttelte den Kopf.

«Frag Victor, der weiß alles, was mit Film zu tun hat. Der grandiose Jack Nicholson hat diesen Satz in der genialen Verfilmung des Stephen-King-Klassikers «The Shining» von Stanley Kubrick zu seiner Filmfrau Shelley Duvall gesagt. Is 'n Klassiker!»

Victor Kokartis strahlte zuerst Rebecca und dann Jens an, aber dabei nahm seine gute Laune Schaden, und seine Perlmuttzähne verschwanden hinter den Lippen.

«Was ist? Hab ich was Verkehrtes gesagt? Ich meine, okay, Schädel einschlagen und so, das is natürlich nicht gut, und ich würde so was ja auch nie …»

«Woher kommt dieses Shirt?», unterbrach Jens ihn.

«Keine Ahnung, Mann. Jan lässt die irgendwo bedrucken.»

«Jan Landau hat dieses Shirt mit diesem Text bedrucken lassen?», wiederholte Jens.

«Ja, sag ich doch. Und die verkaufen sich echt gut! Auch bei Amazon.»

«Hol's runter!», wies Jens ihn an und zog sein Handy hervor.

«Was?»

«Du sollst das scheiß Shirt da runterholen!», blaffte er, trat einen Schritt zurück und setzte übers Handy die Fahndung nach Jan Landau in Gang.

KAPITEL 5

1

Kindheit

«Junge, hast du verstanden, was hier besprochen wird?»

Er sah die alte Frau mit der übergroßen Brille an und fragte sich, wie tief die Scherben des Glases in ihre Augen eindringen würden, wenn er sie einschlüge.

Auf dem wie immer zugemüllten Wohnzimmertisch stand ein voller Aschenbecher aus grauschwarzem Granit, damit könnte er es tun. Eine schnelle Bewegung, niemand würde ihn davon abhalten können. Seine Eltern nicht, die völlig paralysiert dasaßen, unfähig zu handeln, und auch der Mann in den Vierzigern nicht, der zwar kräftig war, aber einen dicken Bauch vor sich herschob, der im Sitzen die Knöpfe seines weißen, kurzärmeligen Hemdes zu sprengen drohte.

Mann und Frau – die Namen hatte der Junge in dem Moment vergessen, da sie genannt worden waren – waren vom Jugendamt. Nicht zum ersten Mal tauchten solche Leute bei ihnen zu Hause auf, bisher immer folgenlos, aber diesmal schien es anders zu sein.

«Ich soll in ein Heim», sagte der Junge.

Seine Mutter glotzte ihn aus hervorquellenden Augen an, eine Zigarette im Mundwinkel. Sein Vater, bleich und ausgemergelt, war tief in die Couch gesunken, die eingefallenen Wangen bewegten sich im Rhythmus seiner Atemzüge, in seinen Bartstoppeln hingen Fusseln.

«Deine Eltern sind leider sehr krank und können nicht länger für dich sorgen. Das verstehst du doch, nicht wahr?», sagte die Frau vom Jugendamt.

Dies war nun also der Tag, vor dem er sich so lange gefürchtet hatte, den er aber hatte kommen sehen. Alles hatte er ertragen, die Schläge, die Drangsalierungen, die langen einsamen Nächte, die Stille vor den Schreien, seine Unsichtbarkeit ... alles. Und nun wandten sie sich trotzdem von ihm ab.

In seiner Phantasie schlug er nun nicht mehr nur der alten Frau die Brillengläser in die Augen, nein, er sah sich danach den schweren Ascher gegen seinen Vater erheben, der teilnahmslos dasaß und nicht einmal eine Hand erhob, um den Schlag gegen seinen Schädel abzuwehren. Wehr- und tatenlos ließ er sich von seinem Sohn erschlagen. Dieses Wrack, dass ihnen mit seiner Schreierei das Leben zur Hölle machte. «Mama ...», sagte der Junge. «Bitte, schick mich nicht weg.»

Sie sah ihn an, immerhin, und er hatte das Gefühl, zum ersten Mal nahm sie ihn wirklich wahr. Ihre Mundwinkel zitterten genauso wie die Hand, mit der sie die Zigarette hielt. «Das ist doch nur, weil du nicht in die Schule gehst», sagte sie. «Dabei hab ich dir doch gesagt, du musst in die Schule gehen.»

Ein Vorwurf. Sie brachte nichts weiter hervor als einen Vorwurf. Es war alles seine Schuld. Ja, er war seit zwei Wochen, seit der Prügelei, nicht mehr in der Schule gewesen.

«Können Sie ihm ein paar Sachen einpacken?», sagte die alte Frau. Seine Mutter sah sie entgeistert an. «Wie? Jetzt gleich? Das hat doch noch ein paar Tage Zeit!»

Der dickbäuchige Mann räusperte sich. «Tut mir leid,

nein, hat es nicht. Wir haben Ihnen mehrfach Zeit gegeben, Ihre häuslichen Probleme in den Griff zu bekommen, das ist Ihnen leider nicht gelungen. Für uns spielt nunmehr nur noch das Kindeswohl eine Rolle. Wir müssen Ihren Sohn heute mitnehmen.» Er sprach mit emotionsloser Stimme, und der Junge nahm ihn auf in die Reihe der Schädel, die einzuschlagen waren.

«Mama!» Er fixierte seine Mutter, wollte sie nicht aus dem Blick lassen, doch sie wich ihm aus, sah auf ihre Finger, knibbelte daran herum, zog an ihrer Zigarette.

«Junge», sagte der Dickbäuchige. «Geh bitte auf dein Zimmer und pack ein, was du mitnehmen möchtest. Sonst übernimmt meine Kollegin das.»

Für einen Moment schien die Zeit stillzustehen. Die Luft gefror, ebenso der Qualm aus der Zigarette, niemand atmete, bewegte sich oder sagte etwas, und der Junge kam sich vor, als stellte die Welt ihn in eine Ecke, fort von den anderen. Allein. Einsam.

Schließlich, als in ihm gestorben war, was er schon längst für tot gehalten hatte, erhob er sich, sagte: «Ich packe», und verließ das Wohnzimmer, in dem heute der Fernseher zur Abwechslung nicht lief.

Mühsam schleppte er sich die schmale Treppe ins Obergeschoss hinauf. Dabei kam er sich verraten vor. Seine eigenen Eltern hatten ihn verraten und verkauft. Er wusste nicht einmal, warum ihm das so sehr zusetzte, schließlich hatten sie ihn nie gesehen, nie beachtet, und doch war das hier sein Zuhause, und er hatte nie daran gedacht fortzugehen.

Noch auf den Stufen begann er leise zu schnalzen.

Er brauchte diese Zwiesprache mit sich selbst, um nicht

die Kontrolle zu verlieren. In seinem kleinen Zimmer angekommen, stand er zunächst einfach nur da und wusste nicht, was zu tun war. Was sollte er einpacken?

Tränen der Wut und Verzweiflung schossen ihm in die Augen, und obwohl er mit aller Kraft versuchte, sie zurückzudrängen, schaffte er es nicht. Sie verschleierten seinen Blick, und durch diesen nassen Vorhang hindurch sah er die blaue Schultasche mit dem Schriftzug, die zwischen seinem Bett und der Wand stand.

Er holte sie hervor und drückte sie sich an die Brust, umarmte sie, wie man einen Menschen umarmen würde, streichelte über den groben Stoff, roch daran und meinte, das Mädchen vom Pferdehof riechen zu können ...

«Junge!», kam es vom Fuß der Treppe. «Wie lange dauert das denn?» Es war der Mann, der rief, und seine Stimme brachte sein Blut zum Kochen.

«Gleich!», rief der Junge.

Dann kippte er den Inhalt der blauen Schultasche auf sein Bett und machte sich daran, sie mit seinen Sachen zu füllen.

2

«Können Sie das bitte noch einmal wiederholen», sagte Rebecca. «Ich schalte auf Lautsprecher um, damit meine Kollegen mithören können.»

Bei ihr im Büro saßen Carina Reinicke und Rolf Hagenah. In der Leitung hatte sie Reinhold Köttner aus Baunatal in Hessen, den pensionierten Kommissar, der vor zwei

Jahren im Fall der verschwundenen Beatrix Griesbeck ermittelt hatte.

«Beatrix Griesbeck und Melly Becker hatten getrennte Wohnungen», sagte Köttner. «Deshalb erfuhren wir auch erst nach der Vermisstenanzeige von Beatrix' Eltern, dass die beiden Fälle zusammenhingen. Mellys Eltern hatten ihre Tochter schon zwei Tage zuvor vermisst gemeldet. Die beiden hatten ihre Beziehung vor ihren Familien geheim gehalten. Wir sind ganz kurz mal davon ausgegangen, dass die beiden einfach abgehauen waren, um irgendwo ein neues Leben zu beginnen, wo sie sich nicht länger verstecken mussten, im Ausland vielleicht. Allerdings passte einiges nicht dazu ... die Lieferung zum Beispiel.»

«Die Lieferung?», wiederholte Rebecca und hob den Finger, um Carinas und Rolfs Aufmerksamkeit auf den nächsten Satz des pensionierten Kommissars zu lenken.

«Pizza ... in Beatrix' Wohnung. Wurde geliefert, aber nicht gegessen, es sah aus, als wäre sie unmittelbar nach der Lieferung aus dem Haus gegangen und verschwunden. Handy, Geldbörse und Schlüsselbund hatte sie mitgenommen, aber sonst nichts. Keine Kleidung. Das Licht brannte noch in ihrer Wohnung.»

«Und von welchem Lieferdienst kam die Pizza?», fragte Rebecca nach und hielt gleichzeitig den Flyer hoch, den sie aus Jan Landaus Filmbox mitgenommen hatte.

«Food2You. Wir haben natürlich den Lieferanten und die Firma überprüft, aber von denen hatte niemand etwas mit dem Verschwinden von Beatrix Griesbeck zu tun.»

«Vielen Dank, Herr Köttner. Sie haben uns sehr geholfen. Ich melde mich wieder, versprochen!»

Rebecca hatte dem Mann zugesagt, ihn auf dem Laufenden zu halten, falls sich in dem alten Fall, den er nicht hatte lösen können, etwas tun sollte.

Carina und Rolf starrten sie an. Carina mit offenem Mund, Rolf mit versteinertem Gesicht.

«Das war vor zwei Jahren in Baunatal in Hessen. Und jetzt liegen die Flyer von Food2You in Jan Landaus Filmbox aus», sagte Rebecca. «Und er lässt T-Shirts mit einem Filmzitat bedrucken, das übersetzt mit ‹Licht meines Lebens› beginnt. Und er ist Kim Landaus Vater.»

«Und er ist auf der Flucht!», ergänzte Rolf Hagenah.

Vor einer Stunde hatte er den Schwarzen Lutger laufenlassen müssen, weil sich die Verdachtsmomente gegen ihn nicht erhärtet hatten. Lutger Brinkmann hatte nach Viola nachweislich noch zwei weitere Kunden beliefert, er hatte an dem Abend keine Gelegenheit gehabt, Viola zu entführen. Später in der Nacht schon, allerdings sah er dem Mann auf den Videos überhaupt nicht ähnlich. Sicher, seine Glatze hätte er mit einer blonden Perücke kaschieren können, aber seine Statur, groß und dünn, passte einfach nicht. Trotzdem schien sich Hagenah von der Spur nicht lösen zu können.

«Da gefällt mir dennoch so einiges nicht», sagte er. «So viele Indizien, die alle zu Jan Landau führen. Kim wird in den Schwarzen Bergen aufgegriffen, er hat dort sein Anwesen. Kim wiederholt immer wieder diesen einen Satz, den er auf T-Shirts drucken lässt. Und dann ruft er sein nächstes Opfer, Viola May, auch noch mit einer Prepaidkarte an, die er auf den Namen Kim Landau gekauft hat? Das macht doch niemand, der unentdeckt bleiben will.»

«Aber das würde jemand machen, der will, dass Landau in Verdacht gerät», sagte Carina.

«Trotzdem ist Landau auf der Flucht», warf Rebecca ein. «Ich bin gespannt, ob Jens etwas auf dem Anwesen findet.»

Jens hatte Rebecca von der Filmbox zurück ins Präsidium gebracht und war dann direkt zu dem Einsatzkommando in die Milchstraße geeilt, das Landaus Wohnung gestürmt hatte. Ohne Erfolg, er war nicht dort gewesen. Im Anschluss war der ganze Tross hinaus in die Schwarzen Berge zu dem leerstehenden Anwesen Landaus geeilt.

Hagenah sah auf die Uhr. «Sie müssten bald dort sein. In einer Stunde dürften wir mehr wissen. Ich hasse es, tatenlos herumzusitzen.»

«Wenn Jens wenigstens diese blaue Tasche in Landaus Wohnung gefunden hätte», sagte Rebecca. «Dann könnten wir ziemlich sicher sein, dem Richtigen auf der Spur zu sein.»

«Er wird sie bei sich tragen», wandte Carina ein. «Weil er das ja anscheinend immer tut. Vielleicht ist ihm dieser Spruch, Licht meines Lebens, ja auch so in Fleisch und Blut übergegangen, dass er es nicht mehr merkt, wenn er ihn benutzt. Vielleicht ist es genauso wie mit der Tasche. Er denkt einfach nicht darüber nach, dass beides Spuren sind, die zu ihm führen.»

«Möglich», sagte Hagenah. «Aber was ist mit der Prepaidkarte?»

Carina zuckte mit den Schultern. «Absicht? Weil er ein Spiel spielen will mit der Polizei ... vielleicht auch nur ein Fehler.»

«Oder eine ganz bewusste Entscheidung von jemand anderem», versetzte Rebecca.

«Jemand anderem?» Carina sah sie fragend an.

«Ich weiß nicht ... ich werde das Gefühl nicht los, dass da ein anderer im Hintergrund die Strippen zieht.»

«Aber wer?

«Vielleicht sollten wir uns diesen Lieferdienst vornehmen. Food2You. Jens hatte das ohnehin vor, falls Landau eine falsche Spur sein sollte. Immerhin lassen die Flyer herstellen und verteilen, die in zwei Fällen in den Wohnungen von Frauen gefunden wurden, die auf unerklärliche Weise kurz nach der Lieferung einer Bestellung von Food2You verschwanden.»

«Ohne Jens?», fragte Hagenah.

«Was kann es schaden?» Rebecca sah ihn auffordernd an.

«Genau genommen ... nichts. Und es ist immer noch besser, als untätig zu sein.» Er stand auf, ging zur Tür, und Carina wollte ihm folgen.

«Hey!», rief Rebecca von ihrem Platz hinter dem Schreibtisch. «Ihr lasst mich doch wohl nicht hier! Ich sterbe, wenn ich allein hier rumsitze.»

Carina und Hagenah warfen sich einen kurzen Blick zu. «Na dann, auf geht's!», sagte Hagenah, hielt ihr die Tür auf, und sie rollte hindurch.

3

Bei Jens machte sich Frust breit.

Er war sich so sicher gewesen, Viola May auf dem leerstehenden, nur von einem riesigen Wildschwein namens

Claus-Calle bewohnten Anwesen zu finden, aber sie war nicht da.

Das Einsatzkommando war mit der Durchsuchung fertig. Wohnhaus, Anbauten, Kinohaus, Keller, Stall ... jede Tür war geöffnet worden, mit oder ohne Gewalt, hinter jeden Schrank geschaut, jedes Möbelstück von der Wand gezogen, jede Möglichkeit für ein geheimes Versteck überprüft worden.

Nichts!

Viola war nicht hier. Und es sah auch nicht so aus, als hätten auf dem Anwesen Verbrechen stattgefunden, von einer vierjährigen Einkerkerung ganz zu schweigen, denn dafür brauchte man Räumlichkeiten.

Jens verstand die Welt nicht mehr. Alle Indizien und Spuren liefen doch auf diesen Hof hinaus! Vielleicht zu deutlich, ja, aber das wäre ja auch nicht das erste Mal. Landau war schließlich kein Genie, sondern ein Videohändler. Und dennoch ... Jens hatte sich getäuscht. Oder aber Landau verfügte noch über ein weiteres Versteck.

Claus-Calle ließ das alles unbeeindruckt. Er stand in seiner eigenen Suhle und hatte längst das Interesse an Jens verloren, der bereits seit einer Viertelstunde am Gatter lehnte, um nachzudenken.

Schwein müsste man sein, schoss es ihm durch den Kopf. Von hinten trat der Einsatzleiter an ihn heran. «Sollen wir den Eber erschießen und den Boden durchbaggern lassen?», fragt er. Claus-Calle hob den Kopf, und in seinen schmalen Augen blitzte es auf.

Die Idee hatte Jens vorhin selbst aufgebracht, als sich abzeichnete, dass hier nichts zu finden war. Aber wenn es kein Versteck gab, in dem Landau seine Opfer gefangen hielt, gab es vermutlich auch keine Knochenreste im Schweinekoben.

«Nein, vorerst nicht», antwortete er. «Und wenn wir den Boden doch noch durchsuchen müssen, wird das Schwein nicht erschossen, das kann schließlich nichts dafür!»

«Können wir dann abziehen?», fragte der sichtlich genervte Einsatzleiter, dem das wenige verbliebene Haar verschwitzt am Schädel klebte.

«Ein Team bleibt hier, bis ich Entwarnung gebe. Der Rest kann zurück in die Stadt.» Ohne sich für den Einsatz zu bedanken, wie er es sonst tat, wandte sich Jens ab und ging zurück zu seiner Red Lady. Es war sinnlos, allerdings wusste er auch nicht, wohin er sich jetzt wenden sollte, welchen Ansatz weiterverfolgen.

Carina Reinicke und Rolf Hagenah nahmen sich schon einmal Food2You vor, das hatte Rebecca ihm am Telefon gesagt, und das war auch in Ordnung, er konnte schließlich nicht überall gleichzeitig sein. Bis vor wenigen Minuten hatte Jens noch gedacht, der Lieferservice wäre aus dem Rennen, und so richtig mochte er Jan Landau als Spur noch nicht aufgeben, aber vielleicht verrannte er sich auch.

Was mochte es mit diesen Werbeflyern auf sich haben? Konnte es ein Zufall sein, dass sie im Laden von Landau auslagen? Lagen sie vielleicht sowieso überall aus im Stadtgebiet? So eine Videothek war schließlich als Auslageort sinnvoll, weil die Leute gern etwas zu Essen bestellten, wenn sie einen Film anschauten.

Mit dem Vorsatz, zurück nach Hamburg zu fahren und sein Team dort zu unterstützen, fuhr Jens die holperige Zufahrt hinunter, und weil er in Gedanken war, übersah er einen von links kommenden Wagen und nahm ihm beinahe die Vorfahrt. Jens musste hart auf die Bremse steigen, um einen Unfall zu verhindern. Der Fahrer des Wagens hupte langgezogen und verschwand Richtung Ortschaft.

Mit rasendem Herzen sah Jens ihm nach, und ihm fiel ein, dass er es bisher versäumt hatte, mit den Eltern von Kim Landaus Freund zu reden, dem bei einem Verkehrsunfall in Bremen ums Leben gekommenen Benjamin Schneider aus Sieversen.

Statt Richtung Hamburg zu fahren, folgte Jens nun dem Beinahe-Unfallwagen in Richtung Ortskern. Die Adresse der Schneiders, die er von Gerlinde Landau erfahren hatte, war in seinem Notizblock notiert, und Jens fand sie auch ohne die Hilfe der Handynavigation.

Das schlichte Einfamilienhaus lag in einer typischen Wohnstraße, in der alle Häuser mehr oder weniger gleich aussahen: Landidylle pur mit gepflegten Gärten, gestutzten Koniferen und gewaschenen Wagen unter Holzcarports. Nicht Jens' Ding, aber er verstand den Wunsch der Menschen nach dieser friedlichen Gleichförmigkeit.

War sie erst einmal verloren gegangen, bekam man sie nicht mehr zurück.

4

Die Firmenzentrale eines bundesweit operierenden Lieferservice für Essen hatte Rebecca sich anders vorgestellt. Irgendwie ... repräsentativer.

Food2You kündigte sich durch ein unspektakuläres Kunststoffschild neben der Eingangstür eines gesichtslosen sechsstöckigen Bürogebäudes an, in dem noch einige andere Firmen untergebracht waren. Rechtsanwälte, Steuerberater, eine Medienagentur, sogar eine Filmproduktionsfirma, von der Rebecca noch nie etwas gehört hatte.

In der Eingangshalle setzte sich der nüchtern-zweckmäßige Eindruck fort. Einen Empfang gab es nicht, dafür vier Fahrstühle. Carina Reinicke betrat einen davon, und Rolf Hagenah schob Rebecca hinterher. Bevor sich die Türen schlossen, bemerkte Rebecca einen Mann, der zu ihnen hineinstarrte. Zugegeben, sie boten bestimmt ein interessantes Bild. Eine Frau im Rollstuhl, ein bulliger großer Polizist in Uniform, eine sportlich-schlanke Beamtin mit Pferdeschwanz in ziviler Kleidung, alle drei mit entschlossenen Gesichtern.

Die Informationstafel im Fahrstuhl verriet ihnen, dass sie den Knopf für die dritte Etage drücken mussten. Dort angekommen, schob Rolf Rebecca hinaus, und Carina folgte ihnen. Food2You befand sich links von ihnen hinter einer breiten Glastür.

Der Auftritt hinter der Tür war schon bemerkenswerter. Direkt gegenüber befand sich ein halbrunder Tresen mit einer jungen hübschen Empfangsdame. Hinter ihr zierte das dezent beleuchtete Firmenlogo die Wand. Der doppelte runde Schriftzug Food2You rankte sich wie Efeu um zwei stilisierte Hände, die zusammen irgendeine Frucht hielten, wahrscheinlich eine Ananas.

«Willkommen bei Food2You, wie kann ich Ihnen helfen?», fragte die professionell lächelnde Empfangsdame. Carina trat vor und zeigte ihren Dienstausweis.

«Wir möchten jemanden aus der Geschäftsführung sprechen.»

Die junge Dame bat um einen Moment Geduld und verschwand den Gang hinunter. Als sie zurückkehrte, hatte sie einen Mittzwanziger im Schlepptau, der auf Rebecca wie ein Banker oder Versicherungsvertreter wirkte. Er trug einen engsitzenden blauen Anzug, ein violettes Oberhemd, keine Krawatte, teuer aussehende braune Lederschuhe mit hohem Absatz, stellte sich als CEO Trees Behrens vor und bat sie in einen kleinen Besprechungsraum, der mit einer Tischreihe in der Mitte und zwölf Stühlen nüchtern eingerichtet war. Immerhin gab es Bilder an den Wänden, und die waren äußerst interessant, denn sie bestanden aus bunt zusammengeklebten Haribosüßigkeiten jeglicher Art.

«Womit kann ich denn helfen?», fragte der CEO. Er stand noch, genau wie alle anderen, und Rebecca musste wieder mal hochschauen. Es war Rolf, der sich einen Stuhl nahm und sich daraufsetzte, ohne das der CEO dazu aufgefordert hätte. Carina tat es ihm gleich, und Behrens blieb nichts anderes übrig, als sich selbst auch zu setzen. Er tat es etwas widerwillig, schlug die Beine übereinander und faltete die Hände vor dem Knie.

Er ist angespannt, dachte Rebecca. Zwar hat er eine andere Frisur und Haarfarbe als der Mann mit der blauen Tasche, aber Größe und Figur passen.

Carina erklärte dem Mann, dass im Rahmen einer Ermittlung mehrfach die Werbeflyer von Food2You aufgetaucht seien, und bat ihn um Informationen zum Unternehmen. «Was für Ermittlungen sind das denn?», fragte er.

«Darüber kann ich Ihnen nichts sagen. Aber es ist ernst, und die Zeit drängt, deshalb möchte ich Sie bitten, meine Fragen zu beantworten.»

«Sollte ich meinen Anwalt hinzuziehen?»

«Ich denke, das ist nicht nötig. Zu diesem Zeitpunkt geht es uns nur um allgemeine Informationen zu Ihrem Unternehmen.» Rebecca war erstaunt, wie klar, streng und selbstbewusst Carina auftreten konnte.

«Nun ja ...», begann der CEO gestelzt. «Wir liefern hochwertiges Essen an Privatkunden. Das ist es auch schon. Kein großes Ding.»

«Und wie machen Sie das?»

«Genau genommen sind wir Logistiker. Über unsere Algorithmen sorgen wir dafür, wie wann und wo unsere Fahrer den Restaurants zugeteilt werden.»

«Verstehe ich nicht», sagte Rolf Hagenah.

«Kommen Sie, ich zeige es Ihnen.»

Der CEO führte sie einen kahlen Gang hinunter bis zu einer Tür. In dem Großraumbüro dahinter reihten sich Schreibtische aneinander, Mitarbeiter tippten auf Tastaturen herum, das Licht war gedämpft, es herrschte eine stille, konzentrierte Arbeitsatmosphäre.

Trees Behrens gewährte ihnen nur einen kurzen Blick, dann schloss er die Tür wieder. «Für Restaurants, die mit uns zusammenarbeiten, übernehmen wir alle Kosten, die im Liefergeschäft anfallen. Fahrer, Logistik, Onlinezahlung, aufwendiges Marketing. Unser Geschäftsmodell richtet sich vornehmlich an Restaurants, die vorher noch keinen Lieferservice angeboten haben und sich die dadurch anfallende zusätzliche Arbeit sparen, aber nicht auf diesen Kundenkreis verzichten möchten.» Mit gefalteten Händen stand CEO Trees Behrens vor ihnen, schaute von einem zum anderen und erwartete irgendeine Reaktion.

Rebecca hatte ihm nur noch mit halbem Ohr zugehört.

Sie wollte in diesen Raum zurück, in dem die Programmierer arbeiteten. Der kurze Blick durch die Tür hatte ihr gereicht, um in dem Pool vornehmlich männlicher Programmierer jemanden auszumachen, der ziemlich gut zu ihrer Vorstellung von dem Mann passte, den Sabine Scholz fotografiert hatte. Allerdings hatte sie ihn nur von hinten gesehen.

«Wer hat denn einen Überblick über die Kunden, die beliefert werden?», fragte Carina.

«Nun, natürlich unsere Softwareentwickler, ich sowie mein Partner Fabrizio Pallua.»

«Wo ist Ihr Partner denn?»

«Zurzeit in München. Er akquiriert neue Kunden.»

«Haben Sie ein Foto von ihm?»

«Ein Foto? Wozu denn das?»

«Haben Sie, oder haben Sie nicht?», beharrte Carina.

Die Miene des CEO von Food2You versteinerte. «Ich denke, ich habe mich jetzt kooperativ genug gezeigt. Alle anderen Fragen werden Sie im Beisein unseres Anwalts stellen müssen.»

Rebecca zupfte Rolf Hagenah am Ärmel. Sie wusste, der arrogante Schnösel würde sie gleich rauswerfen, aber sie durften nicht gehen, ehe sie nicht noch einen Blick in den Raum geworfen hatte. Sie musste den Programmierer von vorn sehen. Rolf beugte sich zu ihr hinunter und sie flüsterte ihm zu, was sie wollte.

«Ist doch gar kein Problem», sagte Rolf und öffnete die Tür zum Heiligen Gral der Firma Food2You.

«Hey, was machen Sie da! Sie können nicht einfach …»

Carina reagierte sofort und verstellte dem CEO den Weg, während Rolf den Rollstuhl packte und Rebecca in den Raum schob.

Natürlich blieb der Aufruhr nicht unbemerkt, und einige Gesichter wandten sich in ihre Richtung. Da Rebecca sich nur auf den Mann hinten links in der Ecke konzentrierte, fiel ihr auf, dass er sich nicht umdrehte, sondern weiterhin seinen Bildschirm anstarrte.

«Welcher?», raunte Rolf Hagenah ihr zu.

«Hinten links, aber lass uns unauffällig sein. Er darf nichts bemerken.»

«Verstanden.» Rolf schob Rebecca nicht direkt auf den Mann zu, sondern zunächst einmal in die andere Richtung.

«Dazu haben Sie kein Recht», echauffierte sich auf dem Gang der CEO, der weiterhin von Carina aufgehalten wurde.

«Tut mir leid», sagte Carina. «Meine Kollegin sucht die Behindertentoilette. Dagegen können Sie doch nichts haben.»

«Die Toiletten sind hier auf dem Gang ... ich werde mich bei Ihrem Vorgesetzten über Sie beschweren.»

Rebecca stellte sich kurz vor, wie dieser gelackte Typ auf Jens traf – das würde lustig werden.

Rolf Hagenah umkurvte mit dem Rollstuhl die Schreibtische wie auf einer Slalomstrecke, verfolgt von den Blicken der vielleicht zwei Dutzend Programmierer. Die meisten davon wirkten genervt, einige amüsiert. Rebecca riss sich zusammen und betrachtete jeden einzelnen, schenkte keinem besondere Aufmerksamkeit. Sie wurde nervöser, je näher sie dem Mann in der Ecke kamen, und blendete schließlich alles andere aus.

Ein Programmierer, der genau wusste, wann wo welche Lieferung von Food2You zugestellt wurde! Da war der Zusammenhang zu dem unangetasteten Essen in Viola Mays und Beatrix Griesbecks Wohnung!

Sie spürte, wie Rolf ihren Rollstuhl etwas langsamer schob. Der Mann war jetzt links von ihr. Noch immer schien er keinerlei Interesse an dem zu haben, was um ihn herum vorging. Mit krummem Rücken hockte er da, die Schultern hochgezogen, eine in sich gekehrte, abgekapselte Gestalt. Alles an ihm sah aus wie die schemenhafte Gestalt auf Sabine Scholz' Handyfoto. Nur die Frisur war anders. Aber mit einer blonden Pottschnittperücke ...

Als sie in seine Nähe kamen und er sich noch immer nicht umdrehte, betätigte Rebecca die Bremse auf der rechten Seite des Rollstuhls, sodass der ausbrach und den Stuhl des Programmierers rammte.

Der zuckte zusammen, drehte sich um, aber nur kurz, für vielleicht eine Sekunde. «Entschuldigung», sagte Rebecca sofort und sah ihm dabei in die Augen. Rolf schob sie weiter, so wie es ausgemacht war, und Rebecca lief es heiß und kalt den Rücken hinab. Die wütenden Tiraden des CEO hörte sie gar nicht mehr, als sie beinahe fluchtartig die Büroetage von Food2You verließen.

Erst im Fahrstuhl konnte Rebecca wieder normal atmen.

«Er ist es», sagte sie zu Rolf und Carina.

«Der Programmierer?», fragte Carina.

Rebecca nickte. «Ich bin mir zu neunzig Prozent sicher.»

5

Unter dem Carport von Haus Nummer 27 parkte kein Wagen. Es war Mittagszeit, möglicherweise würde Jens niemanden antreffen, die Leute waren noch bei der Arbeit, aber einen Versuch war es wert. Er wusste selbst nicht genau, was er sich von diesem Besuch versprach, war aber mittlerweile verzweifelt genug, nach jedem Strohhalm zu greifen.

Da draußen lief die Fahndung nach Jan Landau weiterhin auf Hochtouren, und Jens war sich sicher, auf die eine oder andere Weise war der Mann die Lösung des Falles. Vielleicht hatte er seine Tochter nicht eingesperrt und in den Wahnsinn, und damit den Tod, getrieben, aber was war mit Sabine Scholz, Viola May, Melly Becker und Beatrix Griesbeck oder – und diese Idee kam Jens erst in diesem Augenblick – Benjamin Schneider?

Er stieß die Autotür auf, stieg aus, ging zielstrebig auf das Haus zu und klingelte.

Eine Frau öffnete. Klein, rund, mit kurzer Pagenfrisur. Sie trug Hausschuhe und ein weites kariertes Hemd über einem blauen Shirt. In ihrem freundlichen Gesicht lag keinerlei Misstrauen.

«Ja bitte?»

Jens zeigte seinen Dienstausweis, stellte sich vor und schob sofort hinterher, dass er sich mit ihr über Kim Landau unterhalten wolle.

«Kim? Ja, gut ... bitte, kommen Sie rein.»

Jens betrat das auffällig saubere Haus. An seinen Schuhen klebte noch der Schmutz vom Landau'schen Anwesen, und er wagte es kaum, einen Fuß auf die strahlend weißen Fliesen zu setzen.

Frau Schneider ging voraus.

«Gibt es denn etwas Neues?», fragte sie dabei und führte ihn in die Küche. Dort sah es nach Arbeit aus.

«Sie backen?»

«Ja, unsere Jüngste wird morgen zehn. Kindergeburtstag. Ich mache Schokoladenkuchen und Muffins. Die lieben die Kinder. Stört es Sie, wenn ich weitermache? Bis Jenny um drei aus der Schule kommt, muss ich fertig sein.»

«Nein, kein Problem, machen Sie nur.»

Da es mitten in der Küche eine Insel mit großer Arbeitsfläche gab, konnte Jens die Frau während des Gesprächs ansehen. Sie nahm einen Spritzbeutel und füllte eine braune Masse in die runden Formen auf einem Blech. Jens überlegte, ob er es ihr sagen sollte. Es blieb ihm wohl nichts anderes übrig, sonst würde sich nicht erklären lassen, warum er Fragen zu Benjamins Unfall hatte.

«Kim ist aufgetaucht», sagte er.

Frau Schneider drückte noch ein wenig Masse in die Form, dann begann der Beutel mit ihren Händen zu zittern, und die Spitze sackte in die Masse. Sie sah zu ihm auf. «Sie lebt?»

Jens schüttelte den Kopf. «Sie starb, kurz nachdem man sie fand.» Die Einzelheiten ersparte er der Frau besser.

«Kurz nachdem ... das heißt ... das heißt, sie war vier Jahre ...» Frau Schneider brachte den Satz nicht zu Ende. Sie legte den Spritzbeutel beiseite und stützte sich mit beiden Händen auf der Arbeitsplatte ab.

«Wir wissen noch nicht, was in den vergangenen vier Jahren geschehen ist, und deshalb bin ich heute hier. Es tut mir leid, Sie zu diesem ungünstigen Zeitpunkt damit belästigen zu müssen, aber es ist dringend.»

«Ist schon in Ordnung», sagte die Frau, schüttelte den Kopf und starrte an Jens vorbei an die Wand. «Ich hätte nicht geglaubt, dass das jemals passieren würde ...»

«Ihr Sohn, Benjamin ...»

«Alle nannten ihn nur Benny.»

«Benny ... wie war das damals mit seinem Unfall? Können Sie darüber sprechen?»

«Ich lebe mein Leben nur deshalb noch, weil ich darüber sprechen kann», sagte Frau Schneider. «Und es immer getan habe. Was wollen Sie denn wissen?»

«Was ist damals passiert?»

Sie zuckte mit den Schultern, ging zum Spülbecken, wusch sich die Hände, trocknete sie in einem Geschirrtuch und ließ ein Glas halb voll mit Wasser laufen, das sie in einem Zug austrank.

«Kim und Benny ... das war schon etwas Besonderes mit den beiden ... aber auch schwierig. Kims Eltern waren dagegen, vor allem ihr Vater. Die stellten sich wohl einen Arzt oder Anwalt aus einer guten Familie für ihre Tochter vor, und Benjamin war ja nur Automechaniker und Sohn eines Lehrers. Aber die beiden liebten sich, und wir waren froh, als sie endlich den Absprung schafften und sich weit genug weg eine Wohnung in Bremen nahmen.»

«Weit genug weg?»

«Aus dem Einflussbereich der Landaus. Vor allem Jan Landaus. Eines sehr besitzergreifenden Mannes. Mitunter hatte ich das Gefühl, Kim wäre ihm irgendwie hörig oder so.» Frau Schneider stellte das leere Glas ab. Etwas zu schwungvoll, es knallte laut auf die Arbeitsfläche.

«Und der Unfall?», hakte Jens nach.

«Irgendeiner von diesen Idioten, die in der Stadt Autorennen veranstalten ... man hat ihn nie gefasst. Benny war spät abends noch mal draußen, zum Joggen, das hat er schon immer gemacht. Er war sehr sportlich. Er hat nicht leiden müssen. War sofort tot, sagten die Ärzte. Wahrscheinlich hat er nicht einmal mitbekommen, was passierte.» Frau Schneider sah Jens jetzt direkt an. Da war keine Wut oder Verbitterung in ihrer Stimme.

«Mein Mann und ich, wir wollten uns um Kim kümmern, wirklich, aber sie hat sich sofort abgeschottet. Von uns, ihren Eltern, der ganzen Welt. Sogar von meinem Mann, der viele Jahre ihr Klassenlehrer war und ein gutes Verhältnis zu ihr hatte, fast schon väterlich. Und als sie dann verschwand ... dachten alle, auch ich, sie wäre eben einfach weggegangen, weil sie hier nichts mehr hielt ... oder sie hätte sich etwas angetan. Was ist denn wirklich passiert?»

Jens war der Frau eine ehrliche Antwort schuldig. «Sie wurde vier Jahre festgehalten. Eingesperrt. Ohne Tageslicht.»

Frau Schneider wurde schlagartig bleich, presste sich eine Hand an den Mund und schüttelte den Kopf. Tränen traten ihr in die Augen. «Jan Landau wollte seine Stieftochter immer für sich haben», sagte sie.

«Was?», platzte es aus Jens heraus.

«Er war so furchtbar besitzergreifend und ...»

«Seine Stieftochter?», unterbrach er Frau Schneider.

Sie runzelte die Stirn. «Wussten Sie das nicht? Kim stammt aus der ersten Ehe von Gerlinde. Ihr wirklicher Vater starb früh, da war sie fünf oder sechs oder so.»

«Woher wissen Sie das?»

«Kim hat es mal meinem Mann erzählt. Ihre Mutter hat es ihr gesagt, als sie fünfzehn wurde. Viel zu spät, deshalb war Kim auch furchtbar sauer auf sie. Jan Landau wollte das wohl nicht, und Gerlinde war ihm ja immer genauso hörig. Ist sie bestimmt heute noch.»

«Die beiden sind doch aber geschieden.»

«Ach!», Frau Schneider machte eine wegwerfende Handbewegung. «Auf dem Papier vielleicht, wegen seiner Insolvenz. In Wirklichkeit kommt Gerlinde doch nie von ihm los. Oder glauben Sie, das Geld für ihre Pferdezucht ist selbst verdient?»

Als Jens wenig später das Haus der Schneiders verließ, war sein Kopf voller neuer Gedanken, und alle drehten sich um Jan Landau.

Er war Kims Stiefvater, kein Blutsverwandter.

Er war besitzergreifend.

Er hatte nicht gewollt, dass Kim von ihrem biologischen Vater wusste.

Seine Frau war ihm hörig, was bedeutete, dass es ihm gefiel, sich Menschen untertan zu machen.

Bevor Jens in seine Red Lady steigen konnte, klingelte sein Handy. Rebecca war dran. «Wir haben ihn gefunden», rief sie aufgeregt ins Telefon.

6

Dunkelheit.

Vollkommene, dichte Dunkelheit von einer bedrohlichen Konsistenz, die Viola fesselte, wie es Stricke effektiver nicht hätten tun können.

Noch immer lehnte sie mit dem Rücken an der kalten Metalltür, die ihr Entführer hinter ihr geschlossen hatte. Sie war jetzt an einem Ort, an dem niemand schöner war als der andere, so hatte er es ausgedrückt, und langsam verstand Viola, was damit gemeint war: In der Dunkelheit gab es keine Schönheit.

Ihre Zähne begannen zu klappern, weil es so verdammt kalt war hier, aber Viola versuchte nicht einmal, dagegen anzukämpfen, sondern war froh über dieses Geräusch, denn neben der Dunkelheit herrschte eine grausame Stille, die mindestens genauso unerträglich war. Viola erinnerte sich, wie vorhin, als er die Metalltür hinter ihr geschlossen hatte, das Geräusch der zuschlagenden Tür irgendwo im Nichts verhallt war. Ihre Schreie auch. Sie hatte geschrien, oh ja, geschrien und mit den Händen gegen die Tür gehämmert, damit er zurückkäme und sie wieder hinausließe, doch das war nicht passiert.

Irgendwann war ihr die Kraft ausgegangen. Viel hatte sie ohnehin nicht mehr gehabt. Noch immer schmerzte ihr misshandelter Körper überall, und die Wunde an ihrem Ohr pochte mit jeden Herzschlag.

Als sie sich langsam beruhigte, glaubte Viola, noch ein anderes Geräusch als ihre klappernden Zähne hören zu können. Es klang, als bewegte sich etwas irgendwo in großer Entfernung. Ein Schaben vielleicht, wie es ein Tier verursachen würde, dass sich kriechend am Boden bewegte.

Oder vielleicht …?

«Bine!», wollte Viola rufen, doch mehr als ein Krächzen brachte sie nicht hervor. Hatte er nicht gelogen? Lebte Bine noch? Hatte er sie zu ihr gebracht? «Bine, ich bin es, Viola, kannst du mich hören?»

Mit jedem Wort gewann ihre Stimme an Kraft, zusätzlich spürte sie, wie die Hoffnung, ihre Freundin wiederzusehen, neue Lebensenergie durch ihre Adern pulsieren ließ. Mühsam und unter Schmerzen kämpfte sich Viola auf die Beine. Das Nichts, in das sie blickte, dieser stille und vollkommen dunkle Abgrund vor ihr, verlor seinen Schrecken, und sie wagte es, einen Schritt hineinzugehen. Beinahe fühlte es sich so an, als träte sie von dieser Welt in eine andere. Eine Gänsehaut überzog ihren Körper, potenzierte die Kälte und schüttelte sie durch.

«Bine? Kannst du mich hören?» Wer sonst, wenn nicht Sabine, sollte hier noch eingesperrt sein? Viola würde ihre Angst überwinden und sich durch die Dunkelheit tasten, bis sie ihre Freundin gefunden hatte. Nichts und niemand würde sie davon abhalten können.

Mit einer Hand tastete sie sich an der Wand entlang, während sie den anderen Arm weit vor sich streckte, um Hindernisse rechtzeitig erkennen zu können. Sie konnte in dieser Dunkelheit nichts sehen, riss aber trotzdem die Augen weit auf, und die Angst, etwas könnte hineinstechen, begleitete sie vom ersten Schritt an. Die Augen zu schließen und sich vollkommen auf ihren Tastsinn zu verlassen, traute sie sich aber auch nicht.

Sie spürte, dass der Boden leicht abschüssig verlief.

Außerdem fuhren ihre Fingerspitzen über eine raue, unebene Oberfläche, die sich wie Fels oder gegossener Beton anfühlte.

Viola ging langsam, setzte behutsam einen Fuß vor den anderen, kämpfte dabei gegen ihre Furcht und die natürliche Reaktion ihres Körpers an, sich im Dunkeln nicht bewegen zu wollen. Jeder Schritt kostete sie immense Überwindung, und die gelang ihr nur, weil sie hoffte, irgendwo auf Bine zu stoßen, die vielleicht schwer verletzt oder geknebelt war und deshalb nicht antworten konnte. Allein diese Hoffnung hielt sie aufrecht.

Wie viele Meter sie geschafft hatte, bevor sie innehielt, um zu lauschen, wusste Viola nicht. Minutenlang stand sie einfach nur da, zitterte, kämpfte gegen ihre Tränen an, und plötzlich hörte sie es erneut, diesmal sogar lauter.

Sie hatte sich nicht getäuscht: ein schabendes, kratzendes Geräusch, das ihr abermals eine Gänsehaut über den Körper jagte.

«Bine, bist du das?» Keine Antwort, jedenfalls nicht im eigentlichen Sinne, sondern eine Art Keuchen.

Viola hatte bereits einen Schritt getan, hielt nun aber inne.

Was, wenn das nicht Bine war?

Was, wenn etwas unsagbar Grauenhaftes hier mit ihr eingesperrt war?

7

Als Jens am späten Nachmittag sein Büro betrat, herrschte darin eine angespannte, ja geradezu verschwörerische Ruhe.

Rebecca wartete schon eine Weile auf ihn. Jens brachte einen Kaffee für sie und einen für sich selbst mit, beide hatte er gerade aus dem Automaten auf dem Gang gezogen.

Hinter dem Fenster bauschten sich riesige Gewitterwolken über den Dächern Hamburgs auf. Im Autoradio hatte der Wetterdienst vor unwetterartigem Starkregen, Hagel und Sturmböen gewarnt, und draußen sah es wirklich so aus, als würde die Welt bald untergehen.

Jens überreichte Rebecca ihren Kaffee, ließ sich in den Drehstuhl fallen, dessen Sitzfläche längst die Form seines Hinterns angenommen hatte, und schaute sie an.

Rebecca wirkte aufgeregt wie ein Teenager vor dem ersten Mal. Auf ihren Augen lag ein feuchter Glanz, die Pupillen waren geweitet, ihre Wangen gerötet. Wahrscheinlich hatte sie die vergangene Stunde, seitdem sie telefoniert hatten, in nervöser Unruhe auf ihn gewartet.

«Lass hören», forderte er sie auf.

«Wir wissen nicht, wie er heißt», brach es geradezu aus ihr heraus. «Eine Anfrage über den offiziellen Weg an Food2You läuft, damit wir die Personaldaten einsehen können, aber das wird heute nichts mehr, und selbst wenn, wird der Geschäftsführer sicher juristisch dagegen vorgehen. Deshalb liegen Rolf und Carina auf der Lauer. Sobald er die Firmenzentrale verlässt, hängen sie sich an seine Fersen.»

«Ist wahrscheinlich sowieso der bessere Weg», sagte Jens und nippte von seinem Kaffee. «Solange er nicht weiß, dass wir ihm auf den Fersen sind, besteht die Möglichkeit, dass er uns zu Viola führt … wenn er denn unser Mann ist. Wie sicher bist du dir?»

Rebecca hatte ein iPad auf ihrem Schoß. Sie aktivierte es und reichte es Jens. Darauf war das unscharfe Foto zu sehen, das Sabine Scholz über die Schaufensterscheibe von dem Mann mit der blauen Tasche geschossen hatte.

«Ich starre es die ganze Zeit an», sagte Rebecca. «Es ist einfach nicht scharf genug, und auf denen aus dem Kaufhaus ist er so gut wie gar nicht zu sehen. Ich bin mir aber zu neunzig Prozent sicher.»

«Du weißt, dass dich das Verhalten des Mannes an seinem Arbeitsplatz beeinflusst haben könnte. Vielleicht ist er einfach nur schüchtern, so ein typischer Programmierer eben.»

«Dessen bin ich mir bewusst. Aber sein Aussehen, sein Verhalten, seine Fähigkeiten und Möglichkeiten, die Kunden von Food2You auszuspähen … er kann gewusst haben, wann Viola das Essen bestellt hat. Und noch was: Er kann es ganz bewusst herbeigeführt haben, dass sie überhaupt Essen bestellt.»

«Wie das?»

«Durch Einschüchterung und Isolation. Versetz dich mal in Violas Lage. Seit Wochen wird sie verfolgt, die Lage spitzt sich sogar noch zu, dann verschwindet ihre beste Freundin, sie ist einsam, fühlt sich verletzlich, essen muss sie aber trotzdem. Und was macht sie, wenn sie es nicht mehr fertigbringt, einkaufen zu gehen?»

«Sie bestellt sich Essen», folgerte Jens.

«Richtig. Und in ihrer Wohnung liegt der Flyer mit den Gutscheinen von Food2You. Möglicherweise weiß der Mann sogar, wo und wann diese Werbeflyer verteilt werden.»

«Findet er seine Opfer auch über diesen Weg? Oder sieht es sie irgendwo in seinem Alltag und sorgt dann dafür, dass sie diese Flyer bekommen?»

Rebecca zuckte mit den Schultern. «Das können wir ihn ja fragen, wenn wir ihn haben. Die einzige, aber auffällige Gemeinsamkeit zwischen Viola, Beatrix und Kim ist ihre Schönheit. Alle drei könnten auch als Model arbeiten.»

Jens nickte, nippte an seinem Kaffee und dachte einen Moment nach. «Ich versuche mal, es mir vorzustellen», begann er schließlich. «Er verschafft sich also die Möglichkeit, auch abends, wenn er nicht mehr arbeitet, zu sehen, wer wann über Food2You Essen bestellt. Sobald Viola etwas bestellt, erfährt er es und macht sich auf den Weg. Zirka eine halbe Stunde Vorlauf hat er, so lange braucht es in der Regel für die Auslieferung. Dann lauert er vor ihrer Wohnung und wartet, bis der Lieferant kommt ... und dann?»

Rebecca zuckte wieder mit den Schultern. «Keine Ahnung. Irgendwie lockt er sie aus ihren Wohnungen. Sowohl bei Viola als auch bei Beatrix sah es so aus, als hätten sie ihre Wohnung Hals über Kopf und mit der Absicht verlassen, bald zurückzukehren.»

Jens und Rebecca sahen sich einen Moment schweigend an.

«Er könnte es sein», sagte Jens schließlich.

Sie nickte und fragte: «Was war bei Landau draußen?»

Jens zuckte seinerseits mit den Schultern. «Wir haben

nichts gefunden. Allerdings habe ich von der Mutter von Kim Landaus verstorbenem Freund erfahren, dass Jan Landau nur Kims Stiefvater war.»

«Schau an!»

«Ja, und noch einiges dazu, was aber auch Tratsch sein könnte. Landau ist jedenfalls ein merkwürdiger Typ, und ich verstehe nicht, wieso er sich so Hals über Kopf aus dem Staub macht.»

«Du verdächtigst ihn weiterhin?»

«Ich würde jeden verdächtigen, der Reißaus vor mir nimmt.»

Rebecca wollte etwas erwidern, aber in diesem Moment klingelte Jens' Handy.

Rolf Hagenah, der den Programmierer von Food2You beschattete, war dran. «Er verlässt seinen Arbeitsplatz», sagte er.

«Bin unterwegs», sagte Jens und legte auf.

Hagenah würde das auch ohne ihn hinbekommen, aber Jens wollte unbedingt dabei sein. Herumsitzen war die schlimmste Qual für ihn. Er sprang auf. «Ich muss los!»

«Du nimmst mich nicht mit, oder?»

Rebeccas Blick machte ihm das Herz ganz schwer. Sie musste herumsitzen, sie hatte nicht die Wahl, so wie er. «Diesmal nicht», antwortete er. «Fahr nach Haus, ruh dich ein wenig aus, ich verspreche, ich halte dich auf dem Laufenden.

Er spürte den dringenden Wunsch, sie zum Abschied zu küssen, traute sich aber nicht. Ein Lächeln, die Hand kurz zum Gruß gehoben, dann verließ er mit schlechtem Gewissen das Büro und ließ eine enttäuschte Rebecca zurück.

8

Jens traf Rolf Hagenah in der Innenstadt. Er wartete mit grimmigem Gesicht im Schatten unter der Markise eines türkischen Gemüsehändlers gegenüber einem Supermarkt.

«Wie sieht's aus?», fragte Jens zur Begrüßung.

Hagenah stieß einen undefinierbaren Laut aus, bevor er antwortete. «Ich hab Hunger, aber der Typ kommt nicht wieder aus dem scheiß Supermarkt heraus.»

Jens breitete die Arme aus. «Du bist umgeben vom besten Obst aus aller Welt.»

«Obst? Ich brauche was für Männer. Pommes-Currywurst wäre jetzt toll.»

«Wie lange ist er schon dadrin?» Jens deutete mit dem Kinn zur anderen Straßenseite hinüber.

«Eine halbe Stunde! Was macht man eine halbe Stunde lang in einem Discounter?»

«Vielleicht leidet er unter Entscheidungsschwäche oder ist einer von diesen Typen, die sich genau durchlesen, was im Soja-Joghurt enthalten ist. Wo ist Carina?»

«Sieh mal zu dem Buchladen rüber.»

Das tat Jens. Er entdeckte seine Kollegin zwischen den Ständern für Postkarten. Ihr Interesse daran wirkte auf die Entfernung sogar echt – bis sie sich umdrehte und Jens zuwinkte. Jens winkte nicht zurück, machte nur eine kurze Bewegung mit dem Kinn.

«Er ist zu Fuß unterwegs», klärte Hagenah ihn auf. «Von seiner Arbeit bei Food2You direkt hierher, wobei er aber einen Schaufensterbummel gemacht hat. Der ist echt langsam gegangen und hat sich dauernd umgeschaut ... verdächtig oft.»

«Hat er euch bemerkt?»

«Willst du mich verarschen?»

«Trägt er eine blaue Scout-Schultasche bei sich?»

«Nein. Er hat einen relativ großen schwarzen, aber leeren Rucksack dabei. Die Marke kenne ich nicht.»

Das wäre ja auch zu schön gewesen, dachte Jens. Und vielleicht auch ein bisschen zu viel des Guten. Nach seiner Erfahrung wurde es einem Ermittler nie so leicht gemacht, und dass Rebecca zufällig mit Carina und Rolf in der Firmenzentrale von Food2You gewesen war und dort den verdächtigen Programmierer entdeckt hatte, gerade Rebecca, die ihn als Einzige aus ihrem Team wiedererkannte, war schon mehr Hilfe, als man erwarten konnte.

«Was hältst du von ihm?», fragte Jens.

Es gab niemanden, dem Jens mehr vertraute als Rolf Hagenah, wenn es darum ging, Menschen einzuschätzen. Genau wie er selbst hatte Hagenah in all den Jahren auf der Straße alles gesehen, alles erlebt, alles gefühlt.

Hagenah überlegte sich seine Antwort gut. «Ich vertraue Rebecca», sagte er schließlich. «Und meinem gesunden Menschenverstand. Dieser Typ hat etwas zu verbergen, so viel steht fest. Ich weiß, das dachte ich vom Schwarzen Lutger auch, und wenn ich mich an ihn dranhänge, finde ich wahrscheinlich heraus, dass er auf seinen Pizzatouren Drogen vertickt, aber ein Mörder ist er wohl nicht.»

«Okay. Dann lass uns zumindest heute Nacht an dem Mann dranbleiben. Wir wechseln uns ab, und gleich morgen früh gehe ich zur Baumgärtner und leiere ihr eine Rund-um-die-Uhr-Überwachung aus der Tasche.»

Hagenah und Jens bemerkten zugleich, wie Carina sich auf der anderen Straßenseite in den Buchladen zurückzog.

«Da ist er», sagte Hagenah.

Jens sah einen mittelgroßen, unscheinbaren Mann aus dem Discounter kommen. Er trug einen schwarzen, offensichtlich randvollen und schweren Rucksack. Seine Jeans saß nicht besonders gut, aus den kurzen Ärmeln des blauen Shirts ragten dünne bleiche Arme, an den Füßen trug er abgenutzte Sneaker. Seine Körperhaltung ließ auf fehlende Muskelspannung schließen, er ging gebückt, ein wenig linkisch, folgte nicht seinem eigenen Weg, sondern wich allen anderen Passanten aus, ohne dafür hochschauen zu müssen, so als hätte er dafür eine Art Radar entwickelt. Er war ein Mann, den man leicht übersah, der unterging in der Menge, der praktisch unsichtbar war.

Das ist er, schoss es Jens durch den Kopf. Als er an dem Buchladen vorbei war, trat Carina wieder heraus. Über die Straße hinweg sahen sie sich an, und sie gab ihnen zu verstehen, dass sie sich als Erste an den Mann dranhängen würde.

Jens streckte die linke Hand und alle Finger aus.

Fünf Minuten, nicht länger. Dann würde Hagenah an der Reihe sein, schließlich er selbst. Der Mann, den sie verfolgten, machte einen äußerst aufmerksamen Eindruck auf Jens. Das war oft so bei diesen verhuschten Typen, bei denen man glaubte, sie würden von der Welt um sie herum nichts mitbekommen – im Gegenteil!

Carina nickte und zog los, ihr blonder Pferdeschwanz wippte beim Gehen.

Hagenah lief über die Straße, Jens blieb auf seiner Seite. Mit großem Abstand folgten sie Carina.

Jens spürte die Aufregung der Jagd. Mit etwas Glück würden sie den Fall heute Nacht aufklären und Viola retten können – zumindest sie. Für Kim und Sabine kam jede Hilfe zu spät, aber all die anderen Frauen, die dieser Mann nicht mehr bedrohen und verletzen oder gar töten konnte, spielten schließlich auch eine Rolle. Auf keinen Fall durfte er sich zu vorschnellen Handlungen hinreißen lassen – zum Beispiel, den Mann festzunehmen und ihn in auf dem Kommissariat so richtig auszuquetschen. Vielleicht würde er dabei zusammenbrechen und ihnen Violas Aufenthaltsort verraten. Aber was, wenn nicht?

Nein, es war besser, ihn eine Weile zu beobachten. Herauszufinden, was er tat und wohin er ging, ohne dass er es bemerkte.

Carina machte ihre Sache gut. In der Menge fiel sie überhaupt nicht auf. Sie war nicht zu zielstrebig, gleichzeitig aber auch nicht zu interessiert an den Schaufenstern, an denen sie vorbeiging.

Nach fünf Minuten fiel sie zurück. Hagenah überholte sie. Jens hätte gern mit Carina gesprochen, doch das wäre zu auffällig gewesen, also nickten sie sich nur kurz zu.

Jens wagte sich bis auf zwanzig Meter an den Mann heran, dessen Namen er nicht einmal kannte. Der lief weiterhin gebückt, die Hände in den Taschen, sein wahrscheinlich mit Lebensmitteln gut gefüllter Rucksack lastete schwer auf den Schultern. Plötzlich wurde er ein bisschen langsamer, nicht viel, aber Jens merkte es und machte einen schnellen Schritt zur Seite in die kleine Menschentraube vor einem italienischen Eiscafé.

Und dann drehte der Mann sich auch schon um. Nicht wirklich, nur die Schultern und den Kopf, und sein Blick kam von unten herauf, aber Jens bemerkte die überaus wachen Augen, die schnellen Blicke, mit denen er die Straße taxierte, bevor er sich wieder umwandte und seinen Weg Richtung U-Bahn-Station fortsetzte.

Jens ließ sich zurückfallen und Carina passieren. Sie mussten höllisch aufpassen.

9

Heute haderte Rebecca sehr mit ihrer Behinderung. Jens, Rolf und Carina waren da draußen und verfolgten einen Mörder, den sie identifiziert hatte, und doch hatte sie mal wieder nur die Rolle der stillen Beobachterin. Sie durfte und konnte nicht mit auf die Jagd.

Rebecca war frustriert und trieb ihren Rollstuhl mit harten Stößen auf die Eingangstür des Hauses zu, in dessen Erdgeschoss ihre Achtzig-Quadratmeter-Mietwohnung lag. Die Haustür schwang automatisch auf, ein Service, den Rebecca zu schätzen wusste, ebenso wie die Barrierefreiheit im Erdgeschoss. Es gab nicht viele Wohnungen mit Charme, die behindertengerecht ausgestattet waren. Die allermeisten waren genauso lieblos wie perfekt. Hüllen ohne Leben.

Im Briefkasten lag wieder nur Werbemüll, dazwischen ein Brief vom Finanzamt, der ihr in Erinnerung rief, dass sie ihre Steuererklärung noch immer nicht abgegeben hatte.

Rebecca legte sich alles in den Schoß, öffnete die Tür zu ihrer Wohnung und rollte hinein. Es war unerträglich warm darin. Diese Hitzewelle dauerte schon wochenlang an.

Bevor sie irgendetwas anderes tat, öffnete Rebecca alle Fenster und die Glastür des Wintergartens, damit Durchzug entstehen konnte. Danach rollte sie ins Bad, erledigte ihre Toilette, wusch sich Hände und Gesicht und kehrte in die Küche zurück. Dort sah sie sich unschlüssig um, horchte in sich hinein, ob sie Hunger hatte, fand jedoch nur einen blockierten Magen vor, der nicht mehr vertragen würde als eine Karotte und ein Glas Wasser.

Ein Blick aufs Handy: Keine Nachricht von Jens. Wahrscheinlich verfolgten sie noch immer den blonden Programmierer von Food2You.

Während Rebecca die Karotte schälte, hörte sie ein Geräusch und fuhr erschrocken zusammen. Es klang, als wäre im Wintergarten eine der Pflanzen umgekippt. Dergleichen kam im Durchzug schon mal vor, aber eigentlich war es draußen völlig windstill. Vielleicht war eine der Straßenkatzen hereingekommen, wäre auch nicht das erste Mal.

Rebecca legte Schälmesser und Karotte auf die Arbeitsplatte, rollte hinüber ins Wohnzimmer und über die schmale Holzrampe in den Wintergarten.

Kein Windzug. Keine Katze.

Aber eine der großen Kakteen lag auf dem Boden, braune Erde war darum herum verstreut.

Merkwürdig. Misstrauisch beäugte Rebecca die offenstehende Terrassentür. Sie führte hinaus in den kleinen Vorgarten, der von der Straße aus quasi von jedem betreten werden konnte, der in der Lage war, einen hüfthohen Zaun zu überwinden. Solange sie hier wohnte, war das noch nie vorgekommen.

Rebecca schloss die Tür. Dann beobachtete sie einen Moment den im Dunkeln liegenden Garten, entdeckte aber nichts und niemanden. Hin und wieder glitt das Scheinwerferlicht vorbeifahrender Autos durch die Büsche.

Nach einigen Minuten kehrte Rebecca in die Küche zurück, wurde auf dem Weg dorthin aber von der Türklingel überrascht. Sie nahm den Hörer der praktischen Gegensprechanlage ab und meldete sich.

«Ja, hallo, entschuldigen Sie bitte, der graue Toyota auf dem Behindertenparkplatz, das ist Ihrer, oder?»

«Ja», sagte Rebecca und ärgerte sich darüber, die Parkberechtigung wieder nicht hinter die Windschutzscheibe gelegt zu haben. Sie würde sich nie an diese Art der Vorzugsbehandlung gewöhnen. Wahrscheinlich beanspruchte jemand anderer mit Handicap den Platz für sich.

«Es tut mir wirklich leid», sagte die männliche Stimme. «Beim Zurücksetzen … ich weiß gar nicht, wie das passieren konnte … es ist auch nicht schlimm, nur ein Kratzer …»

«Das ist nicht Ihr Ernst, oder? Sie sind in meinen Wagen gekracht?»

«Es tut mir ja leid …!»

«Ich komme raus!»

Wütend knallte Rebecca den Hörer der Gegensprechanlage auf die Gabel. Das hatte ihr gerade noch gefehlt.

Sie schnappte sich die Autoschlüssel, das Handy und ihre Geldbörse mit Personalausweis und der Autoversicherungskarte darin.

10

Seit vier Stunden warteten Jens, Hagenah und Carina vor dem sechsstöckigen Wohnhaus in Hamburg-Billstedt, zu dem sie dem Programmierer von Food2You gefolgt waren. Zunächst mit der U-Bahn, dann noch eine Weile zu Fuß.

In dem Gebäude lebten zweiundzwanzig Parteien, ebenso viele Namen standen auf der Klingeltafel – unmöglich herauszufinden, in welcher Wohnung ihr Verdächtiger lebte und wie er hieß. Auch eine Anfrage beim Melderegister hätte sie nicht weitergebracht. Aber das war nicht weiter schlimm, denn Jens ging ohnehin nicht davon aus, dass der Mann seine Opfer in diese Wohnung verschleppte. Es war schlichtweg nicht möglich, in diesem engen Umfeld jemanden vier Jahre lang einzusperren.

Um sich nicht nur die Beine in den Bauch stehen zu müssen, wechselten sie sich dabei ab, die Haustür zu beobachten. Hagenah und Carina waren gerade in der kleinen Eckkneipe verschwunden.

Entgegen seinem ursprünglichen Entschluss, es heute Abend nicht zu tun, rief Jens nun doch Rebecca an. Als Grund für den späten Anruf konnte er sie bitten, die Namen der Bewohner des Hauses herauszufinden, vor dem er lauerte. In Wahrheit wollte Jens aber wissen, wie es Becca ging. Wenn er daran dachte, wie sie allein zu Hause saß, die Gedanken an den Fall nicht abstellen, aber auch nichts tun konnte, wurde er ganz traurig und bereute es, sie nicht mitgenommen zu haben.

Er ließ es lange läuten, doch Rebecca ging nicht ran. Schlief sie schon? War sie sauer auf ihn?

Jens kam nicht mehr dazu, sich darüber Gedanken zu machen, denn in diesem Moment kam der Programmierer aus dem Haus – und wieder hatte er den großen schwarzen, gut gefüllten Rucksack dabei!

Jens wollte gerade Hagenah anrufen, als er ihn und Carina aus der Eckkneipe treten sah. Der alte Schwerenöter hielt der jungen Kollegin die Tür auf und hatte nur Augen für sie, nicht für den Programmierer, der in ihre Richtung ging.

Scheiße, dachte Jens. Das geht schief!

Dann drehte sich Carina in seine Richtung, und aus der Bewegung heraus, so als sei es das Normalste der Welt, schlang sie ihre Arme um Hagenah, zog ihn zu sich heran und verbarg sich hinter seinem massigen Körper. Ihre Hände wanderten über seinen Rücken. Sie wirkten wie ein Liebespaar.

Der Programmierer zog rasch an ihnen vorbei in östliche Richtung. Jens wartete noch einen Moment, bis er zu Hagenah und Carina hinüberlief. Die hatten sich schon wieder voneinander gelöst. Hagenah wirkte ganz verdattert.

«Sie ist zu jung für dich, denk an dein Herz», feixte Jens.

«Er hat die Lebensmittel noch im Rucksack», sagte Carina und beeindruckte Jens einmal mehr mit ihrer Professionalität. «Wenn die für ihn wären, müsste er sie nicht wieder aus dem Haus schleppen.»

«Dann sind sie für Viola», mutmaßte Jens. «Kim wurde über vier Jahre zwar nur gerade so am Leben erhalten, aber selbst das erfordert regelmäßige Einkäufe.»

«Er geht also zu ihr», murmelte Hagenah und Jens sah, wie der große, kräftige Mann seine Fäuste ballte.

«Wir machen es wie vorhin», schlug Jens vor. «Zieh los,

Carina. Dann Rolf, dann ich.» Und schon war seine Kollegin unterwegs. Mit federnden Schritten überquerte sie die Straße.

Jens und Rolf warteten zwei Minuten, dann setzten auch sie sich in Bewegung. Wortlos und angespannt hefteten sie sich an Carinas Fersen, blieben dabei aber so weit zurück, dass sie sie gerade noch sehen konnten. Immer wieder tauchte sie in dunkle Bereiche zwischen den Lichtinseln der Straßenlaternen ein und verschwand, und jedes Mal zuckte Jens innerlich zusammen. Er trug hier die Verantwortung für eine Aktion, die er nicht mit der Baumgärtner abgestimmt hatte. Seine Chefin bestand darauf, immer über alles auf dem Laufenden gehalten zu werden, doch das war Jens egal, so funktionierte Polizeiarbeit nicht. Ein gewisses Maß an Flexibilität musste einfach sein. Die Täter hielten sich schließlich auch nicht an Hierarchien und Dienstpläne. Die Baumgärtner würde ihn sowieso maßregeln, selbst wenn die Aktion Erfolg brachte, darum musste er sich keine Sorgen machen, wohl aber um seine junge, unerfahrene Kollegin.

Mehr und mehr überkam Jens das Gefühl, die Sache liefe aus dem Ruder, und er dachte darüber nach, Unterstützung anzufordern. Was ihn davon abhielt, war die Gefahr, dass ihr Verdächtiger davon Wind bekommen und abdrehen würde. Sie waren aber auf ihn angewiesen, wenn sie Viola lebend finden wollten. Eine Zwickmühle, aus der er nicht so einfach herauskam. Es blieb ihm gar nichts anderes übrig, als weiterzumachen.

Sie behielten den fünfminütigen Wechselturnus bei und folgten dem Programmierer so eine halbe Stunde lang durch die nächtlichen Straßen. Jens hatte den Eindruck, der Mann liefe absichtlich kreuz und quer, um etwaige Verfolger abzuhängen.

Carina war gerade erneut an der Reihe, als der Mann in einen dunklen Park beim Steinbeker Teich eintauchte. Ehe Jens verstand, was da geschah, war Carina ihm schon gefolgt, und er konnte sie nicht mehr sehen. Von der anderen Straßenseite schaute Hagenah zu ihm herüber. Jens lief zu ihm, da der Park auf seiner Seite lag.

«Hoffentlich geht sie kein Risiko ...»

Ein spitzer Schrei unterbrach ihn. Ein schneller Blick reichte, und sie spurteten los.

Jens war schneller als Hagenah, lief voran, zog im Spurt seine Waffe und rannte in den dunklen Park.

Im Zwielicht sah er in einiger Entfernung eine bucklige Gestalt, vielleicht den Mann mit dem Rucksack, und als er ihn rufen wollte, wurde er plötzlich von hinten gepackt und ins Gebüsch gezogen.

11

«Psst», raunte Carina ihm zu, und dann war auch schon Rolf Hagenah heran, der ebenfalls ins Gebüsch gezogen wurde.

«Er hat ein Pärchen aufgeschreckt», flüsterte Carina und deutete in die Richtung, in der der Bucklige verschwunden war. Jens spürte sein Herz wild pochen. «Scheiße, ich dachte schon ...» Er ließ den Satz unvollendet.

«Weiter», sagte Hagenah. «Sonst entkommt er uns.»

Und tatsächlich dauerte es einige Minuten, bis sie ihn

in einer schmalen, kopfsteingepflasterten Querstraße wiederfanden.

«Wir bleiben jetzt ganz nah beieinander», befahl Jens, denn ihr Weg führte sie nun in die riesigen Wohnghettos von Mümmelmannsberg. Trotz der späten Stunde waren überall Menschen unterwegs, meist in kleinen Gruppen, sodass sie selbst nicht weiter auffielen, aber dies war kein einfaches Viertel, die Bandenkriminalität und die Verbrechensrate waren hoch. Was suchte dieser nerdige Programmierer in diesem Viertel?

Er führte sie zu einem zwölfstöckigen, verschachtelten Wohnturm, der mit anderen gleicher Bauart eine Art Tetris-Landschaft bildete. Ohne zu zögern, trat der Mann durch die Tür ins Treppenhaus.

«Hinterher!», rief Jens. «Sonst finden wir ihn in diesem Wirrwarr von Wohnungen nicht wieder!»

Jens wäre nie darauf gekommen, dass ihr Täter seine Opfer in diesem Stadtteil in einem solchen Gebäude versteckt hielt, aber warum eigentlich nicht? Hier kümmerte sich jeder um seinen eigenen Kram, und wenn er es irgendwie schaffte, dass keine Schreie nach außen drangen, konnte es durchaus möglich sein. Hier versteckten sich manche ein Leben lang vor dem Zugriff der Behörden.

Jens riss die Eingangstür auf, zu dritt stürmten sie in das übelriechende Treppenhaus. Gerade in diesem Moment setzte sich der Fahrstuhl in Bewegung. Gebannt verfolgten sie die auf der kleinen Anzeigetafel angezeigten Etagennummern.

In der Achten hielt der Fahrstuhl.

«Okay», sagte Jens. «Jetzt holen wir ihn uns! Wer nimmt den Fahrstuhl?»

Hagenah trat vor und drückte auf den Knopf, der die Kabine zurück ins Erdgeschoss holte. «Diese Ehre gebührt dem Ältesten. Auf den Weg, Jungvolk!»

Jens und Carina stiegen durchs Treppenhaus auf. Bis zur zweiten Etage kam Jens noch gut mit seiner Kollegin mit, doch dann begann sein Herz zu rasen, und seine Atmung wurde schneller und schneller. Scheiß Zigaretten, schimpfte Jens innerlich. Außerdem hatte er es immer noch nicht geschafft, ein regelmäßiges Lauftraining in seinen Alltag zu integrieren. Was einfach daran lag, dass er keinen Alltag hatte.

Carinas Vorsprung wurde immer größer, und sie schien auch nicht langsamer zu werden. In gleichbleibendem Tempo stieg sie Stufe für Stufe empor, während Jens immer wieder anhalten und sich am Geländer weiterziehen musste. Carina drehte sich nicht zu ihm um, fragte nicht, ob es noch ging, und dafür war er ihr dankbar.

In der siebten Etage glaubte Jens, sterben zu müssen. Herrgott, was war das peinlich! Er schwor sich, nach diesem Einsatz keine Zigarette mehr anzurühren.

Als er in der Achten ankam, warteten Hagenah und Carina schon auf ihn. Carina, die ein paar Schweißtropfen auf der Stirn hatte, verkniff sich jeden Kommentar, Hagenah jedoch nicht. «Vielleicht hättest den Fahrstuhl nehmen sollen. Tot nützt du uns nichts.»

Jens war nicht in der Lage zu kontern. Er war zu sehr damit beschäftigt, seinen widerwilligen Körper unter Kontrolle zu bringen.

«Vier Wohnungen», sagte Carina leise und deutete auf die grauen Wohnungstüren. «Langscheid, Özgün, Kalk und Ibramić. Ich habe gelauscht, konnte aber nicht viel hören. Bei Langscheids läuft wohl ein Fernseher, hinter allen anderen Türen ist es still. Wir werden sie nacheinander überprüfen müssen.»

Jens sah sich um. Vier Türen, vier Wohnungen, dicht beieinander. Plötzlich zweifelte er. Wie sollte man hier jemanden über vier Jahre gefangen halten, ohne dass die Nachbarn etwas mitbekamen?

«Ich hab ein schlechtes Gefühl», sagte er.

«Aber er ist in dieses Haus gegangen und nicht wieder herausgekommen», gab Carina zu bedenken.

«Es hilft nichts, wir müssen die Leute wecken», sagte Jens und klopfte kräftig an die Tür mit dem Namen Langscheid.

Ein älterer Herr in Feinripphemd öffnete. Er trug mühsam seinen Bauch vor sich her. In der Wohnung lief der Fernseher. Jens stellte sich und seine Kollegen vor, was den Mann wenig beeindruckte.

«Wer sind Ihre Nachbarn auf dieser Etage?», fragte Jens.

Herr Langscheid kratzte sich am schorfigen Hinterkopf. «Die alte Kalk, fast taub und blind, aber eine gute Seele. Der Özgün mit seiner Frau, sehr ruhige und angenehme Menschen, das kann ich Ihnen sagen. Er ist beim Straßenbauamt, sehr fleißig, immer höflich. Was man vom Ibramić nicht sagen kann. Ich muss meine Rente versteuern, damit der sich mein Geld vom Amt holen kann!»

«Wie sieht der Herr Ibramić denn aus?», fragte Jens.

«Wie ein Verbrecher! Lange schwarze Haare mit Pomade darin und ein Bart, dass einem angst und bange wird, wirklich wahr! Früher hat es hier so etwas nicht gegeben.»

Jens beschrieb den Mann, dem sie gefolgt waren, und

fragte Herrn Langscheid, ob ihm so jemand im Haus aufgefallen war.

Langscheid kratzte Schuppen vom Schädel, die zu Boden rieselten, und Jens' Blick streifte kurz die gelben Flecken auf dem Feinripp, der den mächtigen Bauch umspannte.

«Da war wirklich so jemand, den hab ich ein paarmal gesehen. Aber nicht hier oben, immer nur unten. Der wohnt da aber nicht, das wüsste ich. Na ja, jedenfalls nicht offiziell, aber wenn Sie wüssten, wer hier unter der Hand wen beherbergt ... ich glaube, der kam sogar mal aus dem Keller.»

«Aus dem Keller? Sind Sie sicher?»

«Ich denk schon. Ist ein paar Tage her, aber ja, den hab ich aus dem Keller kommen sehen, da kam ich gerade vom Einkaufen zurück und wollte ...»

«Vielen Dank, Herr Langscheid, Sie haben uns sehr geholfen», unterbrach Jens den Mann. Er wollte sich mit Rolf und Carina beratschlagen, doch Langscheid blieb in der halb geöffneten Tür stehen und starrte sie neugierig an.

«Gehen Sie bitte zurück in ihre Wohnung», sagte Jens.

«Warum?»

«Weil ich das will!», fuhr er den Mann heftiger als nötig an, woraufhin der sich sofort zurückzog und die Tür schloss. Jens konnte aber quasi hören, wie er auf der anderen Seite sein Ohr gegen das Türblatt presste.

Jens führte seine Kollegen eine Etage tiefer.

«Er hat uns verarscht», sagte Jens flüsternd. «Was, wenn er gar nicht im Fahrstuhl war, sondern ihn leer in die achte Etage geschickt hat.»

«Gut möglich», gab Hagenah zu.

«Aber das hieße ja, er hat uns bemerkt», vermutete Carina.

«Nicht unbedingt. Vielleicht ist er einfach nur vorsichtig. Wir sollten uns den Keller vornehmen. Einverstanden?»

Rolf Hagenah und Carina Reinicke nickten. Also stiegen sie in den Fahrstuhl und fuhren in den Keller hinab.

12

Kindheit

Wenn Finsternis die Wege und Straßen verschlang, wenn die Menschen sich hinter Mauern und Fenstern im Schutze ihrer Familien versteckten, dann zog es ihn hinaus, dann fühlte er sich wohl, und er spürte, die Nacht war seine beste Freundin. Denn in der Nacht sah ihn niemand. Er konnte tun und lassen, was er wollte.

Das Heim, in das er vor zwei Tagen gebracht worden war, war kein Gefängnis, und auch wenn das Personal auf die Jungs achtete, war es für ihn kein Problem gewesen, sich nach Mitternacht hinauszuschleichen. Er hatte ein Einzelzimmer, das hatte es einfacher gemacht.

In lauwarmer Nacht stoben Insekten gegen die Kegel der Straßenlaternen, hin und wieder hörte er die Stimmen von Menschen, die trotz der späten Stunde noch draußen saßen und den Sommer genossen. Von dem lauten und herzlichen Lachen einer Frau fühlte er sich besonders angezogen. Gern wäre er näher herangegangen, um sie sehen zu können, doch so viel Zeit hatte er nicht. Er musste seine Aufgabe erfüllen und ins Heim zurückkehren, bevor am frühen Morgen, zum Wecken, jemand seine Abwesenheit bemerkte.

Gestern noch war es ihm egal gewesen, ob er erwischt werden würde oder nicht, doch heute setzte er alles daran, unerkannt davonzukommen. Denn nur so hatte er die Chance, das Mädchen vom Pferdehof für sich zu gewinnen. Das ging nicht, wenn er im Jugendknast saß.

Der Fußmarsch dauerte Stunden, und das auch nur, wenn er zügig ging, zwischendurch immer mal wieder rannte und den kürzesten Weg nahm, den er zuvor auf einer Landkarte ausgekundschaftet hatte. Der führte ihn alsbald durch stockdunklen Wald, und er verstand, warum die Schwarzen Berge ihren Namen trugen. Eine Taschenlampe besaß er nicht, daher musste er sich auf seine Augen und das spärliche Mondlicht verlassen. Angst spürte er nicht. Im Gegenteil, er fühlte sich in dem weitläufigen Waldgebiet sogar wohl, denn er wusste, hier gab es nichts, was ihm gefährlich werden konnte. Es waren die Menschen, die ihm zusetzten, ihn missachteten, misshandelten, übersahen – oder die ihn, wenn sie ihn sahen, zu etwas zwangen, was er nicht wollte.

Irgendwann begann er bei seinem Marsch durch den Wald zu schnalzen, fand dabei neue Rhythmen, und das Geräusch trug ihn durch die Nacht, steigerte seinen Mut und sorgte für vollkommene Sicherheit. Er musste tun, was er tun musste.

Schließlich erreichte er das kleine, heruntergekommene Haus. In völliger Dunkelheit lag es da, wie die Versinnbildlichung von Verfall und Tod. Hinter dem Wohnzimmerfenster flackerte kein Fernsehlicht, die Eltern waren also schon zu Bett gegangen.

Hinter dem Haus stand ein kleiner Anbau, in dem alles untergebracht war, was seine Eltern zur Pflege des Grundstücks benötigten, unter anderem auch ein Benzinrasenmäher. Ganz am Anfang, als sie hergezogen waren, hatte sein Vater in einer Phase manischen Enthusiasmus zwei- oder dreimal den Rasen gemäht, bevor er wieder in seine Drogenlethargie versunken war. Seitdem verwilderte das Grundstück. Es interessierte niemanden.

Die Holztür zum Anbau war nicht verschlossen. Er zog sie auf, die Scharniere quietschten, doch das störte ihn nicht. Nachbarn gab es nicht, und im Haus hörte man das Geräusch sicher nicht.

Der Lichtschalter befand sich linker Hand. Die alte nackte Glühbirne unter der Decke blendete ihn nach dem langen Marsch durch die Dunkelheit. Es roch nach Staub, Öl und Benzin. Der gelbe Fünf-Liter-Kanister stand unter der Werkbank. Er zog ihn hervor, stellte fest, dass er noch zur Hälfte gefüllt war, schraubte den Deckel ab, hielt seine Nase über den Ausguss und atmete tief ein.

Die Benzindämpfe raubten ihm beinahe die Sinne.

Zwischen Anbau und Haus gab es eine metallene Brandschutztür, weil hier auch die Ölheizung untergebracht war. Er öffnete sie und schlich auf leisen Sohlen zum Wohnzimmer, wo er im Türrahmen stehen blieb. Nicht selten kam es vor, dass beide einfach vor dem Fernseher einschliefen, und als er die leisen Schnarchgeräusche hörte, wusste er, dies war so eine Nacht.

Im Zimmer stank es erbärmlich nach menschlichen Ausdünstungen, Alkohol und Nikotin. Sein Vater lag ausgestreckt auf der langen Couch, seine Mutter merkwürdig klein und zusammengerollt unter einer Decke auf der kürzeren. Bei seinem Vater war das Shirt bis zur Brust hochgerutscht. Selbst in der Dunkelheit konnte er den nackten weißen Bauch sehen. Auf dem Tisch zwischen den beiden war das übliche Chaos aus Bierflaschen, Aschenbechern, Zigaretten, Chipstüten und Essensresten. Dazwischen lag ein Feuerzeug.

Er betrat das Wohnzimmer, ging zum Tisch und nahm es.

Dann überlegte er, wie er am besten vorgehen sollte. Wahrscheinlich war es klug, das Benzin so dicht wie möglich an ihren Körpern zu verteilen, also direkt auf dem Teppich vor der Couch. Aber würden sie vom intensiven Geruch nicht wach werden?

Egal! Das Risiko konnte er eingehen.

Auf Knien kroch er heran, kippte den Kanister aus und verteilte das Benzin, tränkte den Teppich damit, ließ aber ungefähr ein Viertel darin zurück. Als er sich aufrichtete, sah sein Vater ihn an. Aus weit aufgerissenen Augen, so als wäre er gerade aus einem Albtraum erwacht. Der Junge erstarrte. Sein Vater blinzelte nicht, bewegte sich nicht, sagte nichts. Nur seine Nasenflügel blähten sich rhythmisch, so als wollte er den Benzingeruch in sich aufnehmen. War er wirklich wach, oder stand er unter Drogen?

Der Junge hielt das Feuerzeug hoch, zeigte es seinem Vater, doch der reagierte nicht, blieb einfach mit aufgerissenen Augen liegen.

«Vielleicht findest du ja jetzt endlich Ruhe», flüsterte der Junge, kroch ein Stück von der Couch fort und entzündete den benzingetränkten Teppich.

Mit einem lauten und heftigen «Wusch» explodierte die Luft förmlich und warf ihn zurück. Den Benzinkanister hatte er eigentlich wieder mitnehmen und im Schuppen deponieren wollen, um die Brandursache zu vertuschen, doch jetzt kam er nicht mehr heran. Von einer Sekunde auf die andere war das Feuer da, und es war unglaublich heiß.

Rückwärts kroch er aus dem Wohnzimmer. Als er den Flur erreichte, fingen seine Eltern an zu schreien. Zuerst sein Vater. Seine Schreie kannte er zur Genüge, sie konnten ihm nichts anhaben und verstummten auch bald.

Die entsetzlichen Schreie seiner Mutter jedoch hielten länger an, sie waren neu für ihn, verfolgten ihn bis in den Anbau und auf die Straße hinaus.

Verfolgten ihn auf dem ganzen langen Weg zurück ins Heim. Er rannte und rannte und konnte ihnen trotzdem nicht entkommen, nie mehr, sein ganzes Leben lang nicht.

13

Kaltes, hartes Licht aus den Neonröhren unter der tiefen Betondecke floss an den grauen nackten Wänden herab. In den verwinkelten, durch schwere Brandschutztüren voneinander getrennten Gängen roch es staubig, die Luft war abgestanden. Unter der Decke verliefen dünne und dickere Versorgungsleitungen, die Jens immer wieder zwangen, sich zu bücken. In ihnen rauschte und bollerte es. Mit gezogenen Dienstwaffen bewegten sie sich leise voran, kontrollierten Raum für Raum, ließen dabei aber die verschlossenen Räume aus, in denen die Mieter des Gebäudes ihre Habseligkeiten unterstellten. Bisher wies nichts darauf hin, dass der Programmierer hier war.

Bei Jens wuchs die Verzweiflung. Wenn er hier erneut auf einer falschen Spur war und wie schon bei Landau wertvolle Zeit verschwendete, konnte das für Viola May furchtbare Folgen haben.

So vieles wies auf den Programmierer von Food2You als Täter hin, nur eines passte gar nicht ins Bild: Darling ... Licht meines Lebens. Dieser Satz, den Kim Landau ständig wiederholt hatte, der aus einem alten amerikanischen Film stammte, den Jan Landau auf T-Shirts drucken ließ, die er verkaufte, was hatte es damit auf sich? Woher kannte der Food2You-Programmierer diesen Satz? Oder kannte er ihn nicht, und Kim hatte ihn woanders gehört? Bei ihrem Vater vielleicht?

Eine weitere schwere Brandschutztür lag vor ihnen. Hagenah stemmte sie auf, und sie folgten ihm.

Dahinter öffnete sich ein großer dunkler Raum, den sie nicht überblicken konnten. Es roch nach Heizöl, und irgendwo in den dunklen Tiefen wummerte die große Heizungsanlage für den Wohnkomplex. Hagenah streckte die Hand nach dem Lichtschalter aus.

Jens hielt ihn auf. «Nicht», sagte er leise. «Warum ist diese Tür nicht abgeschlossen? Darf denn jeder den technischen Bereich betreten?»

Hagenah nickte und machte kein Licht. Da niemand eine Taschenlampe dabeihatte, würden sie sich mit der Notbeleuchtung zufriedengeben müssen. In regelmäßigen Abständen waren kleine, in Drahtkörben gesicherte halbrunde Lampen an den Wänden angebracht, die meisten leuchteten weiß, einige jedoch rot. Ihr Licht reichte gerade eben aus, um das Nötigste zu erkennen.

Der schmale Betongang führte sie auf ein Metallgitter.

Zwei Meter darunter lag ein Schacht, in dem wiederum Versorgungsleitungen verliefen. Jens konnte nicht erkennen, wie man dorthin gelangte. Das Metallgitter endete, und sie erreichten den gegenüberliegenden Betongang, der sich parallel zum anderen durch den großen unterirdischen Raum zog.

Durch das Wummern und Rauschen der technischen Anlagen hindurch hörten sie zugleich ein Geräusch, das nicht dazu passte. Sie verharrten, lauschten, und dann erklang es erneut.

Ein dumpfes Stöhnen. Nicht weit entfernt. Und wenn sie sich nicht alle täuschten, kam es von unter ihnen, aus diesem Versorgungsschacht. Mit Blicken und Gesten verständigten sie sich und teilten sich auf. Hagenah und Carina gingen auf dem Betonweg weiter, Jens kehrte um und suchte nach einer Möglichkeit, in den Schacht hinunterzugelangen. Er öffnete das Gitter und fand eine schmale Metallleiter aus Gitterprofilen. Vorsichtig kletterte Jens hinunter. In dem zwei Meter breiten Schacht war es kühler, die Luft roch feucht, rechts und links verliefen armdicke Stromleitungen.

Von der anderen Seite näherten sich Hagenah und Carina, die ebenfalls in den Schacht gestiegen waren. Ein merkwürdiger Anblick, den stämmigen Straßenbullen hinter der schmächtigen jungen Kollegin herschleichen zu sehen.

Plötzlich erstarrte Carina und gab ihm ein Zeichen, zeigte nach rechts. Aus Jens' Position war erst etwas zu erkennen, als er näher heran war. Der Schacht hatte eine Abzweigung, wurde zum Tunnel, zwei Meter hoch, zwei Meter breit, schummrig beleuchtet durch die gleichen kleinen Drahtkorblampen, wie es sie hier überall gab. Von dort kam erneut ein Geräusch, diesmal jedoch kein Stöhnen, sondern ein kurzes Lachen.

Jens betrat die Abzweigung zuerst und erkannte am Ende eine nur angelehnte Metalltür. Ein Lichtstreifen fiel an die Wand daneben. Hinter der Tür sprach jemand, und dass in einer Sprache, die Jens nicht kannte. Sie klang arabisch.

Zwei schnelle Schritte. Er packte die Tür, zog sie auf, riss die Waffe hoch, brüllte laut «Polizei» – und erstarrte voller Unverständnis.

Der Raum war eine Art elektrische Schaltzentrale für das Gebäude. Auf dem Boden lagen mehrere dicke Matratzen, dazwischen Apfelsinenkisten mit PET-Getränkeflaschen und Lebensmitteln darauf. Bücher, Hefte, Spielzeug – alles lag wahllos durcheinander.

Aus weit aufgerissenen, angstvollen dunklen Augen schauten sechs Jugendliche mit schwarzem Haar zu Jens auf.

Im Gesicht des Programmierers erstarrte ein freundliches Lächeln.

14

Jens war zugleich heilfroh, enttäuscht und frustriert.

Heilfroh, weil er für den Einsatz in dem Hochhaus kein SEK angefordert hatte wie bei Jan Landau, denn dann hätte er sein erneutes Versagen vor der Baumgärtner rechtfertigen müssen.

Enttäuscht, weil er sich doch so sicher gewesen war, auf der richtigen Spur zu sein und Viola May sowie alle zukünftigen Opfer dieses perversen Täters retten zu können.

Frustriert, weil er trotz zahlreicher Spuren einfach nicht weiterkam.

Der Programmierer von Food2You hieß Malte Köpke. Zusammen mit seinem Freund, dem Hauselektriker der Wohnanlage, hatte er seit einigen Wochen sechs syrische Jugendliche in dem Wartungsraum tief unten im Keller versteckt, weil sie abgeschoben werden sollten. Deshalb schleppte er regelmäßig Lebensmittel dorthin und benahm sich seltsam. Köpke hatte gebettelt und gefleht, ihn und die Kids nicht auffliegen zu lassen, war sogar in Tränen ausgebrochen und hatte erzählt, die Jugendlichen würden in ihrem Heimatland zum Dienst an der Waffe gezwungen und dann schneller sterben als Eintagsfliegen.

Jens, Hagenah und Carina mussten sich nicht großartig beratschlagen. Sie setzten dem Mann eine Frist von vierundzwanzig Stunden, den völlig ungeeigneten Raum zu räumen und die Kinder woanders unterzubringen. Wo, blieb ihm überlassen.

Carina und Hagenah waren nach diesem Erlebnis nach Haus gefahren. Beide waren erschöpft und mussten unbedingt ein paar Stunden schlafen. Jens fühlte sich ebenfalls wie erschlagen, wollte sich aber nicht ohne ein Gespräch mit Rebecca ins Bett legen. Er wusste, ohne dass sie ihn mit ihren klaren, strukturierten Gedanken wieder ins Lot brachte, würde er ohnehin kein Auge zutun, Müdigkeit hin oder her.

Aber sie ging nicht ans Telefon, und er machte sich ein

wenig Sorgen. Jens war sich sicher, Becca würde ihr Handy laut gestellt haben für den Fall, dass es Neuigkeiten gab.

War sie vielleicht beleidigt, weil Jens sie nach Hause geschickt hatte, statt sie auf den Einsatz mitzunehmen? Jens wusste ja, wie gern Rebecca draußen mit dabei war und wie sehr sie es genoss, in Aktion zu sein, doch das ging nun mal nicht immer. Ihre Behinderung ließ das einfach nicht zu. Ihre dienstliche Stellung schon gar nicht, aber darum kümmerte sich Jens nicht.

Es war fast ein Uhr nachts, als er die Red Lady ein gutes Stück von Beccas Wohnung entfernt auf dem Randstreifen parkte. Die restlichen hundert Meter ging er gern zu Fuß. Zwar war die Nachtluft nicht gerade kühl, aber immer noch deutlich besser zu ertragen als diese niemals enden wollenden heißen Tage. Niemand war zu dieser Zeit noch auf den Straßen in dem ruhigen Wohngebiet unterwegs.

Bei Beccas Wohnung angekommen, sah er ihren Toyota vor dem Haus auf dem Behindertenparkplatz stehen. Hinter den Fenstern brannte kein Licht, und auch der Fernseher flackerte nicht. Wie es aussah, würde er sie wohl aus dem Schlaf klingeln müssen.

Das hatte er schon einige Male getan, Becca nahm es ihm nicht übel, schon gar nicht, wenn sie in der heißen Phase einer Ermittlung steckten und sie mindestens ebenso stark am Fortschritt interessiert war wie er selbst. Jens rief noch einmal ihr Handy an, doch niemand nahm ab.

Schließlich schlich er durch den Vorgarten zum Wintergarten, um zu schauen, ob sie auf der Couch eingeschlafen war. Doch das war sie nicht. Die Wohnung lag im Dunkeln, und Jens hörte nicht einmal ihr Handy klingeln.

Ab diesem Moment machte er sich wirklich Sorgen. Als die Haustürklingel ebenfalls keinen Erfolg brachte, lief Jens zu seinem Wagen zurück, um den Ersatzschlüssel für die Haus- und Wohnungstür zu holen, den Becca ihm für den Fall anvertraut hatte, dass ihr in der Wohnung etwas zustieß oder sie sich aussperrte.

Wenige Minuten später rammte er den Schlüssel ins Schloss der Haustür und stellte fest, dass sie nur zugezogen, aber nicht verriegelt war. Das musste nichts heißen, immerhin lebten noch andere Mieter in dem Haus.

Bei der Tür zu Beccas Wohnung fand er jedoch den gleichen Zustand vor: zugezogen, aber nicht abgeschlossen.

Jens drückte die Tür auf.

«Becca?»

Stille in der Wohnung.

«Ich bin's, Jens.»

Keine Antwort.

Küche, Wohnzimmer und Bad waren verwaist. Vor der geschlossenen Schlafzimmertür verharrte Jens. Es war ihm unangenehm zu klopfen, aber was blieb ihm anderes übrig? «Becca?»

Drinnen rührte sich nichts, auch nicht als er etwas fester klopfte, also nahm er all seinen Mut zusammen und öffnete die Tür.

Das Licht vom Flur sickerte in den Raum und offenbarte ein leeres Bett. Jens stieß die Tür ganz auf. Nicht nur lag niemand darin, es war auch unbenutzt.

«Becca?», rief er noch einmal laut durch die Wohnung.

Nach erneuter hilfloser, immer stärker von Panik getriebener Suche landete Jens auf dem Flur, und sein Blick fiel auf das weiße Sideboard, auf dem Becca stets ihr Schlüsselbund und ihre Geldbörse in einer flachen Keramikschüssel ablegte, sobald sie zu Hause war.

Kein Schlüsselbund. Keine Geldbörse. Kein Handy.

Der Schock traf Jens mit der Wucht einer Herzattacke. Er taumelte zurück, fasste sich an den Brustkorb und rang nach Atem.

15

Ihre Fingerkuppen schmerzten, die am Mittelfinger war bereits aufgeschürft. Wenn sie sie befühlte, spürte Viola Blut. Dennoch konnte sie nicht aufhören, sich mit den Fingern an den Wänden entlangzutasten, denn egal, wie weit sie auch ging, die Dunkelheit war und blieb vollkommen.

Es war kalt, sie fror an den Händen und an ihrem kahlgeschorenen Kopf, und sobald sie stehen blieb, um zu lauschen, fror sie am ganzen Körper. Das Geräusch hatte sie schon seit einiger Zeit nicht mehr gehört. Hatte sie es sich eingebildet? Was war das hier für ein Ort? Was bezweckte ihr Entführer damit, sie hier einzusperren? Und warum sie?

Er war verrückt, so viel stand fest, und wahrscheinlich erübrigten sich damit alle Fragen nach dem Wie und Warum. Wichtig war nur, dass sie Bine fand und sie beide hier wieder herauskamen.

In den Wänden gab es Durchlässe, ungefähr von der Breite einer Tür, aber ohne Türblätter. Fünf hatte Viola bisher passiert, sich aber nicht getraut hindurchzugehen. Sie blieb lieber auf dem geraden Weg, denn wenn es irgendwann nicht mehr weitergehen sollte, würde sie dann nur kehrtmachen und wieder zurückgehen müssen, um die Metalltür zu erreichen. Gerade ertastete ihre rechte Hand wieder einen dieser Durchlässe, und sie wollte ihn passieren, als das Geräusch erklang.

Es war nicht das Kratzen und Schaben von vorhin, nein, sondern ein lautes metallisches Klappern, das widerhallte und widerhallte zwischen den Wänden dieses Ortes und gar nicht verklingen wollte.

Und plötzlich war da Licht!

Weiter vorn, vielleicht zehn Meter entfernt, fiel es diffus und matt von rechts in den Gang, in dem sie sich befand. Nur weil ihre Augen sich in der vergangenen halben Stunde an die vollkommene Dunkelheit gewöhnt hatten, konnte sie es überhaupt wahrnehmen.

Sofort eilte Viola darauf zu und erreichte einen weiteren Durchlass, der in einen weiteren Gang zu ihrer Rechten führte. An dessen Ende war das Licht viel stärker, wenngleich die Quelle nicht erkennbar war.

Viola ging weiter, langsamer und vorsichtiger jetzt. Mit jedem weiteren Schritt wurde klarer, das sich am Ende dieses Ganges ein Raum befand und dieser Raum angefüllt war mit Licht. Sie hatte ihn noch nicht erreicht, als die Stimme ertönte.

«Viola, Darling ... Licht meines Lebens ... komm zu mir, hier bekommst du alles, was du brauchst.»

Gottgleich kam diese Stimme von irgendwo ganz weit oben, verteilte sich aber rasch in den verwinkelten Gängen und Räumen und hallte ebenso nach wie zuvor die metallischen Geräusche.

Das war er, ihr Peiniger, und obwohl Viola Angst hatte,

ging sie weiter. Sie musste einfach wissen, was dort vorn in dem Licht war.

Der Gang endete in einem großen Raum, dessen jenseitiges Ende Viola kaum ausmachen konnte, weil es im Dunkel lag. In einer Höhe von vielleicht drei oder vier Metern befand sich ein viereckiges Loch in der Dunkelheit, durch das Licht in den Raum fiel und als verschobene Raute einen hellen Fleck auf dem Boden aus gegossenem Beton warf.

In diesem hellen Fleck und darum herum lag Unrat. Leere Verpackungen und Flaschen, Papier, Plastikfolien, alles auseinandergerissen und zerfetzt, so als hätte ein wildes Tier hier gehaust.

Noch ehe sich Viola Gedanken darüber machen konnte, erklang oben in dem Loch aus Licht ein Gepolter. Einen Moment später fielen Dinge zu Boden. Viola stand da, den Kopf in den Nacken gelegt, und konnte nicht glauben, was geschah. Sie sah Wasserflaschen, Konservendosen und verpackte Lebensmittel aus dem Himmel fallen.

Das ganze Spektakel dauerte vielleicht zehn Sekunden, dann kam nichts mehr, und mit einem lauten metallischen Knall verschwand das Licht. Von einer Sekunde auf die andere stand Viola wieder im Dunkeln.

Flach atmend wartete sie, was passieren würde. Und als sie schon glaubte, es wäre alles vorbei, hörte sie es erneut: das Schaben und Kratzen, so als kröche etwas über den Boden.

Nur dass es jetzt hier bei ihr, in diesem Raum war.

16

Es würde Beschwerdeanrufe von allen Seiten hageln, doch das war Jens egal. Zehn Beamte der Nachtschicht klingelten sämtliche Nachbarn in der Straße aus dem Bett und befragten sie danach, ob ihnen etwas Merkwürdiges aufgefallen war. Auch Rolf Hagenah und Carina Reinicke waren wieder dabei. Keine Sekunde hatten sie gezögert, obwohl sie sich gerade erst ins Bett gelegt hatten.

Jens' Verzweiflung nahm mittlerweile Ausmaße an, die er bei sich nicht kannte. Wenn die Kacke so richtig am Dampfen war, wenn alle anderen sich die Haare rauften und nicht mehr weiterwussten, blieb er selbst in aller Regel ruhig und kämpfte gegen die Widerstände an, doch diesmal war ihm das unmöglich. Er konnte an nichts anderes mehr denken als an die tödliche Gefahr, in der Rebecca schwebte, und das raubte ihm den Verstand. Wie hatte das passieren können? Was hatte er übersehen? Wie war der Täter überhaupt auf sie aufmerksam geworden?

Genau diese Frage hatte er gerade laut gestellt, und das in einem vorwurfsvollen Ton, so als wären Rolf und Carina schuld daran, weil sie Rebecca mit zu Food2You genommen hatten. Rolf machte ein betretenes Gesicht. Carina dachte nach, und ihre Gedanken schienen in die gleiche Richtung zu gehen wie Jens'.

«Wir wissen rein gar nicht über seine Motivation», begann sie. «Aber wir wissen, er hat die einzige Person, die ihn erkennen könnte, nämlich Rebecca, entführt. Aus ihrer Wohnung heraus, ohne Gewalt, ohne einzubrechen, einfach so.»

«Und ohne eine Lieferung von Food2You», fügte Hagenah hinzu.

«Richtig», sagte Carina. «Was nicht bedeuten muss, dass er nicht doch mit der Firma in Kontakt steht. All die Hinweise können schließlich nicht dem Zufall geschuldet sein. Aber wie schafft er es, seine Opfer aus der Wohnung zu locken? Sie scheinen ja freiwillig mit ihm zu gehen. Ich kapier das nicht. Rebecca ist doch nicht naiv.»

Jens ging nervös in Rebeccas Wohnzimmer auf und ab. Er musste sich zusammenreißen, um nicht gegen irgendwelche Einrichtungsgegenstände zu treten. Alles in ihm verlangte nach körperlicher Aktivität, er musste raus, nach Becca suchen, diesen miesen kleinen Pisser ins Krankenhaus prügeln, der sie sich geholt hatte …

«Das ist doch jetzt vollkommen egal», polterte er drauflos. «Wir müssen wissen, wer er ist, verdammte Scheiße! Es kann doch nicht sein, dass er uns nah genug kommt, um uns beobachten zu können, wir ihn aber nicht sehen. Scheiße, denkt nach! Wer war da noch bei Food2You?»

«Der CEO und noch jede Menge andere Leute, bestimmt ein Dutzend Programmierer, das dauert ewig, die alle zu überprüfen», antwortete Hagenah.

«Was ist mit dir?», fragte Carina und sah Jens ohne Scheu an. Sein Gepolter beeindruckte sie überhaupt nicht.

«Mit mir?»

«Ja. Denk doch mal selbst nach. Du warst doch auch mit Rebecca unterwegs. Zu diesem Videoladen von Jan Landau. Kann der Täter euch dort beobachtet haben?»

Jens wollte das mit einem schnellen Nein ausschließen, hielt aber inne und dachte nach. Rief sich die Situation ins Gedächtnis.

Sie hatten mit einigen anderen Menschen an dem Fußgängerüberweg gewartet. Zwei Männer hatten vor ihnen die Filmbox von Jan Landau betreten, einem anderen mit einer Sackkarre voller Kartons hatte er die Tür aufgehalten. Der war als Erster wieder verschwunden. Einer hatte am Tresen zwei DVDs bezahlt, als Jens mit dem Rastamann Viktor Kokartis gesprochen hatte. Wirklich genau konnte Jens sich an den Typen nicht erinnern, aber blond war er nicht gewesen. Die ganze Zeit über, als sie das Shirt mit dem Light-of-my-Life-Spruch entdeckt und darüber gesprochen hatten und als Jens ein SEK zu Jan Landaus Wohnadresse geschickt hatte, musste der zweite Kunde, der kurz vor ihnen den Laden betreten hatte, noch darin gewesen sein, denn Jens erinnerte sich nicht, die aggressive Türglocke mehr als einmal klingeln gehört zu haben.

«Als ich mit Becca an der Ampel wartete», dachte Jens laut nach, «sagte ich zu ihr, wenn sie Landau gleich als unseren Täter erkennt, soll sie sich nichts anmerken lassen. Und es kann sein, dass jemand in der Nähe war, der sich später auch im Laden aufhielt ... und alles mithörte.»

Ein Moment eiskalter Stille breitete sich zwischen ihnen aus. Jens, Carina und Hagenah starrten einander an. Aus Sorge wurde nackte Angst. Sie hatten es mit einem Mann zu tun, der sich sicher genug fühlte, dass er nicht einmal davor zurückschreckte, Ermittlungsbeamte zu verfolgen!

Lärm an der Haustür durchbrach die Stille. Ein uniformierter Beamter trat ins Wohnzimmer. Jens kannte ihn vom Sehen, jedoch nicht seinen Namen.

«Im Haus gegenüber», legte der Mann sofort los, «wohnt eine ältere Dame, Frau Trudering, und die hat etwas Interessantes gesehen. Ein Wagen mit eingeschaltetem Warnlicht hielt am Abend für etwa fünf Minuten neben dem Behindertenauto, wie sie Frau Oswalds Wagen nennt. Dann sah sie Frau Oswald aus dem Haus rollen und mit dem Fahrer des Wagens sprechen. Frau Trudering sagt, es sah aus, als kannten sich die beiden. Sie verlor dann das Interesse und widmete sich wieder Günther Jauch.»

«Hat sie den Mann beschrieben?»

Der Kollege schüttelte den Kopf. «Es war fast dunkel, sie hat nur zwei Gestalten gesehen, bei der einen konnte sie sich wegen des Rollstuhls sicher sein.»

«Und der Wagen mit Warnblinklicht?»

«Irgendwas Kastiges. Wahrscheinlich weiß.»

«Scheiße!», schrie Jens und trat nun doch gegen einen der billigen Ikea-Stühle, der daraufhin gegen die Wand flog. «Das hilft uns überhaupt nicht.» Der uniformierte Kollege zog sich vorsichtshalber zurück.

«Vielleicht macht er es so», dachte Carina laut nach. «Vielleicht hat Rebecca etwas zu essen bestellt, und er lockt sie unter einem Vorwand nach draußen, behauptet, er könne die Bestellung nicht reinbringen.»

«Quatsch», versetzte Jens. «Was für ein Grund soll das denn sein? Außerdem würde Becca wohl kaum noch bei Food2You bestellen.»

«Wenn Rebecca nichts bestellt hat, wie hat er sie dann hinausgelockt?», ließ Carina nicht locker. «Sein Lieferwagen stand neben ihrem Toyota, mit eingeschaltetem Warnblinklicht. Wie sieht das für euch aus?»

«Nach einem Unfall?», sagte Hagenah.

«Genau!» Carina zeigte mit dem Finger auf ihn. «Da haben wir es! Er legt sich auf die Lauer, wartet die Pizzalieferung ab, klingelt kurz darauf, gibt an der Gegensprechanlage vor, der Lieferant zu sein und beim Wegfahren das Auto der Kundin beschädigt zu haben. Natürlich geht man dann hinaus und nimmt Geldbörse, Schlüsselbund und womöglich das Handy mit, Dinge, die man bei der Abwicklung eines Unfalls benötigt. So erklärt sich die nicht angerührte Lieferung in der Wohnung der Opfer und der Eindruck, sie seien nur kurz einmal hinausgegangen. Und bei Rebecca hat er es genauso gemacht, nur ohne Lieferung.»

Jens starrte Carina an. Das konnte die Lösung sein. «Klingt plausibel», sagte er. «Aber es bleibt immer noch die Frage, welche Verbindung er zu Food2You hat. Er treibt die Frauen in die Enge, isoliert sie, macht ihnen genug Angst, damit sie sich abends nicht mehr aus dem Haus trauen und irgendwann zwangsläufig Essen über einen Lieferdienst bestellen. Dann schlägt er zu. Aber woher weiß er, dass seine Opfer ausgerechnet bei Food2You bestellen? Okay, er späht sie zuvor wochenlang aus, aber es gibt einige andere Lieferdienste, bei denen man telefonisch bestellen könnte. Ist es ihm egal, wo sie bestellen? Nein, er plant weit im Voraus, überlässt nichts dem Zufall und sorgt dafür, dass seine Opfer genau zu der Zeit, da sie sich vor Angst in ihre Wohnungen verkriechen, über die Flyer und Gutscheine von Food2You verfügen ...»

Jens Handy klingelte und unterbrach seinen Gedankengang. Der Anruf kam von einer nicht eingespeicherten Nummer, die ihm unbekannt war. Benjamin Schneiders Mutter meldete sich.

Sie klang aufgeregt.

17

Jens holte alles aus seiner Red Lady heraus. Nach dem Anruf von Jutta Schneider raste er unter Vollgas und mit dem Einsatzlicht auf dem Dach hinaus nach Sieversen.

Was die aufgeregte Frau ihm am Telefon berichtet hatte, war besorgniserregend: Jan Landau war eine Stunde zuvor bei den Schneiders aufgetaucht und hatte merkwürdige Fragen gestellt – der immer noch flüchtige Jan Landau, der nach dem verpatzten Einsatz gegen den Programmierer von Food2You nun wieder Jens' Hauptverdächtiger war. Jutta Schneider war am Telefon nicht gefasst genug gewesen, um wirklich klar auf Jens' Fragen antworten zu können, deshalb musste er selbst zu ihr fahren. Zumindest hatte er aber verstanden, dass Landau nach den Ermittlungen gegen ihn gefragt hatte.

Als Jens um Mitternacht direkt vor dem Haus der Schneiders hielt, brannte dort Licht hinter allen Fenstern. Jens war angespannt und aufgeregt wie nie zuvor. Es hatte auch früher schon Fälle von höchster Brisanz und Eile gegeben, aber nie mit einem persönlichen Bezug, so wie jetzt. Die Zeit hatte sich verwandelt, war zu einer Bestie geworden, die gegen ihn zu arbeiten schien. Er rannte Spuren hinterher, die sich als falsch erwiesen, obwohl alle Indizien dafür sprachen. Derweil lief im Hintergrund gnadenlos tickend eine Uhr ab, die Lebenszeit maß. Violas Lebenszeit – und jetzt auch Rebeccas.

Jens hatte keinerlei Zweifel daran, dass seine Becca sich in der Gewalt des Mannes befand, hinter dem sie her waren. Nur so ergab es einen Sinn.

Verdammte Scheiße! Hätte er doch nur auf sein Bauchgefühl gehört! Seit er bei Landau in der Filmbox gewesen war, war er sich so sicher gewesen. Allein dieses bedruckte Shirt sprach doch schon für sich. Zufälle dieser Art gab es einfach nicht.

Aber dann war Malte Köpke, der Programmierer, dazwischengekommen, und auch diese Spur war plausibel und einleuchtend gewesen, zumal Rebecca sich zu neunzig Prozent sicher gewesen war, in Köpke den Mann auf der verschwommenen Aufnahme von Kim Landaus Handy wiedererkannt zu haben. Ihr Irrtum hatte sie in eine fatale Lage gebracht.

Aber noch war nichts verloren, noch konnte Jens sie retten.

Auf dem Weg zur Haustür sprang diese schon auf. Jutta Schneider erschien in Begleitung ihres Mannes. Er war groß und dünn, trug eine gutsitzende graue Jogginghose und eine sauberes blaues, langärmeliges T-Shirt. Sein silbergraues Haar war ein wenig zerzaust, die randlose Brille hing tief auf der Nase, seine Augen waren vor Müdigkeit gerötet. Beide wirkten aufgeregt.

Sie führten ihn ins Wohnzimmer. Den angebotenen Platz lehnte Jens dankend ab, keine Sekunde würde er sich hinsetzen können. «Meine Kollegin befindet sich in der Gewalt des Mannes, der wahrscheinlich Kim und das Mädchen aus Hamburg entführt hat. Wenn ich sie nicht so schnell wie möglich finde ...», begann Jens ohne Umschweife und ließ den Satz unvollendet. «Was wollte Jan Landau?»

Es war Eckhardt Schneider, der antwortete. Er wirkte ein wenig aufgeräumter als seine Frau. «Wenn Sie mich fragen, wollte er nur wissen, was die Polizei vermutet.»

«Können Sie bitte so genau wie möglich wiederholen, was er gesagt hat?» Jens wollte sich keine Mutmaßungen anhören, sondern nur klare Fakten, ein Bild würde er sich dann schon selbst machen.

«Wissen Sie, ich hätte ihn am liebsten gar nicht hereingelassen, so überheblich, wie er sich uns gegenüber immer benommen hat. Auch nachdem Kim verschwunden war. Kaltschnäuzig und arrogant. Aber vorhin, na ja, ich hab ihn kaum wiedererkannt. Er schien am Boden zerstört zu sein, hat sich sogar für sein Benehmen damals entschuldigt, und ich wäre auch auf ihn hereingefallen, wenn es ihn nicht so sehr interessiert hätte, in welche Richtung die Polizei ermittelt. Er wusste ja sogar, dass Sie hier gewesen sind!»

«Woher?»

«Hat er nicht gesagt.»

Jens dachte einen Moment nach. War er Landau auf den Leim gegangen? Hatte der ihn verfolgt, um herauszufinden, ob sie ihm wirklich auf der Spur waren? War er deshalb Hals über Kopf aus seinem Videoladen geflüchtet?

«Was hat er sonst noch gesagt?»

Eckhardt Schneider schürzte die Lippen. «Er hat über die Polizei geschimpft und gesagt, er nehme die Sache jetzt selbst in die Hand, aber glauben Sie mir, das war nur Show, der wollte eine ganz bestimmte Information von mir.»

«Was für eine Information?»

«Es ging ihm um eine blaue Schultasche, die Kim gehörte und wohl irgendwann verschwand. Da ich seinerzeit Kims Lehrer war, wollte er wissen, wann und wo die Tasche verschwand und ...»

«Moment!», unterbrach Jens ihn. «Er hat nach einer blauen Schultasche gefragt? Welche Marke?»

«Scout. Da war er sehr genau.»

«Konnten Sie ihm sagen, wo die Schultasche geblieben ist?»

«Nein. Ich kann mich nun wirklich nicht an die Schultaschen meiner Schüler und Schülerinnen erinnern.»

«Sie wissen also nicht, ob Kim überhaupt eine solche Tasche gehörte?»

«Nein, weiß ich nicht. Mir kam es so vor, als wollte er den Verlust der Tasche einem ganz bestimmten Mitschüler von damals in die Schuhe schieben.»

«Tatsächlich? Wem?»

«Ach, das wusste Landau selbst nicht. Irgendeinem Jungen mit blondem Haar.»

«Sagen Sie, haben Sie sehen können, mit welchem Wagen Landau da war?»

Eckhardt Schneider nickte.

«Mit so einem kastigen Ding. Einem Lieferwagen.»

18

Jens hatte seine Red Lady in einem Forstweg geparkt und sich zu Fuß auf den Weg gemacht. Auf der anderthalbstündigen Fahrt von Sieversen hierher hatte er sich immer wieder über die Fahndung nach Jan Landau auf dem Laufenden halten lassen und wusste daher, dass der Mann noch flüchtig war.

Er ahnte, wo er ihn finden würde. Den Gedanken, ein

Einsatzteam hierherzubeordern, hatte er jedoch verworfen. Nicht nur, weil es zu lange gedauert hätte, sondern weil er sich sicher war, die Sache allein besser durchziehen zu können. Unauffälliger. Er wollte ja niemanden vorwarnen und verschrecken.

Jens kämpfte sich durch das lichte Unterholz des Waldes, bis er vor einer Tannenschonung stand, die so dicht war, dass er unmöglich hindurchkonnte. Ihm blieb nichts anderes übrig, als einen Umweg in Kauf zu nehmen. Als er auf der anderen Seite der Schonung ankam, konnte er durch den weniger dicht bestandenen Buchenwald schon die Gebäude des Pferdehofes erkennen.

Er korrigierte seine Richtung und beschleunigte seinen Schritt, achtete aber auf Fuchslöcher und Stolperäste. Nach weiteren zehn Minuten erreichte er einen Maschendrahtzaun, der das Anwesen, auf dem Gerlinde Landau wohnte, zum Wald hin einfriedete. Jens war verschwitzt, die Jeans klebte an seinen Beinen, zudem umschwirrten ihn Mücken und Bremsen und attackierten ihn immer wieder.

Der zwei Meter hohe Zaun war für ihn nicht ohne weiteres überwindbar, deshalb entschied er sich, daran entlangzugehen, bis er einen geeigneten Durchlass fand oder zur offiziellen Einfahrt gelangte. Der Überraschungseffekt würde immer noch groß genug sein.

Er behielt das weitläufige Grundstück im Auge, suchte es nach Personen ab, entdeckte aber keine. Erst als der Zaun näher an die Gebäude heranführte, bemerkte er, dass sich etwas in den Stallungen bewegte. Aber es waren nur Pferde, die aus ihren Boxen schauten.

Auf dem Hof parkten drei Autos, ein neuer Land Rover Discovery, ein Volvo V60 und ein älterer Passat. Jens blieb stehen und strengte seine Augen an, um im schwachen Licht der Hofbeleuchtung die Kennzeichen zu lesen, was mittlerweile nicht mehr so einfach war. Irgendwann würde er den Gang zum Augenarzt antreten müssen.

Wenn er sich nicht täuschte, trug der alte Passat ein Hamburger Kennzeichen. Welches, konnte Jens nicht sehen, aber das HH war auch auf die Entfernung einigermaßen sicher auszumachen.

Leider war der Zaun vollkommen intakt, er musste also den weiten Weg bis zur Toreinfahrt gehen, immerhin stand das Tor offen, und er konnte den Pferdehof einfach so betreten. Plötzlich bewegte sich etwas vor dem Haus. Er schlug sich seitlich zwischen die hohen und dichten Rhododendren.

Gerlinde Landau trat aus der Haustür, ging schnellen Schrittes zu dem Land Rover, öffnete den Kofferraum, nahm eine Tasche heraus und ging zum Haus zurück.

Als die Haustür zugefallen war, schlich Jens im Schutz der Bepflanzung weiter und verließ sie erst, als es nicht mehr anders ging. Von dort aus waren es nur noch wenige Schritte bis hinüber zum Haus und zu einem der beleuchteten Fenster.

Er spähte hindurch. Gerlinde Landau saß an dem großen Tisch im Essbereich und ging irgendwelche Papiere durch. Sie saß mit dem Rücken zu ihm, sodass sie ihn nicht bemerkte.

Jens überlegte, wie er am besten vorgehen sollte, und entschied sich fürs altmodische Klingeln. Er ging zur Haustür, drückte auf den Knopf und wartete, verbarg sich dabei aber so geschickt, dass er von drinnen nicht gesehen werden konnte.

Gerlinde Landau öffnete. Sie sah ihn erst, als sie heraustrat und um die Ecke spähte, und erschrak heftig. «Ist Jan Landau bei Ihnen?», fragte Jens, drängte sich an ihr vorbei ins Haus, zog seine Waffe und ging durch bis in den Essbereich.

«Was soll das?», rief ihm die Frau hinterher.

Im großen Wohn- und Essbereich war niemand sonst. Küche und Bad waren leer, und es gab auch keine Anzeichen, dass außer der Hausherrin noch jemand anwesend war. Aber auf dem Tisch standen zwei Kaffeetassen.

«Was wollen Sie hier?», fuhr die Landau ihn an.

«Wo ist ihr Ex-Mann?»

«Das weiß ich doch nicht!», erwiderte sie in zickigem Ton und sah ihn herausfordernd an.

«Okay, ganz wie Sie wollen. Setzen Sie sich bitte an den Tisch.»

Frau Landau kam dem Befehl nach. Sie war weiß wie die Wand und zitterte. Jens blieb vor dem Tisch stehen und steckte seine Waffe zurück ins Holster. «Warum haben Sie mir verschwiegen, dass Jan Landau nicht Kims leiblicher Vater ist?»

«Weil es keine Rolle spielt. Sie ist seine Tochter.»

Gerlinde Landau mühte sich sichtlich um einen beherrschten Eindruck.

«Wer hat aus der zweiten Tasse getrunken?»

Die Frage verwirrte Gerlinde Landau. Sie sah die Tasse an und blinzelte ein paarmal, ehe sie antwortete.

«Ich. Wir haben genug Tassen, ich muss nicht ein und dieselbe wieder benutzen.»

Das klang so sehr aufgesagt, dass Jens beinahe aufgelacht hätte. Er tat es nicht, weil er sich in diesem Moment einen anderen Plan zurechtlegte. Er wusste, wie er mit dieser Frau fertig werden würde.

«Ich habe Zeugen, die behaupten, dass Sie und Jan Landau gar nicht getrennt leben.»

«Was? Wer behauptet so etwas?»

«Stimmt es denn?»

«Natürlich nicht!»

«Aber man hat ihn hier bei Ihnen gesehen, also lügen Sie mich nicht an», bluffte Jens. Er konnte sich diese Lüge erlauben, weil feststand, dass Gerlinde und Jan Landau nach seinem ersten Besuch bei ihr miteinander geredet hatten. Jens hatte in dem Gespräch mit ihr nach einer blauen Schultasche der Marke Scout gefragt, und Jan Landau hatte den Fehler begangen, die Tasche während seines Besuchs bei den Schneiders zu erwähnen. Versuchte der Mann, seine Spuren zu verwischen?

Jens' harter Ton reichte aus, um Gerlinde Landau einknicken zu lassen.

«Jetzt, wo Kim tot ist, brauchen wir einander», sagte sie.

«Also war er hier?»

Mit Tränen in den Augen sah sie ihn an und nickte. Ihre Unterlippe begann zu zittern.

«Wann?»

«Vor zwei Tagen.»

Lüge, dachte Jens, sagte es aber nicht. Er hätte seine Hand dafür verwettet, dass Jan Landau nach seiner Flucht aus dem Videoladen heute früh sofort zu seiner Ex-Frau gefahren war.

«Rufen Sie ihn bitte an und bestellen ihn hierher», befahl Jens.

Von einer Sekunde auf die andere wurden ihre Augen groß. «Warum?»

«Frau Landau! Wenn Sie ihn nicht sofort anrufen, nehme ich Sie wegen Behinderung einer Mordermittlung fest. Überlegen Sie genau, was Sie tun. Man kann auch wegen Beihilfe in den Knast gehen!»

Diese Drohung saß. Sie nahm ihr Smartphone vom Tisch, rief eine Nummer auf und ließ es klingeln.

Während er wartete, betrachtete Jens die Unterlagen, die den Tisch bedeckten. Es waren auch einige Fotoalben dabei.

«Er geht nicht dran», sagte Gerlinde Landau schließlich und legte das Telefon wieder ab.

«Dann versuchen Sie es gleich noch mal. Was sind das für Unterlagen?»

Gerlinde Landau wischte sie mit einer heftigen Handbewegung zu ihm hinüber, dabei segelten einige Blätter zu Boden. «Alles, was es über das Verschwinden unserer Tochter zu wissen gibt. Einfach alles, einschließlich der beschissenen Ermittlungsarbeit einiger Privatschnüffler, die mich ein Vermögen gekostet haben. Können Sie gern alles lesen.»

Jens nahm die Papiere vom Boden auf und legte sie wieder auf den Tisch. Dabei fielen ihm einige Blätter auf, die mit Fotos bedruckt waren. Fotos von Kim. Es handelte sich um ganz normales Papier, deshalb war die Qualität nicht besonders gut, aber sie reichte, um Jens' Aufmerksamkeit auf eine Aufnahme zu lenken. Er nahm das Blatt in die Hand und tippte mit dem Finger auf die Aufnahme.

«Wann ist das entstanden?»

«Da war Kim fast fünfzehn», antwortete Gerlinde Landau. «Warum?»

«Diese blaue Tasche, die Kim da trägt, haben Sie die noch?»

«Ich verstehe nicht ...»

Lüge, schoss es Jens durch den Kopf. Schon wieder eine Lüge. «Gibt es im Haus einen fensterlosen Abstellraum?», fragte er.

Gerlinde Landau sah ihn verdutzt an.

«Sicher, aber warum fragen Sie?»

«Ich würde Ihnen gerne etwas demonstrieren. Es hat mit Kim zu tun. Zeigen Sie mir bitte den Raum.»

Unsicher erhob sie sich vom Stuhl und ging voran.

Der Abstellraum befand sich unter der nach oben führenden Treppe.

«Hier», sagte Gerlinde Landau und deutete auf die massive Holztür. Der Schlüssel steckte von außen im Schloss.

«Öffnen Sie bitte!»

Noch ein fragender Blick, dann kam sie seinem Befehl nach. Ehe sie reagieren konnte, war Jens bei ihr und drängte sie mit seiner Körperfülle in den kleinen Raum hinein. Gerlinde Landau schrie auf, drängte zurück, konnte sich gegen ihn aber nicht wehren.

Jens schubste sie tiefer in die Kammer, schlug die Tür zu, verriegelte sie, zog den Schlüssel ab und ließ ihn in die Tasche seiner Jeans gleiten.

Die Schreie der Hausherrin ignorierend, eilte er ins Wohnzimmer zurück, nahm ihr Handy an sich und rief die zuletzt angerufene Nummer auf.

KAPITEL 6

1

«Wer sind Sie?»

Aus klugen, wachen, etwas traurig wirkenden Augen sah der Mann Rebecca an.

«Niemand», sagte er. «Ich war niemals jemand.»

«Sie atmen und denken, also sind Sie jemand.»

«Es gehört mehr dazu als die reine biologische Existenz. Wirkliches Leben spüren wir erst, wenn andere uns bemerken, wenn sie uns sehen und als einen Teil ihrer Welt begreifen. Ich stehe außerhalb jeder Welt.»

Vor wenigen Minuten hatte der Mann Rebecca von der Ladefläche seines Transporters gehoben und in den Rollstuhl gesetzt. Dabei war er behutsam mit ihr umgegangen. Es war deutlich spürbar gewesen, dass er Angst hatte, etwas falsch zu machen. In dem Moment war er ein ganz anderer Mann gewesen als der, der sie vor dem Haus gepackt, ihr ein feuchtes, bitter riechendes Tuch auf Mund und Nase gepresst und sie binnen weniger Sekunden ins Reich der Träume geschickt hatte.

Vor ihrem Haus war er ein Monster gewesen. Ein zu allem entschlossener Mörder, eiskalt, beherrscht und zielgerichtet, und in den wenigen Sekunden zwischen Angriff und Bewusstlosigkeit hatte Rebecca gewusst, dass sie nun sterben würde.

Noch lebte sie. Aber sie befand sich in seiner Gewalt. An einem unbekannten Ort. Wie sollte Jens sie hier finden?

Wie sollte er sie retten? Rebecca ahnte, sie war auf sich allein gestellt, und wenn sie überhaupt noch eine Chance hatte, musste sie mit dem Mann kommunizieren. Ihn in Gespräche verwickeln, um mehr über ihn und seine Beweggründe zu erfahren und um dann zu versuchen, ihn von seinem Tun abzubringen. Dazu brauchte sie einen kühlen Kopf und musste ihre Angst besiegen – was nicht so einfach war.

«Jeder ist doch ein Teil dieser Welt», sagte Rebecca. «Sie haben doch Mutter und Vater, sind in eine Familie eingebunden.»

Kaum hatte sie das gesagt, packte er die Griffe des Rollstuhls und schob sie aus dem kalten Lagerraum, in dem der weiße Lieferwagen parkte, in einen langen kahlen Gang. Seine Bewegungen waren vehement, so als hätte ihn das, was sie gerade gesagt hatte, irgendwie aufgewühlt. War die Erwähnung seiner Eltern ein Fehler gewesen?

«Wo sind wir hier?», fragte Rebecca und spürte, wie ihre Angst versuchte, die Gewalt über sie zu gewinnen.

«In meiner Welt», sagte er hinter ihr.

Es war ein bedrückendes Gefühl, ihn in ihrem Nacken zu spüren, seine Hände an den Griffen ihres Rollstuhls zu wissen, denn damit hatte er Macht über sie.

«Was für eine Welt ist das?»

«Hier wurde ich wiedergeboren und getötet. Hier habe ich verstanden, dass der Mensch dem Menschen keine Chance gibt. Wer du einmal bist, bleibst du auf immer und ewig, und wenn du versuchst, jemand anderer zu werden, zerstören sie dich, immer und immer wieder.»

Am Ende des Ganges gab es eine Tür. Er öffnete sie und schob den Rollstuhl in einen kleinen kahlen Raum. Der

Anblick versetzte Rebecca einen Schock, und sie rang keuchend nach Luft.

Überall auf dem Boden war Blut. Dazwischen abgeschnittene Haare. Ein umgeworfener Stuhl, ein Strahler auf einem Stativ. Es war ein Schlachtfeld.

«Warum kannst du mich sehen?», fragte der Mann hinter ihr und schob Rebecca mitten in den Raum, mitten in das Blut und die Haare.

Rebecca war zunächst unfähig zu antworten. Sie starrte den Boden an und musste an Kim Landau denken, die bleiche Frau, die kaum noch Haar auf dem Kopf gehabt hatte.

Er kam hinter dem Rollstuhl hervor, lehnte sich an einen massiven Arbeitstisch, verschränkte die Arme vor der Brust und sah Rebecca neugierig an. «Warum kannst du mich sehen?», wiederholte er seine Frage.

«Es ist eine Gabe», antwortete sie. «Ein Gesicht, das ich einmal gesehen habe, vergesse ich nicht wieder.»

«Dann siehst du also nicht wirklich mich, sondern nur meine Oberfläche.»

Rebecca wusste sofort, dass ihre Antwort falsch gewesen war. «Nein, mein Blick geht tiefer ...», versuchte sie zu retten, was zu retten war.

Er schüttelte den Kopf. «Ich dachte, du wärst anders, aber ich habe mich getäuscht. Du bist doch nur eine weitere Oberflächliche. Und ich kann dich hier nicht einmal gebrauchen. Dort, wo niemand schöner ist als ein anderer, kannst du ohne Beine nicht sein.

Machen wir also kurzen Prozess mit dir!»

2

Jens kontrollierte noch einmal die GPS-Daten, die er vom LKA übermittelt bekommen hatte. Sie stimmten. Er war am richtigen Ort.

Jan Landaus offiziell auf seinen Namen registriertes Handy war natürlich von Beginn der Fahndung an überprüft worden. Es war zuletzt an einer Funkzelle in Hamburg angemeldet gewesen, in der Nähe seines Plattenladens. Seitdem war es ausgeschaltet gewesen. Aber Landau besaß ein zweites, nicht offiziell registriertes Handy, dessen Nummer Jens sich aus Gerlinde Landaus Anrufliste erschlichen hatte. Deswegen war es auch notwendig gewesen, sie in die Kammer unter der Treppe zu sperren. Was auch immer die beiden miteinander hatten, ob Gerlinde Landau ihrem Ex-Mann hörig war oder schlicht nicht wusste, was der so trieb – die Gefahr, dass sie ihn anrufen würde, sobald Jens aus dem Haus war, war einfach zu groß. In der Besenkammer konnte der Frau nichts passieren, und mittlerweile musste Carina Reinicke dort angekommen sein und sie befreit haben.

Es war Viertel nach vier am Morgen, und er befand sich in den dicht bewaldeten, hügeligen nordwestlichen Ausläufern der Schwarzen Berge. Obwohl es hier so aussah, als befände er sich im Niemandsland, in dem es nichts gab, wusste Jens, dem Ortungsdienst des LKA konnte er vertrauen.

Jan Landaus immer noch eingeschaltetes Zweithandy sendete von diesem Punkt aus Signale. Irgendwo im Umkreis von einem Kilometer musste er sich aufhalten.

Jens rief den Einsatzleiter des SEK an und gab die Koordinaten durch. Das hätte er auch schon früher tun können, streng genommen hätte er diesen Einsatz sogar mit der zuständigen Dienststelle vor Ort absprechen müssen, aber Dienstwege und Regeln waren ihm gerade scheißegal. Landau hatte seine Becca entführt und war damit zu weit gegangen. Jetzt nahm Jens die Sache persönlich. Er würde das allein regeln, bevor das SEK eintraf. Nach seinen ganz eigenen Vorstellungen von Gerechtigkeit.

Im Schein seiner Stiftlampe warf Jens noch einmal einen Blick auf die Wanderkarte, die er sich an einer Tankstelle auf dem Weg besorgt hatte. Die Karte war relativ genau, auch Gebäude waren eingezeichnet. Irgendwo dort vorn in der Dunkelheit, außerhalb jeder Bebauung, musste es ein größeres Gebäude geben. Die einsame Lage war wie geschaffen dafür, Menschen über längere Zeit einzusperren.

Mit einem mulmigen Gefühl im Bauch, gleichzeitig aber auch wild entschlossen, stieg Jens aus. Er zog seine Waffe, überprüfte und entsicherte sie und achtete dabei auf seine Hände. Sie waren ruhig, kein Zittern. Heute fiel es ihm nicht schwer, den Todesbringer einzusetzen. Was immer auch geschehen mochte, Jan Landau hatte es sich selbst zuzuschreiben.

Ohne die Taschenlampe einzuschalten, ging Jens auf einem geschotterten Forstweg hangabwärts. Selbst im Dunkeln waren deutlich Reifenspuren im losen Belag zu erkennen. Ansonsten sah Jens nichts weiter als die Stämme der nah am Wegesrand stehenden Buchen. Dichten, scheinbar endlosen Wald.

Landau musste sich sehr sicher fühlen in seinem Versteck hier draußen. Aus welchem Grund er ausgerechnet diesen Ort ausgesucht hatte, ob es einen persönlichen Bezug gab oder der Zufall Landau hierher geführt hatte, hatte Jens in der Kürze der Zeit nicht herausfinden können. Das spielte im Moment aber auch keine entscheidende Rolle. Wichtig war nur, Rebecca unversehrt zu befreien – und natürlich Viola May, falls sie noch lebte.

Bei Rebecca war Jens sich einigermaßen sicher. Landau hatte vermutlich gar nicht die Zeit gehabt, ihr etwas anzutun. Immer wieder war Jens den Abend durchgegangen, und zwar ab dem Zeitpunkt, als er zur Verfolgung des Programmierers Malte Köpke aufgebrochen war. Landau hatte sich Rebecca geschnappt und war mit ihr zusammen zu den Schneiders gefahren. Während er versucht hatte, die Schneiders zu manipulieren und herauszufinden, ob Jens ihm auf den Fersen war, lag Rebecca vermutlich auf der Ladefläche des Transporters.

Vielleicht hatte sich Landau erhofft, von Rebecca Informationen zu bekommen, aber da hatte er sich die Falsche ausgesucht. Die Vorstellung, wie sie Landau trotz ihrer großen Angst abblitzen ließ, entlockte Jens ein kleines Lächeln.

Der Kerl hielt sich für unantastbar. Das war sein größter Fehler. Und es würde zugleich sein letzter sein.

Das schwache Licht des Nachthimmels reichte aus, um zwischen den Buchenstämmen hindurch die Mauerecke eines massiven, riesigen Gebäudes erkennen zu können. Auf einem hüfthohen Fundament aus grauen Natursteinen ruhten verputzte Mauern. Die zum Weg hin liegende Giebelseite war vom Fundament bis zum Dach mit dunkelgrauen Schieferplatten bedeckt und machte einen finsteren und abweisenden Eindruck. Hinter allen Fenstern war es dunkel.

Ohne sich zu verbergen oder Deckungen zu nutzen, ging Jens um das Gebäude herum zur hangabwärts liegenden Seite. Dort gab es einen großen gepflasterten Vorplatz. Baumaterial lag hier herum – ein Sand- und ein Kieshaufen, Paletten mit Steinen.

Ein Lieferwagen parkte davor. Es war ein weißer Ford Transit mit Hamburger Kennzeichen.

Die letzten Zweifel waren verflogen. Jan Landau war hier.

Auf dem Vorplatz wurden Jens die Ausmaße des Gebäudes erst richtig bewusst. Es maß etwa acht Meter in der Breite und mehr als dreißig Meter in der Länge, war dreigeschossig und trug einen gewaltigen schiefergedeckten Dachstuhl, aus dem kleine Erker herausragten. Es war so dicht an den Hang gebaut, dass es auf der abgewandten Seite mit dem Berg zu verschmelzen schien. Jens entdeckte mehrere Eingangstüren, sogar eine Zufahrt mit einem doppelflügeligen Tor. Dahinter lag das Kellergeschoss.

Manche Teile des Gebäudes wirkten frisch saniert, andere jahrhundertealt. Hatte Landau all das in den vergangenen Jahren selbst gemacht? Er konnte ja kaum Handwerker beschäftigt haben, wenn er Kim Landau hier gefangen hielt – und vielleicht auch noch andere. Wo war Beatrix Griesbeck geblieben? Wo Melly Becker? Die Tochter der Masseurin der Kurklinik, Sandra Deuter, schloss Jens gar nicht mit ein, weil Rebecca gesagt hatte, sie passe nicht ins Bild.

Ein Blick auf die Uhr. Vielleicht noch dreißig Minuten, dann würde das SEK eintreffen. Er musste sich beeilen, wenn er die Sache allein durchziehen wollte!

3

Er trat hinter den Rollstuhl und legte ihr das grobe Seil blitzschnell um den Hals. Rebecca wollte noch die Hände hochreißen, doch es war zu spät. In ihrem Nacken drehte er das Seil zusammen, rasch schloss es sich immer enger um ihren Hals, drückte den Kehlkopf und die Blutgefäße zusammen, schnürte ihr die Luft ab. Rebecca versuchte, ihn mit den Händen zu erreichen, ihm das Gesicht zu zerkratzen, doch ihre hilflosen Versuche gingen ins Leere. Bald wurden ihre Arme schwerer und schwerer, sie bekam sie nicht mehr hoch, ihr wurde schwarz vor Augen.

Ich sterbe hier nicht ... ich sterbe hier nicht ...

Immer wieder schossen ihr diese Worte durch den Kopf, und sie klammerte sich trotz der zunehmenden Benommenheit daran. Alles verschwamm. Gedanken, Gefühle, Schmerzen und Wünsche wurden zu einem sich immer schneller drehenden Strudel, der sämtliches Leben in ein schwarzes Loch riss.

Rebecca hörte Lärm. Es war ein Tosen und Dröhnen. In ihr oder außerhalb von ihr – sie wusste es nicht. Dem Tode näher als dem Leben, dauerte es einen Moment, bis sie begriff, dass der Druck des Seils auf ihrem Kehlkopf nachließ und wieder Luft in ihre Lungen gelangte.

4

Er wusste genau, dass der Lärm aus der Tiefgarage kam.

Jemand hatte sich Zutritt verschafft und war dabei nicht eben leise, sondern mit brachialer Gewalt vorgegangen, und das gerade jetzt, da er diese behinderte Polizisten, die auch nichts weiter als eine Enttäuschung war, aus dem Weg räumen wollte.

Ihr Tod konnte warten, sie kam so schnell nicht weg von hier. Erst musste er sich um dieses Problem kümmern. Wer auch immer es wagte, in seine Welt, in sein Allerheiligstes vorzudringen, würde es bitter bereuen. Genau wie dieser Landstreicher neulich, der seine letzte Ruhestätte in der Sickergrube gefunden hatte.

Die Brechstange mit dem Klauenfuß in beiden Händen, schritt er den langen Gang entlang, der zur Tiefgarage führte. Als ihn nur noch eine Tür davon trennte, hörte er jemanden auf der anderen Seite rumoren. Es klang, als kontrollierte er den darin geparkten Wagen.

Er hätte ins Büro gehen und die Videoaufnahmen der Überwachungskameras anschauen können, um herauszufinden, wer da einbrach, aber letztlich spielte es keine Rolle. Der hochgewachsene Bulle mit dem grimmigen Gesicht, Jens Kerner, war es sicher nicht. Der war meilenweit davon entfernt, ihm auf die Schliche zu kommen.

Schon früher, in der Umbauphase, hatten sich hin und wieder Typen bis ins Haus vorgewagt, die nur auf Zerstörung aus waren. Nachdem die neuen Fenster und Türen eingesetzt worden waren, nicht mehr, aber es war klar gewesen, dass es früher oder später wieder geschehen würde.

Aber gerade jetzt war es unpassend. Gerade jetzt machte es ihn sehr wütend, und er spürte, er würde sich nicht zurückhalten können.

Der elektrische Verteilerkasten für diesen Teil des Gebäudes befand sich in einer Mauernische im Gang, direkt neben ihm. Er öffnete die metallene Klappe und legte den Hauptschalter um. Sofort wurde es dunkel im Gang, und er wusste, dasselbe geschah auch in der Garage im Kellergeschoss.

Ohne zu zögern, öffnete er die Verbindungstür und schlüpfte in die Garage. Sofort spürte er die Anwesenheit eines Fremden, und es lag eine gewisse Gefahr und Aggression in der Luft. Eine kleine Taschenlampe flammte auf, der schmale Lichtstrahl fiel jedoch in die andere Richtung und riss einige der vollgestopften Regale aus der Dunkelheit. Die Gestalt, die die Taschenlampe hielt, stand mit dem Rücken zu ihm. Er konnte nicht erkennen, wer es war.

Mit drei schnellen Schritten war er bei dem Eindringling, hob die Brechstange und holte aus. In diesem Moment drehte der Mann sich um, leuchtete ihm direkt ins Gesicht und blendete ihn. Der Schlag traf nicht wie beabsichtig den Kopf des Einbrechers, sondern nur den Arm, der die Taschenlampe hielt. Der Mann schrie schmerzgepeinigt auf, die Lampe fiel klappernd zu Boden, der schmale Lichtfinger verlor sich unter dem Wagen.

Im Halbdunkel sah er, wie der Eindringling auf die Knie fiel und den verletzten Arm an den Oberkörper presste. Mit der freien, unverletzten Hand tastete er nach irgendetwas auf dem Boden.

Er holte ein weiteres Mal aus und traf diesmal sein Ziel. Als die Brechstange auf den harten Schädelknochen traf, riss ihm die Erschütterung beinahe die Schlagwaffe aus der Hand. Er packte fester zu, holte abermals aus und drosch sie dem Mann erneut auf den Kopf. Ein hässliches Knirschen war zu hören. Blut spritzte auf den Boden. Der Mann gab einen gutturalen Laut von sich und sackte in sich zusammen, ohne jedoch bewusstlos zu werden. Dafür war ein weiterer Schlag notwendig, der den Schädelknochen spaltete. Der Eindringling kippte auf die Seite und blieb reglos liegen.

Jetzt konnte er sehen, wonach der Mann getastet hatte. Da lag eine halbautomatische Waffe auf dem Boden.

Scheiße! Das war doch der Bulle!

5

Nur langsam floss wieder mit Sauerstoff angereichertes Blut in Rebeccas Hirn, und die ersten halbwegs klaren Gedanken waren unmissverständlich: Sie durfte keine Sekunde länger untätig herumsitzen. Was immer ihn davon abgehalten hatte, sie zu töten, würde sie nicht noch einmal retten. Sobald er wiederkam, war ihr Schicksal besiegelt, es sei denn, sie schaffte es irgendwie, ihm zu entkommen.

Die Schmerzen in ihrem gequetschten Kehlkopf waren schlimm, doch Rebecca beachtete sie nicht. Sie packte Ivars Reifen und rollte durch den Raum auf die Tür zu, wobei sie darauf achtete, nicht durch die in dem angetrockneten Blut verklebten Haare zu rollen.

Von wem mochte beides stammen? Von Viola?

Das war sehr wahrscheinlich, aber Rebecca glaubte,

dass die junge Frau trotzdem noch lebte. Schließlich war die bleiche Frau, Kim Landau, auch mit abgeschorenem Haar aufgegriffen worden.

Die Tür, durch die sie vorhin in den Raum gekommen waren, war nicht verschlossen. Rebecca zog sie auf und rollte langsam auf den dunklen Gang hinaus.

Hier war es nicht völlig finster. Durch den schmalen Spalt unter einer Tür sickerte ein wenig Licht hindurch, von dort hörte sie auch Geräusche.

Also rollte sie nicht auf das Licht zu, sondern davon weg. Der Gang war lang und kahl, und das wenige Licht reichte nicht aus, um erkennen zu können, was sich am anderen Ende befand. Als Rebecca es erreichte, fand sie sich vor einer weiteren Tür wieder. Auch diese war nicht verschlossen.

Sie verfügte aber über einen schwergängigen Gelenkarm, und Rebecca musste kämpfen, um die Tür aufziehen und sich mit Ivar hindurchquetschen zu können. Auf der anderen Seite angekommen, blieb sie stehen und wartete, bis sich die Tür geschlossen hatte. In der nun absoluten Dunkelheit tastete sie nach dem Schloss in der Hoffnung, einen Schlüssel darin zu finden. Doch da war keiner.

Ein leises Geräusch ließ Rebecca erstarren. Es war irgendwo hinter ihr erklungen, aber so leise und weit entfernt, als wäre der Raum, in dem sie sich befand, ungeheuer riesig.

Sie lauschte.

Da!

Eine Stimme! Das war eine Stimme! Und wenn sich Rebecca nicht völlig täuschte, rief da jemand um Hilfe.

Sie drehte den Rollstuhl herum und rollte ein paar Meter in die Dunkelheit hinein. Der Hilferuf erklang erneut, schien sich aber von ihr zu entfernen. Außerdem hörte er sich irgendwie metallisch an, so als käme er durch den schmalen Schacht einer Klimaanlage.

«Viola?», sagte Rebecca, bekam aber keine Antwort.

Stattdessen flackerte plötzlich das Deckenlicht auf. Leuchtstoffröhren in geriffelten Kunststoffkästen erhellten einen Raum, der nicht einmal besonders groß war. Er war leer bis auf einen hüfthohen metallenen Schacht, der aus dem Boden herauswuchs. Daneben stand ein Tisch aus poliertem Edelstahl, darauf ein brauner Pappkarton, in den Rebecca aus ihrer sitzenden Position nicht hineinschauen konnte. Sie rollte hinüber, stemmte sich hoch und warf einen Blick hinein.

Darin lagen Konservendosen. Bohnen, Erbsensuppe, Linsensuppe, Ravioli. Außerdem einige Tüten Nussmischungen und Schokoladenriegel.

Der leise Hilferuf aus anscheinend großer Entfernung erklang erneut, und jetzt wusste Rebecca, woher er kam: aus dem metallenen Schacht!

Er hatte einen Deckel mit Griff. Rebecca packte ihn und stemmte ihn hoch. Sofort strömte kalte, irgendwie frische und mineralisch riechende Luft daraus hervor.

«Viola?», rief Rebecca hinein und hörte, wie ihre eigene Stimme in großer Tiefe und Weite verloren ging. In dem Schacht herrschte absolute Dunkelheit.

Die Reaktion ließ nicht lange auf sich warten. «Ich bin hier, oh Gott, helft mir doch, ich bin hier.» Das klang immer noch weit entfernt, aber schon ein wenig lauter als zuvor.

Rebecca kam aber nicht dazu zu antworten. In ihrem

Rücken flog die Tür auf und schlug hart gegen die Wand. Vor Schreck ließ Rebecca den Deckel los, der mit lautem Getöse auf den Schachtausgang fiel.

Sie fuhr herum und erblickte im Türrahmen ihren Entführer. Sein Gesicht war eine grimmig verzerrte Fratze, in der rechten Hand hielt er eine blaue Eisenstange mit gespaltenem Ende. An dem klauenartigen Fuß klebten Haare und Blut. Der Anblick war ein Schock, trotzdem musste Rebecca die Frage stellen: «Was ist da unten? In dem Schacht?»

Seine Finger öffneten und schlossen sich um die Eisenstange, seine Kieferknochen mahlten. «Du willst wissen, was da ist», sagte er und machte einen Schritt in den Raum hinein. «Eigentlich ist dieser Ort nicht für jemanden wie dich bestimmt, aber wenn es dich wirklich so sehr interessiert ...» Er trat auf sie zu und hob die blutverklebte Eisenstange an.

Rebeccas Hände lagen an Ivars Reifen. Sie musste sich zusammenreißen, um nicht zurückzuweichen.

«Vielleicht sollte ich ihn dir zeigen, den Ort, an dem niemand schöner ist als ein anderer. Denn letztendlich bist du ja auch nur eine weitere Oberflächliche, die nichts sieht als sich selbst.»

6

Viola May tastete sich mit den Fingerspitzen an den rauen Wänden entlang, schabte sie sich dabei auf, bis Blut floss, doch sie spürte die Schmerzen nicht, weil sie sich vollkommen darauf konzentrierte, den Eingang zu finden. Sie hatte sich den Rückweg dorthin gut eingeprägt und war sich sicher, die Metalltür zu finden, durch die ihr Peiniger sie gestoßen hatte.

Sie hätte schneller vorwärtskommen können, musste aber immer wieder innehalten. Dann sagte sie sich selbst, dass irgendwo dort oben Rettung auf sie wartete. Ein weiteres Mal war Licht durch das Loch in der Dunkelheit gefallen, aber nicht nur Licht. Nein, sie hatte auch eine weibliche Stimme gehört, die ihren Namen gerufen hatte. Viola war sich nicht sicher, ob es Bine gewesen war, denn die Stimme war weit weg und hatte verzerrt geklungen.

Viola stolperte auf dem unebenen Boden, fiel auf die Knie, rappelte sich wieder auf und lief weiter. Nicht aufgeben, rief sie sich in Gedanken zu.

Und dann endlich war der Gang zu Ende, und sie prallte so heftig gegen die solide Metalltür, dass sie zurücktaumelte und auf den Hintern fiel.

Leicht benommen blieb sie sitzen und wartete darauf, dass der Schwindel verschwand. Dabei glaubte sie, Geräusche auf der anderen Seite der Tür zu hören.

Mit letzter Kraft rappelte sie sich auf und suchte in ihrem rechten Schuh nach dem Gegenstand, der ihr das Leben retten sollte. Sie fand die abgebrochene Spitze der Schere, zog sie hervor und klemmte sie zwischen die oberen Glieder von Zeige- und Mittelfinger.

Schon hörte sie, wie auf der anderen Seite der Tür zwei Riegel zurückgeschoben wurden. Die Tür ging auf, Licht fiel in den Stollen, kühle Luft zog an Viola vorbei. Rasch verbarg sie sich in dem dunklen Bereich neben der Tür.

«Willkommen in meiner Welt ...», sagte der Mann, der sie entführt und hierhergebracht hatte. Viola sah, wie ein

Rollstuhl in den Keller geschoben wurde. «Hören Sie auf mit der Scheiße», sagte die Frau, die in dem Rollstuhl saß. «Sie werden sowieso nicht davonkommen. Mein Kollege ist Ihnen längst auf den Fersen.»

«Was glaubst du, von wem Haar und Blut an dem Eisen sind?», erwiderte der Mann. «Dein einfältiger Kollege wird nie wieder jemandem auf den Fersen sein.»

«Nein!», heulte die gehbehinderte Frau verzweifelt auf. «Nein, nein, nein.»

Der Mann schob den Rollstuhl tiefer in den Gang hinein. Viola sah eine Brechstange quer über den beiden Griffen liegen. Blut klebte am gebogenen oberen Ende. Der grausige Anblick lähmte sie beinahe, und sie musste sich zusammenreißen.

Er spürte sie, bevor er sie sah, doch da war es schon zu spät. Mit dem spitzen Dorn zwischen ihren Fingern sprang sie vor und rammte ihn ihm ins linke Auge.

Sein Schrei war laut und schrill. Er stieß den Rollstuhl von sich und taumelte zurück. Die Scherenspitze blieb in seinem Auge stecken.

Der Rollstuhl mit der Frau darin kippte auf dem unebenen Boden um. Viola kam nicht daran vorbei, aber sie musste an der Tür sein, bevor der Mann sie wieder verschließen konnte, denn wenn ihm das gelang, war die Chance vertan, hier herauszukommen. Doch er fand nicht zur Tür zurück. Die Hand auf das verletzte Auge gepresst, aus dem Blut und eine gallertartige Flüssigkeit herausliefen, hielt er die andere von sich gestreckt und suchte nach dem Ausgang.

Viola wollte gerade über den Rollstuhl klettern, da bekam sie seine Faust ins Gesicht. Es war ein ungezielter, hilfloser Schlag, der sie aber trotzdem zurück gegen die Wand katapultierte. Sie schlug mit dem Hinterkopf dagegen und rutschte halb besinnungslos daran hinab.

In diesem Moment wäre alles vorbei gewesen, hätte er doch noch gewonnen, wäre nicht endlich auch diese geisterhafte bleiche Gestalt gekommen, die Viola in dem Raum gefunden hatte, in dem die Lebensmittelverpackungen lagen. Sie war es, die die schabenden, kratzenden Geräusche verursacht hatte.

Die dürre Frau in zerlumpter, zerfetzter Kleidung, das Haar wie abgefressen, die Augen weit aufgerissen, bückte sich nach der Brechstange, die zwischen dem Rollstuhl und der behinderten Frau auf dem Boden lag, und nahm sie auf. Sie war zu schwach, um damit ausholen und zuschlagen zu können, aber ihre Kraft reichte, um dem Mann, der zu spät bemerkte, was geschah, die Spitze von hinten in den Rücken zu rammen.

7

Jens Kerner wollte seinen Augen nicht trauen.

Jan Landau lag mit brutal eingeschlagenem Schädel neben einem Lieferwagen, der im Kellergeschoss des in den Hang hineingebauten Gebäudes parkte. Das fahle Deckenlicht spiegelte sich in der Blutlache, die sich um ihn herum ausbreitete.

Nachdem er die doppelflügelige Außentür aufgebrochen vorgefunden hatte, war er schon verwundert gewesen, nun verstand er gar nichts mehr.

Warum lag der Mann, den er für den Täter hielt, auf den so viele Indizien hinwiesen, tot auf dem nackten Kellerboden?

Dann ein Schrei. Weit entfernt und leise, aber eindeutig der Schrei einer Frau.

Jens dachte nicht weiter über Jan Landau nach. Er lief auf die einzige Tür zu, riss sie auf und fand sich in einem langen, nackten Gang wieder. Mehrere Türen gingen davon ab.

Er wünschte sich den nächsten Schrei herbei, der ihm die Richtung weisen würde, doch es kam keiner mehr, also lief er einfach drauflos.

In der Mitte des Ganges führten zu beiden Seiten Treppen nach oben, alte abgewetzte Betonstufen. Auf der rechten Treppe entdeckte Jens eine Blutspur. Dicke, frische Tropfen, dicht beieinander. Da war jemand schwer verletzt.

Jens folgte der Spur.

Die schwere Brandschutztür am Ende der Treppe war nicht verschlossen. Er stieß sie auf und fand sich in einem weiteren Gang wieder. Hier war der Boden mit altem Parkett bedeckt, die Wände waren tapeziert und in einem dunklen Rotton gestrichen, die Lampen daran wirkten teuer und neu.

Die Blutspur führte nach links den Gang hinunter, und schon während Jens ihr folgte, hörte er merkwürdige Geräusche. Sie klangen wie das klägliche Winseln eines Hundes, voller Schmerz und Selbstmitleid.

Jeden Muskel angespannt, die Waffe nach vorn gerichtet, den Finger am Abzug, schlich Jens voran und verbot es sich, nach Becca zu rufen.

Er näherte sich den Geräuschen. Sie drangen aus einem Raum zu seiner Rechten, dessen Tür einen Spaltbreit offen stand. Ohne nachzudenken, stieß Jens sie mit dem Fuß auf und schwenkte den kurzen Lauf der Waffe hinein.

Der Anblick, der sich ihm bot, hätte ihn beinahe zurücktaumeln lassen. Der Raum war groß und fensterlos, zumindest konnte Jens kein Fenster entdecken. Es gab hier auch keine Möbel. Stattdessen waren sämtliche Wände mit deckenhohen Spiegeln verkleidet, der gesamte Raum war ein einziger Spiegel, und der schien jedes Bild in die Mitte des Raumes zu zurückzuwerfen, wo auf einem hellen runden Teppich ein Mann im Schneidersitz saß. Vor sich hatte er eine blaue Schultasche von Scout liegen, ihr Verschluss war geöffnet, und über den Rand hingen Haarsträhnen.

Der Mann hielt eine der Haarsträhnen in der Hand und befühlte sie mit dem Daumen. Dabei schaukelte er vor und zurück und stieß mit geöffnetem Mund immer wieder Schnalzlaute aus, die tief in seinem Rachen entstanden.

Er war mittelgroß, hatte aschblondes dichtes Haar und ein Allerweltsgesicht. Er sah weder besonders furchteinflößend noch gefährlich aus, sondern in diesem Moment einfach nur bemitleidenswert. Sein linkes Auge war eine einzige verheerende Wunde, aus der ein metallener Dorn ragte. Aus einer Wunde in seinem Rücken lief Blut auf den hellen Teppich.

Und dieser Mann saß scheinbar hundertfach im verspiegelten Raum.

Endlich bemerkte er ihn und schaute auf.

Ruckartig richtete er sich auf, und in seinem Schoß wurde eine Waffe sichtbar, die bislang von seinem Oberkörper verdeckt gewesen war.

«Waffe weg!», rief Jens sofort und zielte auf den Mann.

Der schnalzte einfach in einem bestimmten Rhythmus

weiter, legte die Haarsträhne behutsam in die blaue Schultasche zurück und griff nach der Waffe.

«Schieb sie rüber!», befahl Jens.

Doch das tat er nicht.

Stattdessen nahm er sie auf und machte Anstalten, auf Jens zu zielen.

Jens schoss zuerst. Zweimal. Gezielt in den Oberkörper.

Noch während der Mann nach hinten überkippte, löste sich ein Schuss aus seiner Waffe.

Ein Spiegel zersplitterte und mit ihm das Bild des Mannes, der tot war, bevor er auf dem Boden aufschlug.

8

Die Rektorin der Schule, an der Eckhardt Schneider unterrichtete und in die sowohl Kim Landau als auch Benjamin Schneider gegangen waren, kannte die Geschichte jenes merkwürdigen Jungen noch ganz genau, der im Frühjahr vor fünfzehn Jahren mit seinen Eltern in die Schwarzen Berge nahe Hamburg gezogen war.

Von Beginn an war ihr die familiäre Situation bekannt gewesen. Edda und Karl Sosniok waren alkohol- und drogenabhängig gewesen und kaum in der Lage, sich um Michael, ihr einziges Kind, zu kümmern. Der Junge war intelligent, litt aber unter der häuslichen Situation. Immer wieder erschien er tagelang nicht in der Schule. Ermahnungen der Schulleitung halfen ebenso wenig wie ein Besuch von Polizeibeamten bei den Sosnioks zu Hause.

Irgendwann blieb der Sozialbehörde nichts anderes

mehr übrig, als den Jungen aus der Familie zu nehmen. Er kam in eine Jugendeinrichtung in der Nähe. Bald darauf brannte das Haus, in dem seine Eltern lebten, bis auf die Grundmauern nieder. Das Feuer tötete Edda und Karl sofort. Offenbar war ein Brandbeschleuniger benutzt worden, möglicherweise von den beiden selbst. Ein anderer Täter wurde nie ermittelt. Der Junge war in jener Nacht in der Jugendeinrichtung; falls er irgendwas mit dem Brand zu tun gehabt hatte, so hatte niemand sein Fehlen bemerkt.

Hier endete die Erinnerung der Schulleiterin, aber es war Jens nicht schwergefallen, seinen restlichen Lebenslauf zu ermitteln.

Das Land Niedersachsen betrieb damals die Kinderheilstätte Schwarze Berge. Das 1905 als Sanatorium Buchenwaldhaus errichtete und immer wieder vergrößerte Gebäude hatte von 1980 bis 1985 leergestanden, bevor es von der Stadt Hamburg gekauft und als eine Art pädagogisches Kinderheim umgebaut worden war. Dorthin war Michael Sosniok verlegt worden und bis zu seinem Abitur geblieben. Danach hatte er eine Ausbildung zum Mediendesigner absolviert und ein eigenes Unternehmen gegründet, das Druckhaus Sosniok, eine Werbeagentur, die sich auf die Erstellung von Printprodukten spezialisierte.

Wie es schien, war Sosnioks Druckunternehmen sehr erfolgreich. Die Firma expandierte rasch, stellte Mitarbeiter ein und unterhielt Büros in verschiedenen deutschen Städten. Offensichtlich hatte Michael Sosniok einen guten Instinkt dafür, sich an Start-ups aus der Internetbranche zu heften, die für ihr starkes Wachstum exzessive Werbung machten und hochwertige Printprodukte und dazu passende Kampagnen benötigten.

Einer seiner Geschäftspartner war Food2You. Für den Lieferservice erstellte seine Firma die Drucksachen und organisierte darüber hinaus die Verteilung der Werbeflyer. Rolf Hagenah hatte an jenem Tag, an dem er den Schwarzen Lutger verfolgte, den Namen Sosniok auf der Tasche gelesen, in der die Flyer gesteckt hatten.

Bei der Hamburger Dependance von Sosnioks Firma hatte Jan Landau sein Werbematerial bezogen, zunächst noch für seine Videothekenkette, später für seinen kleinen Plattenladen im Grindelviertel. Poster, Flyer, Sammelheftchen für Bonuspunkte – all diese Dinge waren in den Kartons gewesen, die der Mann mit der Sackkarre in den Laden gebracht hatte, als Jens und Becca dort gewesen waren. Sosniok hatte direkt neben Jens gestanden, und er hatte nichts bemerkt.

Aber nicht nur Papier, auch T-Shirts hatte Landau in Sosnioks Firma mit bekannten Filmzitaten bedrucken lassen.

Wendy ... darling. Light of my life. I'm not gonna hurt ya ... I'm just gonna bash your brains in. I'm gonna bash 'em right the fuck in.

Und genau das hatte Sosniok mit Kim Landau und den folgenden Opfern gemacht. Er hatte ihren Verstand zerstört, auf grausamste Weise, über Jahre hinweg.

Die junge Frau, die Rebecca und Viola in dem Keller zu Hilfe gekommen war und damit ihr Leben gerettet hatte, war Beatrix Griesbeck. Seit ihrem Verschwinden vor zwei Jahren war sie Gefangene von Sosniok gewesen.

Sie war in einem schlimmen körperlichen Zustand, aber ihr Wille und ihr Verstand waren noch nicht gebrochen. Was aus Melly Becker geworden war, stand nun auch fest.

Ihre Überreste hatte man zusammen mit denen eines unbekannten Mannes in der Sickergrube der ehemaligen Kinderheilstätte gefunden.

In den Jahren, nachdem er das Jugendheim verlassen hatte, hatte Michael Sosniok viermal seinen Wohnsitz geändert. Zurzeit war er offiziell in Hamburg gemeldet, seit fünf Jahren aber auch Besitzer einer anderen Immobilie.

Er hatte das alte Sanatorium gekauft, in dem er als Jugendlicher untergebracht gewesen war. Weil die Sanierung des mit Schadstoffen belasteten Gebäudes zu aufwendig gewesen wäre und es niemand sonst hatte haben wollen, war es für einen Spottpreis an den einzigen Bieter einer Auktion gegangen.

Michael Sosniok.

Der Keller des gewaltigen Gebäudes war weit verzweigt, und Sosniok hatte für seine ganz eigenen Therapiezwecke alte Türen und Absperrungen entfernt, andere eingebaut und so eine Art Stollensystem geschaffen, in dem man endlos umherirren konnte. Seine Opfer versorgte er durch einen Schacht mit Nahrung, schor ihnen auch regelmäßig das Haar, ließ sie ansonsten aber allein in dieser vollkommenen Dunkelheit.

Im Licht der Scheinwerfer der Spurensicherung war erst das ganze grausame Ausmaß sichtbar geworden. Menschliche Exkremente und Müll lagen überall, Dosen, Verpackungen, leere Plastikflaschen. In einigen kleinen Kammern hatte man Decken, Kissen, Kartons und Stroh gefunden. Aber es gab nichts, womit sich seine Opfer hätten das Leben nehmen können. Keine scharfen oder spitzen Gegenstände, keine Seile, kein Draht, nichts.

Warum Michael Sosniok die Mädchen entführt und gefangen gehalten hatte, konnte er ihnen nicht mehr sagen, sie mussten es sich zusammenreimen. Ein Therapeut, der ihn damals betreut hatte, sagte aus, Michael habe darunter gelitten, dass niemand ihn wirklich wahrnahm. Viola berichtete, er habe sie zu seinem Aussehen befragt, doch sie habe ihm nicht antworten können, obwohl sie ihn zuvor schon gesehen habe. Sie war ihm wohl über den Weg gelaufen, als sie die Drucksachen für das Pflegeheim in der Hamburger Firma Sosnioks abgeholt hatte. An den unscheinbaren Mann konnte sie sich allerdings nicht erinnern.

Die Haarsträhnen in der blauen Schultasche waren untersucht worden. Es waren vier verschiedene, jede sorgsam mit einem Gummiband zusammengehalten. Sie stammten von Kim Landau, Beatrix Griesbeck und Viola May.

Von wem die vierte Strähne stammte, wussten sie noch nicht. Es musste ein weiteres Opfer geben, das bisher nicht gefunden worden war. Sandra Deuter war es nicht, so viel stand fest. Die junge Sängerin, die Rebecca erst auf die Spur von Beatrix Griesbeck und Melly Becker gebracht hatte, war kein Opfer von Sosniok gewesen.

9

Nachdenklich betrachtete Jens die blaue Schultasche vor sich auf dem Schreibtisch.

Sie war Dreh- und Angelpunkt dieses Falls. Und wenn Gerlinde Landau deswegen nicht gelogen hätte, würde ihr Mann noch leben. Kims Mutter hatte ausgesagt, Jan

Landau habe sie dazu gezwungen, damit er in seiner unfassbaren Wut dem Täter vor der Polizei auf die Schliche käme. Das war sein Todesurteil gewesen, darüber hinaus hatte die Lügerei auch Becca, Viola und Beatrix zusätzlich in Gefahr gebracht.

Eigentlich müsste Jens wütend auf Gerlinde Landau sein.

Doch er spürte nur Trauer.

ZWEI WOCHEN SPÄTER

1

Auch an diesem Tag zeigte sich das Wetter von seiner besten Seite. Seit dem frühen Morgen brannte die Sonne von einem makellosen Himmel.

Die Menschen sehnten sich nach Regen, und der eine oder andere wünschte ihn sich an diesem Tag wohl besonders stark, aber Viola May war froh über das gute Wetter.

Sabine war ein positiver Mensch gewesen, auch wenn die Umstände noch so hart gewesen waren. Es passte einfach, dass bei ihrer Beerdigung die Sonne schien.

Viola packte die Griffe des Rollstuhls und schob ihn vor sich über den gepflasterten Weg auf die Kapelle zu, in der die Trauerfeierlichkeiten stattfinden sollten. Sie blickte auf den schorfigen Hinterkopf der alten Frau, die nicht aufhören konnte zu weinen, seit Viola sie aus ihrer Wohnung abgeholt hatte.

Viola hatte es sich selbst auferlegt, an diesem Tag keine Tränen mehr zu vergießen. Sie wollte für Sabine, vor allem aber für ihre Mutter stark sein. Geweint hatte sie in den letzten Wochen genug, seit sie erfahren hatte, was mit ihrer besten Freundin passiert war. Der Täter hatte sie angelogen. Sabine war nie in seinem Versteck gewesen.

Schwarz gekleidete Menschen gingen auf die Friedhofskapelle zu. An der Tür erkannte Viola den hochgewachsenen Polizisten und die Frau im Rollstuhl, die der Täter ebenfalls entführt hatte. Sie hieß Rebecca und arbeitete bei der Polizei.

«Warte mal», sagte Sabines Mutter plötzlich.

Viola hielt an. Sie waren vielleicht noch zwanzig Meter von der Kapelle entfernt.

«Alles in Ordnung?»

«Komm doch bitte mal her.»

Viola ging vor dem Rollstuhl in die Knie. Sabines Mutter war in den vergangenen Wochen noch stärker gealtert, der Tod ihres einzigen Kindes nahm sie sehr mit, und sie litt darunter, dass sie sich im Streit getrennt hatten. Das war wohl das Schlimmste für sie.

Die Augen der alten Frau schwammen in Tränen. «Es tut mir so leid», sagte sie leise, schaffte es aber, Viola dabei anzuschauen. «Was ich zu dir gesagt habe, tut mir leid. Ich habe Sabine so oft weh getan, bei ihr kann ich mich nicht mehr entschuldigen, damit werde ich leben müssen. Aber bei dir kann und will ich mich entschuldigen, und wer weiß, vielleicht sieht sie uns ja von irgendwo dort oben zu und verzeiht mir.»

Viola schaffte es, zu lächeln. Sie nahm die kraftlosen Hände der alten Frau und drückte sie. «Sabine hatte Ihnen doch längst verziehen, Frau Scholz. Sie konnte niemandem lange böse sein. Ihnen schon gar nicht. Sabine hat Sie geliebt, und sie wusste, Sie wollten nicht gemein zu ihr sein. Sie wusste, es war die Krankheit, nicht Sie selbst.»

Tränen liefen Frau Scholz über die faltigen, eingefallenen Wangen.

«Wollen wir Sabine die letzte Ehre erweisen? Ich bin sicher, sie sieht uns und freut sich, dass wir zusammen hier sind», schlug Viola vor.

Frau Scholz nickte und tupfte sich die Tränen weg.

Viola trat wieder hinter den Rollstuhl, packte die Griffe und schritt fest voran. An der Tür der Kapelle erwarteten sie der Polizist und seine Freundin.

Die beiden hatten ihr das Leben gerettet. Als sie sich mit einer Umarmung begrüßten, flossen doch Tränen.

2

Jens wartete im Wagen.

Er hatte Angst. Es war möglich, dass hier und heute ein gemeinsamer Weg endete.

Er wäre auch mit hineingegangen, um Becca zu unterstützen, doch sie hatte seine Hilfe ausgeschlagen.

«Wer leichtfertig etwas verspricht, muss es auch ausbaden, wenn er sein Versprechen nicht halten kann», hatte Rebecca gesagt.

Jens verstand das moralische Dilemma, in dem sie steckte, und er hatte Hochachtung davor, dass sie sich nicht mit einer Mail oder einem Telefonat herausstahl, sondern den weiten Weg nach Hessen auf sich nahm, um Bianca Deuter zu erklären, dass sie ihr nicht helfen konnte.

Immerhin durfte Jens Becca fahren. Das tat er gern. So intensiv hatten sie lange nicht mehr miteinander geschwiegen, zudem war Zeit genug gewesen, diesen grauenhaften Fall gedanklich und emotional aufzuarbeiten. Immer wieder stellte Jens fest, wie gut er beim Fahren nachdenken und sich seinen Gefühlen stellen konnte. Es machte etwas mit ihm, unterwegs zu sein, sich ungebunden zu fühlen und dabei eine Hülle um sich zu haben, die ihn von der wilden Welt abgrenzte.

Dass Becca mit ihm in dieser Hülle war, störte ihn nicht, und das war ganz erstaunlich. Bei seinen beiden Ex-Frauen war das ganz anders gewesen.

Nach einer halben Stunde kam Rebecca aus dem Haupteingang der Kurklinik gerollt. Jens ging auf sie zu und sah, dass sie geweint hatte.

«Darf ich?», fragte er.

«Du immer.» Er trat hinter sie, packte die Griffe des Rollstuhls und schob Becca langsam zum Parkplatz hinüber.

«Wie ist es gelaufen?»

Becca ließ sich Zeit mit der Antwort. «Ich werde nie vergessen, was sie gesagt hat», sagte sie schließlich.

Wieder vergingen ein paar Minuten, ehe sie weitersprach.

«‹Und wenn ich meine Tochter niemals wiedersehe, werde ich doch immer daran denken, dass ihr Schicksal dabei geholfen hat, andere Menschen zu retten. Vielleicht war das nötig, damit ich damit leben und meinen Frieden finden kann›», zitierte sie.

Erst als sie die Red Lady erreichten, fühlte Jens sich imstande, etwas zu erwidern. Dazu ging er vor Becca in die Knie, was er sonst nie tat. Seine Hände zitterten, als er die entscheidende Frage stellte.

«Und kannst du es?»

«Damit leben?»

Er nickte.

Becca blickte über seine Schulter in die Ferne.

«Dieser Fall hat mich eines gelehrt. Ich kann nicht jedem helfen. Aber ich kann helfen. Und wenn ich es tue, passieren ungewöhnliche Dinge, und die Welt wird vielleicht ein bisschen heller. Dafür lohnen sich der Einsatz und der Schmerz.»

«Also kannst du weitermachen. Mit mir zusammen?»

Sie sah ihn an und lächelte ihr warmes, aufrichtiges Lächeln.

«Eine Kleinigkeit fehlt», sagte sie.

«Und was fehlt?»

«Heb mich in deinen Wagen, und ich zeig es dir.»

Das ließ Jens sich nicht zweimal sagen. Und als er Becca in den Armen hielt, zeigte sie es ihm und beseitigte damit alle Unklarheiten.

Jens lud den Rollstuhl auf, blieb einen Moment am Heck seiner Red Lady stehen, sah durch die Heckscheibe Beccas Lockenkopf, spürte ihren Geschmack auf den Lippen, und plötzlich fiel ihm auf, dass alles, was er zum Leben brauchte, auf Reifen ruhte.

MIX
Papier aus verantwortungsvollen Quellen
FSC® C083411
FSC
www.fsc.org

Das für dieses Buch verwendete Papier ist FSC®-zertifiziert.